Alle Herzen führen nach Rom

WEITERE TITEL VON TILLY TENNANT

TILLY TENNANT

Alle Herzen führen nach Rom

Übersetzt von Michaela Link

bookouture

Die Originalausgabe erschien 2017 unter dem Titel
„Rome is Where the Heart Is"
bei Storyfire Ltd. trading as Bookouture.

Deutsche Erstausgabe herausgegeben von Bookouture, 2023
1. Auflage Mai 2023

Ein Imprint von Storyfire Ltd.
Carmelite House
50 Victoria Embankment
London EC4Y 0DZ

deutschland.bookouture.com

ISBN: 978-1-83790-697-0
eBook ISBN: 978-1-83790-696-3

Für Jonny Furzhose. Du weißt, dass ich dich liebe, mit Fürzen und allem.

EINS

Kate Merry hegte schon lange den Verdacht, dass *Freitag der Dreizehnte* es ganz besonders auf sie abgesehen hatte. Es konnte natürlich nichts Persönliches sein, aber irgendetwas musste ihn auf sie aufmerksam gemacht haben, und immer wenn er wiederkehrte, schien sie das obligatorische Opfer zu sein. Mal war es eine Reifenpanne, mal ein Rohrbruch, dann wieder ein Kündigungsschreiben. Und nicht zu vergessen das schreckliche Bluse-in-Hose-Debakel an einem Freitag, dem Dreizehnten im Jahr 2004 und daneben verschiedene kleinere, aber nicht weniger ärgerliche Unannehmlichkeiten im Laufe der Jahre. Schon in ihrer Kindheit hatte Freitag, der Dreizehnte sie auf dem Pechvogelradar gehabt, als sie sich bei einem Dreiradunfall auf dem Schulhof ihrer Grundschule den Zeh gebrochen hatte. Doch all diese vergangenen Unglückstage sollten von dem Freitag, dem Dreizehnten, an dem sie dreißig wurde, in den Schatten gestellt werden – einem Tag, der ihrem Leben für immer eine andere Richtung gab. Das wusste Kate nur noch nicht, als sie nach einem langen, aber nicht überlangen Arbeitstag ihre Haustür öffnete und ihren Ehemann mit seinen gepackten Koffern im Flur vorfand. Doch obwohl das weitaus der schlimmste Freitag, der Dreizehnte aller Zeiten war, ging er auch als der Tag in die Geschichte ein, an dem die Glücksfee endlich die Lust daran verlor, sich über sie lustig zu machen.

Sie starrte auf die Koffer und bemerkte erst dann das Taxi, das mit laufendem Motor am Straßenrand stand. Es gab eine offensichtliche Erklärung, aber es war eine, die sie nicht glauben wollte – einfach nicht glauben konnte.

»Was ist hier los?«

»Ich hätte gedacht, das wäre offensichtlich.« Matts Antwort war beiläufig, sogar kalt, aber der Umstand, dass er ihr nicht in die Augen sehen konnte, verriet Kate, dass er nicht damit gerechnet hatte, dass sie ihn überhaupt noch antreffen würde.

»Wenn es offensichtlich wäre, hätte ich nicht gefragt.« Kates Ton war forsch, wurde aber von ihrem rebellischen Magen Lügen gestraft.

»Ich werde für ein Weilchen bei Connor wohnen, meine Gedanken sortieren.«

»Bei Connor? Und was soll das heißen, ›deine Gedanken sortieren‹? Was gibt es da zu sortieren?«

»Uns ... Zumindest das, was ich über uns denke.«

»Was soll das heißen?«

»Was glaubst du denn, was es heißen soll? Du kannst doch nicht behaupten, du hättest das hier nicht kommen sehen.«

Kate starrte ihn an. »Was hätte ich kommen sehen sollen? Wovon sprichst du, Matt?«

»Ich brauche eine Pause.«

»Was? Einen Urlaub? Eine Woche frei? Was zur Hölle soll das heißen?«

»Ich muss von dir weg, das heißt es.« Er fuhr sich mit einer Hand durch sein dunkles Haar, das an den Schläfen bereits grau war. Er wirkte müde und ausgezehrt – ein himmelweiter Unterschied zu dem Achtzehnjährigen mit den strahlenden Augen, den sie geheiratet hatte, dem Mann, der in ihrem Leben war, seit sie zusammen zur Highschool gegangen waren. Um ganz ehrlich zu sein, hatte auch sie das Gefühl gehabt, in einer Sackgasse zu stecken; sie waren schon lange nicht mehr das lebenslustige Paar, das sie einst gewesen waren. Aber sein Plan kam ihr so extrem vor. So schlimm sah es doch gar nicht aus, oder? Sollten sie nicht wenigstens erst mal darüber reden? Trotz allem, was er gerade gesagt hatte, hatte sie das hier nicht so kommen sehen, hatte keinen Moment lang geglaubt, seine Klagen und sein unzufriedenes Gebrumm hätten etwas zu bedeuten gehabt.

»Du verlässt mich?«

»Es geht nur um ein wenig Abstand – verstehst du? Das wird uns beiden guttun – es wird uns beiden dabei helfen, zu entscheiden, was wir wollen.«

»Ich will dich! Ich brauche keinen Abstand, um das zu entscheiden! Komm zumindest herein und rede mit mir, bevor du etwas anderes tust. Das sollten zwölf Jahre Ehe doch wert sein, oder?«

»Kate, wir haben nichts anderes getan, als zu reden, und das hat uns nirgendwohin gebracht.«

»Nein, wir haben nicht geredet! Nicht richtig. Du hast nie auch nur mit einem Wort erwähnt, dass du mich verlassen willst! Inwiefern soll das dann reden sein?«

»Wenn ich das gesagt hätte, hättest du doch gar nicht zugehört«, antwortete er leise. »Und wann hätten wir die Zeit finden sollen zu reden, wenn du nie da bist?«

»Ich muss arbeiten! Ich habe auch außerhalb unserer Ehe Verpflichtungen. Soll ich das vergessen und vierundzwanzig Stunden am Tag, sieben Tage die Woche auf Abruf für dich zur Verfügung stehen?«

»Du bist ständig mit deinen Schwestern zusammen ...«

»Soll das heißen, ich darf meine Schwestern nicht besuchen?«

»Das habe ich nicht gesagt«, schoss er verärgert zurück. Aber dann riss er sich zusammen und hielt inne, und als er sie wieder ansah, erkannte Kate, wie sehr ihn das Ganze schmerzte. Warum also tat er es? »Es ist zu spät«, sagte er schließlich. »Die Fäulnis hat sich ausgebreitet, und ich sehe keine Möglichkeit, das rückgängig zu machen.«

»Also, als du gesagt hast, du bräuchtest eine Pause, war das eine Lüge, damit ich dich kampflos gehen lasse? Du wolltest nur verhindern, dass für die Wartezeit des Taxis draußen weitere Gebühren anfallen?«

»Ich wollte dir einfach nicht wehtun.«

»Oh, na klar. Denn auf die Art tut es ja überhaupt nicht weh.« Sie kniff die Augen zusammen. »Ich nehme an, in Wirklichkeit hast du darauf gehofft, fort zu sein, bevor ich von der Arbeit nach Hause komme, damit du einen feigen Abgang machen konntest und mir überhaupt nicht mehr zu begegnen brauchtest?«

Matt trat verlegen von einem Fuß auf den anderen und senkte den Blick auf den mit historischen Steinfliesen ausgelegten Boden ihrer Eingangsdiele. Kate stieß ein hohles Lachen aus.

»Wie rücksichtslos von mir, heute früher von der Arbeit nach Hause zu kommen! Was hätte mich denn erwartet? Ein Brief auf dem Tisch? Eine Textnachricht? Abendessen im Ofen? Oder gar nichts?«

Er schüttelte den Kopf, konnte ihr aber nicht in die Augen sehen.

»Hast du eine andere?«, fragte sie leise.

»Nein.«

»Erwartest du, dass ich dir das glaube? Warum dann so plötzlich? Wenn es keine andere gibt, warum gehst du dann?«

»Muss es dafür etwa eine andere Frau geben?«

»Natürlich nicht – nicht, wenn du irgendein anderer Mann wärst. Aber ich kenne dich, Matt, ich kenne dich besser, als du dich selbst kennst, und ich weiß, dass du jemanden brauchst; du bist nicht dazu geschaffen, allein zu leben.«

»Nun, vielleicht habe ich mich geändert? Vielleicht bin ich nicht mehr der armselige, liebesbedürftige Mann, für den du mich zu halten scheinst.«

»Ich habe nie gesagt, du wärst armselig und liebesbedürftig, aber ich glaube keine Sekunde lang, dass du für ein Leben allein bereit bist. So bist du einfach nicht.«

»Du kannst glauben, was du willst. Ich gehe, und das hat mit nichts anderem zu tun als mit der Tatsache, dass das mit uns beiden nicht mehr funktioniert. Diese Ehe ist im Eimer, und das schon seit langer Zeit.«

»Und das war's dann? Wir versuchen es nicht mal? Wir kämpfen nicht darum? Wenn es niemand anderen gibt, dann gibt es doch keinen Grund, warum wir es nicht noch hinkriegen sollten.«

»Da gibt es nichts mehr, um das man kämpfen könnte, und ich will es auch gar nicht hinkriegen. Ich bin erwachsen geworden, Kate. Ich bin nicht mehr der Mann, den du geheiratet hast. Wir waren zu jung, und wir dachten, wir könnten das Erwachsenwerden überleben, aber das konnten wir nicht. Mehr steckt nicht dahinter.«

Kate starrte ihn an und versuchte, stark und ruhig zu sein, aber in ihrem Innern war ein Chaos von Gefühlen, das sich nicht beherrschen ließ. »Du egoistischer Mistkerl!«, stieß sie hervor und kämpfte mit den Tränen. »Wir kennen einander, seit wir elf waren, und mehr bin ich dir nicht wert? Wir sind beide erwachsen geworden, aber ich bin erwachsen geworden, um ein Leben zu leben, das dich mit einschließt. Ich habe mir ein Bein ausgerissen, um dich glücklich zu machen, habe in allem, was ich getan habe, Rücksicht auf deine Gefühle genommen, seit wir zusammen sind, und du schmeißt mir das ohne irgendeine Erklärung vor die Füße, ohne einen einzigen Versuch, es wieder hinzukriegen, wenn es mal ein bisschen schwierig wird? Du langweilst dich, und jetzt willst du weg und scherst dich einen Dreck um die Konsequenzen oder darum, was es für deine Frau bedeutet, die ihr Leben so gelebt hat, dass du bei jeder Entscheidung an erster Stelle standst? Ich dachte, du wärst besser als das. Aber das zeigt mal wieder, dass man niemanden je wirklich kennt.«

Er sagte kein Wort mehr. Wort- und grußlos nahm Matt seine Koffer und ging. Er schlief nie wieder unter ihrem Dach.

ZWEI

Sechs Monate waren vergangen, und die Morgensonne tauchte Kates Wohnzimmer in ihr warmes Licht. Es brachte das tiefe Rot der Kaminwand zum Leuchten, wurde von einem vergoldeten Spiegel darüber reflektiert und machte den Raum zugleich lebendig und einladend – wie die Person, die dort lebte.

»Halt still!«, befahl sie Anna und gab ihrer Schwester einen Klaps auf die Beine. Die so Gescholtene stand etwas unruhig auf einem Hocker, damit Kate ihr den Saum eines blauen Ballkleids aus Satin abstecken konnte. Anna war gute zwei Zentimeter größer als Kate, ihr ebenfalls rotes Haar wippte ihr um die schlanken, sommersprossigen Schultern, und ihre Augen hatten einen dunkleren Farbton, der je nach Lichteinfall von Blau über Grau bis ins Grüne spielte.

»Ich halte doch still«, jammerte Anna. »Mehr oder weniger jedenfalls. Es ist nicht leicht, auf diesem wackligen alten Hocker völlig still zu stehen.«

Kate blies sich eine verirrte Locke aus der Stirn und lehnte sich zurück, um ihr Werk zu begutachten. »Der Saum ist ungefähr so gerade, wie er es sein kann, wenn ein Zappelphilipp das Kleid trägt.«

»Hey!«

Kate grinste. »Du kannst jetzt runtersteigen und das Kleid ausziehen – aber vorsichtig!«

Anna stieg von dem Hocker und ging zu dem bodenlangen Spiegel, den Kate benutzte, wenn sie Kleider änderte. »Es ist zauberhaft. Ich kann nicht glauben, dass du das genäht hast.«

»Willst du damit sagen, ich sei unfähig?«

»Natürlich nicht«, widersprach Anna lachend. »Diese verdammten Abendveranstaltungen von Unternehmern zur Auszeichnung von Mitarbeitern sind supernervig. Es ist ja schön und gut für die ganz oben in der Nahrungskette, die es sich leisten können, fünfhundert Mäuse für ein Ballkleid auszugeben, um sich bei einer umbenannten Betriebsfeier volllaufen zu lassen, aber ich kann auf solche Frivolitäten gut verzichten. Deshalb bin ich dir ja auch so dankbar, dass du mir hilfst. Ich weiß nicht, was ich ohne dich getan hätte. Dann hätte ich wohl entweder das Geld zusammenkratzen oder mich von weiteren Beförderungen verabschieden müssen, aber das hätte mich total geärgert. Das, was du hier machst, könnte ich nie und nimmer. Ich finde es großartig, und du hast mir so viel Geld gespart!«

»Das war der Sinn der Sache«, antwortete Kate, während sie einige lose Nadeln wegsteckte. »Es wäre schrecklich für dich, dieses Event zu versäumen, vor allem wenn du selbst eine Auszeichnung bekommen solltest und dann nicht auftauchst, weil dir der Dresscode gegen den Strich geht ...« Sie schaute auf und sah Annas Grinsen aufblitzen. Kates Schwester mochte sich darüber beklagt haben, aber insgeheim hätte sie sich diese Feier um nichts in der Welt entgehen lassen, nur für den Fall, dass sie selbst zu den Ausgezeichneten gehörte. »Außerdem ... Die Chance, ein Ballkleid zu schneidern – daran hättest du mich wohl kaum gehindert, hm?«

»Ich weiß nicht, warum du immer noch in dieser grässlichen Firma arbeitest, obwohl du dich mit deinen Kreationen gut selbstständig machen könntest. Kunden genug für deine Kleider hättest du ja.«

»Das bezweifle ich. Ich muss außerdem allein die Hypothek für mein Haus abzahlen – zumindest bis es Matt und mir gelingt, es zu verkaufen.« Sie ließ den Blick durch das Wohnzimmer wandern. Eine hohe Decke, noch abgesetzt mit den ursprünglichen Zierleisten, ein holzbefeuerter viktorianischer Kamin, wunderschöne Erkerfenster, Holzböden und antike Möbel. Matt und sie hatten sich bis zum Letzten verausgabt, um das Haus zu kaufen, hatten ihre letzten Pennys hineingesteckt, denn es war einfach ihr Wunschtraum eines Hauses. Sie hatte gedacht, dass Matt und sie für immer hier leben würden. Jetzt wurde sie mit der Aussicht konfrontiert, nicht nur ihn zu verlieren, sondern auch das Haus. Das Scheidungsverfahren näherte sich seinem Ende, und sie hatte es Matt allzu leicht gemacht, seine Vorstellungen durchzusetzen. Vielleicht hatte sie den Kampfesmut verloren. Vielleicht dachte ein kleiner Teil von ihr, dass er die Sache nicht wirklich durchziehen würde und dass sie ihm durch ihr Entgegenkommen zeigen konnte, was er da aufgab, sodass er seine Meinung ändern würde. Vielleicht liebte sie ihn zu sehr, um ihm nicht zu geben, was immer ihn glücklich machte, oder vielleicht liebte sie ihn so wenig, dass es ihr inzwischen egal war. Kate wusste selbst nicht mehr, was sie fühlte. Seit er die Bombe hatte platzen lassen, waren ihre Gefühle in einem heillosen Aufruhr gewesen, und erst jetzt, da die Dinge endgültig abgewickelt wurden, fand sie in ihren Gedanken zu etwas mehr Klarheit. Trotzdem hatte sie um das Haus etwas heftiger gekämpft. Sie liebte es, und sie wollte es behalten. Das Haus stand für Sicherheit und Geborgenheit, und es war alles, woran sie sich festhalten konnte in diesem Sturm, der von ihrem bisherigen Leben nur Trümmer zurückgelassen hatte. Es war schwierig, die Hypothek allein abzuzahlen, aber sie hätte es weiterhin getan, wenn sie die Hoffnung gehabt hätte, jemals einen Kredit zu bekommen, mit dem sie auch Matts Anteil hätte decken können, um ihn auszubezahlen. Bedauerlicherweise hatte ihr Finanzberater ihr ziemlich mitfühlend klargemacht, dass das nicht passieren würde, daher musste sie auf das Schlimmste gefasst sein. Dieses Wissen hatte sie jedoch nicht davon abgehalten zu versuchen, so lange wie möglich in dem Haus zu bleiben.

»Ich wünschte, wir könnten dir helfen«, bemerkte Anna leise. »Lily und ich reden ständig darüber, aber wir wissen nicht, was wir tun könnten, außerdem würdest du sowieso kein Geld von uns annehmen ...«

Kate schüttelte sich. »Sei nicht albern. Natürlich würde ich kein Geld von euch annehmen, und es ist nicht eure Aufgabe, euch darum zu kümmern. Ihr seid meine Schwestern, nicht meine Betreuerinnen. Das hier ist einzig der Schlamassel von Matts und mir, und ich erwarte nicht, dass mich da irgendjemand raushaut.«

»Ich weiß, aber ...«

Kate zwang sich zu ihrem strahlendsten Lächeln. »Also, willst du ein Ansteckstäußchen dazu? Sonst wirkt es etwas nackt um den Hals. Wir könnten dir auch eins an die Taille stecken, wenn dir das lieber wäre?«

»Kate ...« Anna runzelte die Stirn. »Du machst niemandem etwas vor, weißt du?«

»Nicht du auch noch. Lily hat mir letzte Woche deswegen schon in den Ohren gelegen.«

»Das tun Schwestern nun mal. Wir teilen uns zwar kein Zimmer mehr ...«

»Gott sei Dank.«

»... aber trotzdem bleiben wir ja Schwestern, denken an dich und machen uns auch weiter Sorgen um dich.«

»Das ist mir klar, und ich weiß es zu schätzen, aber es geht mir wirklich gut. Ihr macht euch beide grundlos Sorgen.«

»Wer macht sich grundlos Sorgen?« Lily erschien mit drei

Tassen auf einem Tablett in der Tür und setzte es auf einem Beistelltisch ab, bevor sie Annas Kleid anerkennend musterte. Die jüngste der drei Schwestern hatte den gleichen blassen Teint wie die älteren, und ihre Augen waren von einem noch tieferen Blau.

»Hört mal«, versuchte Kate abzuwiegeln, und in ihre Stimme schlich sich ein Anflug von Ärger, »ich bin dreißig, und ich denke, damit bin ich alt genug, um selbst auf mich aufzupassen.«

»Keine Frau ist eine Insel«, antwortete Lily leise, während sie die Getränke verteilte. »Ich habe Joel, und Anna hat Christian, und du hattest Matt, aber dann hattest du Pech und es ist zu Ende gegangen, und wir wollen für dich da sein.«

Trotz ihres Ärgers musste Kate lachen. »Ich kann es einfach nicht brauchen, dass mich alle ständig bemuttern«, protestierte sie. »Selbst Matt ruft immer wieder an, fest davon überzeugt, dass ich das Haus in die Luft sprengen werde oder so was, wenn ich alleine darin lebe. Es ist ihm offensichtlich nur deshalb nicht egal, weil er an seine Investition denkt, nicht, weil ihm etwas an mir liegt, und ganz ehrlich, ich wünschte, er würde damit aufhören. Wenn Mum uns nicht dazu erzogen hätte, so furchtbar höflich zu sein, könnte ich ihm wenigstens sagen, dass er sich verpissen soll.«

»Ganz unrecht hat er aber nicht«, wandte Anna ein. »Ich meine, ich erinnere mich noch sehr gut daran, dass du in unserer Kindheit meine Lieblingsbarbie auf dem Herd geschmolzen hast.«

»Und mein Hornby-Modelleisenbahnset hast du die Treppe hinuntergeworfen – danach haben die Signale in Clapham Junction nie wieder richtig funktioniert«, fügte Lily hinzu.

»Außerdem hast du mal das Badezimmer geflutet ...« Anna warf Lily einen wissenden Blick zu.

»Und ein anderes Mal hast du warmes Wasser auf die

Terrasse gekippt, um das Eis zu schmelzen, aber es ist wieder gefroren und Mum flog den Gartenweg hinunter ...«, warf Lily ein.

»Und ...«, hob Anna erneut an, aber Kate brachte sie zum Schweigen.

»Okay. Aber damals waren wir noch jung. Jedem Kind passieren dumme Unfälle.«

»Mir nicht«, bemerkte Lily milde.

»Nun, wir wissen alle, dass du Miss Perfect bist«, sagte Kate spitz. »Mums und Dads Baby – sie haben dich immer vor allem beschützt.«

»Ich glaube nicht, dass irgendeine von uns beiden so viele Missgeschicke hatte wie du«, stellte Anna fest. »Das kommt wohl daher, dass du immer alles im Eiltempo erledigst.«

»Und da du die Älteste bist, hattest du wahrscheinlich all deine Missgeschicke vor meiner Geburt«, entgegnete Kate und sah Anna vielsagend an.

»Ich bin nur zwei Jahre älter als du!« Anna lachte. »Was um alles in der Welt denkst du, könnte ich in den ersten beiden Jahren ausgefressen haben?«

»Und ich bin nur zwei Jahre jünger als du«, rief Lily Kate ins Gedächtnis. »Das bedeutet, dass du zwei Jahre lang das Baby warst, bevor ich aufgetaucht bin, also kannst du diese Ausrede mir gegenüber nicht ins Feld führen.«

»Sieh dich doch an«, sagte Kate und beäugte die schwache Wölbung um Lilys Leibesmitte, »das Baby von uns dreien ist die Erste, die ein eigenes Baby bekommt.«

»Aber echt«, schaltete Anna sich erneut ein. »Ich komme mir fast faul vor, weil ich mir noch nicht die Mühe gemacht habe, mich fortzupflanzen.«

Lily kicherte. »Du hast deine Karriere. Wenn ich eine erfolgreiche Zahlenakrobatin wäre, hätte ich das auch aufgeschoben.« Sie strich sich mit einer Hand über den Bauch. »Wir hätten wahrscheinlich warten sollen, bis Joel und ich verheiratet sind, aber wir sind schon seit einer ganzen Weile zusammen, deshalb fühlt es sich nicht so problematisch an. Es ist ein Glück, dass er genauso aus dem Häuschen ist wie ich, denn anscheinend wird dieses Baby kommen, wenn es kommen will.«

»Es hat sich als Glücksfall erwiesen, dass ich nicht schwanger geworden bin«, sagte Kate. »So oft, wie Matt mich von der Idee wieder abgebracht hat, hätte ich eigentlich wissen müssen ...«

»Ich bin mir sicher, dass das nicht der Grund war«, unterbrach Anna sie.

»Nun, das werden wir wohl nie herausfinden«, antwortete Kate energisch.

Lily wechselte einen besorgten Blick mit Anna, bevor sie sich wieder an Kate wandte. »Wenn wir dich fragen, sagst du immer, es geht dir gut. Aber ist das wirklich so?«

»Ja.«

»Es ist nur so ...« Anna hielt inne. »Du machst den Eindruck, als würdest du vor uns das meiste verbergen, was dir durch den Kopf geht.«

Kate nahm das Kleid, aus dem Anna sich herausgeschlängelt hatte, und hängte es auf einen Bügel, während ihre Schwester einen Morgenrock anzog und sich das Haar zurückband. »Wirklich, es geht mir gut, und niemand braucht sich Sorgen um mich zu machen.«

»Das kannst du ja gerne behaupten, aber es führt deshalb noch lange nicht dazu, dass es nicht mehr geschieht«, erklärte Anna, und Lily nickte zustimmend. »Mum ist ebenfalls sehr besorgt. Sie hat sogar schon überlegt, nach Hause zurückzukehren.«

»Ich wüsste nicht, wozu. Das habe ich ihr auch gesagt, und ich will auf keinen Fall, dass sie meinetwegen Schottland verlässt. Ich weiß, wie gut es ihr dort oben gefällt, und das Leben in den Highlands mit Hamish hat ihr seit ihrem Zusammenbruch nach Dads Tod sehr gutgetan. Wenn sie nach Hause käme, um mich zu bemuttern, hätte ich nur zusätzlich zu all meinen anderen Problemen auch noch Schuldgefühle, und das wäre für ihre mentale Gesundheit ebenfalls nicht gut.«

»Du hast praktisch nie ohne Matt gelebt, das ist der Grund. Mum war die Erste, die dich davor gewarnt hat, so jung zu heiraten, aber sie hat es akzeptiert, weil es Matt war und weil ihr schon so lange zusammen wart, dass eine Ehe mit ihm irgendwie unausweichlich schien. Sie hatte nicht damit gerechnet, dass es so kurz nach dem College passieren würde, aber obwohl wir uns Sorgen gemacht haben, dachten wir doch alle, dass es ewig halten würde. Dass du und Matt ...« Anna hielt inne.

»Füreinander bestimmt sind?« Kate beendete den Satz mit einem schiefen Lächeln. »Das dachte ich auch. Warum sonst hätte ich mein Leben so nach ihm ausrichten sollen?«

»Genau!«, pflichtete Lily ihr bei. »Deshalb versuchen wir alle nur, auf dich aufzupassen. Niemand will sich einmischen – wir wollen nur sicherstellen, dass es dir gut geht.«

Kate ließ sich aufs Sofa fallen und griff nach ihrer Tasse. »Ich weiß. Es ist schwer, sich mit allem abzufinden, und ich habe wohl ein wenig den Kopf in den Sand gesteckt und versucht, es zu ignorieren. Aber dadurch, dass alle sich Sorgen machen, wird es irgendwie real, denn wenn ihr alle das Monster am Horizont sehen könnt, dann muss ich auch hinschauen und sehe es ebenfalls.«

Lily setzte sich neben sie und nahm sie in die Arme. »Aber du hast uns, und wir werden dir alle helfen, mit deinem neuen Leben klarzukommen.«

Kate lächelte sie an. »Das weiß ich. In dieser Hinsicht habe ich mehr Glück als manche andere. Im Moment wünschte ich nur, ich könnte einen heimlichen Blick darauf werfen, wie dieses neue Leben aussehen wird – dann würde ich mich vielleicht etwas wohler fühlen.«

»Weißt du, was ich glaube?«, fragte Anna.

»Was?«

»Ich glaube, dein neues Leben wird fabelhaft werden.«

»Hmmmm«, antwortete Kate, während sie an ihrem Tee nippte. »Und das gründet sich worauf ...?«

»Ein Bauchgefühl.« Anna lachte. »Aber wie ich dich kenne, wirst du das Beste aus dem Blatt machen, das du bekommen hast, und am Ende wird für dich alles gut ausgehen.«

»Da stimme ich dir absolut zu«, schaltete Lily sich ein. »Und auf dich kommen jede Menge aufregende Dinge zu, um dich von diesem ganzen Mist mit Matt abzulenken.«

»Wie zum Beispiel ...?«

»Du wirst zum ersten Mal Tante! Das muss doch aufregend sein!«

»Nun ja, das nehme ich an. Aber ich werde nur eine kleine Rolle in Juniors Leben spielen.«

»Trotzdem ist es etwas, worauf man sich freuen kann«, wandte Anna ein. »Worauf wir alle uns freuen können. Und man kann nie wissen, vielleicht wartet der Mann deiner Träume ja gleich um die Ecke.«

»Vielleicht triffst du ihn, wenn du mit mir zum Geburtsvorbereitungskurs gehst«, sagte Lily gut gelaunt.

»Das will ich nicht hoffen«, murmelte Kate. »Wenn er bei einem Geburtsvorbereitungskurs ist, hat er vermutlich schon einen vollen Terminkalender in Sachen Beziehungen.«

»Lily meint nur, dass du dort jemanden kennenlernen wirst, wo du am wenigsten damit rechnest«, erklärte Anna.

»Damit würde ich tatsächlich nicht rechnen«, sagte Kate. »Aber ich verstehe, worauf ihr hinauswollt. Irgendwie kann ich mir einfach nicht vorstellen, dass das in absehbarer Zeit passiert. Ich habe, glaube ich, einfach genug von Männern, zumindest für die nahe Zukunft.«

»Das sagst du jetzt ...« Lily drohte Kate spielerisch mit einem Zeigefinger, bevor sie in die Keksdose griff, die Anna ihr gerade gereicht hatte. »Ich habe so das Gefühl, dass sich das als

Irrtum entpuppen wird. Du bist wunderhübsch und immer noch jung. Ich denke, die Männer werden Schlange stehen, um mit dir auszugehen, wenn bekannt wird, dass du wieder auf dem Markt bist.«

»Auf dem Markt – na klasse. Jetzt klinge ich wie ein gut erhaltenes Reihenhaus.«

»Du weißt, was ich meine.« Lily kicherte.

Kate versuchte zu lächeln. Die Vorstellung, dass ihre Schwestern Vertrauen in sie hatten, war tröstlich. Sie wünschte nur, sie könnte das Gleiche von sich selbst sagen.

———

Das Haus fühlte sich zu still und zu groß an, nachdem Anna und Lily sich verabschiedet hatten und gegangen waren. Kate wünschte beinahe, sie hätte ihre Schwestern zum Abendessen eingeladen, aber das wäre egoistisch von ihr gewesen. Sie mussten beide morgens früh raus, Anna zu ihrem anspruchs-vollen Job bei einer Investmentfirma und Lily zu ihrer PR-Firma, wo sie gerade erst angefangen hatte, sich einen Namen zu machen – und Kate selbst hatte ja ebenfalls einen Job, und zwar bei der Zoohandlung Mr Woofy als Verkaufsleiterin (ein schicker Name für etwas, das auch eine Lagerarbeiterin bewäl-tigt hätte, wie Kate oft sagte, weshalb sie den Begriff *Mädchen für alles* für angemessener hielt). Das war nicht ganz so glamou-rös, aber trotzdem ihr Job, und sie musste um halb neun an ihrem Schreibtisch sitzen, wenn sie ihn behalten wollte. Nun, nach ein paar Tagen würde sie sich wieder an die Einsamkeit ihres leeren Hauses gewöhnt haben.

Ihr Blick fiel auf einen Stapel Post auf dem Kaminsims, ungeöffnet seit dem Morgen. Sie könnte sich jetzt einzureden versuchen, sie habe die Post nicht geöffnet, weil ihr die Zeit dazu fehlte, aber sie hatte das Logo auf dem Umschlag erkannt und vermochte sich der Endgültigkeit dessen, was er enthielt, einfach nicht zu stellen. Vielleicht hätte sie ihre Schwestern doch bitten sollen zu bleiben. Zumindest wäre sie dann nicht allein gewesen, wenn ihr ihre Zukunft ins Gesicht starrte – eine Zukunft, um die sie nicht gebeten hatte und die sie so auch nicht wollte.

Während sie ihren Nähkasten wegräumte, benutzte Tassen in die Spüle stellte, die Kissen im Wohnzimmer aufschüttelte und die Arbeitsplatten in der Küche abwischte, um früh ins Bett zu gehen, wanderten ihre Gedanken immer wieder zurück zu dem Brief, der sie vom Kaminsims aus verhöhnte. Sie konnte ihn am nächsten Morgen öffnen, und ein Tag bei der Arbeit würde das alles vielleicht relativieren. Zumindest würde sie zu beschäftigt sein, um darüber nachzugrübeln, und vielleicht würde es ihr nicht mehr ganz so schlimm vorkommen, wenn sie endlich nach Hause kam. Wenn sie den Brief jetzt öffnete, würde sie weinen, und sie würde nicht schlafen können, und morgen würde alles hundertmal schlimmer sein, weil sie obendrein noch müde sein würde.

Doch das hieße, sich selbst zu belügen, und es hatte keinen Zweck, die Sache noch länger vor sich herzuschieben. Wenn sie ihr Leben wieder in den Griff kriegen wollte, musste sie das hier tun. Wenn sie sich in den Schlaf weinte, dann war es eben so, aber zumindest würde sie sich dem neuen Tag in dem Wissen stellen, dass es der erste Tag ihres neuen Lebens als Single war.

Sie schnappte sich den Stapel Post vom Kaminsims und blätterte ihn durch, bis sie den Umschlag mit dem Logo der Anwälte Lennon & Lennon fand. Es folgte ein Moment des Zweifelns, während sie den Umschlag anstarrte, ein flaues Gefühl im Magen, als würde sich gleich der Boden unter ihr auftun. Aber dann schob sie den Daumen unter die Lasche und riss den Umschlag auf.

Rechtskräftiger Scheidungsbeschluss. Da war es. Das Ende, der Anfang; egal wie man es auch betrachten wollte, es war endgültig. Sie hatte einst eine Zukunft vor sich gesehen, in der

Matt für immer bei ihr sein würde, genau wie er während ihrer Teenagerjahre und danach immer bei ihr gewesen war, aber jetzt sah sie nur die Buchstaben dieses Wortes vor sich verschwimmen. Rechtskräftig. Endgültig, kein Zurück, aus und vorbei.

DREI

Kate blinzelte in die Sonne, als sie aus dem Flugzeug stieg und über das Rollfeld ging. Eine einsame Reisende in der Menge der anderen Passagiere, die mit dem Flug um 10:37 Uhr am Flughafen Fiumicino gelandet waren. Kurz zuvor hatte der Pilot ihnen mit warmer, freundlicher Stimme und mit einem ziemlich sexy klingenden italienischen Akzent mitgeteilt, dass sie pünktlich landen und bei ihrer Ankunft von einer Lufttemperatur von milden einundzwanzig Grad erwartet würden, angenehm für Anfang Juni, und er hatte sie daran erinnert, dass sie ihre Uhren von der Westeuropäischen Zeit um eine Stunde vorstellen müssten. Dann war er verstummt, und der Sinkflug hatte begonnen. Kate hatte den Hals gereckt, um einen ersten Blick auf ihr Reiseziel werfen zu können, und ihr Magen hatte sich sowohl vor Aufregung als auch vor Furcht verkrampft, einer Furcht, in die sich Enttäuschung mischte, weil sie wegen des Anflugwinkels nur blauen Himmel sehen konnte. Eine frische, warme Brise hatte sie begrüßt, als die Flugbegleiterinnen sich verabschiedeten, und ein paar ihrer Haarsträhnen ins Gesicht gefegt, die ihrer Spange entkommen waren. Kerosingeruch stieg in einem flirrenden Hitzeschleier über dem

Boden auf. Über dem ständigen Dröhnen laufender Motoren und dem Kreischen startender Flugzeuge riefen die Gepäckabfertiger einander Anweisungen zu.

Rom. Endlich war sie hier.

An dem Abend, an dem sie den Brief mit der Scheidungsurkunde geöffnet hatte, war sie noch ungläubig gewesen. Und dann war sie traurig geworden, danach zornig und schließlich verbittert. Doch als die Nacht vorangeschritten und der Schlaf um drei Uhr morgens nicht näher gewesen war als um zehn Uhr am Abend zuvor, hatte sich eine müde Akzeptanz bei ihr eingestellt. Sie hatte es aufgegeben, auf den Schlaf zu warten, und war aufgestanden, um sich etwas Warmes und Tröstliches zu trinken zu machen, in der Hoffnung, damit ihre Sinne betäuben und schläfriger werden zu können. Doch als sie sich in ihrer stillen Küche umsah, wurden die Sinne, die sie zu betäuben gehofft hatte, stattdessen geschärft, und sie begann darüber nachzudenken, was die Zukunft vielleicht für sie bereithielt. Ihr Leben gehörte jetzt ihr, und die Entscheidungen, die sie traf, waren allein ihre Sache. Was hatte sie immer tun wollen? Welche Wege waren ihr durch die Ehe mit Matt versperrt geblieben, die sie jetzt, da er nicht mehr zu ihr gehörte, beschreiten konnte? Sie hatte Kinder gewollt, aber ohne einen Partner oder eine gesicherte Wohnsituation würde das in absehbarer Zeit nicht passieren. Sie hatte sich ein perfektes Zuhause gewünscht und gedacht, sie hätte es schon fast gehabt, aber auch das würde sie verlieren, und sie hatte keine Ahnung, wo sie stattdessen landen würde. Bei ihrem Einkommen war es höchst unwahrscheinlich, dass es perfekt sein würde. Sie hatte sich ein Leben voller Glück und Zufriedenheit in einer liebevollen Beziehung gewünscht, aber auch das schien jetzt in weite Ferne gerückt zu sein.

Ihr altes Leben war für sie verloren, aber sie konnte aus dessen Asche ein anderes erschaffen. Sie hatte sich im Fernsehen immer gern Reisesendungen angesehen und auf Hochglanzpapier gedruckte Reisebroschüren gesammelt, nur um die Fotos anzuschauen, und sie hörte stundenlang Kollegen und Freunden zu, wenn sie über ihre Abenteuer in fremden Ländern sprachen. Aber für jemanden mit einem so großen Interesse an anderen Ländern hatte sie selbst nur sehr wenige Reisen unternommen. Das Fernweh lag ihr im Blut, aber sie hatte diesen Drang unterdrückt, um ein einfaches Leben zu führen und um Matt, der kein Verlangen hatte, die Welt zu sehen, glücklich zu machen. Ganz besonders hasste er große Städte, und obwohl ihm der Gedanke an Urlaube an sich nicht widerstrebte, beschränkte sich seine Vorstellung von Ferien auf eine behagliche Pension an der englischen Küste oder ein Cottage irgendwo im Landesinneren. Obwohl diese Urlaube sehr schön gewesen waren, sehnte Kate sich danach, mehr von der Welt zu entdecken – neue Geräusche, Gerüche, Sprachen und Kulturen, das emsige Treiben und die Lebendigkeit einer fremden Landschaft, einen Ort ohne Tesco's oder Johnny's Fish and Chips oder das Rose and Crown. Das eine Mal, als sie Matt mit Schmeicheleien und Überredungskunst dazu gebracht hatte nachzugeben, hatten sie ein jämmerliches Wochenende in Dublin verbracht. Kate hatte argumentiert, die Stadt sei Großbritannien so nah, dass sie genauso gut britisch hätte sein können, und dass dort zumindest alle Englisch sprechen würden und er mit Sicherheit Speisen finden würde, die seinen alten Favoriten ähnelten. Aber er hatte die zwei Tage damit verbracht zu schmollen, trotz der Fülle von Restaurants an jeder Straßenecke, in denen man Guinness trinken und Pommes frites essen konnte. Die Tatsache, dass es ständig geregnet hatte und dass auf der Grafton Street so viel los war, dass sie praktisch gegen eine Flut von Menschen im Kaufrausch hatten anschwimmen müssen, hatte ihn nur in seiner Überzeugung bestärkt, dass große Städte schreckliche Orte seien (mit Ausnahme von Manchester, sagte er, weil das seine Heimat und etwas völlig anderes sei, obwohl Kate die Logik dieses Arguments nie verstanden hatte). Noch schlimmer fand er Orte, an denen die Mehrheit der Bewohner mit einem Akzent geschlagen waren, der anders war als sein eigener.

Also waren all die Orte, die Kate gern besucht hätte, nicht erkundet worden, und obwohl Anna und Lily ihr manchmal angeboten hatten, sie zu begleiten, war immer etwas dazwischengekommen. Oder hatte es nur daran gelegen, dass Kate Ausreden erfunden hatte, um ihre Beziehung zu Matt nicht zu belasten? Wenn sie jetzt über diese Gelegenheiten nachdachte, wurde ihr klar, dass sie keineswegs den Frieden in ihrer Ehe aufrechterhalten hatte – sie hatte sich bloß wie ein Fußabtreter behandeln lassen. Es hatte einer Scheidung bedurft, um ihr das endlich klarzumachen.

Da der Schlaf immer noch nicht hatte kommen wollen und sie der Frage, was sie mit dem Rest ihres Lebens anfangen wollte, nicht näherkam, hatte Kate sich online auf die Suche nach Schnäppchenflügen gemacht und eine Palette von Daten eingegeben, um festzustellen, was dabei herauskam. Bevor sie wusste, was sie tat, hatte sie einen Flug nach Rom gebucht. Das war die Stadt, die sie immer schon vor allen anderen hatte besuchen wollen.

Anna und Lily waren natürlich entsetzt gewesen. Genau wie ihre Mum. Sie alle warnten sie vor den Gefahren, die einer allein reisenden Frau drohten. Aber sie war fest entschlossen, und sie war zu einer wichtigen Entscheidung gelangt. Sie würde keine Angst vor dem Leben haben, und sie würde keine Angst vor einem Leben ohne Matt an ihrer Seite haben. Er hatte sich dafür entschieden, seinen eigenen Weg zu gehen, und sie fragte sich, ob er nun auch Dinge tun würde, die er nicht hatte tun können, als sie noch verheiratet gewesen waren. (Obwohl sie bezweifelte, dass er etwas anderes tat, als in den Pub zu gehen und in der Wohnung, die er sich jetzt mit Connor teilte, einem ledigen Freund, vor dem Fernseher zu sitzen. Und das war im Wesentlichen genau das, was er getan hatte, als sie verheiratet gewesen waren.) Sie würde es anders machen. Es war Zeit für eine radikale Veränderung, Zeit, sich auf die Welt zu stürzen und herauszufinden, was sie von ihr zurückbekam.

Ihr Chef bei Mr Woofy war auch nicht gerade erfreut gewesen über ihr kurzfristiges Urlaubsgesuch, aber Kate fand, dass man ihr für die vielen unbezahlten Stunden, die sie geleistet hatte, mehr als nur einen oder zwei Gefallen schuldete, und das sagte sie auch, drohte mit Kündigung und nörgelte so lange, bis sie eine Zusage bekam. Es war nicht so, als wäre in dem Laden die Hölle los. Ihr Job war nicht so anspruchsvoll, dass ohne sie hier alles zugrunde gehen würde. Die letztendliche Zusage hatte sie als Zeichen gewertet und die Gelegenheit mit beiden Händen beim Schopf gepackt.

Hektik und Lebendigkeit bekam sie im Moment auf jeden Fall. Das Gepäckband war ein einziges Durcheinander, die Zollkontrolle wurde von einer streng wirkenden Frau vorgenommen, die nur einen höhnischen Blick auf Kates Pass warf und ihn ihr dann wortlos zurückgab. Und dann verirrte sie sich für eine gute halbe Stunde auf dem Flughafen, bevor sie die Reihe von Taxis fand, von denen eins sie ins Stadtzentrum bringen sollte. Sie wischte sich den Schweiß von der Stirn, ihre Wangen glühten bereits, weil ihr die Jacke zur Qual wurde, die sie in Manchester noch gebraucht hatte; jetzt aber hätte sie sie am liebsten in den nächsten Mülleimer geworfen. Sie stand nun da und starrte auf die Schlange wartender Menschen. Obwohl *Schlange* vielleicht nicht ganz der richtige Ausdruck war. Es glich eher einem Rugbygedränge als einer geordneten Reihe von Wartenden.

Dann entdeckte sie einen Wagen, dessen Fahrer ausgestiegen war und an die Autotür gelehnt eine Zigarette rauchte. Aus irgendeinem Grund stolperten die anderen Wartenden nicht in seine Richtung, was ihm freilich auch keine allzu großen Sorgen zu bereiten schien. Trotz ihres vagen Unbehagens marschierte Kate zu ihm hinüber und schleppte ihre Koffer hinter sich her.

»*Buongiorno*«, begrüßte er sie. »Englisch?«

»Ja«, antwortete Kate, verblüfft, dass er sofort ihre Herkunft erkannt hatte. »Fahren Sie ins Stadtzentrum?«

Er neigte den Kopf hin und her, als würde er das vielleicht tun, vielleicht aber auch nicht, als hätte er sich noch nicht ganz entschieden, ob er Lust dazu hatte. »Wo ist das Hotel?«

Kate holte einen Zettel aus ihrer Jackentasche und faltete ihn auseinander, um ihn dem Mann zu zeigen. Er zog eine Braue hoch, während er sich die Zigarette wieder in den Mund steckte und einen langen Zug nahm. »Das ist eine weite Strecke.«

»Oh. Wie viel wird das kosten?«

Er zuckte die Achseln. »Das Taxameter wird es anzeigen. Ich kenne den Preis erst, wenn es stehen bleibt.«

Himmel! Sie war gerade erst hier angekommen, und schon fühlte sie sich wie ein Landei. Sie hatte den Verdacht, dass der Mann sie gleich furchtbar über den Tisch ziehen würde, und es gab nichts, was sie dagegen tun konnte. Halb war es ihr egal – solange sie sicher zu ihrem Hotel kam, musste sie das Geld einfach abschreiben und hoffen, dass sie etwas schlauer wurde, sobald sie sich an die Stadt gewöhnt hatte. Wenn sie nur etwas mehr Zeit auf TripAdvisor verbracht hätte …

Sie wollte dem Mann gerade ihr Gepäck übergeben, als ihr jemand auf die Schulter klopfte.

»Entschuldigung!«

Kate drehte sich um und sah einen hochgewachsenen Mann vor sich. Sie schätzte ihn auf Ende zwanzig, und sein Haar war mithilfe irgendeines Haarpflegemittels perfekt frisiert, außerdem trug er ein gut geschnittenes Oberhemd und eine bequeme Hose, und auf seinem Gesicht stand ein breites, entschuldigendes Lächeln. Sein amerikanischer Akzent war unverkennbar und ziemlich sexy.

»Das mag jetzt vielleicht unpassend klingen, aber mir ist aufgefallen, dass Sie allein sind. Darf ich fragen, ob Sie alleine reisen oder ob der Rest Ihrer Gruppe gleich auftauchen wird?«

»Oh, außer mir ist da niemand«, antwortete Kate und fragte sich, ob sie ihm das erzählen sollte oder nicht. Aber er wirkte so harmlos und freundlich, dass sie sich einfach auf ihre Instinkte verließ. Außerdem hatte sie den Eindruck, dass er helfen wollte, was überaus willkommen war.

»Ich reise ebenfalls allein und brauche ein Taxi. Hätten Sie Lust, sich eins mit mir zu teilen?« Er warf einen Blick auf den Taxifahrer, der immer noch lässig an seinem Wagen lehnte und die Zigarette inspizierte, von der jetzt fast nur noch der Filter übrig war. »Aber ich würde Ihnen eins der offiziellen Taxis empfehlen ...« Er zeigte auf die Schlange, in der weiße Autos mit der Aufschrift *Roma Capitale* den Bordstein säumten. »Dort drüben.«

»Wir werden in der Schlange stundenlang warten müssen«, versetzte Kate zweifelnd.

»Aber es wird nicht mehr als achtundvierzig Euro kosten«, entgegnete der Mann. »Und wenn wir uns die Summe teilen, noch weniger. Ich verspreche, mich wie ein vollkommener Gentleman zu benehmen, und Sie können mich sogar fotografieren und das Foto Ihren Freunden und Verwandten daheim schicken, wenn Sie sich dann besser fühlen.«

»Warum sollte ich das tun?«

»Weil es dann einen Hauptverdächtigen gäbe, wenn ich Sie kidnappen würde«, lachte er.

»Oh.« Kate lächelte. Ungeachtet des Preises war es eine tröstliche Aussicht, sich das Taxi mit jemandem zu teilen, der zu wissen schien, was er tat. »Aber wo ist Ihr Hotel? Wir müssen vielleicht gar nicht in dieselbe Richtung.«

»Machen Sie sich darüber keine Gedanken«, sagte er gut gelaunt. »Im Höchstfall werden uns je achtundvierzig Euro berechnet, was immer noch besser ist, als gar nicht zu wissen, wie viel Sie am Zielort bezahlen müssen. Ich gehe davon aus, dass Ihr Hotel innerhalb der Mauer liegt?«

»Innerhalb welcher Mauer?«

»Der Aurelianischen Mauer? Also im Stadtzentrum? Sonst könnte der Fahrer nämlich mehr berechnen.«

»Das weiß ich nicht.« Kate zeigte ihm das Stück Papier. Er holte sein Handy hervor, tippte auf eine Karte und betrachtete sie für einen Moment.

»Alles gut. Tatsächlich liegen unsere Adressen nur ein paar Straßen voneinander entfernt. Das muss wohl Schicksal sein, richtig?«

»Vielleicht.« Kate lächelte. »Also gut.«

Der Mann sah den Fahrer an. »Tut mir leid, mein Freund, aber wir werden heute eins der anderen Taxis nehmen.«

Der Fahrer warf ihm einen säuerlichen Blick zu, gefolgt von einem weiteren für Kate, bevor er in seine Tasche griff und sich eine neue Zigarette aus einer Schachtel nahm.

»Hier entlang«, sagte der Amerikaner und führte Kate zurück zu dem riesigen Menschenauflauf im Bereich der offiziellen Taxis. »Zum ersten Mal in Rom?«, fragte er im Gehen.

»Ja. Ich wollte mir die Stadt schon immer ansehen, hatte aber nie Gelegenheit dazu. Aber ich habe zunehmend den Eindruck, dass Sie nicht das erste Mal hier sind.«

»Gott, nein. Ich bin viel öfter hier, als mir lieb ist.«

»Ach?«

»Geschäftsreisen. Davon mache ich viele.«

»Natürlich ...« Kate hätte ihn gern gefragt, welcher Art Geschäften er nachging, denn was immer es sein mochte, es klang glamourös und aufregend, wenn es bedeutete, dass er regelmäßig nach Rom reisen musste. Aber da sie ihn gerade erst kennengelernt hatte, wäre das nach ihren britischen Maßstäben eine zu persönliche Frage gewesen.

»Da wären wir«, sagte er, als sie ganz hinten in der Schlange ihre Plätze einnahmen. »Es sieht viel schlimmer aus, als es ist.« Er hielt ihr die Hand hin. »Ich heiße übrigens Jamie.«

»Kate«, antwortete sie und schüttelte ihm die Hand. »Danke!«

»Danken Sie mir noch nicht; noch sitzen wir in keinem Taxi.«

»Aber Sie haben mich davor bewahrt, übers Ohr gehauen zu werden.«

»Oh, ich weiß nicht, ob der Mann Sie wirklich übers Ohr gehauen hätte, aber hier sind Sie mit Ihrem Geld auf der sicheren Seite. Wie lange bleiben Sie in Rom?«

»Eine Woche.«

»Eine Woche ist gut – reichlich Zeit, um sich alles genau anzusehen. Die meisten Menschen bleiben nicht lange genug. Wird noch jemand herfliegen, um sich Ihnen anzuschließen?«

»Nein.«

»Wenn ich das sagen darf, das ist ziemlich mutig.«

»Meinen Sie? So hatte ich das noch gar nicht betrachtet. Es war eine ziemlich spontane Entscheidung herzukommen, wenn ich ehrlich sein soll. Ich wollte einfach nur weg.«

»Klingt geheimnisvoll. Wovon wollten Sie weg?«

Sie zuckte die Achseln. »Von zu Hause. Von allem.«

»Etwas, worüber Sie lieber nicht reden wollen?«

»Es ist nichts Besonderes«, antwortete sie. »Aber ich werde Sie nicht mit der Geschichte langweilen. Kennen Sie den Film *Die unglaubliche Reise in einem verrückten Flugzeug?*«

Er nickte. »Oooh, das ist ein Oldie. Ich liebe diesen Film.«

»Da erzählt die Hauptfigur, ein Mann, allen von seinen Problemen und langweilt sie dabei so furchtbar, dass sie sich schließlich umbringen wollen. Genau das würde passieren, wenn ich Ihnen meine Geschichte erzählte.«

»Dann erzählen Sie sie mir wohl besser nicht«, meinte er lachend.

»Genau.«

Sie schoben sich mit der Schlange immer weiter vor, und nach zehn Minuten waren sie per Du und plauderten miteinander wie alte Freunde. Kate fühlte sich nicht annähernd so verletzlich wie bei ihrer Ankunft und genoss Jamies Gesellschaft sehr. Sie fragte sich, wie sein Zeitplan für seinen Aufenthalt in Rom aussah und ob er Zeit haben würde, sich noch einmal mit ihr zu treffen. Natürlich wollte sie nicht den ganzen Tag an seinen Rockschößen hängen, und sie wollte auch nicht als verzweifelte Dumpfbacke rüberkommen, die nichts mit sich anzufangen wusste, aber es wäre nett, ihn näher kennenzulernen und von Zeit zu Zeit ein wenig Gesellschaft zu haben, vielleicht beim Essen und ähnlichen Gelegenheiten. Vermutlich wäre Rom dann nicht mehr ganz so beängstigend.

––––––

Das Taxi kroch durch die Stadt. Aus irgendeinem Grund hatte Kate nicht erwartet, dass der Verkehr so hektisch und chaotisch sein würde. Mit beängstigendem Tempo rasten Motorroller und Motorräder zwischen geparkten und fahrenden Autos hindurch, und Kate zuckte immer wieder zusammen, wenn plötzlich wieder eins der motorisierten Zweiräder neben ihr an dem heruntergekurbelten Taxifenster vorbeischoss. Ständig wurde irgendwo gehupt, und die Abgase machten die schwüle Hitze noch schwerer erträglich. Trotz des höllischen Tumults, der die Straßen zu charakterisieren schien, war ihr Fahrer bestens gelaunt, nahm den Wahnsinn nicht wahr, in dem er arbeitete, und summte eine Melodie im Radio mit, während er mit den Fingern auf das Lenkrad trommelte.

Jamie war gern damit einverstanden gewesen, dass Kate als Erste zu ihrem Hotel gebracht wurde. Als sie es fast eine Stunde später erreichten, hatte sie in der Zwischenzeit erfahren, dass er ursprünglich aus Texas stammte, jetzt aber in New York lebte, dass er für eine protzige, multinationale Firma in der

Werbung arbeitete und überall auf der Welt Klienten besuchte, dass sein Dad Gebrauchtwagenhändler war und seine Mutter zweimal als Bürgermeisterin für ihre Stadt kandidiert hatte, beide Male aber nicht gewählt worden war und sich daher stattdessen dafür entschieden hatte, ihre Zeit darauf zu verwenden, Gelder aufzutreiben, um die Armen mit Nahrung und Kleidung zu versorgen. Auch Jamies Bruder war in der Politik, und seine Karriere verlief deutlich vielversprechender als die seiner Mutter, und Jamie selbst hatte einen festen Freund in New York, der ihm unlängst einen Antrag gemacht hatte. Auf diese Information hin hatte Kate einen melodramatischen Seufzer ausgestoßen, beklagt, dass alle guten Männer vergeben seien oder für das andere Team spielten, und beide hatten gekichert, ein sicheres Zeichen dafür, dass er ihren speziellen Sinn für Humor instinktiv verstand. Das war eigentlich ein gutes Zeichen, aber selbst wenn er zu haben gewesen wäre und trotz seiner geradezu übernatürlichen Attraktivität wusste Kate nicht einmal, ob sie überhaupt schon bereit war, wieder jemanden zu daten. Doch während sie miteinander plauderten, kam sie schnell zu dem Schluss, dass sie Jamie ohnehin lieber zum Freund haben würde, frei von all den emotionalen Fallen einer ausgewachsenen sexuellen Beziehung, die immer nur dazu führte, dass eine schöne, saubere, spaßige Kameradschaft verkompliziert wurde. Bei einem Mann, der nicht versuchte, einer Frau an die Wäsche zu gehen, wusste sie zumindest, woran sie war.

Er hatte so offen und unterhaltsam die Details seines Lebens vor ihr ausgebreitet, dass Kate sich ebenfalls öffnete und ihm schon bald die ganze Geschichte von ihr und Matt erzählt hatte. Sie berichtete ihm ausführlich von dem Zwanzigjahresplan, den sie bei ihrer Heirat erstellt hatten, dass sie das ganze Erbe, das ihr nach dem Tod ihres Vaters zugefallen war, ausgegeben habe und sie beide danach gespart und geknausert hätten, damit sie den Rest der Anzahlung zusammenkratzen konnten, um ihr Traumhaus zu kaufen. Sie sprach darüber, dass alle gesagt hätten, sie seien zu jung zum Heiraten und es würde nicht von Dauer sein, und dass sie und Matt über das ganze Theater nur gelacht hätten. Dass sie das Kinderkriegen auf seine Bitte hin hinausgezögert habe, weil er jedes Jahr gesagt hatte, er fühle sich noch nicht bereit, und sie verschwieg auch nicht, wie sehr sie das frustriert hatte. Es war befreiend, heilsam, und trotz aller Tiefpunkte begann sie, die Erinnerungen an ihre Beziehung in einem viel positiveren Licht zu sehen als zuvor. Es war lange nicht so katastrophal gewesen, wie es sich direkt nach der Scheidung angefühlt hatte, und sie begann sich nun auch an die guten Zeiten zu erinnern, an das gemeinsame Aufwachsen und daran, wie sie einander zu besseren Menschen geformt hatten. Die zwölf Jahre ihrer Ehe mit Matt waren doch keine reine Verschwendung gewesen. Sie stellten eine Erfahrung dar, und wie alle Erfahrungen im Leben hatten sie einen bleibenden Wert, weil sie dazu beigetragen hatten, einen zu dem Menschen zu formen, der man geworden war.

»Hört sich so an, als hättest du harte Zeiten durchgemacht«, bemerkte Jamie, als sie zum Ende der Geschichte kam. »Es überrascht mich nicht, dass du wegwolltest.«

»Zuerst hat es sich so angefühlt, ja. An dem Tag, an dem ich nach Hause kam und Matt mit seinen Koffern im Flur stehen sah, dachte ich, mein Leben sei zu Ende.«

»Aber jetzt scheint es dir besser zu gehen.«

»Viel besser, und dass ich gute Freunde und Familie um mich herum habe, hat auch geholfen.«

»Das ist ein großes Glück.« Er lächelte. »Die Menschen, mit denen wir uns umgeben, können einen enormen Einfluss darauf haben, wie wir mit dem Leben fertigwerden.« Er nahm eine Visitenkarte aus seiner Tasche, als das Taxi vor einem Gebäude mit einer cremefarbenen Fassade stehen blieb. »Hier ist meine Nummer. Es ist das Firmenhandy, aber ich bin Tag und Nacht erreichbar, also, ruf mich an, wenn du irgendetwas brauchst, während du hier bist.«

Kate warf einen Blick aus dem Fenster, nachdem sie die Karte entgegengenommen hatte. »Danke – das ist so nett. Es war wunderschön, mir ein Taxi mit dir zu teilen.«

»Ich habe die Fahrt mit dir genossen, also war es keine Gefälligkeit. Es kann einsam werden, wenn man hier ständig allein ist.«

Sie schenkte ihm ein weiteres dankbares Lächeln, und dann ging ihr Blick wieder zum Fenster. Sie parkten vor einem Gebäude aus fast goldenem Stein, mit breiten Erdgeschossfenstern und einer gläsernen Drehtür, geschmückt mit der italienischen Fahne, der Fahne der Europäischen Union und verschiedenen anderen, die Kate nicht erkannte. All diese Fahnen hingen an Stangen, die einige Stockwerke weiter oben aus dem Mauerwerk ragten. Am Eingang stand ein alter Mann in einem schwarzen Anzug Wache und begrüßte Besucher, die auf die Türen zugingen.

»Ich glaube, das ist dein Hotel«, sagte Jamie, um ihr auf die Sprünge zu helfen.

»Oh! Ja, natürlich ... Das habe ich gar nicht kapiert!«

»Es ist ziemlich schön – muss einiges gekostet haben ...«

Kate schüttelte den Kopf und war wegen seiner offensichtlichen Andeutung ein wenig aus dem Konzept geraten. »Denk keinen Moment lang, ich wäre reich oder so was. Das hier ist eine heftige Belastung für meine Kreditkarte. Aber weißt du ...«

Sie zuckte schuldbewusst die Achseln. »Darüber mache ich mir Sorgen, wenn ich nach Hause zurückkehre. Es kommt nicht jeden Tag vor, dass man sich scheiden lässt und sich austoben muss.«

»Und da dachte ich schon, ich hätte mir eine Millionärsfreundin angelacht.«

»Quatsch ... Schön wär's!« Sie nestelte etwas aus ihrer Handtasche und drückte ihm einen Haufen Geldscheine in die

Hand. »Reicht das, um meine Hälfe des Fahrpreises zu decken?«

»Ich sage dir, was wir tun werden«, antwortete er. »Da du doch keine Millionärin bist, werde ich das hier auf meine Spesenrechnung setzen, und du kannst dich später mit mir zum Abendessen und auf einen Drink treffen. Wie hört sich das an?«

»Das kann ich unmöglich …«

»Wenn ich allein mit dem Taxi gefahren wäre, hätte ich ohnehin den vollen Preis bezahlt, also macht es für meine Firma keinen Unterschied.«

»Aber …«

»Ehrlich, es ist nicht der Rede wert. Ich hoffe, du findest das nicht aufdringlich, aber was hast du heute Abend vor?«

»Eigentlich noch gar nichts.«

»Es gibt da ein tolles kleines Lokal direkt hier ums Eck – die Trattoria da Luigi. Ich werde dort essen, und wie wär's, wenn du dich gegen halb acht mit mir dort treffen würdest? Oder auch später, wenn dir das besser passt? Wird dir das genug Zeit lassen, dich in deinem Hotel einzuleben und frisch zu machen? Ich könnte auch früher kommen und mich hier mit dir treffen … dir die unmittelbare Umgebung ein wenig zeigen. Es ist praktisch zu wissen, wo das nächste 7-Eleven ist, falls dich mal ein Heißhunger auf Süßigkeiten überfällt.«

»Es gibt in Rom 7-Eleven?«

»Nein.« Jamie lachte. »Aber ich könnte dir die Läden zeigen, die den 7-Eleven hier am nächsten kommen.«

Kate zögerte. Sie mochte Jamie, aber tatsächlich kannte sie ihn kaum. Andererseits war das hier ihr neues Leben, nicht wahr? Die neue Kate? Und hätte die neue Kate Angst vor einem freundschaftlichen Abendessen mit einem Mann, der sehr nett zu ihr gewesen und fest verlobt war mit dem Mann seiner Träume daheim in New York? Und was einen freundlichen Spaziergang am helllichten Tag betraf, vor den Augen

Tausender Touristen – dito. Welchen möglichen Grund sollte es geben, sich zu fürchten?

»Ja«, entschied sie. »Schrecklich gern.«

»Wunderbar! Du hast meine Nummer, und ich werde deine ebenfalls abspeichern. Dann lasse ich dir Zeit, dich einzurichten, und du kannst mich anrufen, wenn du so weit bist.«

Kates Lächeln war selbstsicherer, als sie sich fühlte, während sie an ihren Telefonen hantierten, um die Kontaktdaten auszutauschen. Aber sie hatte sich jetzt festgelegt, und nur die Zeit würde zeigen, ob es eine gute Idee war.

VIER

Es war ein seltsamer kleiner Lebensmittelladen, versteckt in den Nebenstraßen einer unglaublich romantischen Stadt, aber mit einem entschieden müden und unromantischen Flair. In engen Gängen stapelten sich Waren fast bis zur Decke, und es gab kaum genug Platz, um an einem Fremdem vorbeizugehen, der einem im Licht flackernder Leuchtstoffröhren entgegenkam, während im Hintergrund ein Radio eine Oper übertrug. Aber es war genau das, was Jamie ihr versprochen hatte – ein Laden, in dem man alles kaufen konnte, angefangen bei Topfkratzern bis hin zu Milch.

»Nun ... Das ist interessant«, sagte Kate, als sie nach einer Dose griff, deren Etikett ein nicht identifizierbares Lebensmittel abbildete.

»Das hier ist das echte Rom«, antwortete Jamie mit einem Grinsen. »Es kann nicht alles *gelato* und Gucci sein.«

»Und du kaufst oft hier ein?«

Er zuckte die Achseln. »Oft ist vielleicht zu viel gesagt. Aber gelegentlich komme ich her, wenn ich Kaugummi oder eine Zeitung brauche.«

»Und ich dachte, ich würde die Sehenswürdigkeiten kennenlernen.«

»Dafür bleibt immer noch reichlich Zeit. Zuerst musst du wissen, wo die wichtigen Sachen sind.« Er zog die Brauen hoch und betrachtete die Dose, die sie immer noch in der Hand hielt. »Willst du die kaufen?«

»Nein.« Kate lachte und stellte die Dose zurück ins Regal. »Oder vielleicht doch, wenn ich wüsste, was drin ist.«

»Willst du weitergehen? Es gibt noch einige andere Läden in dieser Gasse, die vielleicht eher deinem Geschmack entsprechen.«

»Ich würde lieber draußen einen Spaziergang machen. Für Läden bleibt noch jede Menge Zeit. Ich will die ganze Atmosphäre hier auf mich wirken lassen.«

»In Ordnung. Wie wäre es, wenn wir weitergehen und uns auf die Suche nach einem Lokal machen, in dem wir einen Kaffee trinken können?«

»Wie wäre es, wenn wir weitergehen und nach *gelato* suchen?«, fragte Kate mit einem schelmischen Grinsen. »Mir ist nach einer kleinen Ausschweifung zumute.«

»Nun, das wird nicht allzu schwierig werden, da es in dieser Gasse einen tollen kleinen Eisladen gibt. Wenn er nicht in einer so schrecklichen Gegend läge, wäre er weltberühmt. Doch so wie die Dinge liegen, ist es dort nie besonders voll, aber das Eis ist zum Sterben.«

»Genau so was meinte ich!« Kate grinste. »Zeig mir den Weg!«

»Und? Ist dein Hotel so umwerfend, wie es aussieht?«, fragte Jamie, während er ihr die Ladentür aufhielt und sie wieder hinaus an die laue Luft in den Straßen traten.

»Es ist schön, ja«, bestätigte Kate, als sie sich in Bewegung setzten.

»Das klingt nicht sehr begeistert.«

»Wenn ich ehrlich bin, fühle ich mich ein wenig wie ein

Fisch auf dem Trockenen. Irgendwie wünschte ich, ich hätte etwas Billigeres und Heimeligeres ausgesucht. Aber es ist in Ordnung, und ich habe alles, was ich brauche.«

»Vielleicht gewöhnst du dich ja an ein wenig Luxus, wenn du eine Woche dort verbracht hast.«

»Vielleicht, aber ich bezweifle es. Ich glaube, ich bin einfach kein Luxusweibchen.«

»Süße, ist nicht jeder im Herzen eine Art Luxusweibchen?«

»Du nicht«, entgegnete Kate und warf ihm einen Seitenblick zu. »Da du kein Weibchen bist.«

»Für eine tiefe Badewanne und guten Zimmerservice könnte ich so tun, als wäre ich eins.«

Kate kicherte. »Lässt dein Chef dich nicht in den guten Hotels absteigen?«

»Oh, sie sind durchaus nicht schlecht. Das Hotel, in dem ich im Moment wohne, nutze ich seit einem Jahr, und man kennt mich dort, was immer wunderbar ist.«

»Man kümmert sich gut um dich?«

»Auf jeden Fall.«

»Also bist du in diesem Jahr schon etliche Male in Rom gewesen?«

»Dreimal in Rom. Manchmal bin ich auch in Mailand, und manchmal muss ich nach Genf fliegen.«

»Das klingt wunderbar.«

»Ich schätze, das tut es. Auf andere macht es den Eindruck, als wäre ich ein Glückspilz, aber das Reisen wird irgendwann zur Selbstverständlichkeit. Außerdem vermisse ich Brad, wenn ich nicht zu Hause bin.«

»Denkst du, dass du jemals damit aufhören und dir einen anderen Job suchen wirst, für den du nicht zu reisen brauchst?«

»Vielleicht, wenn Brad und ich heiraten. Aber das wird erst in ein paar Jahren passieren.«

»Warum wollt ihr so lange warten?«

»Er will einen riesigen, rauschenden Empfang, und in New

York ist ein riesiger, rauschender Empfang gleichbedeutend mit einem riesigen Budget. Wir sparen für die Party des Jahrhunderts!«

»Ah ... Ein hoffnungsloser Romantiker, hm? Schön für dich. Ich hoffe, es wird toll.«

»Alle Hochzeiten sind romantisch, oder? Ist das nicht irgendwie der Sinn der Sache?«

»Das sollte man meinen, nicht wahr?«

»Irgendetwas sagt mir, dass du zu kurz gekommen bist, was die Romantik in deiner Ehe betrifft ...«

»Das kannst du laut sagen. Wir waren so jung, als wir geheiratet haben, dass wir kaum Geld hatten, und meine Eltern waren nicht besonders scharf darauf, für etwas aufzukommen, das sie für einen großen Fehler hielten. Sie waren es gewohnt, dass Matt da war, weil wir schon so lange zusammen gewesen waren, aber das hieß nicht, dass sie glücklich darüber waren, dass wir geheiratet haben. Wir mussten uns mit einer Party im Pub an der nächsten Ecke begnügen, und Matt hat ordentlich Gas gegeben, weil achtzehnjährige Jungs das eben so machen, nicht wahr?«

Jamie zog die Brauen hoch. »Ich würde dir ja gern zustimmen, aber was genau meinst du mit ›Gas gegeben‹?«

»Er hat sich betrunken.« Kate lachte. »Zugeballert.«

»Er hat angefangen herumzuballern?« Jamie runzelte die Stirn.

»Nein, ›zuballern‹ bedeutet bei uns ›sich volllaufen lassen‹, nicht ›schießen‹.«

Jaimie kratzte sich am Kopf. »Und ich dachte schon, es wäre schwer, Italienisch zu lernen.«

»Es heißt tatsächlich, dass Großbritannien und Amerika zwei Nationen seien, die von einer gemeinsamen Sprache getrennt werden.«

»Und lass mich gar nicht erst von den Akzenten anfangen. Was für einen Akzent hast du?«

»Einen *Mancunian*.«

»Was ist das denn?«

»Der Akzent von Manchester. Ist es für dich schwer mitzukommen? Ich glaube, ich spreche nicht so breiten Dialekt wie manch andere.«

»Breit?«

Kate rollte mit den Augen. »Das hier ist harte Arbeit. Man hört meinen Akzent nicht so stark heraus wie bei manch anderem Bewohner von Manchester.«

»Mag sein. Welcher Akzent ist so seltsam, dass nicht einmal die Engländer ihn verstehen können?«

»Ich habe keine Ahnung!« Kate kicherte. »Such dir einen der unzähligen regionalen Dialekte im Vereinigten Königreich aus. Welchen magst du am liebsten nach allem, was du gehört hast?«

Er zuckte die Achseln. »Irisch klingt irgendwie heiß. Schottisch auch.«

Kate nickte. »Ich glaube, der Großteil der Bevölkerung des Vereinigten Königreichs würde dir in diesem Punkt zustimmen. Obwohl du den Iren, die du möglicherweise kennenlernst, vielleicht nicht sagen solltest, dass du sie für Briten hältst ... Das gilt nur für Nordirland, weißt du.«

Jamie lächelte vage, als wäre das für ihn alles das Gleiche. »Also würdest du dir vielleicht gern einen Iren anlachen, jetzt, da du wieder Single bist?«, fragte er.

»Es ist auf jeden Fall ein Akzent, bei dem ich ein gewisses Maß an Hässlichkeit verzeihen könnte«, sagte sie lachend.

Jamie ließ ein Grinsen aufblitzen, bevor er vor einem winzigen Laden mit einer pastellbunten Schaufensterauslage stehen blieb. Kate trat näher heran und drückte die Nase gegen die Scheibe, wie ein kleines Kind, dem man den tollsten Süßigkeitenladen der Welt zeigte. Was ziemlich genau das war, wonach das hier für sie aussah.

»Ich habe keine Ahnung, was ich nehmen soll«, sagte sie

und betrachtete aufmerksam die glänzenden Stahlbehälter, in denen bonbonfarbene Wolken aus *gelato* sie in Versuchung führten. Die Sorten waren unten auf das Regal geschrieben, sowohl auf Italienisch als auch auf Englisch.

»Das Pistazieneis ist umwerfend«, meinte Jamie. »Genau wie Zartbitter oder das mit Kaffeearoma – eine Wahnsinnskombination. Es gibt hier keine überdrehten, ausgefallenen Kreationen wie in den Touristenläden. Die Leute hier halten sich an die traditionellen Sorten, und die machen sie gut. Es ist das beste Eis, das du in Rom bekommen wirst.«

»Kaffee klingt gut. Vielleicht nehme ich dazu Zartbitter ... Du weißt schon, warum sollte ich es nicht mal krachen lassen?«

»Genau das meine ich!«, sagte Jamie. Er hielt ihr die Tür auf und ließ ihr den Vortritt.

Als sie zur Theke gingen, stand vor ihnen ein Kunde, ein Mann, den Kate auf den ersten Blick auf etwa Mitte dreißig schätzte, und er sah nicht schlecht aus. Kate erkannte den Akzent sofort, als der Mann mit der Verkäuferin sprach, und sie warf Jamie einen Blick zu und sah ihn grinsen.

»Ire, richtig?«, flüsterte er.

Kate nickte und kicherte verschwörerisch.

Aber ihr privater Scherz wurde bald Kates schlimmster Albtraum, als Jamie dem Mann auf die Schulter tippte.

»Hey, Kumpel ... sind Sie Ire?«

Der Mann drehte sich überrascht um. Nachdem er Kate und Jamie kurz gemustert hatte, schien er zu entscheiden, dass er nicht belästigt, sondern nur aus freundlicher Neugierde angesprochen wurde, und begann zu lächeln. »Aus Cork. Haben Sie irische Vorfahren?«

»Oh nein ... Meine Familie stammt ursprünglich aus Skandinavien, obwohl wir jetzt seit mindestens fünf Generationen Texaner sind. Aber meine Freundin Kate hier ist auf der Suche nach einem heißen Iren ... Sind Sie verheiratet? Denn wenn Sie es nicht sind, habe ich vielleicht gerade Ihre zukünftige Frau für Sie gefunden.«

Kate wäre vor Scham am liebsten im Erdboden versunken, als der Mann sie ansah. Sie konnte den Ausdruck auf seinem Gesicht nicht ganz deuten, aber er lag irgendwo zwischen Erheiterung, Mitleid und dem gleichen Entsetzen, mit dem Jamies unverblümte Worte sie selbst erfüllten.

»Jamie macht nur Witze«, beteuerte sie schnell. »Er albert einfach herum.«

Jamie wirkte überrascht, als er Kate musterte, und sie hob die Brauen in einer stummen Warnung, dass er nicht weitersprechen sollte.

»Ich habe nur gesagt, dass ich den irischen Akzent mag, mehr nicht«, fügte Kate hinzu. »Wir haben über Dialekte gesprochen, und ich habe festgestellt, dass ich den irischen Akzent gern höre ... oder den schottischen ... Denn, Sie wissen ja, die meisten Menschen mögen diese Dialekte ...«, sagte sie und brach dann hilflos ab.

»Vielen Dank«, antwortete der Mann, der genauso verwirrt und überfordert schien, wie Kate sich fühlte. Zu ihrer grenzenlosen Erleichterung bekam er schnell, was er bestellt hatte, und verließ mit einem höflichen Nicken den Laden.

Kate wirbelte zu Jamie herum, aber der hatte bereits das Interesse an dem Gespräch verloren und studierte den Inhalt der Glasvitrine auf der Theke.

»Was zum Teufel ...?«, zischte sie.

Er drehte sich zu ihr um. »Er hat sich gut angehört, und du bist Single. Man kriegt nichts, wenn man nicht fragt.« Er zuckte die Achseln. »Es hatte ohnehin keinen Zweck, denn er hatte einen Ehering am Finger.«

Kate klappte der Unterkiefer herunter. »Hättest du das nicht überprüfen können, bevor du etwas sagst? Abgesehen von der Tatsache, dass es mir lieber gewesen wäre, wenn du überhaupt nichts gesagt hättest, Punkt!«

»Du wirst ihn nie wiedersehen, ich weiß also nicht, warum du dich so darüber aufregst.«

»Nun ...«, begann Kate, aber ihre Antwort geriet ins Stocken. Vielleicht hatte Jamie nicht ganz unrecht. Sie war so sehr Engländerin, so sehr daran gewöhnt, ihre Meinungen und Gefühle unter Verschluss zu halten, dass sie wahrscheinlich nie wieder ein Gespräch mit einem Mann ankurbeln würde, der tatsächlich zu haben war. Und man lernte keine Menschen kennen, ohne Risiken einzugehen. Außerdem war der Ire attraktiv gewesen. Und Kate würde ihn wahrscheinlich nie wiedersehen, also war alles, was aus dieser Begegnung resultierte, ein Kompliment über seinen Akzent für ihn und für sie eine Anekdote, die sie zu Anna und Lily mit nach Hause nehmen konnte.

»Das hier geht auf mich«, fuhr Jamie fort und unterbrach ihre Gedanken. Er klopfte mit einem Grinsen gegen das Glas. »Genau das hier ... das ist Rom!«

———

Sie hatten Zeit, das *gelato* zu genießen. Es war cremig, schwer und sehr aromatisch. Dann musste Jamie in sein Hotel zurückkehren, um noch ein paar Kunden anzurufen, bevor er Feierabend machte, und Kate wollte unbedingt wieder in ihr Hotelzimmer, um sich für das Abendessen umzuziehen. Sosehr ihr Jamies Gesellschaft gefiel, und sosehr sie sich auf mehr davon freute, war eine Verschnaufpause doch willkommen; er war witzig und klug, aber er war es nonstop, es gab keinen einzigen Moment der Ernsthaftigkeit oder der Selbstreflexion, und der Tag war lang gewesen. Ein ruhiger Moment würde genügen, damit sie ihre Batterien wieder aufladen und das Beste aus dem Abend machen konnte. Es gab also eine schöne Stunde der Stille in ihrem klimatisierten Zimmer, während sie sich umzog und ihre Sachen für die Woche organisierte, und dann war sie wieder mit ihrem altbewährten Stadtplan auf der Straße, um Jamie zum Abendessen zu treffen.

———

Die Trattoria, die Jamie vorgeschlagen hatte, war eine großartige Empfehlung. Sie war gemütlich und authentisch, ohne die einschüchternde Aura von Luxus, die einige der anderen Lokale umgab, an denen sie vorbeigekommen war. In solche Restaurants hätte sie sich niemals allein hineingetraut, geschweige denn dort allein zu Abend gegessen. Sie hatte das Gefühl, dass es ihr in der Trattoria da Luigi nichts ausmachen würde, wenn sie sich das Kleid mit Tomatensoße bekleckerte, und dass es auch niemand anderen interessieren würde.

Als sie unsicher am Eingang stand, den Raum absuchte und hoffte, dass sie am richtigen Ort war, sah sie Jamie bereits ein wenig abseits in einer Ecke des Restaurants an einem Tisch sitzen. Auf der traditionellen roten Tischdecke brannte eine Kerze in einer Flasche. Aus strategisch platzierten Lautsprechern ertönten Mandolinenklänge, die zwar zur Atmosphäre beitrugen, aber nicht so laut waren, dass sie störten, und der Duft von warmem Brot und frischen Kräutern ließ Kates Magen vor Vorfreude knurren. Jamie winkte sie heran, und als sie durch das Lokal ging, spürte sie Erleichterung. Sie hätte sich doch ziemlich dumm gefühlt, wenn er nicht dort gewesen wäre.

»Hey!« Jamie lächelte. »Ich dachte schon, du würdest kneifen.«

»Ich bin doch nicht zu spät, oder?«, fragte Kate mit einem Blick auf ihre Uhr. »Oh ... vielleicht ein bisschen, tut mir leid. Ich bin bei meiner Erkundungstour ein wenig abgelenkt worden. Und ich muss gestehen, dass ich drei- oder viermal an diesem Lokal vorbeigegangen bin, bevor ich zu dem Schluss gelangt bin, dass du dich hier mit mir treffen wolltest.« Sie nahm auf der anderen Seite des Tisches Platz. »Schlimm?«

»Natürlich nicht. Das Wichtigste ist, dass du jetzt hier bist und ich heute Abend nicht allein esse. Das ist eine nette Abwechslung.«

»Du isst oft allein?«

»In Rom, ja. Einer der Vorteile – oder Nachteile – von Geschäftsreisen, je nachdem, wie du es betrachtest und wie viel Wert du auf die Gesellschaft anderer legst. Ich lege zufällig großen Wert darauf.«

»Dann muss das hart für dich sein.«

Er lächelte. »Manchmal habe ich das Glück, großartige Menschen kennenzulernen, die auf Taxis warten und sich bereit erklären, mitzukommen und mir beim Abendessen Gesellschaft zu leisten, und denen es nicht zu peinlich ist, wenn ich versuche, sie mit heißen Iren zu verkuppeln.«

»Das habe ich dir verziehen ... aber nur gerade so.«

»Aber war es wenigstens den Abstecher für das *gelato* wert?«

»Unbedingt! Allerdings bin ich jetzt schon wieder halb verhungert. Wenn ich jeden Tag solchen Hunger habe, werde ich wie ein Wal aussehen, wenn ich nach Hause komme.«

»Ich bin mir sicher, dass du niemals so aussehen könntest. Zum einen hat deine Haut die falsche Farbe ...«

Kate kicherte. Dann hob sie ihr Handy und richtete die Kamera auf Jamie. »Sitz still.«

»Etwas, um dich an mich zu erinnern?«, fragte er.

»Etwas, was ich meiner Schwester schicken will. Erinnerst du dich daran, dass du mir geraten hast, ihr zur Sicherheit ein Foto zu mailen? Das habe ich vorhin vergessen.«

Er zog die Brauen hoch, dann brach er eine Brotstange in zwei Hälften. »Du hältst mich doch nicht wirklich für fähig, jemanden zu entführen, oder?«

»Nein, aber du hast es vorgeschlagen, und als ich Anna vorhin angerufen habe, hat sie gesagt, ich sei verrückt, mich mit einem Mann zum Abendessen zu verabreden, den ich gerade erst kennengelernt habe, noch dazu in einer Stadt, in der ich ganz allein bin und niemanden sonst kenne. Ich habe ihr geantwortet, dass du einen vollkommen harmlosen Eindruck gemacht hast, als wir spazieren waren, aber sie hat erwidert, Hannibal Lecter hätte den gleichen Eindruck auf seine Opfer gemacht, kurz bevor er sie dann zerstückelte.«

»Nun, in dem Fall hoffe ich, dass du mich von meiner Schokoladenseite erwischt hast.«

»Du hast nur Schokoladenseiten. Dein Freund ist ein Glückspilz.«

»Versuch mal, ihm das zu erklären, wenn wir gerade über ... tja, tatsächlich über so ziemlich alles verschiedener Meinung sind.«

Kate musste lachen, wurde aber von ihrem Handy abgelenkt, das mit einem Piepton die Ankunft einer Textnachricht signalisierte. Sie entsperrte es und las die Nachricht.

»Anna meint, du wärst heiß.«

»Du kannst Anna ausrichten, das sei sehr freundlich. Also scheint sie sich jetzt keine allzu großen Sorgen mehr zu machen, weil ich dich zum Abendessen ausführe?«

»Anscheinend nicht. Du musst ein sehr harmlos wirkendes Gesicht haben.«

»Nun, es wurde im Laufe der Jahre schon vieles genannt, aber ›harmlos‹ ist definitiv eine Premiere.« Er nahm die Weinkarte in die Hand, während Kate Anna eine kurze Antwort schrieb.

»Ich bin dafür, dass wir uns eine schöne Flasche Chianti bestellen.«

Kate hob den Blick von ihrem Handy. »Ich hoffe, du schlägst keine Favabohnen dazu vor und fängst an, seltsame Schlürfgeräusche zu machen.«

»Ich verstehe, dass dich das beunruhigen würde«, sagte er lachend. »Wenn ich es recht bedenke, lass uns einfach beim

Hauswein bleiben und uns dazu eine schöne Portion Pasta bestellen.«

»Guter Plan«, antwortete sie und sperrte ihren Handybildschirm wieder.

Als der Kellner kam, blickten sie beide auf. Jamie schien sich auf seinem Stuhl zu versteifen, und obwohl es eine kaum merkliche Regung war, entging sie Kate nicht. Sie unterzog den Neuankömmling einer genaueren Betrachtung. Er war etwa fünfundzwanzig, mit dunklem Haar und dunklen Augen, hochgewachsen und schlank, und sein markanter Kiefer war mit Bartstoppeln bedeckt. Er warf Kate einen argwöhnischen Blick zu, aber im selben Moment glättete er seine Züge.

»*Buonasera*«, sagte der Kellner und dann auf Englisch: »Möchten Sie bestellen?«

Kate runzelte schwach die Stirn. Wie kam es, dass alle automatisch erkennen konnten, dass sie Engländerin war? Lag es an ihrem Aussehen, dass es so offensichtlich war? Sie war blass und rothaarig, aber es gab doch noch andere Menschen in Europa außer den Briten, die rotes Haar hatten? Doch dann richtete der Kellner den Blick wieder auf Jamie, und dieser Blick sagte ihr alles, was sie wissen musste. Diesmal war nicht sie diejenige, die durchschaubar war – es war Jamie. Er hatte vorhin aus dem Stegreif den Namen der Trattoria genannt, und sie musste davon ausgehen, dass er hier Stammgast war. Wenn dem so war, würde man ihn hier wahrscheinlich kennen und wissen, dass er Englisch sprach, aber das erklärte immer noch nicht das ungute Gefühl, das sie bei den aufgeladenen Blicken hatte, die die beiden Männer austauschten. Irgendetwas ging hier vor, und das war kein gewöhnliches Abendessen.

»Pietro ...«, begann Jamie, »ich dachte, du wolltest in die Alpen fahren ... Was ist passiert?«

Pietro zuckte die Achseln. »Ich bin nicht gefahren. Mein Vater brauchte mich hier ... Er ist alt und konnte nicht auf seinen Sohn verzichten, der seine Zeit in den Alpen mit Skifahren nur verschwendet hätte.«

Jamie schenkte ihm ein gepresstes Lächeln. »Tut mir leid, das zu hören. Ich weiß, wie gern du hinfahren wolltest.«

»Ich bin noch jung, vielleicht klappt's ja nächstes Jahr, oder?«

Jamie nickte. »Ich hoffe es.« Er deutete auf Kate. »Das ist meine gute Freundin Kate, und wir hätten gern eine schöne Flasche Roten, um ihre kürzliche Scheidung zu feiern.«

Kate spürte, wie ihr die Hitze in die Wangen schoss. Sie lernte schnell, dass es für Jamie keine Tabus gab und dass ihm womöglich sogar die Vorstellung vertraulicher persönlicher Informationen völlig fremd war. Vielleicht sollte sie ihn in Zukunft nicht mit allzu vielen weiteren Einzelheiten ausrüsten, wenn sie noch mehr Zeit miteinander verbrachten.

Pietro nickte ihr schwach zu. »Wenn Sie gestatten, habe ich da genau die richtige Flasche für Sie.«

»Das wäre wunderbar«, antwortete Kate. »Ich fürchte, ich verstehe nicht viel von Wein, daher nehme ich Ihre Empfehlung gerne an.«

Pietro lächelte steif und ging dann davon, um den Wein zu holen. Kate wandte sich an Jamie.

»Ich mag ja nichts über Rom wissen, aber ich merke, wenn etwas nicht stimmt. Was läuft da zwischen euch beiden?«

»Was?« Jamie schaute von der Speisekarte auf, in die er sich vertieft hatte.

»Du und dieser Kellner? Du kennst ihn?«

»Na klar, ich komme ständig her.«

»Ich meine, du *kennst* ihn?«

»Du meinst, dass ich mit ihm geschlafen habe?« Jamie wirkte gekränkt, und sofort schämte Kate sich. Es war eine krasse Unterstellung, und sie hätte sich auch beleidigt gefühlt, wenn ein wildfremder Mensch etwas Ähnliches zu ihr gesagt hätte.

»Tut mir leid ... Ich wollte nicht ...«

»Ich weiß«, unterbrach er sie. Sein unbefangenes Lächeln war zurückgekehrt. »Er ist ein gut aussehender Bursche, und ich bin ebenfalls nicht allzu unattraktiv ... Du weißt ja, was man sagt: Man soll sich den örtlichen Gepflogenheiten anpassen ... Doch um deine Frage zu beantworten, nein, habe ich nicht, aber ich kenne ihn, denn ja, wir waren bei meinen früheren Besuchen hier in einigen Bars zusammen. Allerdings nur als Freunde.«

»Ist er ... du weißt schon ...?«

»Schwul?«

Kate nickte und verfluchte ihre Kleinstadtmentalität, die sie daran zu hindern schien, die Frage über die Lippen zu bringen, obwohl Jamie sie offensichtlich für ganz natürlich und harmlos hielt.

Er stieß einen kleinen Seufzer aus, aber es schien ein Seufzer der Traurigkeit zu sein, nicht aus Verärgerung über sie. »Das ist eine Frage, die nur er beantworten kann.«

Kate runzelte die Stirn, und Jamie richtete seine Aufmerksamkeit wieder auf die Speisekarte. Es war für seine Verhältnisse eine ziemlich kryptische Antwort, wenn man bedachte, dass er in fast allen anderen Belangen so offen war. Aber sie nahm an, dass man jemanden im Grunde überhaupt nicht kannte, wenn man ihn erst vor einigen Stunden kennengelernt hatte, und was sie dachte, was Jamie in irgendeiner Situation vielleicht tun oder denken würde, musste nicht zwangsläufig der Wahrheit entsprechen.

»Die Linguine mit Meeresfrüchten sind hier ausgesprochen gut«, empfahl er ihr.

Es war klar, dass der sonst so ungeheuer offene Jamie bei diesem speziellen Gespräch dichtmachte und dass es keinen Zweck hatte, weiter auf dem Thema Pietro herumzureiten.

»Ich bin mir nicht sicher, ob ich Meeresfrüchte mag«, entgegnete Kate und wandte sich ihrerseits der Speisekarte zu, die zu verstehen eine große Herausforderung für sie darstellte. Würde Jamie sie für richtig dumm halten, wenn sie ihn fragte, was genau einige der Speisen waren?

Jamie lachte. »Wie kannst du dir da nicht sicher sein?«

»Ich esse sie einfach nicht oft. Matt mochte sie nicht, deshalb haben wir uns zu Hause nicht damit abgegeben, und die wenigen Gerichte dieser Art, die ich im Laufe der Jahre probiert habe ... Nun, es ist wie mit Sushi, nicht wahr? Leute, die es in richtigen japanischen Restaurants gegessen haben, sagen, dass es völlig anders schmeckt als die schlechten Nachahmungen in unseren Supermarktregalen. Ich würde Sushi vielleicht lieben, wenn ich das richtig gute Zeug mal probiert hätte. Das Gleiche gilt für gute Meeresfrüchte – ich wette, sie schmecken völlig anders als mein gelegentlicher Kabeljau in Petersiliensoße aus der Tüte.«

Jamie schüttelte den Kopf. »Engländer sind seltsam.«

»Wahrscheinlich«, bestätigte Kate. »Aber wir finden euch Amerikaner auch seltsam.«

Er zeigte mit dem Zeigefinger auf sich. »Meinst du uns alle oder speziell mich?«

»Ich spreche von euch allen«, sagte Kate und kicherte.

»Nun, dann ist das in Ordnung. Für einen Moment habe ich mich schon fast gekränkt gefühlt.«

———

Als Jamie ihre zweite Flasche Wein bestellt hatte, fiel es Kate schon schwerer, den Weg ihrer Gabel zu ihrem Mund zu koordinieren und sich zu vergewissern, dass aus diesem Mund auch wirklich etwas herauskam, worüber sie sprechen sollte. Während ihr *pollo pomodoro* vor ihr abkühlte, sprudelte vieles aus ihrer Vergangenheit hervor, das weitaus persönlicher war als die Anekdoten, die sie bisher an diesem Tag erzählt hatte, obwohl sie sich doch vorgenommen hatte, Jamie keine weiteren

Geheimnisse zu verraten – vom Sex an ungewöhnlichen Orten bis hin zu Matts Diät, seinen hochnäsigen Eltern und seiner Weigerung, eine Familie zu gründen – es kam alles ans Licht. Aber statt sich dessen zu schämen, fand Kate es von Minute zu Minute lustiger und kicherte unkontrolliert, wenn Jamie mitmachte und Anekdoten aus einer Jugend zum Besten gab, die sich so farbenfroh anhörte, wie die ihre geregelt gewesen war, wobei geregelt letztlich langweilig bedeutete. Und langsam wurde ihr bewusst, dass die Jahre mit Matt wirklich und wahrhaftig öde gewesen waren. Er war ein guter Mensch, er war verlässlich und vernünftig, aber dass sie Spaß mit ihm gehabt hätte, konnte sie nicht gerade behaupten. Und ihr wurde bewusst, wie sehr sie Spaß vermisst hatte, dass er ihrer beider Alltag so fremd gewesen war, dass sie fast vergessen hatte, was Spaß zu haben überhaupt bedeutete. Sicher, sie hatten sich hier und da einen Filmabend gegönnt und sich etwas zu essen kommen lassen, von Zeit zu Zeit waren sie auch mit gemeinsamen Freunden in den Pub gegangen oder hatten sich sogar in den örtlichen Comedy Club gewagt. Dann waren da der alljährliche Ausflug ans Meer gewesen, Geburtstagsessen beim Chinesen am Buffet und das alljährliche Brüten über neuen Farbmustern von Dulux, wenn sie sich für einen neuen Look für den Raum entscheiden mussten, der renoviert werden sollte. Aber all das war frei von jedem Risiko und schrecklich berechenbar gewesen, und wenn sie Matt je vorgeschlagen hätte, etwas Ungewöhnlicheres zu tun, wäre er vor Schreck garantiert ohnmächtig geworden. Kate erkannte jetzt, dass ihr Hobby, das Schneidern, das Einzige war, was sie bei Verstand gehalten hatte. Es hatte ihr die Möglichkeit gegeben, als Individuum zu agieren und nicht nur als die völlig vernünftige Hälfte einer Beziehung, die Matt glücklich machte, aber nicht unbedingt sie.

»Also ... verstehe ich das richtig?«, sagte Jamie, während er Kate ein weiteres Glas Wein einschenkte. »Du schneiderst

Vintage-Kleidung? Aber das ist doch großartig! Trägst du eine deiner eigenen Kreationen?«

Kate strahlte, als sie einen kurzen Blick auf das Kleid mit dem Rosenmuster warf, das sie anhatte. Der Wasserfallausschnitt war besonders knifflig gewesen, und der ausgestellte Rock hatte sie viele Abende lang beschäftigt, worüber Matt sich beklagt hatte, aber sie war stolz auf ihr Werk, und es war nach wie vor ihr Lieblingskleid. »Es ist nur ein Hobby«, sagte sie.

»Du bist in Italien! Die Italiener lieben Mode! Du solltest überall herumposaunen, dass du dieses Kleid trägst und was du alles kannst – es ist umwerfend! Such dir hier einen Job in der Branche, zieh her und fang ein neues Leben an.«

Obwohl sie nicht mehr ganz nüchtern war, starrte Kate ihn an. »Mir hier einen Job suchen? Das ist verrückt – ich wüsste ja nicht mal, wo ich anfangen sollte! Und ich könnte meine Familie nicht verlassen.«

»Ich wette, ich könnte dir Kontakte verschaffen, wenn du welche brauchst. Ich habe Kollegen und Klienten, die die richtigen Leute kennen.«

Kate schüttelte so vehement den Kopf, dass sie fast vom Stuhl fiel.

»Du hast mir bereits erzählt, dass du deinen Job hasst«, fuhr er fort. »Was war das noch mal?«

»Verkaufsleiterin. Obwohl das nur ein schicker Titel für Lagerist ist, den sie mir gegeben haben, damit ich mich wichtiger fühle.« Allein diese Worte vermittelten Kate jetzt ein Gefühl von Stumpfsinn und mangelndem Glamour vor dem Hintergrund von Jamies überschäumender Individualität. Sie wünschte sich von Herzen, sie hätte noch etwas anderes zu bieten, eine andere Möglichkeit, sich zu präsentieren, aber es gab keinen Titel, den sie erfinden konnte, der ihren Job aufregender klingen ließ, als er war. Also ungefähr so aufregend wie ein Testbild im Fernsehen.

Er lehnte sich zurück und betrachtete sie mit einem

schiefen Lächeln. »Der Ausdruck auf deinem Gesicht verrät mir, dass das nicht dein Lebensziel ist, und deshalb schließe ich die Beweisführung hiermit ab.«

Kate kicherte, aber die Antwort erstarb ihr auf den Lippen, als sie bemerkte, dass seine Aufmerksamkeit plötzlich abgelenkt wurde. Sie drehte sich um und folgte seinem Blick, konnte aber nur sehen, dass es in der Trattoria nur so wimmelte von Gästen und Kellnern.

»Würdest du mich bitte kurz entschuldigen?«, fragte Jamie. Sein Grinsen war verschwunden, und er wartete Kates Antwort nicht ab, ehe er sie allein am Tisch sitzen ließ. Sie beobachtete, wie er zu einer Nebentür ging, die aussah, als wäre sie nicht für die Öffentlichkeit bestimmt. Es waren sicher nicht die Toiletten, die einige Schritte weiter deutlich beschildert waren, und ebenso wenig handelte es sich um die Küche. Sie konnte nur vermuten, dass es eine Art privates Büro oder ein Aufenthaltsraum für das Personal war, aber weshalb um alles in der Welt ging Jamie dorthinein? Kannte er die Besitzer so gut? Kate runzelte die Stirn, während ihr Gehirn, wenn auch angeheitert, daran arbeitete, eine Lösung des Rätsels zu finden. Jamie selbst war ein Rätsel – immer, wenn sie dachte, sie hätte ihn durchschaut, tat er etwas, das sie völlig aus der Bahn warf.

Sie hatte aber bereits so viel Wein getrunken, dass sie sich keine weiteren Gedanken mehr machte, ihr Glas erneut auffüllte und damit die zweite Flasche leerte. Sie war sich ziemlich sicher, dass sie betrunken war, also wie kam es dann, dass Jamie gar nicht betrunken gewirkt hatte? Trotzdem schaute sie sich nach einem Kellner um, in der Hoffnung, jemanden um eine neue Flasche bitten zu können, ohne auf ihr miserables Italienisch zurückgreifen zu müssen (das praktisch ausschließlich auf der Speisekarte einer Pizzeria in Manchester beruhte). Wie es der Zufall wollte, kam eine junge und unglaublich glamouröse Kellnerin herüber.

»*Per favore*«, sagte Kate und hielt ihr die leere Flasche hin.

Das Mädchen schenkte ihr ein wissendes Lächeln, nahm die leere Flasche mit und verschwand, um eine neue zu holen. Einige Minuten später kehrte sie zurück und füllte Kate das bereits wieder geleerte Glas auf. Es war fast so, als würde sie jetzt aus Angst trinken, da sie der Kellnerin mit einem unsicheren Lächeln dankte, dann das nächste Glas herunterkippte, bevor ihr Blick wieder zu der Tür wanderte, durch die Jamie verschwunden war. Sie hätte das Mädchen am liebsten gefragt, wohin diese Tür führte, aber sie wusste nicht, wie. Es war natürlich möglich, dass die Kellnerin Englisch sprach, da in Rom wahrscheinlich die Hälfte der Touristen Englisch sprach, aber es war nicht nur die Sprachbarriere, die Kate daran hinderte, ihre Frage zu stellen. Was, wenn Jamie dort drin war, obwohl er dort nichts zu suchen hatte? Was, wenn er etwas tat, was er nicht tun durfte? Jetzt, da sie wieder hinschaute, konnte sie auch Pietro nirgends entdecken. Was zur Hölle war da los? Sie wollte Jamie nicht in irgendwelche Schwierigkeiten bringen, daher schenkte sie der Kellnerin lediglich ein weiteres dankbares Lächeln und ließ sie sich um den Nachbartisch kümmern.

Eine halbe Stunde verstrich ohne eine Spur von Jamie, obwohl Kate mit der neuen Weinflasche schon beeindruckende Fortschritte gemacht hatte. Ihr Blick wanderte wieder zu der Tür. Sie hatte niemanden herauskommen sehen, aber hatte sie vielleicht einen Moment nicht hingeschaut? Gab es noch einen anderen Ausgang, von dem sie nichts wusste? Irgendetwas war passiert, und Jamie hatte sie in dem Restaurant sitzen lassen, davon war sie inzwischen überzeugt. Hatte sie ihn irgendwie verärgert? Handelte es sich um einen Notfall? Fand er ihre Gesellschaft inzwischen einfach langweilig? Vielleicht machte er so etwas dauernd. Je länger sie darüber nachdachte, desto fester war sie davon überzeugt, dass er tatsächlich verschwunden war. Aber das Essen und der Wein mussten bezahlt werden, und obwohl sie sich erboten hatte, die Rechnung als Gegenleistung für ihre Hälfte der Taxigebühren zu übernehmen, die er zuvor beglichen hatte, war sie sich sicher, dass ihre gemeinsame Rechnung höher ausfallen würde als das, was sie ihm für die Taxifahrt schuldete. Er hatte so nett gewirkt – er würde doch sicher nicht einfach abtauchen? Oder war das alles nur ein ausgeklügelter Streich aus einem noch unbekannten und undurchsichtigen Grund? Machen wir uns doch einen Spaß auf Kosten der traurigen, einsamen Touristin ... Vielleicht war er ein Betrüger, der dummen, verletzlichen, allein reisenden Frauen auflauerte, damit die ihm sein abendliches Gelage bezahlten. Aber nach dem, was sie bereits von ihm wusste, ergab das nicht den geringsten Sinn. Und er hatte früher am Tag das Taxi bezahlt, genau wie das *gelato*, was also hatte er zu gewinnen, wenn er sie jetzt im Stich ließ? Die paar Euro Differenz waren es doch bestimmt nicht wert?

Sie leerte ihr Glas, nahm ein Bündel Geldscheine aus ihrem Portemonnaie und legte es auf den Tisch, bevor sie ihre Sachen einsammelte, um nach draußen zu wanken. Wahrscheinlich hatte sie viel zu viel Geld dagelassen, aber das Ende des Abends war schon demütigend genug gewesen, auch ohne noch zu versuchen, sich die Rechnung bringen zu lassen. Sie wollte sich lieber davonschleichen, bevor jemand etwas bemerkte.

Die Abendluft war mild und der Himmel noch hell, als Kate auf die grau gepflasterte Gasse hinaustrat, zu deren beiden Seiten pastellfarbene Fassaden aufragten. Sie waren mit Lampen geschmückt, die von Motten umflattert wurden. Als Kate zu einer größeren Straße kam, wuselten die Fußgänger hin und her, und als sie weiterstapfte, hörte sie neben dem Italienisch, das sie erwartet hatte, mehr Sprachen, als sie zählen konnte. Sie versuchte verzweifelt, den schwummrigen Nischen ihres Gehirns den Standort ihres Hotels zu entlocken, aber besagtes Gehirn wollte nichts davon wissen, bevor sie ihm nicht eine Dosis Kaffee injizierte. Doch je weiter sie ging, desto mehr wurde sie von der abendlichen Atmosphäre der ewigen Stadt eingenommen, von der Freiheit, herumzustreifen, wo sie wollte, und zu tun, worauf sie Lust hatte. Eine Gruppe von Italienerinnen wünschte ihr einen guten Abend (zumindest glaubte sie das), und sie konnte nicht umhin, die bewundernden Blicke zu bemerken, die ihrem Kleid galten. Mit einem gefühlsseligen Grinsen ging sie danach an einem englischen Paar vorbei, das darüber stritt, wo sie essen wollten.

»Trattoria da Luigi ... dort entlang, und die Meeresfrüchte sind toll!«, rief sie ihnen mit einem Schluckauf nach, während sie schwungvoll mit dem Arm in die Richtung zeigte, aus der sie gekommen war. Die beiden starrten sie an, während sie mild lächelte und weiterging, davon überzeugt, eine sehr gute Tat vollbracht zu haben und dass die beiden eines Tages darauf zurückblicken und zu dem Schluss kommen würden, es habe ihre Ehe gerettet.

Noch bevor sie zwei Straßen weitergekommen war, merkte sie, dass sie keine Ahnung hatte, wo sie war. Aber das hieß nur, dass sie neue Gebiete erkundete, nicht wahr? Sie erkundete die Stadt – ja, genau das tat sie. Man konnte sich nicht verlaufen haben, wenn man die Gegend erkundete, weil man gar nicht versuchte, irgendwo hinzulaufen, und man konnte sich nur verlaufen haben, wenn man das Ziel, zu dem man wollte, nicht zu finden vermochte, aber sie suchte nicht mehr nach einem bestimmten Ziel. Nachdem sie diese Erkenntnis gewonnen hatte, blieb ihr nur eins, nämlich weiterzuwanken, gänzlich ohne sich verirrt zu haben.

FÜNF

Kate bewegte sich und schlug nach etwas, das ihr Gesicht kitzelte. Ein Haar? Sie hatte keine Ahnung, aber sie wünschte, es würde aufhören, damit sie weiterschlafen konnte. Aber jetzt, da sie darüber nachdachte, fand sie auch dieses Bett sehr unbequem ...

»*Cosa fai qui?*«

Sie rümpfte die Nase. Redete da jemand? Was hatte der Sprecher hier bei ihr zu suchen? Er sprach nicht einmal Englisch – zumindest konnte sie nicht verstehen, was er sagte, falls er Englisch sprach. Wem es nicht einmal die Mühe wert war, sie auf Englisch zu wecken, sollte einfach verschwinden.

»*Signorina!*«

Da war es wieder. Wenn sie nur ihre Augen dazu hätte bewegen können, sich zu öffnen, hätte sie vielleicht dahinterkommen können, was hier los war. Aber dann stupste etwas Kaltes und Glattes sie an ihrem Arm an und zwang sie, sich zu orientieren.

Verdammter Mist, diese Lichter sind grell.

Kate stemmte sich langsam hoch und sah sich um. Sie war im Freien und saß auf irgendeiner riesigen Treppe, aber sie hatte keine Ahnung, wie sie dort hingelangt war oder wo genau sich diese Treppe befand. Was sie jedoch wusste, war, dass sie die Mutter aller Kopfschmerzen hatte, dass sie fror und dass ihr Nacken schmerzte. Außerdem war es inzwischen Nacht.

»*Ti sei persa?*« Da war sie wieder, diese Stimme. Kate schaute blinzelnd nach oben und sah einen Mann vor sich stehen. Er stand mit dem Rücken zu den Straßenlaternen, und sein Gesicht lag im Schatten, aber sein Tonfall war unmissverständlich. Aus irgendeinem Grund war er nicht sehr zufrieden mit ihr. Den ganzen Tag über hatten die Leute unaufgefordert Englisch mit ihr gesprochen, und es war typisch, dass man es jetzt nicht tat, wo sie es am meisten gebraucht hätte.

»Nicht verstehen«, sagte sie, zeigte auf sich selbst und zog die Schultern hoch, während sie sich mühte, wach auszusehen.

»Sind Sie Engländerin, Signora?«, fragte der Mann.

»Ja!«, bestätigte Kate und war erleichtert, dass er jetzt zu einer perfekten Version ihrer Muttersprache gewechselt hatte.

»Sie dürfen hier nicht schlafen.«

Sie rieb sich den Nacken und blinzelte ihn an.

»Ich habe nicht geschlafen ... Ich habe mich nur ausgeruht. Ich würde niemals hier schlafen – das wäre idiotisch.«

Er verzog das Gesicht. »Vielleicht waren sie so betrunken, dass sie gar nicht bemerkt haben, dass sie eingeschlafen sind.«

Kate hielt inne und versuchte, das zu verarbeiten und sich daran zu erinnern, was sie überhaupt hierhergeführt hatte. Ah, da war es wieder – Jamie hatte sie betrunken gemacht und dann sitzen lassen.

»Ich habe wohl doch geschlafen«, pflichtete sie dem Mann bei. »Aber es war nicht meine Schuld. Wie lange habe ich denn geschlafen?«

»Fünf Minuten, fünf Tage – es spielt keine Rolle. Sie dürfen hier nicht schlafen, und Sie müssen gehen.«

»Na gut ...«, murmelte Kate und sah auf ihre Armbanduhr. Es war kurz nach elf. Wie viel Zeit war vergangen, seit sie das

Restaurant und Jamie verlassen hatte? »Ich wusste nicht, dass Sie die Treppenpolizei sind ...«

»Treppenpolizei?«, erwiderte der Mann scharf. »Ich bin ein Beamter der *Polizia di Stato,* und sie dürfen hier nicht schlafen.«

Kate stöhnte auf und fühlte sich durch seinen alarmierenden Tonfall plötzlich etwas wacher. Sie hatte keine Ahnung, was *Polizia di Stato* war, aber aus dem Rest des Satzes konnte sie schließen, dass er wahrscheinlich wirklich ein Polizist war. »Oh Gott, es tut mir SEHR leid! Das war mir nicht klar!« Sie schaute genauer hin, und jetzt, da sich der alkoholische Nebel verzog, konnte sie erkennen, dass er eine blau-graue Uniform trug, und das glatte, kalte Ding, das sie wach gerüttelt hatte, war ein Schlagstock, der nun wieder in seinem Dienstgürtel steckte.

»Ich möchte Sie nicht festnehmen, Signora, aber wenn Sie nicht aufstehen, wird mir nichts anderes übrig bleiben.« Er schüttelte den Kopf und schien sie genau zu mustern. »Wie viel Wein haben Sie heute Abend getrunken, Signora?«

»Ich bin mir nicht sicher.«

»Mehr, als Sie hätten trinken sollen.«

Kate runzelte die Stirn.

»Seien Sie so freundlich, und kehren Sie in Ihr Hotel zurück. Es ist gefährlich für Sie, hier nachts draußen allein zu sein.«

»Entschuldigung«, murmelte Kate verlegen.

Sie schwankte, als sie sich hochstemmte. Der Polizist machte eine kleine Bewegung auf sie zu, trat dann aber zurück, als sie ihr Gleichgewicht wiederfand. »Ich komme zurecht«, sagte sie, bevor sie langsam und steif die geschwungene Treppe hinunterging. Sie drehte sich noch einmal zu ihm um. »Ist das die Spanische Treppe?«

»Natürlich. Wissen Sie denn nicht, wo Sie sind?«

»Ich glaube, ich muss es gewusst haben, als ich hierhergekommen bin. Aber irgendetwas hat mir im Schlaf mein Gehirn gestohlen.«

»Ich verstehe nicht.«

Kate lächelte matt. »Ich muss sehr betrunken gewesen sein. Nicht sehr vernünftig, nehme ich an.«

Er folgte ihr die Treppe hinunter. »Wo ist Ihr Hotel?«

»Via di Santa ... irgendwas ... Tut mir leid, das habe ich anscheinend auch vergessen ...« Sie angelte ihren altbewährten Zettel mit der Adresse aus ihrer Handtasche. Als sie jetzt richtig darüber nachdachte, wurde ihr klar, dass es ein kleines Wunder war, dass man ihr die Tasche im Schlaf nicht gestohlen hatte. Aber als sie sich umdrehte, sah sie, dass noch immer etliche Touristen herumliefen, vielleicht war das also der Grund dafür. Obwohl sie für dieselben Touristen sicher ein Anblick für die Götter gewesen war, als sie auf diesem berühmten Wahrzeichen lag und schnarchte wie ein Wild-schwein. Vielleicht hatte einer von ihnen sogar den Polizisten geholt, um sie zu verscheuchen. Er nahm ihr den Zettel aus der Hand.

»Wie kommen Sie dahin zurück?«, fragte er, während er die Adresse überflog und sie dann einer Musterung von Kopf bis Fuß unterzog, deren Bedeutung sie durchaus erraten konnte, obwohl sie sein Gesicht nicht deutlich erkennen konnte. »Das ist ein langer Fußmarsch.«

Für eine dumme, betrunkene Kuh, dachte sie und musste ihm im Stillen recht geben, dass sie in ihrem jetzigen Zustand wahrscheinlich nicht besonders leistungsfähig war. Sie zuckte nur die Achseln.

»Hier entlang«, sagte er, bevor er sich wieder in Bewegung setzte. Kate starrte ihm nach. »Sie müssen jetzt mitkommen«, beharrte er.

Sie beschloss, dass sie besser tun sollte, was er ihr sagte, und folgte ihm, als er die Treppe hinunterging und sich auf den Weg machte.

»Wohin gehen wir?«, fragte sie.

»Ich werde Ihnen ein Taxi besorgen, Signora.«

»Okay ... Stecke ich in schlimmen Schwierigkeiten?«

»Nein, Signora.«

»Sie werden also nicht ins Hotel kommen und mich verhaften? Morgen zum Beispiel oder so?«

Er blieb stehen und drehte sich zu ihr um. An diesem Punkt konnte sie zum ersten Mal deutlich sein Gesicht sehen. Unwillkürlich schnappte sie nach Luft. Schwarzes, gewelltes Haar, auf dem eine Mütze prangte, ein filmstarverdächtiges Kinn und Wangenknochen zum Sterben. Und in seinen dunklen Augen lag trotz seiner schroffen Art ein Anflug von Belustigung. »Wollen Sie, dass ich Sie verhafte, Signora?«

Kate starrte ihn einen Moment lang an, außerstande zu antworten. *Ja, bitte,* war das, was in ihrem Gehirn herumhüpfte, aber zumindest war ihr Mund vernünftig genug, das nicht auszusprechen. Ihr Blick wanderte zu den Handschellen, die an dem Gürtel um seine schlanke Taille baumelten, und in dem Moment konnte sie nur daran denken, wie sehr es ihr gefallen würde, wenn er die bei ihr einsetzen würde, wenn auch nicht unbedingt in Amtsausübung.

Oh Gott! Sie verwandelte sich gerade in eine dieser Frauen, die sich Chippendale-Strippern an den Hals warfen und ihnen Zehn-Pfund-Scheine in die Tangas schoben! Ihr Gesicht brannte, als sie murmelte: »Nein danke.«

»Warum sind Sie mit all diesem Wein im Bauch überhaupt allein draußen?«, fragte er und ging weiter, während Kate hinter ihm herwankte. »Haben Sie keinen Begleiter?«

»Ich mache hier Urlaub. Allein ... na ja, so halb ... wenn Sie Jamie mitzählen, der eigentlich überhaupt nicht mit mir zusammen ist. Tatsächlich habe ich ihn heute erst kennengelernt ... am Taxistand am Flughafen ... Und dann hat er mich zum Abendessen eingeladen ... Aber er ist schwul, wissen Sie ... Und dann ist er mit dem Kellner verschwunden, deshalb war ich auf mich allein gestellt und dachte mir, ich sehe mir ein paar Sehenswürdigkeiten an ...« Sie konnte sein Profil beobachten, während er weitermarschierte, und mühte sich ab, mit ihm Schritt zu halten, und dabei schwafelte sie auf eine Art und Weise daher, die perfekt zu ihren unsicheren Schritten passte. Er hob eine Augenbraue und drehte sich zu ihr um, wieder mit einem amüsierten Funkeln in den Augen.

»Haben Sie es sich zur Gewohnheit gemacht, sich Ärger einzuhandeln?«

»Oh, Jamie ist kein Ärger ... Außer natürlich, Sie rechnen mit, dass er mit dem Kellner abgehauen ist und mich betrunken allein gelassen hat ... Also nehme ich an, das ist *doch* Ärger ...«

»Sie sollten mit der Wahl Ihrer Begleiter in Zukunft vorsichtiger sein, Signora.«

»Kate«, sagte sie und errötete dann.

»*Scusi?*«

»Ich heiße Kate. Ich dachte nur, ich sage Ihnen das, damit Sie mich nicht die ganze Zeit Signora nennen müssen. Es sei denn natürlich, Sie müssen das tun, wenn Sie im Dienst sind. Was in Ordnung ist ... selbstverständlich.«

»Stört es Sie, Signora genannt zu werden?«

»Nein ... aber Kate mag ich lieber.«

Er nickte leicht.

»Es ist wunderschön hier«, bemerkte Kate.

»Das ist es. Sind Sie zum ersten Mal in Rom?«

»Ja. Ich wollte immer schon mal herkommen, aber irgendwie hat es sich nie ergeben.«

»Also haben Sie zur Feier des Tages zu viel von unserem guten italienischen Wein getrunken?«

Kate sah ihn an. Er hielt den Blick starr geradeaus gerichtet, aber der Hauch eines Lächelns umspielte seine Lippen. Sie wollte gerade etwas erwidern, als er seinen Arm ausstreckte. Sofort hielt mit quietschenden Reifen ein weißes Taxi an, fast so, als hätte es panisch seinem Befehl gehorcht. Er streckte den

Kopf in das offene Autofenster und redete in schnellem Italienisch auf den Fahrer ein, der nickte. Dann trat der Polizist zurück.

»Ihre Kutsche, Kate ...«

»Oh ... gut ... Und er weiß, wo das Hotel ist?«

»Natürlich. Seien Sie in Zukunft bitte vorsichtiger beim Einschlafen. Die Spanische Treppe ist wunderschön, aber es wäre mir lieber, wenn Sie sie mit offenen Augen genießen würden. Ich bin mir sicher, dass es in Ihrem Hotel ein hübsches Bett gibt, wenn die Nacht kommt.«

Kate ertappte sich dabei, dass sie schon wieder errötete. Jetzt, da sie langsam nüchterner wurde, fühlte sie sich mehr als töricht wegen dem, was sie angestellt hatte. Was für eine Idiotin reiste allein in eine fremde Stadt, um sich dann einen Vollrausch anzutrinken und vor den Augen von Straßenräubern und Vergewaltigern – oder Schlimmerem – einzuschlafen? Und sie kam sich so dumm vor, dass dieser Polizist (dieser sehr heiße und charmante Polizist) derjenige gewesen war, der sie aufgesammelt und ihrer Wege geschickt hatte. Sie konnte sich wahrscheinlich glücklich schätzen, dass es jemand so Nettes wie er gewesen war, aber sie hatte auch ziemliches Glück, dass sie jetzt nicht in einer Zelle saß und ihren Kater ausschlief, ohne dass ihr jemand aus der Patsche helfen konnte.

»Es tut mir wirklich sehr leid«, sagte sie. »Es wird nicht wieder vorkommen.«

»Freut mich, das zu hören.«

Kate kletterte auf die Rückbank des Taxis. Sie reckte den Hals, um sich umzusehen, als der Wagen losfuhr, und stellte fest, dass der Polizist dem Auto nachschaute, bis der Fahrer um die Ecke bog und er nicht mehr zu sehen war.

———

Das Taxi entpuppte sich als eine kostspielige Angelegenheit, aber es war wohl ihre eigene Schuld und sie konnte nichts anderes tun, als zu zahlen und eine wertvolle Lektion aus alldem zu lernen. Aber das änderte nichts an der Tatsache, dass sie ihr geplantes tägliches Budget bereits überzogen hatte, obwohl sie gerade erst in Rom angekommen war. Wenigstens hatte die Fahrt ihr die Möglichkeit gegeben, die Stadt bei Nacht zu bewundern, als das Taxi sie über breite Boulevards und gepflasterte Plätze fuhr, die von filigraner Barockarchitektur oder gewaltigen Häuserfronten mit steinernen Säulen davor, kunstvoll gemeißelten Springbrunnen und lebhaften Lokalen flankiert waren, aus denen die Klänge von Streichquartetten an die Nachtluft drangen. Morgen würde sie die Stadt auf eigene Faust erkunden und vielleicht sogar allein essen. Allein würde sie wenigstens genau wissen, wie viel sie trinken und wie viel sie sich leisten konnte. Und es würde keine Chance bestehen, dass ihr Begleiter sie plötzlich im Stich ließ. Vielleicht würde sie sogar ein Restaurant in der Nähe der Spanischen Treppe finden und womöglich ihren gut aussehenden Retter wiedersehen, obwohl sie achtgeben würde, ihn nur von Weitem zu bewundern. Sie mochte ihn attraktiv gefunden haben, aber sie bezweifelte, dass er liebevolle Erinnerungen an das öffentliche Ärgernis mit den glasigen Augen hegte, das er in der Nacht zuvor von der Treppe verscheucht hatte.

Doch als sie müde vor ihrem Hotel aus dem Taxi stieg, waren alle Gedanken an morgen vergessen, denn Jamie kam aus dem Schatten des Hoteleingangs auf sie zugerannt.

»Gott sei Dank!«, rief er. »Was ist passiert? Ich rufe dich seit Stunden an! Ich hätte fast eine Vermisstenanzeige aufgegeben!«

Bei all dem Drama oder vielleicht, weil ihr Gehirn zu umnebelt gewesen war, hatte Kate vergessen, auf ihr Handy zu sehen. Sie holte es jetzt aus ihrer Handtasche und bemerkte die verpassten Anrufe. »Oh ... Tja, tut mir leid, aber jetzt bin ich ja hier.«

»Das ist alles?« Jamie starrte sie an. »Das ist alles, was du zu sagen hast? Ich dachte, dir wäre etwas Schreckliches zugestoßen, und ich dachte, es sei meine Schuld! Ich wusste nicht, wen ich anrufen sollte! Ich habe schier den Verstand verloren!«

Kate sah ihn an. Er wirkte aufrichtig besorgt, und vielleicht hatte er eine gute Erklärung dafür, wohin er verschwunden war, aber sie war viel zu müde, um sich das jetzt anzuhören. Sie wusste nicht einmal, ob sie es überhaupt hören wollte. Sie hatte sich gefragt, ob er ein Betrüger war, der versuchte, eine kostenlose Mahlzeit zu ergattern, aber so wie er jetzt mit ihr sprach, ob es nun falsch oder richtig war, ihm wieder zu vertrauen, schien es ganz und gar nicht so zu sein. Ihrer Meinung nach war die Sache einfach – er war mit Pietro irgendwohin verschwunden. Wenn er eine Affäre haben wollte, während er von seinem Freund getrennt war, war das seine Angelegenheit, und sie hatte ihn zu gern, um ihm zu sagen, was sie wirklich von derartigem Benehmen hielt. Vielleicht war es besser, wenn sie überhaupt nichts wusste. Außerdem war sie eine erwachsene Frau, und ob er sie nun im Stich gelassen hatte oder nicht, spielte eigentlich keine Rolle. Sie hatte die Entscheidung getroffen, das Restaurant zu verlassen, und dafür brauchte sie seine Erlaubnis nicht.

»Mir ist nichts passiert«, beteuerte sie. »Ich dachte, du wärst in dein Hotel zurückgegangen. Dann bin ich losgezogen, um mir die Sehenswürdigkeiten anzuschauen, und habe jedes Zeitgefühl verloren, also kannst du dich entspannen – ich bin hier, und ich bin unversehrt. Tut mir leid, dass ich mein Handy nicht gehört habe.«

Ihm klappte der Unterkiefer herunter. »Ich wäre niemals in mein Hotel zurückgekehrt, ohne etwas zu sagen, und ich kann nicht glauben, dass du genau das getan hast!«

Sie stieß einen Seufzer aus. »Du bist verschwunden und

eine Ewigkeit lang weggeblieben; ich dachte, du würdest nicht zurückkommen. Jetzt begreife ich, dass das ein Missverständnis war. Es tut mir leid, Jamie, aber ich bin müde und will dieses Gespräch jetzt nicht führen. Ich bin dankbar, dass du dir Sorgen gemacht hast und hergekommen bist, um dich davon zu überzeugen, dass es mir gut geht, aber es wäre wirklich nicht nötig gewesen.«

Er zögerte. Kate hatte den deutlichen Eindruck, dass er sich etwas von der Seele reden wollte, aber nach einem kurzen Moment schien er sich eines Besseren zu besinnen. »In Ordnung«, sagte er. »Ich bin morgen überwiegend in irgendwelchen Meetings, aber wenn du mich brauchst, kannst du mich nach fünfzehn Uhr erreichen. Vielleicht können wir das Abendessen wiederholen und dieses Mal tatsächlich bis zum Nachtisch durchhalten? Immerhin bin ich dir für heute Abend etwas schuldig – ich weiß, dass du in meiner Abwesenheit die Rechnung bezahlt hast.«

Sie war zu erschöpft, um zu diskutieren oder sich auf das Gerangel einzulassen, das immer auf ein Essen mit Freunden oder Arbeitskollegen folgte, wenn sie betrunken versuchten, die Rechnung aufzuteilen, ohne dass der Dritte Weltkrieg ausbrach. Diesmal war es einfacher, es dabei bewenden zu lassen. »Du bist mir nichts schuldig ... Es ist egal.«

»Nun, wenn du mir nicht erlauben willst, dich zum Essen auszuführen, dann musst du jetzt wenigstens das Geld von mir annehmen ...«

Kate winkte ab. »Bitte ... ich will einfach ins Bett, und es ist wirklich nicht nötig. Du hast heute das Taxi bezahlt und mich davor bewahrt, dass mich jemand über den Tisch zieht. Ich würde sagen, wir sind quitt.«

»Oh ... aber es würde trotzdem Spaß machen, noch mal zusammen zu Abend zu essen. Ich habe das Gefühl, dir etwas schuldig zu sein, auch wenn du es abstreitest. Und ich fände es grässlich, wenn der heutige Abend der einzige Eindruck von mir wäre, den du mitnimmst, wenn du Rom verlässt.«

Kate musterte ihn mit einem gepressten Lächeln. Wollte sie wirklich noch mal darauf eingehen? Sie mochte Jamie durchaus, und es war angenehm, mit jemandem zusammen Abend zu essen. Außerdem schien er ebenfalls versessen auf Gesellschaft zu sein.

»Ich bin mir noch nicht sicher, was ich morgen mache, aber ich werde dir eine Nachricht schicken.«

Er wirkte vage enttäuscht, nickte jedoch. »In Ordnung. Schlaf gut, Kate.«

»Du auch.«

Sie sah ihm einen Moment lang nach, als er sich auf den Weg zu seinem Hotel begab, bevor sie selbst zum Eingang ging. Ihr Bett rief nach ihr, und sie konnte es gar nicht erwarten hineinzufallen.

SECHS

Lily rief sehr früh am Morgen an, viel zu früh, obwohl Kate, als sie den Anruf entgegengenommen und ihre Stimme gehört hatte, begriff, wie sehr sie sie vermisste. Obwohl sie erst einen Tag fort war, fühlte sie sich ganz weit entfernt von der Familie, die sie von Herzen liebte und die während der Trennung und der Scheidung von Matt ihr Fels in der Brandung gewesen war. Aber sie legte ein Lächeln in ihre Stimme und erzählte Lily alles von ihrer Begegnung mit Jamie und wie ihr erster Tag in Rom gewesen war, wobei sie alle Details darüber ausließ, wie sie mitten auf der Straße eingeschlafen war und um ein Haar verhaftet worden wäre, weil ihre Schwester sonst in einem Anfall von Panik in das erste verfügbare Flugzeug gesprungen wäre, um ihr den Kopf zurechtzurücken. Lily und Anna hatten sich beide keinen Urlaub nehmen können, um Kate auf ihrer spontanen Reise zu begleiten, aber insgeheim war sie froh darüber. Es war etwas beängstigend, allein zu sein, aber es war auch aufregend, und wenn sie sich dem Rest ihres Lebens ohne Furcht stellen wollte, musste sie lernen, Dinge allein zu tun. Lily hatte sie über die neuesten Schwangerschaftsdetails informiert – sie trank immer noch keinen Kaffee, und bei dem Gedanken an Zwiebel-Bhaji (das sie normalerweise liebte) hatte sie den Wunsch, auf die Toilette zu rennen, aber ansonsten fühlte sie sich gut und nicht annähernd so müde wie in den ersten Wochen. Auch Anna ging es prima, und sie ließ sie schön grüßen und hatte Lily gebeten, Kate auszurichten, sie solle sich bloß gut benehmen, denn sie wolle sie nicht in irgendeinen internationalen Skandal verwickelt in den Nachrichten sehen. »Das passiert auf keinen Fall«, hatte Kate mit einem verlegenen Lachen gesagt und sich im Stillen geschworen, Anna und Lily definitiv niemals von ihrer Begegnung mit der italienischen Polizei zu erzählen.

Sie freute sich auf das Frühstück in dem in Gold und Weinrot eingerichteten Hotelrestaurant. Ein paar Gebäckstücke und ein heißer schwarzer Kaffee wirkten Wunder gegen ihren Kater. Sie betrachtete die Kopien der Renaissancegemälde, die die Wände zierten, schaute durch die Fenster den Passanten zu und überflog sogar eine achtlos beiseitegelegte Ausgabe der *Times*. Sie genoss ihre Umgebung, fühlte sich aber gleichzeitig unglaublich schuldig und verantwortungslos bei dem Gedanken an ihre Kreditkartenabrechnung, wenn sie nach Hause kam und all das bezahlen musste. Aber da sie allein reiste, hatte sie sich den einen Luxus eines guten Hotels geleistet, in dem sie sich sicher und behaglich fühlen würde, und genau das hatte sie gefunden. Irgendwann während des Frühstücks unterhielt sie sich mit einer ausgesprochen netten Familie aus Kent, die mit der neunzigjährigen Großmutter nach Rom gereist war, um diesen recht bemerkenswerten Geburtstag zu feiern. So ein Gespräch hätte sie in Urlauben mit Matt nie geführt, denn Matt war ein verschlossener Mann, der sich lieber einem Erschießungskommando stellen würde, als mit Fremden Small Talk zu halten.

Nachdem sie noch einmal auf ihr Zimmer gegangen war, um sich schnell frisch zu machen, schnappte sie sich ihren neuen Reiseführer, ihre Handtasche und ihre Jacke und begab sich auf den Weg in die Stadt.

Es war verlockend, direkt zurück zur Spanischen Treppe zu gehen, obwohl sie versuchte, die Gründe dafür zu leugnen. Es war höchst unwahrscheinlich, dass sie denselben Polizeibeamten je wiedersehen würde, erst recht nicht am Morgen danach und in derselben Gegend, nicht in einer so geschäftigen und weitläufigen Stadt wie Rom. Trotzdem hinderte ihr Versuch einer logischen Herangehensweise sie nicht daran, an ihn zu denken und halb zu hoffen, dass er vor ihr auftauchen würde – mit diesem herrlichen Lächeln, mit dem er sie fast ein bisschen verspottete, und Augen, die ständig amüsiert zu blitzen schienen. Ihr Reiseführer hatte ihr geraten, zuerst die Sehenswürdigkeiten zu besuchen, die am weitesten von ihrem Hotel entfernt lagen, damit sie, wenn sie an ihren letzten Tagen nur noch wenig Zeit hatte, näher an ihrer Unterkunft bleiben und mehr unternehmen konnte. Außerdem stand darin, dass Rom langsam genossen werden solle, wie ein guter Wein, und das schien Kate ein kluger Rat zu sein. Das Kolosseum würde ein guter Anfang sein. Nachdem sie eine Weile ihren Stadtplan studiert und die Entfernungen berechnet hatte, kam sie zu dem Schluss, dass sie zu Fuß gehen sollte. Es würde ein langer Marsch werden und mehr zu laufen sein, als sie zu Hause je in Betracht gezogen hätte, aber die Sonne schien und so früh im Sommer war die Hitze noch erträglich. Außerdem hatte sie es nicht eilig, irgendwo hinzukommen, anders als zu Hause, wo sie fast immer in Eile war und deshalb selten zu Fuß ging.

In den Hauptstraßen wimmelte es nur so von Touristen und Einheimischen. Alle paar Meter tauchten Sonnenschirme über den Menschenmengen auf, gefolgt von Schlangen junger Leute in ähnlichen T-Shirts von irgendeiner Schule oder Reisegruppe. An jeder Ecke warteten architektonische Wunder – prachtvolle Säulenfassaden aus weißem Marmor, künstlerisch gestaltete Springbrunnen und Skulpturen – während abgeschiedene Gassen eine Ruhepause von der Sonne boten mit ihren glänzenden Pflastersteinen und faszinierenden Geschäften, die sich hinter verblassten, pastellfarbenen Fassaden versteckten. Cafés säumten die Gehsteige und Piazze und lockten sie mit göttlich duftendem Kaffee, und in den Eisdielen gab es in gläsernen Kühltruhen jede Farbe und Geschmacksrichtung, die Kate sich vorstellen konnte, weshalb ihr das Wasser im Mund zusammenlief.

Aber sie eilte weiter, widerstand den Verlockungen all der köstlichen Leckerbissen und wurde zwanzig Minuten später von ihrem ersten Blick auf das Kolosseum belohnt, bei dem sie innehielt und fast das Atmen vergaß. Sie hatte das riesige Amphitheater natürlich schon mal im Fernsehen gesehen und auf mehr Fotos, als sie zählen konnte, aber nichts hatte sie auf die schieren Ausmaße und die Erhabenheit dieses Bauwerks vorbereitet. Es bestand aus drei Stockwerken von Arkaden und einem oberen Stock mit rechteckigen Öffnungen in der äußeren Fassade aus einem hellen Stein, die aber nur etwa eine Längsseite des Ovals umschloss. Auf der anderen Längsseite waren es nur drei Stockwerke, von denen das obere gewaltige Lücken aufwies. Kate konnte nur ahnen, wie groß und imposant der Bau vor fast zweitausend Jahren gewirkt haben musste, als er zum ersten Mal stolz und unversehrt vor dem azurblauen Himmel gestanden hatte. Selbst Kaiser mussten dort gestanden haben, wo sie jetzt stand, und sich winzig und unbedeutend gefühlt haben angesichts dieses mächtigen Gemäuers.

Sie nahm ihr Handy aus der Tasche und machte die ersten Fotos.

»*Scusi!*«

Als sie sich umdrehte, sah sie einen Mann vorbeiflitzen, eine Entschuldigung auf den Lippen, weil er ihren Arm gestreift hatte. Er war drahtig, sein Akzent etwas seltsam verglichen mit dem der anderen Italiener, die sie während ihres Besuchs hier hatte sprechen hören, und er sah aus, als bräuchte er ein ausgiebiges Bad. Kate runzelte die Stirn und beobachtete, wie er in der Menge verschwand, aber der Moment war bald vergessen, als sie ihre Aufmerksamkeit wieder auf das Gebäude richtete.

Nach ein paar weiteren Fotos, darunter auch ein ziemlich schiefes Selfie, das sie sofort an Anna und Lily schickte, verstaute sie ihr Handy in der Jackentasche und kramte in ihrer Handtasche nach ihrem Portemonnaie. Matt hätte niemals den Eintrittspreis bezahlt, wie er bei etlichen Besuchen von Über-resten englischer Burgen bewiesen hatte, die, wie er argumen-tierte, von innen und außen gleich aussahen, sodass er keinen Sinn darin erkennen konnte, sich Geld aus der Tasche ziehen zu lassen. Sie hatte aufgehört zu zählen, wie oft sie zu einem dramatischen Felsvorsprung gefahren waren, in einiger Entfer-nung gestanden hatten, um sich die geschichtsträchtigen Ruinen darauf anzuschauen, und er es dann kaum hatte erwarten können, wieder wegzufahren und einen anständigen Pub für ein Abendessen mit Fleischpastete und Kartoffelbrei zu finden.

Es war seltsam, aber obwohl sie sich deutlich daran erin-nerte, ihr Portemonnaie vom Bett genommen und genug Geld für den ganzen Tag hineingelegt zu haben, bevor sie das Hotel verlassen hatte, war es jetzt nicht mehr in ihrer Handtasche. Sie schaute genauer nach, und ein Gefühl der Panik stieg in ihren Eingeweiden auf. Es war nicht da. Hatte sie es fallen lassen? Sie war sich sicher, dass sie ihre Handtasche nicht geöffnet hatte, bis ...

Scheiße! Hatte sie nicht gerade ihre Handtasche geöffnet, um ihr Handy herauszuholen? Und dann war sie mit diesem Mann zusammengestoßen, der es schrecklich eilig gehabt zu haben schien. Danach hatte sich ihr Portemonnaie nicht mehr in ihrer Handtasche befunden. Hatte sie es definitiv am Morgen hineingesteckt? Ja, da war sie sich sicher. Wo also war es? Sie wollte es nicht glauben, aber es ließ sich wohl nicht anders erklären. Sie war bestohlen worden!

Mehr als alles andere fühlte sie eine Art dumpfen Schock bei dieser Vorstellung. Und dann wurde daraus Verzweiflung. Sie war noch nie bestohlen worden und hatte sich nicht vorstellen können, dass es so schlimm sein würde. Sie bemühte sich, nicht zu weinen, und suchte die Menschenmenge nach dem Mann ab, fand aber niemanden, der ihm ähnlich sah. Nicht, dass sie sich sicher gewesen wäre – sie hatte sein Gesicht kaum eine Sekunde lang gesehen. Und sie hatte keine Ahnung, was sie tun würde, wenn sie ihn erblickte. Aber über das Menschengewimmel hinweg konnte sie ein paar Polizisten auf Pferden erkennen. Sie kämpfte sich durch die Massen und ging auf die beiden zu.

»*Mi scusi!*«, keuchte sie, als sie es endlich geschafft hatte. Sie hielt inne, holte ihren Reiseführer hervor und schlug die erste Seite auf, wo eine nützliche Liste von Ausdrücken abgedruckt war. »*Parla Inglese?*« Sie schaute hoffnungsvoll auf. Sie war sich nicht nur unsicher, ob einer der beiden Englisch sprechen würde, ihr Akzent war auch so dubios, dass sie die Frage vielleicht nicht verstehen würden, selbst wenn sie sie in ihrer Muttersprache gesprochen hatte. Durchaus möglich, dass einer von ihnen Englisch beherrschte, aber das würden sie nicht benutzen, wenn sie nicht wussten, dass es von ihnen erwartet wurde.

»Ja«, antwortete einer der Polizisten zu ihrer grenzenlosen Erleichterung. »Haben Sie sich verirrt?«

Kate blinzelte den Mann an. Sie standen vor dem so ziemlich größten Wahrzeichen von Rom. Begegneten ihm oft Briten, die ihm direkt vor dem Kolosseum sagten, sie hätten sich verirrt? Wenn ja, musste er die Geduld eines der überaus zahlreichen katholischen Heiligen haben. Sie hatte auf dem Weg hierher Kirchen gesehen, die ihnen gewidmet waren. »Nein«, sagte sie. »Ich glaube, jemand hat mir mein Portemonnaie gestohlen. Gerade eben.«

Er holte tief Luft und warf seinem Kollegen einen Blick zu. »Sie werden Anzeige erstatten müssen«, sagte er und sah Kate noch einmal an.

»Anzeige? Sie können mir also nicht helfen?«

»Es tut mir leid, aber wir sind hier im Dienst. In der *questura* wird man Ihnen helfen.«

Kate versuchte, sich ihre Verärgerung nicht anmerken zu lassen, die ihr, davon war sie überzeugt, nicht weiterhelfen würde. »Was ist das?«

»Die ...« Wieder sah er seinen Kollegen an.

»*Questura* ... Polizeihaus«, meinte der andere Mann, bevor er seine Aufmerksamkeit auf etwas in der Schar der Besucher richtete, das offensichtlich viel interessanter war.

Kate nahm an, dass er das Polizeirevier meinte, und es war einfacher, das zu glauben, als es zu hinterfragen. »Wo ist das? Ist es weit weg?«

»In der Via di San Vitale. Mit dem Taxi ist es nicht allzu weit.«

»Aber ich habe jetzt kein Geld mehr für das Taxi – es ist mir gestohlen worden!«

»Haben Sie einen Begleiter, der helfen könnte?«

Kate überlegte, Jamie anzurufen. Sie konnte sich glücklich schätzen, dass sie ihr Handy noch in der Tasche hatte, und sie musste dankbar für Kleinigkeiten sein. Außerdem bedeutete es, dass sie Zugang zu ihrem Online-Banking hatte und so vielleicht an Geld herankommen konnte. Ihre Kreditkarte war im Portemonnaie gewesen, die musste sie also sperren lassen, aber ihre Bankkarte befand sich zusammen mit ihrem Pass in ihrem Hotelzimmer. Sie würde nicht mittellos sein, aber es war trotzdem ein Schlamassel.

»Ja«, sagte sie resigniert. »Es gibt jemanden, den ich anrufen kann.«

»Das ist gut«, sagte der Polizist, dann schaute er in die gleiche Richtung, in die auch sein Kollege blickte. Kate fragte sich, ob die Sache damit für die beiden erledigt sei, und wünschte sich verzweifelt, der diensthabende Polizeibeamte hier wäre derselbe Mann, der in der vergangenen Nacht so galant gewesen war. Sie war sich nicht ganz sicher, ob er sie auch mit dem vagen Rat abgespeist hätte, zu Fuß zu einem Polizeirevier zu gehen, von dem sie nicht die blasseste Ahnung hatte, wo es sich befand, und ohne Geld, um sich dorthin fahren zu lassen.

»Danke«, sagte sie. Da sie nicht wusste, was sie sonst tun sollte, und immer noch unter Schock stand, ging sie los. Nach einigen Schritten blieb sie stehen und holte ihr Handy aus der Tasche. Ihr Finger schwebte über Jamies Nummer. Aber es war noch nicht fünfzehn Uhr, also würde er immer noch in seinen Meetings stecken. Außerdem konnte er keine hilflose Engländerin brauchen, die alle fünf Minuten seinen Beistand benötigte. Sie konnte das allein schaffen, und sie würde sich selbst und der Welt beweisen, dass sie zurechtkam, ganz gleich, welche Katastrophe ihr widerfuhr. Via di San Vitale ... das war die Adresse, die der Polizist ihr genannt hatte. Sie öffnete ihre Stadtplan-App, tippte die Adresse ein, und einen Moment später erschienen auf dem Display eine Route und eine Zeitangabe, die ihr verriet, wie lange sie für den Weg brauchen würde. Okay, es sah doch nicht so schlimm aus. Und sie hatte sich in Rom Abenteuer gewünscht, nicht wahr? Es war nicht ganz die Art von Abenteuer, die sie sich vorgestellt hatte, aber es war ein Abenteuer. Sie musste nur noch losgehen.

———

Eine gute halbe Stunde später erreichte Kate das Polizeirevier, allerdings protestierte ihr Magen inzwischen dagegen, dass sie das Mittagessen ausgelassen hatte. Wie alles in Rom befand sich das Revier in einem beeindruckenden steinernen Gebäude, dessen Eingang von einem hohen Torbogen geschmückt wurde, zu dessen beiden Seiten je ein Polizist stand. Kate war mehr als nur ein bisschen besorgt und erwartete fast, dass man sie anhielt und ihr sagte, sie sei nicht wichtig genug, um hineinzugehen, aber sie kam problemlos an ihnen vorbei.

Im Innern passte das Gebäude so gar nicht zu der prachtvollen Fassade und hatte mehr Ähnlichkeit mit den Verwaltungsgebäuden daheim als mit allem anderen, was sie bisher in Italien gesehen hatte. Eine müde, aber attraktive Frau in Uniform begrüßte sie am Empfang mit einem knappen Lächeln. Kate konnte nicht umhin, ihre beeindruckende Brust zu bemerken, die kaum von einer Bluse verdeckt wurde, deren Knöpfe sich spannten. Außerdem besaß die Frau Wangenknochen, von denen Kate nur träumen konnte.

»*Buongiorno.*«

»Hallo ...« Kate griff nach ihrem Reiseführer, aber die Frau kam ihr zuvor.

»Hallo. Kann ich Ihnen helfen?«

»Ich hoffe es. Ich muss Anzeige erstatten, weil man mir mein Portemonnaie gestohlen hat.«

Die Frau nickte, wandte sich einem Computerbildschirm zu und machte einige Klicks mit ihrer Maus. »Ich brauche ein paar Angaben.«

»In Ordnung.«

»Ihren Namen, bitte.«

»Kate Merry.«

»Bitte aufschreiben.« Sie schob ihr einen leeren Notizblock und einen Stift hin, und Kate notierte pflichtschuldigst ihren Namen und gab den Zettel zurück. Die Frau trug den Namen in den Computer ein.

»Soll ich auch meine Adresse aufschreiben?«

»Vorerst werde ich nur den Namen Ihres Hotels vermerken ...«, antwortete die Frau, aber der Rest ihres Satzes wurde von rauem Gelächter übertönt, als eine Gruppe von Beamten aus einer Nebentür hereinkam. Sie sahen aus, als würden sie gerade ihre Ausrüstung für den Tag ablegen, einige schnallten ihre Dienstgürtel ab und schalteten ihre Funkgeräte aus. Die Polizistin hob mit einem ungeduldigen Seufzen den Blick und war offensichtlich nicht ganz so amüsiert, wie die anderen Beamten es zu sein schienen. Dann schaute Kate sich um, und im selben Moment sahen sie einander.

»Kate!«, sagte er.

Kate riss die Augen auf. Es war nicht völlig unwahrscheinlich, ihn in seinem Revier anzutreffen, aber der Gedanke war ihr überhaupt nicht gekommen, während sie so beschäftigt damit gewesen war, den Diebstahl ihres Portemonnaies anzuzeigen. Aber da war er, höchstpersönlich und noch attraktiver, als sie ihn in Erinnerung gehabt hatte – ihr Retter vom Abend zuvor.

»Begeben Sie sich freiwillig in unsere Hände?«, fragte er mit einem frechen Lächeln.

»Ähm?«

»Um ins Gefängnis zu gehen?«

»Oh, Sie meinen, ob ich mich stelle?« Kate konnte sich ein atemloses Kichern nicht verkneifen, trotz der sehr fragwürdigen Signale, die es wahrscheinlich aussandte. Ein Mann wie er musste verheiratet sein und mindestens fünfzehn Kinder haben. Er sah aus wie der Typ Mann, der sehr gut darin sein würde, Kinder zu zeugen. Und sie waren nicht gerade allein. Die Frau an der Rezeption räusperte sich auf eine sehr offensichtliche Weise.

»Ich kann dieser Dame helfen, Orazia«, sagte er auf Englisch, wahrscheinlich aus Höflichkeit Kate gegenüber.

Die Polizistin namens Orazia zuckte die Achseln. Die Geste sollte beiläufig wirken, aber Kate bemerkte, dass darunter noch ein anderer Ausdruck verborgen lag. Vielleicht war es Eifersucht, vielleicht auch nur Verachtung, aber obwohl sie so tat, als wäre es ihr egal, dass er Kate helfen wollte, war es ihr offensichtlich nicht egal. Kate schaute weg, denn sie wollte den verächtlichen Blick nicht sehen, der jetzt auf sie gerichtet wurde. Die Kollegen des Polizisten stießen einander grinsend in die Rippen. Einer von ihnen rief ihm etwas auf Italienisch zu, woraufhin er lachte, aber keine Antwort gab. Seine Kollegen gingen durch den Empfangsraum und verschwanden durch eine weitere Tür auf der gegenüberliegenden Seite.

»Stecken Sie mal wieder in Schwierigkeiten?«, erkundigte er sich. »Es freut mich zu sehen, dass Sie diesmal nicht betrunken sind.«

»Man hat mir mein Portemonnaie gestohlen. Am Kolosseum«, begann sie, und dann erzählte sie die Ereignisse so kurz wie möglich. Irgendwie kam es ihr jetzt nur noch halb so beängstigend oder wichtig vor, wie es der Fall gewesen war, bevor sie ihn bemerkt hatte. Seine Anwesenheit war tröstlich, als er ihr ernsthaft zuhörte, so als könnte er alles irgendwie besser machen, indem er einfach nur da war.

Als sie fertig war, ging er durch eine kleine Tür auf die andere Seite der Empfangstheke, wo er ihre Angaben in den Computer tippte, den Orazia im Stich gelassen hatte, um an einem Schreibtisch Kaffee zu trinken und eine Akte zu studieren. Alle paar Sekunden warf sie ihnen einen wachsamen Blick zu. Sie versuchte, für alle Welt so auszusehen, als würde sie die Unterhaltung zwischen ihrem Kollegen und der Touristin nicht beachten, obwohl sie offensichtlich sehr genau zuhörte.

»Ich weiß nicht, was wir tun können, um Ihr Portemonnaie zurückzubekommen, aber Sie werden Ansprüche bei Ihrer Reiseversicherung geltend machen können«, sagte er, während er tippte. »Haben Sie Geld in Ihrem Hotel? Eine Karte?«

»Etwas, ja. Zum Glück habe ich nicht alles mitgenommen, und im Hotel ist ein Safe.«

»Was ist mit Ihrem Freund?«

»Jamie?«

»Ja. War er heute bei Ihnen, als Ihr Portemonnaie gestohlen wurde?«

»Oh nein. Er hat heute etliche Meetings. Wir sind nicht wirklich zusammen hier in Rom, sondern haben uns gestern Abend nur irgendwie zum Essen getroffen.«

»Ah. Und trifft er sich heute wieder mit Ihnen zum Abendessen?«

»Warum?«, fragte Kate, deren Herz plötzlich hämmerte wie eine Paradetrommel bei dem Gedanken, er könnte vielleicht vorschlagen, stattdessen mit ihm zu Abend zu essen. Was natürlich lächerlich war und niemals passieren würde, und sie war sich nicht sicher, warum ihr dieser Gedanke überhaupt gekommen war.

»Ich würde ihn auffordern müssen, die Weinflasche von Ihnen fernzuhalten«, sagte er mit diesem unwiderstehlich spöttischen Lächeln, das Kate inzwischen bereits so gut kannte.

»Oh, so was werde ich nicht noch mal machen«, sagte Kate lachend, und eine seltsame Mischung aus Erleichterung und Enttäuschung erfasste sie. »Von jetzt an trinke ich nur noch Wasser.«

»Vielleicht ein kleines bisschen Wein.«

»Möglicherweise ein kleines bisschen.«

Sie verstummten, während er weitere Daten in den Computer eingab. Sie hörte erhobene Stimmen hinter verschlossenen Türen und das stetige Surren eines Ventilators neben Orazia.

»Also ...« Kate ergriff das Wort, als sie das Schweigen nicht länger ertragen konnte. »Sie haben so ausgesehen, als wollten Sie gerade Ihre Schicht beenden?«

»*Scusi?*«, fragte er und sah auf.

»Arbeit ... Sie haben so ausgesehen, als wären Sie für heute fertig mit der Arbeit.«

»Ah, ja.«

»Sind Sie seit gestern Abend im Dienst?«

»Krankheit – ich musste einspringen.«

»Das ist aber eine lange Arbeitszeit.«

Er nickte.

»Ich wette, das gefällt Ihrer Familie gar nicht.«

»Meine Mutter ist glücklich. Sie hat zu viele Kinder und ein kleines Haus.« Er lächelte.

»Sie leben also bei Ihrer Mutter?«

»Ja. Sie drängt mich jeden Tag, mir eine Frau zu suchen«, sagte er und richtete den Blick wieder auf den Computer. Orazia hüstelte. Kate sah sie an. Sie schien ganz in ihre Akte versunken zu sein, aber Kate konnte das Gefühl nicht abschütteln, dass sie durchaus eine Meinung zu allem hatte, was hier vor sich ging. Aber vielleicht interpretierte Kate auch nur zu viel in die Situation hinein. Vielleicht ärgerte Orazia sich einfach darüber, dass ihr Kollege mit Kate flirtete. Wenn er das überhaupt tat ... Er gab auf jeden Fall eine Menge Informationen preis. Und er hatte sich auf die Chance gestürzt, ihr behilflich zu sein, obwohl seine Schicht zu Ende war.

Außerstande, Orazia zu durchschauen, schwieg Kate für einen Moment, während sie stattdessen verdaute, was sie über den Polizisten erfahren hatte. Er war also auch Single? Es war wahrscheinlich höchst unmoralisch oder gegen seine Berufsehre oder so etwas, mit den Opfern von Verbrechen auszugehen, auch wenn er mit ihnen flirtete. »Gehen Sie jetzt nach Hause?«, fragte sie.

»Wenn ich hiermit fertig bin.«

»Das ist sehr nett von Ihnen. Wenn ich gewusst hätte, dass Sie die ganze Nacht auf waren und dass Sie eigentlich Dienstschluss haben, hätte ich Sie nicht belästigt.«

»Sie haben mich nicht belästigt. Ich wollte helfen. Es macht mich immer traurig, wenn Besucher in meiner Stadt schlecht behandelt werden.«

»Es ist das Einzige, was bisher passiert ist«, antwortete sie.

»Alles andere war wunderschön ... obwohl ich erst seit einem Tag hier bin.«

»Ich hoffe, dass Ihnen keine weiteren Missgeschicke passieren.«

Er klickte auf Return, und das Summen eines Druckers erklang irgendwo ganz in der Nähe. Dann griff er unter die Theke und holte einen Bogen Papier hervor. »Lesen Sie sich das hier bitte durch. Es ist eine Zusammenfassung von allem, was Sie mir erzählt haben. Wenn Sie denken, dass alles richtig ist, unterzeichnen Sie das Dokument bitte.«

Kate überflog das Schreiben schnell, aber wenn jemand sie danach gefragt hätte, was darin stand, wäre sie nicht in der Lage gewesen, vernünftig zu antworten. Sie war viel zu sehr damit beschäftigt, sich von dem Duft seines herrlichen Aftershaves betören zu lassen, während er ihr gegenüberstand und wartete. »Es sieht richtig aus«, sagte sie, kritzelte ihre Unterschrift darunter und schob ihm das Blatt wieder hin.

Er ergriff es, warf einen Blick darauf, schien zufrieden zu sein und schloss das Fenster in dem Computer, bevor er zu Orazias Schreibtisch ging.

»Würdest du das bitte abheften?«, fragte er.

Sie nahm das Blatt, warf einen Blick darauf und ließ es in einen Ablagekorb fallen, bevor sie sich wieder auf ihre Arbeit konzentrierte.

»*Grazie*, Orazia«, sagte er mit einem Grinsen.

»*Prego*, Alessandro«, erwiderte sie in einem Ton, der nur so troff von Sarkasmus, bevor sie ihren Ordner zuknallte und in ein Hinterzimmer stürmte.

Alessandro. Jetzt hatte Kate also einen Namen. Er passte zu ihm.

Er machte sich noch ein paar Notizen, dann schaute er mit einem Lächeln zu Kate auf. »Gehen Sie jetzt in Ihr Hotel zurück?«

»Ich ... Darüber hatte ich noch gar nicht nachgedacht. Ich

habe noch nicht zu Mittag gegessen, also gehe ich vielleicht ins Hotel zurück und hole mir etwas Geld für eine Mahlzeit. Außerdem muss ich meine Schwester anrufen und die Bank, um meine Karte sperren zu lassen. Es ist ein ziemlicher Schlamassel, nicht wahr?«

Er zuckte die Achseln. »So ist das Leben.«

»Das ist wohl so, ja. Und Sie hätten wahrscheinlich keinen Job, wenn nichts gestohlen werden würde.«

Er nickte knapp, während Kate das Bedürfnis verspürte, sich selbst zu ohrfeigen für eine derart dämliche Bemerkung. Aber wenn er ihre Bemerkung dämlich fand, zeigte er das nicht. Er öffnete lediglich die Tür und tauchte wieder auf ihrer Seite des Empfangstresens auf, wo er sie mit einem Klick wieder verschloss.

»Ich könnte Sie hinbringen«, erbot er sich.

»Ins Hotel? Das kann ich nicht …« Kate schaute durch den Raum und sah, dass Orazia zurück war und den Kopf schüttelte. Sie lauschte offensichtlich, und ihr missfiel, was sie hörte. Plötzlich fühlte Kate sich ziemlich rebellisch, was diese Sache betraf. Was ging es diese Frau an, ob Alessandro sie in ihr Hotel zurückbrachte oder nicht? Wenn er dienstfrei hatte, dann war es seine Entscheidung, was er tat und wem er anbot, ihn irgendwohin zu fahren. »Das wäre wunderbar.«

»Folgen Sie mir«, sagte er mit einem kleinen Nicken und führte sie hinaus in die Sonne.

———

Kate hatte den Italiener, der wie ein Irrer auf seinem Roller durch jedes Verkehrschaos bretterte, für ein Klischee gehalten, aber als sie auf dem Soziussitz fest an Alessandro geklammert, die Hände fest vor seinem Bauch verschränkt, in halsbrecherischem Tempo durch Rom jagten, begriff sie zu ihrem Entsetzen, dass dieses Klischee nicht nur der Wirklichkeit entsprach, sondern dessen Personifikation auch noch ausgerechnet ihr ansonsten sympathischer Fahrer war. Nicht nur das. Bei jedem Windstoß drohte der Rock ihres Kleides hochzuschlagen und ihre Unterwäsche einem ständig wechselnden Publikum vorzuführen. Sie bekam keine Hand frei, um irgendetwas festzuhalten, und das half ihr nicht unbedingt, sich zu entspannen. Sie hatte sich ein Abenteuer gewünscht, aber dieses hier hätte sie liebend gern wieder umgetauscht und sich stattdessen ein weniger erschreckendes genommen.

»Alles okay?«, fragte er.

Sie hätte mit Ja geantwortet, obwohl sie sich nicht im Mindesten okay fühlte, wenn sie überhaupt in der Lage gewesen wäre, ein Wort über die Lippen zu bringen. Stattdessen nickte sie schwach und presste die Augen fest zusammen, als er im Slalom an einem mit Obst beladenen Laster vorbeipreschte.

»Kate!«, rief er. »Okay?«

»Ja«, brachte sie heraus, und sei es auch nur, um dafür zu sorgen, dass er seine Aufmerksamkeit wieder auf die Straßen richtete und nicht darauf, was sie tat.

»Gefällt es Ihnen?«

»Nein.«

Sie spürte, wie sein Lachen seine Brust vibrieren ließ. »So geht es viel schneller als mit dem Auto.«

Darauf möchte ich wetten, dachte sie. *Auch ein schnellerer Weg ins Krankenhaus, falls wir stürzen.*

Wenn Anna sie jetzt hätte sehen können, hätte sie einen Herzinfarkt bekommen, und was ihre Mum tun würde ... Todesmutige Rollerfahrten waren ein Aspekt ihres Urlaubs, von dem die Daheimgebliebenen nichts erfahren sollten. Die Liste der Anekdoten, die in den Karton mit der Aufschrift *Niemals darüber reden* gehörten, wurde immer länger und länger. Und dabei war es erst ihr zweiter Tag hier.

Nach einer gefühlten Ewigkeit, die eigentlich recht kurz

war, schlitterte Alessandro um eine Ecke, und Kates Hotel kam in Sicht. Aber als er vor dem Eingang vorfuhr und den Motor ausschaltete, erlosch plötzlich auch ihr Wunsch, ihren Platz auf dem Roller zu verlassen. Sie konnte nur vermuten, dass ihr Widerwille, vom Soziussitz zu steigen, vielleicht mehr mit ihren zitternden Armen und Beinen zusammenhing als damit, dass es zugleich bedeutet hätte, diesen Mann zu verlassen, dessen köstlicher Duft während der letzten zwanzig Minuten ihre Sinne betört hatte. Wie konnte er gerade die Nacht durchgearbeitet haben und trotzdem so gut riechen? Nein, da war definitiv ein Hauch von Bedauern. Die Wahrscheinlichkeit, ihn noch einmal durch einen solchen Zufall wiederzusehen, war verschwindend gering. Und vielleicht war jetzt der richtige Moment für *carpe diem*, die Gelegenheit, ihre Chance beim Schopf zu packen und dafür zu sorgen, dass sie ihn wiedersah. Wenigstens war Jamie diesmal nicht hier, denn es war durchaus möglich, dass seine Version vom Genießen des Augenblicks darin bestanden hätte, ihr ein Kondom zuzuwerfen und ihr den Rat zu geben, die Sache durchzuziehen.

»Jetzt okay?«, fragte er mit einem schelmischen Grinsen, als sie unsicher von dem Roller stieg.

Kate nickte stumm. Sie hatte die Worte, die sie sagen wollte, in Gedanken schon fast zusammen, aber sie wollten sich nicht in die richtige Reihenfolge fügen lassen. Als sie dann doch den Mund aufmachte, klang sie wie jemand, der gerade den Preis für den dümmsten Einwohner von Dummhausen gewonnen hatte.

»Werden Sie wieder arbeiten?«

Er sah sie mit einer hochgezogenen Braue an. »Das hoffe ich doch. Ich hoffe, man wird mich nicht ... wie sagen Sie das ...? feuern?«

»Ich meinte, ob Sie heute Abend arbeiten werden?«

»Warum fragen Sie? Haben Sie vor, sich wieder zu betrinken?«

»Nein ...« Kate errötete. Sie errötete sonst nie – was hatte dieser Mann an sich, dass sie in seiner Gegenwart ständig errötete? Und warum war es ihr so wichtig, was er vorhatte? Sie hatte nur eine Woche in Rom – wohl kaum genug Zeit, um mit irgendjemandem eine Beziehung aufzubauen. War es da klug, sich an einen Mann zu binden? Nicht, dass ihr wild hämmerndes Herz in diesem Moment auf ihren Kopf gehört hätte.

»Ich habe jetzt drei Tage keinen Dienst«, antwortete er mit einem Lächeln. »Ich habe meine Zeit ganz für mich allein und kann tun, was immer mir gefällt.«

Er spielte mit ihr – so musste es sein –, und sie war sich sicher, dass sie es in seinen Augen lesen konnte. Woher hatte er diese seltsame, aber so sexy Art, sich über sie lustig zu machen, ohne ihr das Gefühl zu geben, dass der Witz auf ihre Kosten ging? Stattdessen brachte er sie dazu, den Scherz zu sehen und selbst darüber lachen zu wollen. Es brachte sie außerdem dazu, sich zu wünschen, sie könnte ihn gegen eine Wand pressen und die Hände unter dieses eng anliegende Hemd schieben, das ihm in der Tat sehr gut stand, aber das war ein Gedanke, den sie mit Macht zu verdrängen versuchte.

Sie zuckte die Achseln, unsicher, wohin sie schauen sollte, weil sie befürchtete, etwas zu tun, was sie bereuen würde, wenn sie in seine Augen blickte.

»Heute werde ich schlafen«, fügte er hinzu. »Heute Abend habe ich meiner Schwester versprochen, mit ihr in ein Brautmodengeschäft zu gehen. Morgen habe ich nichts vor. Haben Sie den Vatikan schon gesehen?«

Jetzt sah Kate zu ihm auf, und er betrachtete sie gelassen mit der unterschwelligen Selbstsicherheit eines Mannes, der weiß, wer er ist und was er will. Ihr Magen schlug einen Purzelbaum, als wäre sie gerade unerwartet mit der Achterbahn in die Tiefe gestürzt, als sie es am wenigsten erwartet hatte. »Nein, noch nicht.«

»Er ist sehr schön. Ich werde Sie morgen um neun Uhr abholen.«

Unter allen anderen Umständen und mit jedem anderen Mann hätte es Kate vielleicht geärgert, dass er davon ausging, ihre Antwort auf die Bitte, mit ihm auszugehen, würde Ja lauten. Obwohl das weniger eine Bitte, sondern mehr ein Befehl gewesen war, schaffte sie es nicht, sich darüber zu ärgern. Seine Direktheit war eine willkommene Abwechslung, und es entstand nicht die Art von Verlegenheit, die sie bei ihrem ersten potenziellen Date seit Matt erwartet hatte.

»Das ist prima«, sagte sie.

»Gut.« Er warf den Motor seines Rollers an. »Morgen um neun«, wiederholte er. »Und Sie müssen Ihre Arme bedecken.«

Kate nickte. »Dann also bis morgen früh.«

»*Ciao*«, rief er, und einen Moment später war er bereits außer Sicht, verschlungen vom Verkehr.

―――――

Obwohl Kate vor dem Abendessen am liebsten geduscht und sich für ein Nickerchen aufs Bett geworfen hätte, verbrachte sie die folgende Stunde damit, verschiedene frustrierende Anrufe bei ihrer Bank, ihrer Kreditkartengesellschaft und dem Reiseversicherer zu tätigen. Es war eine lästige Angelegenheit, auf die sie hätte verzichten können, und nicht gerade die Art von Aktivität, die sie sich für ihren Aufenthalt in Rom erhofft hatte, aber es musste getan werden, und wenn sie es vor sich herschob, machte es alles nur noch schlimmer. Gott sei Dank hatte sie ein wenig Geld im Hotelsafe gelassen, sodass der Diebstahl alles in allem nicht halb so katastrophal war, wie er es hätte sein können. Trotzdem war sie gezwungen, Anna davon zu erzählen und sie zu bitten, ihr etwas Geld zu überweisen, falls sie nicht damit auskam. Außerdem wurde das Ganze erträglicher durch die Aussicht darauf, den nächsten Tag mit Alessandro zu verbringen. Aber als alle Telefonate getätigt waren und sie geduscht hatte, stand sie vor dem Spiegel und rubbelte sich die Haare trocken, als sie plötzlich ein ungutes Gefühl bekam. Sie kannte Alessandro überhaupt nicht ... Sie wusste nicht einmal seinen Nachnamen! Welche Absichten hatte er? War das hier ein Date? Eine schnelle Nummer mit einer Touristin? Ein freundliches Angebot, ihr Gesellschaft zu leisten? Vielleicht aus beruflichem Pflichtgefühl, jemanden zu beschützen, der sich offensichtlich in Schwierigkeiten bringen würde, wenn er nicht da war? Er hatte ihr angeboten, sie abzuholen, und sie hatte Ja gesagt – ohne zu zögern, ohne Fragen zu stellen, ohne über seine Motive nachzudenken, mit nichts als einem Vornamen bewaffnet und der Erinnerung an ein sexy Lächeln, das die polaren Eiskappen hätte schmelzen können.

Sie schnappte sich ihre Haarbürste, und während sie die verhedderten Strähnen ihres Haares mühsam in Ordnung brachte, versuchte sie, ihre Zweifel abzuschütteln. Das hier war ihr neues Leben, nicht wahr? Das war es, was sie sich vorgenommen hatte – hinauszugehen in die Welt und Risiken auf sich zu nehmen. Es war schließlich der Grund für ihren Besuch in Rom. Und Alessandro war Polizist – was war also das Schlimmste, was passieren könnte?

Er könnte dir das Herz brechen.

Aber hatte Matt das nicht bereits getan? Es war fast kein Herz mehr übrig, das gebrochen werden konnte, und vielleicht war eine Urlaubsaffäre genau das, was nötig war, damit ihr Herz wieder zu schlagen begann und sie sich der Möglichkeit wahrer Liebe mit jemand Neuem zu Hause öffnen konnte, etwas, woran zu denken sie sich seit der Trennung von Matt geweigert hatte.

Das Klingeln ihres Handys unterbrach ihren inneren Kampf. Sie wischte über den Bildschirm, um den Anruf entgegenzunehmen.

»Hey«, begrüßte Jamie sie. Er klang erheblich munterer als

am Abend zuvor, als sie sich von ihm verabschiedet hatte, und wieder mehr wie der Mann, den sie am Flughafen kennengelernt hatte. »Steht unsere Verabredung zum Abendessen noch?«

Kate war sich ziemlich sicher, dass sie dem Abendessen gar nicht wirklich zugestimmt hatte, aber es war schwer, Jamie etwas abzuschlagen, und sie hatte tatsächlich das Gefühl, dass sie vielleicht implodieren würde, wenn sie den Abend allein verbrachte und darüber nachgrübelte, was passieren würde, wenn Alessandro sie morgen abholte. Sie würde sich auch heute Abend in Gesellschaft sicherer fühlen, und so hübsch ihr Hotelrestaurant auch war, wollte sie doch losziehen und alles ausprobieren, was Rom zu bieten hatte. Jamies Ortskenntnis würde dafür nützlich sein. »Das klingt nett. Woran hast du gedacht?«

»Wir könnten uns eine anständige Touristenmahlzeit mit fantastischen Ausblicken gönnen oder weniger gute Ausblicke mit fantastischem Essen in einem Restaurant, von dem die meisten Touristen nichts wissen. Deine Entscheidung.«

»Was für eine Wahl!« Kate lachte. »Aus irgendeinem Grund fühle ich mich heute ein wenig um die Touristensache betrogen, also sollten wir vielleicht die Touristenoption nehmen, wenn du damit einverstanden bist.«

»Wie kommt's? Hattest du keinen schönen Tag?«

»Es ist kompliziert, und ich sollte mir die Geschichte wohl besser aufheben, bis wir uns sehen.«

»Okay. Jetzt bin ich richtig neugierig. Also, wie wär's, wenn wir irgendwo auf der Piazza della Rotonda essen? Wir könnten uns das Pantheon ansehen, während wir unsere nicht ganz so tolle Mahlzeit zu uns nehmen, und du kannst mir alles über deinen komplizierten Tag erzählen.«

»Das klingt großartig.«

»Ich werde vor deinem Hotel auf dich warten. Wäre halb acht okay?«

»Wunderbar. Dann bis später!«

»Bis dann!«

Kate beendete das Gespräch und warf das Telefon auf ihr Bett, bevor sie zum Schrank ging. Es war leicht, zu entscheiden, was sie heute Abend anziehen wollte, aber drängender war für sie die Frage, was sie morgen anziehen würde. Wenn sie gewusst hätte, um was für eine Art von Verabredung es sich handelte, hätte das vielleicht geholfen. Sollte sie sich für sexy oder zurückhaltend entscheiden oder für den etwas originelleren Stil, zu dem sie normalerweise tendierte? Beim Kauf ihres Flugtickets hatte sie sich den Luxus gegönnt, eine größere Gepäckmenge mitnehmen zu dürfen, damit sie eine anständige Auswahl an Kleidern hatte. Und im Moment war sie sehr froh darüber, dass sie das getan hatte. Sie hatte die meisten Kleidungsstücke selbst angefertigt, sodass ihr alles perfekt passte, wie Kleider von der Stange es nicht vermochten, ganz gleich, mit wie viel Mühe sie sie änderte. Es war eines der Dinge, die sie daran liebte, sich ihre Kleider selbst zu nähen, und der Grund, warum ihre Schwestern sie ständig darum baten, auch für sie kleinere Schneiderarbeiten zu erledigen. Sie war stolz darauf und wusste, dass sie gut darin war. Italien war jedoch die Heimat der Haute Couture, und hier spielte sie in einer ganz anderen Liga. Vielleicht würden da ihre selbst geschneiderten Sachen einfach nicht mithalten können? Aber andererseits war Jamie so beeindruckt gewesen, dass er vorgeschlagen hatte, sie solle ihren Lebensunterhalt damit verdienen, also konnten die Sachen so übel nicht sein. Sie musste nur das richtige Kleid finden, um Alessandro morgen zu beeindrucken.

Das laute Knurren ihres Magens unterbrach ihre Gedanken. Sie schaute auf die Uhr ihres Handys. Kurz nach sechs, und Jamie würde sie erst um halb acht abholen. Sie hatte fast vergessen, dass sie seit dem Frühstück nichts mehr zu sich genommen hatte, und tatsächlich hatte sie schon vor Stunden auf dem Polizeirevier Hunger gehabt. Halb acht schien ihr weit weg zu sein, vor allem, da sie wohl erst gegen acht wirklich essen würden. Vielleicht würde der Zimmerservice ihr zur Überbrückung ein Sandwich bringen?

Als sie aber gerade auf dem Hoteltelefon die Nummer des Zimmerservice wählte, klingelte ihr Handy wieder. Das Display zeigte eine Nummer, die sie nicht kannte. Sie nahm den Anruf an.

»Hallo?«

»Spreche ich mit Kate Merry?« Der Akzent war italienisch, und die sinnliche Frauenstimme kam ihr irgendwie bekannt vor, obwohl Kate einen Moment brauchte, um sie einzuordnen.

»Ja ... Mit wem spreche ich?«

»Ich muss Ihnen mitteilen, dass es der *polizia* nicht gestattet ist, sich in Touristinnen zu verlieben ...«

Kate hielt inne und runzelte die Stirn. »Was zur Hölle ... Ich habe keine Ahnung, wovon Sie sprechen.«

»Alessandro Conti. Er will mit Ihnen ausgehen? Das ist nicht erlaubt. Das steht in den Regeln.«

Und dann machte es *klick*. »Orazia?«

Im nächsten Moment brach die Verbindung ab. Kate starrte auf den Bildschirm, der nun schwarz wurde. Ihr Herz klopfte laut in ihren Ohren. Sie war sich in Bezug auf die Stimme jetzt sicher, und die merkwürdigen Blicke vorhin auf dem Revier ergaben plötzlich einen Sinn. Orazia stand in irgendeiner Art von Beziehung zu Alessandro, entweder aktuell oder früher, aber Anrufe mit kryptischen Warnungen (die von manchen als echte Drohungen hätten aufgefasst werden können) schienen ihr unter den gegebenen Umständen ziemlich riskant zu sein. Und auf jeden Fall unprofessionell. Andererseits schien Alessandro selbst nichts zu verbergen zu haben – schließlich war er nicht im Polizeirevier herumgeschlichen oder hatte sein offensichtliches Interesse an Kate vor irgendjemandem verborgen, und das hätte er bestimmt getan, wenn er etwas im Schilde führte, was nicht erlaubt war. Orazia war also diejenige, die ein

Problem hatte, und vielleicht war das, was immer da vor sich ging, einseitig? Kate glaubte keine Sekunde lang, dass es irgend- eine Vorschrift gab, die es Zivilisten verbot, Polizisten zu daten – wenn ja, wen hätten sie dann je heiraten sollen? Warum also sollte Orazia einen Anruf tätigen, um irgendeinen Unsinn über ein nicht existentes Gesetz zu erzählen? Warum kümmerte es sie so sehr, dass Alessandro ein Treffen mit ihr arrangiert hatte?

Während Kate auf der Bettkante hockte und auf ihr Telefon starrte, waren alle Gedanken an Sandwiches aus ihrem Kopf verschwunden, und sie musste sich fragen, ob es wirklich eine so gute Idee gewesen war, sich auf diese Verabredung einzulassen. Aber da sie keine Handynummer von Alessandro hatte und die Aussicht darauf, auf dem Polizeirevier anzurufen und möglicherweise wieder Orazia an den Apparat zu bekom- men, nicht gerade reizvoll war, konnte sie nicht viel tun, um etwas daran zu ändern. Was auch immer geschah, sie würde morgen mit einem Mann, der ihr jetzt schon gefährlicher erschien als noch vor einer Stunde, den Vatikan besichtigen.

SIEBEN

Es war erstaunlich, wie entspannt Kate sich in Jamies Gesellschaft fühlte, obwohl sie ihn erst seit etwas mehr als einem Tag kannte und sich am Abend zuvor über ihn geärgert hatte, weil er sie in der Trattoria hatte sitzen lassen. Es war schwer, jemandem lange böse zu sein, der so witzig und klug war, und schon zehn Minuten nachdem sie ihn erneut zum Abendessen getroffen hatte, fiel es Kate schwer, nicht in einem fort hemmungslos zu kichern. Er sah auch gut aus, und sie konnte verstehen, warum es ihm manchmal schwerfiel, seinem Freund zu Hause treu zu bleiben. Vermutlich gab es immer wieder Angebote von anderen Männern, die diese Position auch gern für sich beansprucht hätten.

Sie fanden ein einladendes Restaurant mit einem fantastischen Blick auf das Pantheon, und während sie es sich an einem Tisch im Freien gemütlich machten, spielte im Hintergrund leise ein Streichquartett, das vom Stimmengewirr der Touristen untermalt wurde. Kate erzählte Jamie von ihrem ereignisreichen Tag.

»Oh mein Gott!« Jamie drückte sich die Hand auf den Mund, als Kate ihm von dem Diebstahl erzählte. »Geht es dir gut? Du wirkst sehr gelassen für jemanden, dem sein ganzes Geld gestohlen worden ist! Ich sag dir was, da ich sowieso in deiner Schuld stehe – auch wenn du es bestreitest –, lass mich heute Abend für das Essen bezahlen ...«

»In diesem Lokal? Für uns beide kannst du dir das niemals leisten!«, sagte sie und lachte. »Ich habe dir gesagt, dass du dir wegen des Missverständnisses von gestern Abend keine Sorgen machen sollst. Was den Diebstahl angeht, komme ich damit klar. Zum Glück hatte es mich sowieso schon paranoid gemacht, allein in einer Großstadt zu sein – wahrscheinlich dank Matt und seiner Dorfbewohner-Mentalität, die auf mich abgefärbt hat –, weshalb ich gar nicht all mein Geld mitgenommen hatte. Das bedeutet, dass ich immer noch eine Bankkarte und ein bisschen Bargeld habe. Es war allerdings sehr mühsam, alles zu regeln. Ich war ewig auf der Polizeiwache.«

»Bist du dir sicher, dass du okay bist? Du brauchst keine Hilfe bei irgendetwas?«

»Die Polizisten auf dem Revier waren großartig. Sie haben mir unglaublich geholfen. Besonders einer ...«, fügte sie hinzu, und ihre Gedanken wanderten zurück zu Alessandro, versuchten aber ganz eindeutig, sich dabei von Orazia zu entfernen. Sie schüttelte sich. »Ich weiß nicht, was ich ohne ihn getan hätte.«

»Du hättest mich anrufen sollen.«

»Du hattest ein Meeting nach dem anderen, und ich wollte dich nicht stören. Außerdem hattest du mich gerade erst kennengelernt. Es geht nichts über neue Freunde, die einen alle fünf Minuten wegen irgendeiner Kleinigkeit anrufen, weil sie Hilfe brauchen.«

»Ich betrachte einen Raubüberfall nicht als eine Kleinigkeit.«

Kate lächelte kläglich. Sie konnte sich glücklich schätzen, dass sie Jamie an ihrem ersten Tag über den Weg gelaufen war. Hoffentlich würde er am Ende des Urlaubs mit ihr in Kontakt bleiben wollen, denn sie hatte schon eine gute Vorstellung davon, was für ein wunderbarer Freund er in Zukunft sein konnte. Und vielleicht würde sie ihn eines Tages sogar in New York besuchen, auf seinem Heimatboden. Das würde Spaß machen, davon war sie überzeugt, solange er es sich nicht zur Gewohnheit machte, sie sitzen zu lassen, wann immer sie zusammen zu Abend aßen.

»Wie der Zufall es will«, fügte er hinzu, »ist mein Meeting morgen abgesagt worden, daher habe ich den Tag frei.«

»Das ist schön. Was hast du vor?«

»Keine Ahnung. Ich habe im Laufe der Jahre so ziemlich alles in Rom gesehen, aber ich habe mich gefragt, ob du vielleicht etwas unternehmen möchtest ... Wir könnten uns die Sehenswürdigkeiten vornehmen, die Touristen bei ihrem ersten Besuch in der Stadt selten sehen? Es gibt viele Dinge, die ich dir zeigen könnte.«

»Oh, das wäre sehr schön gewesen, aber ...«

»Aber?«

»Ich habe irgendwie schon Pläne.«

»Oh, nun, das ist in Ordnung. Ich dachte nur ... Aber du willst ein wenig Zeit für dich allein haben, das verstehe ich. Es spielt keine Rolle.«

»Nein! Das ist es nicht. Normalerweise hätte ich mir liebend gern mit dir zusammen die Sehenswürdigkeiten angeschaut, aber so einfach ist das nicht. Es ist ...« Kate zögerte. Jamie wirkte so enttäuscht, dass sie es hasste, seine Einladung nicht annehmen zu können. Aber sie hatte eine Verabredung getroffen, die sie nicht rückgängig machen konnte, vor allem, da sie nicht einmal wusste, wie sie Alessandro hätte erreichen können, um das Treffen abzusagen, selbst wenn sie es gewollt hätte. Was nicht der Fall war, trotz Orazias Einmischung und obwohl sie sich wegen Jamie mies fühlte. Würde sie wie eine Verrückte klingen, wenn sie Jamie die Wahrheit sagte? Wahrscheinlich konnte er sie nicht für verrückter halten, als er das ohnehin schon tat.

»Ich habe mich mit jemandem verabredet, wir wollen in den Vatikan zu gehen.«

Jamie zog die Brauen hoch. »Mit jemandem?«

»Ja ... mit jemandem.«

Da sie keine weiteren Informationen anbot, schien offensichtlich zu sein, dass etwas mehr dahintersteckte als einfach irgendein x-beliebiger Begleiter, und Jamie stürzte sich mit einem Grinsen auf diese Idee. »Männlich?«

»Könnte sein ...«

»Ich bin beeindruckt! Das ging aber schnell!«

»Du bist auch ein männlicher Jemand!« Kate lachte. »Und ich habe dich gleich am ersten Tag kennengelernt.«

Er spießte eine Olive auf und schob sie sich mit einem anzüglichen Zwinkern in den Mund, das bei jedem anderen gruselig gewesen wäre, bei ihm aber einfach nur komisch wirkte. »Das stimmt, aber ich kann an deinem Gesicht ablesen, dass es sich hier um einen Jemand handelt, der ein potenzieller Sexpartner sein könnte.«

»Jamie!«, quiekte Kate.

»Sag mir, dass ich falschliege.«

»Ich weiß nicht, was er ist; ich habe ihn gerade erst kennengelernt. Aber er hat mich eingeladen, und ich habe Ja gesagt.«

Er lehnte sich wieder auf seinem Stuhl zurück. »Wow, du bist wirklich von der schnellen Truppe!«

»Ich weiß aber nicht, wie die Einladung gemeint ist. Vielleicht wollte er einfach nur nett sein.«

»Nett, weil er dir an die Wäsche will. So sind Männer.«

»Nein, das will er nicht!« Kate kicherte. »Im Vatikan wird er das jedenfalls nicht versuchen.«

»Also, erzähl mir alles. Ein Raubüberfall und ein Flirt; es klingt, als hättest du einen sehr ereignisreichen Tag gehabt.«

Kate wartete, während der Kellner Wein und Antipasti

brachte. Als er wieder ging, fuhr sie fort. »Allzu viel gibt es da gar nicht zu erzählen. Er hat mir geholfen, und dann hat er mich heute Nachmittag ins Hotel zurückgebracht ...«

»Ja, na klar ... *ins Hotel zurückgebracht* ...« Jamie betrachtete sie mit einem lasziven Grinsen und wirkte immens zufrieden mit seiner Schlussfolgerung. Kate konnte sich ein Kichern nicht verkneifen.

»Nein, so war das nicht, Jamie! Es war alles sehr unschuldig, und er hat mich bloß draußen vor der Tür abgesetzt. Ich war immerhin Opfer eines Verbrechens geworden und war ziemlich erschüttert. Dann hat er gefragt, ob ich mir morgen den Vatikan ansehen wolle, und ich habe Ja gesagt.«

Jamies Augen wurden groß, als er zu einer Schlussfolgerung zu kommen schien. »Moment mal! Ist das dein hilfsbereiter Polizist?« Sein Grinsen war wieder da, breiter denn je. »Du brauchtest wohl wirklich eine persönliche Einzelbetreuung durch die Polizei. Natürlich nicht von einem hässlichen Kerl.«

Kate lachte. »Sei still!« Aber jetzt hatte sie fast mit Sicherheit dafür gesorgt, dass Jamie sie für eine Irre hielt.

»Also ist es wirklich ein Date?«

»Ich denke, ja. Schwer zu sagen ...«

»Dann *ist* es eins!« Er klatschte in die Hände wie ein kleiner Junge, dem man gerade einen Tisch voller Schokolade gezeigt hatte. »Treffer! Du hast dir einen Cop geangelt!«

Kate warf einen schnellen Blick auf die umliegenden Tische, die voll mit plappernden Gästen waren. Jamies Ausbruch schien nicht so viel Aufmerksamkeit auf ihren Tisch gelenkt zu haben, wie sie befürchtet hatte – die meisten anderen Gäste unterhielten sich fröhlich, aßen, tranken etwas dazu und genossen die Aussicht.

»Hältst du es für eine schlechte Idee?«

»Eine schlechte Idee? Bist du verrückt? Italiener, ausgeprägter Sinn für Gerechtigkeit, sieht wahrscheinlich in seiner Uniform heiß aus und könnte sich in einem Kampf behaupten.

Ich glaube, du hast es ganz gut getroffen. Und er hat vorgeschlagen, dich in den Vatikan zu begleiten, also ist er wahrscheinlich auch ein braver katholischer Junge.«

»Darüber habe ich überhaupt noch nicht nachgedacht. Ich bin nicht katholisch. Meinst du, das wird eine Rolle spielen?«

»Kate, morgen kannst du sein, was immer er will. Es ist ja nicht so, als würdest du ihn heiraten.«

»Ja, da hast du wahrscheinlich recht. Ich bin nur so aufgedreht wegen der ganzen Sache, dass ich kaum weiß, was ich rede.« Sie schob sich eine in Öl und Zitrone eingelegte Olive in den Mund und genoss die Aromen, die auf ihrer Zunge zum Leben erwachten.

»Es wird bestimmt ganz prima. Ich könnte aber für den Notfall einspringen, falls es doch nicht funktioniert. Wir könnten uns ein Codewort ausdenken, mit dem du mich anrufen würdest, und dann käme ich vorbei und träfe dich ›rein zufällig‹ ...« Er zeichnete mit zwei gekrümmten Fingern Gänsefüßchen in die Luft. »Oder ich könnte dir anbieten, dich morgen zu einer bestimmten Zeit anzurufen und so zu tun, als würde ich dich wegen irgendetwas brauchen. Dann hättest du einen Plan B, um aus der Sache rauszukommen. Für den Fall, dass er todlangweilig ist.«

Kate glaubte keine Minute lang, dass Alessandro langweilig sein würde, aber vielleicht hatte Jamie nicht ganz unrecht. Nicht, dass sie glaubte, dass es irgendein Problem mit Alessandro geben könnte, aber falls er sich als unerwartet lästig erwies oder sie einfach zu massiv anbaggerte, würde es gut sein, eine Fluchtmöglichkeit zu haben. Schließlich kannte sie ihn überhaupt nicht. Sie kannte auch Jamie kaum, aber sie hatte zumindest etwas mehr Zeit mit ihm verbracht – genug, um ein Gefühl dafür zu bekommen, was für eine Art Mensch er war. Und trotz der Episode in der Trattoria am Abend zuvor vertraute sie darauf, dass er sie retten würde, wenn sie ihn darum bat. Er war ja auch zum Hotel gegangen, um nach ihr zu sehen. »Das ist wahrscheinlich eine gute Idee. Wie wär's, wenn ich dich anrufe und so was erwähne wie ...« Sie sah sich um, und ihr Blick fiel auf den Teller mit Antipasti. »Ich könnte grüne Oliven erwähnen, wenn ich dich brauche?«

»Grüne Oliven, verstanden.«

Jamie beugte sich vor, um sein Weinglas wieder aufzufüllen, dann tat er das Gleiche mit dem von Kate. Sie nahm sich vor, das nächste Glas langsamer zu trinken, damit sie anschließend nicht wieder im selben Zustand wäre wie am Abend zuvor.

»Also«, begann sie, »jetzt, da wir das geregelt haben, willst du mir nicht erzählen, was gestern Abend mit dir passiert ist? Ich meine, ich will keine schmutzigen Einzelheiten wissen ... aber ich hatte das Gefühl, dass da zwischen dir und Pietro etwas läuft.«

Jamie hielt inne und nahm einen Schluck Wein, während sein Blick weiter auf ihr ruhte. Plötzlich war aller Frohsinn verschwunden. Er schien abzuwägen, wie viel er ihr erzählen wollte. Kate war so beschäftigt mit der Frage gewesen, ob sie einem Mann vertrauen konnte, den sie gerade erst kennengelernt hatte, dass sie ganz vergessen hatte, wie sehr das auch für Jamie galt. Er kannte Kate genauso gut, wie sie ihn kannte, und sie hatte wahrscheinlich gerade eine sehr persönliche Frage gestellt.

»Vergiss es«, sagte sie und schüttelte den Kopf. »Ich hätte nicht danach fragen sollen.«

»Nein, du hast ein Recht darauf, es zu erfahren. Ich habe mich gestern tatsächlich für eine sehr lange Zeit vom Tisch entfernt, und ich verstehe, warum dich das irritiert hat und du gedacht hast, ich hätte dich sitzen lassen. Es war nicht meine Absicht, so lange wegzubleiben, aber bevor du etwas sagst, ich habe keine Affäre mit ihm.«

»Wirklich, wenn du es mir nicht erzählen willst ...«

»Es macht mir nichts aus, es dir zu erzählen. Ich weiß nur

nicht, wo ich anfangen soll. Und eigentlich ist das nicht meine Geschichte, deshalb erzähle ich dir das im Vertrauen. Okay?«

Kate nickte. »Natürlich.«

Er nahm noch einen Schluck von seinem Wein, bevor er das Glas abstellte und müßig mit einem Finger über den Rand strich. Kate hatte ihn noch nie so ernst erlebt.

»Als ich das erste Mal in der Trattoria da Luigi gegessen habe, war ich mit Brad in Rom.«

»Deinem Freund?«

Jamie nickte. »Wir haben dort zusammen zu Abend gegessen, und Pietro war sehr aufmerksam. Ich habe mir nichts dabei gedacht, sondern mir das Lokal nur für meine nächste Geschäftsreise nach Rom vorgemerkt. Es schien für mich auf der Hand zu liegen, in dem Lokal zu essen, in dem mich ein freundlicher Kellner so großartig bedient hatte. Und tatsächlich war er wieder für meinen Tisch zuständig, und er war wieder super. Wir kamen ins Plaudern, und er fragte mich, ob ich nach seiner Schicht noch in eine Bar gehen wolle. Ich war allein und langweilte mich.« Er zuckte die Achseln. »Es schien mir eine gute Idee zu sein.«

»Hast du gedacht, dass er dich anmachen wollte? Dass er mit dir in eine Bar gehen wollte, weil er ein Auge auf dich geworfen hatte?«

»Eigentlich nicht. Er hat nicht diese Art von Interesse bekundet ... Er war einfach nur freundlich, und ich war froh darüber, für einen Abend aus meinem Hotelzimmer rauszukommen.«

»Und was ist passiert?«

»Gar nichts. Wir haben ein paar Drinks genommen, er hat mich seinen Freunden vorgestellt, und wir haben uns großartig amüsiert. Am folgenden Abend sind wir wieder ausgegangen und am Abend danach ebenfalls. Ich bin noch drei weitere Male in Rom gewesen, und jedes Mal haben wir auf die gleiche Weise Zeit miteinander verbracht. Ich meine, es ist großartig, wenn man einen Freund findet, mit dem man etwas unternehmen kann, sonst sind diese Geschäftsreisen ziemlich einsam.«

Kate nickte, unterbrach ihn jedoch nicht, denn sie spürte, dass er sich auf seine Geschichte konzentrieren musste.

»Eines Tages sind wir in die Wohnung eines seiner Freunde gegangen und nicht in eine Bar. Sein Kumpel war nicht zu Hause, aber er hatte Pietro einen Schlüssel gegeben, also haben wir es uns in seiner Wohnung gemütlich gemacht. An dem Abend hat er mir erzählt, er habe sich in mich verliebt.«

Er hielt inne, dann kippte er den Rest seines Weins herunter. Kate wartete geduldig, während er das Glas wieder auffüllte. Seine Enthüllungen schockierten sie nicht, denn sie hatte bereits erraten, dass die Geschichte darauf hinauslief. Es überraschte sie nur, dass Jamie selbst es zu der Zeit nicht hatte kommen sehen, wie er ihr eingestanden hatte. Aber sie sprach den Gedanken nicht aus, und er fuhr fort.

»Inzwischen waren wir beide betrunken, und ich dachte, er würde mich veralbern. Also fing ich an, mit ihm Blödsinn zu machen, legte meine Arme um ihn, küsste ihn auf die Wange ... Ich sagte ihm, dass ich ihn auch liebe, aber ich dachte, es wäre nur Spaß – mehr nicht. Ich dachte, es wäre alles ein angeheitertes Spielchen. Es konnte unmöglich wahr sein – er hatte nie irgendwelche Anzeichen gezeigt ... Verdammt, alles an ihm schrie in meinen Augen danach, dass er hetero war. Aber dann hat er mich richtig geküsst, und ich wusste Bescheid. Ich bin nicht stolz darauf, aber die Sache geriet außer Kontrolle. Ich habe nicht mit ihm geschlafen«, fügte er schnell hinzu, »doch wir sind zu weit gegangen. Ich war nicht so betrunken, dass ich Brad vergessen hätte, und ich habe aufgehört, bevor ich etwas tun konnte, was ich vielleicht bereut hätte. Pietro war verletzt, und er hat sich auch geschämt. Das konnte ich erkennen. Es war für uns beide schwierig. Wie dem auch sei ... Am nächsten Abend, nachdem wir beide genug Zeit hatten, uns zu beruhigen, bin ich wieder in die Trattoria gegangen, um mit ihm zu reden, und wir waren uns einig, dass wir Freunde sein konnten und ich ihn sogar bei seinem Coming-out unterstützen würde, wenn er das wollte. Seine Familie ist ziemlich religiös und sehr konservativ, deshalb hatte er schreckliche Angst. Ich habe mich ehrlich gefragt, ob er es jemals wagen würde oder ob er dazu verflucht war, sein Leben mit irgendeiner Ehefrau zu verbringen, die er nicht liebte, nur um seine Familie glücklich zu machen.«

»Du hast gestern Abend gesagt, dass du geglaubt hast, er sei auf dem Weg in die Alpen«, rief Kate ihm ins Gedächtnis.

»Ah, ja. Bei unserer letzten Begegnung hatte er plötzlich beschlossen, Rom zu verlassen und als Skilehrer zu arbeiten. Ich fand das etwas willkürlich, aber wenn es ihn glücklich machte, dann war es cool.«

»Gestern Abend hast du dann aber gesehen, dass er immer noch im Restaurant seines Dads arbeitet, und deshalb bist du mit ihm verschwunden? Um herauszufinden, warum das so war?«

»Ich konnte mir denken, warum. Er rief mich vom Tisch weg, um zu reden. Es gab Dinge, die er loswerden musste, und ich schätze, mein Anblick im Restaurant hat ihm all das bewusst gemacht. Er hat gesagt, er habe in meiner Nähe Mühe, sich auf irgendetwas zu konzentrieren.«

»Er liebt dich immer noch?«

Jamie nickte. »Er sagte, er wolle nach New York ziehen, um der einzigen Person nahe zu sein, von der er das Gefühl hat, verstanden zu werden. Er meinte, es kümmere ihn nicht, dass Brad dort sei, und als ich versucht habe, ihm zu erklären, dass es Folter wäre, uns ständig zusammen zu sehen, hat er geantwortet, auch das sei ihm egal, und er würde in der Lage sein, sich zu beherrschen.«

»Das glaubst du ihm nicht?«

»Es wäre eine Katastrophe, wenn er in meiner Nähe

wohnen würde, und es würde ihm nicht im Mindesten helfen. Ich habe ihm genau das gesagt und auch, dass es alles nur noch schlimmer machen würde, wenn die Versuchung so nah wäre, ganz gleich, was er behauptet. Außerdem ist da noch die Gefahr, dass er Brad zu nah kommt. Ich denke nicht, dass er etwas sagen würde, was mich kompromittiert, und ich glaube, Brad würde mir im Falle einer Anschuldigung vertrauen, aber ich will das nicht riskieren.«

Kate stieß einen langen Atemzug aus. »Und ich dachte, mein Leben sei kompliziert. Jetzt verstehe ich, warum du so beunruhigt bist.«

»Ich weiß nicht, was ich seinetwegen machen soll, aber ich fühle mich für ihn verantwortlich, ob das nun gerechtfertigt ist oder nicht. Er hat mir etwas anvertraut, das für ihn eine riesengroße Sache ist, und er braucht meine Unterstützung.«

»Denkst du, dass er deshalb so an dir hängt? Weil er sich an jemanden klammert, der ihn versteht, und dass er gar nicht wirklich in dich verliebt ist?«

Jamie nickte. »Vielleicht. Wenn er sich nur endlich outen würde, dann könnte er jemanden finden, der frei ist, um seine Liebe offen zu erwidern. Er ist ein toller Typ, und er verdient diese ganze Scheiße von wegen Höllenfeuer und Verdammnis nicht, die seine Eltern ihm eingeimpft haben.«

»Meinst du, sie würden irgendwann damit zurechtkommen? Wenn sie so konservativ sind, wie du sagst, braucht es viel Überzeugungsarbeit.«

»Er muss entweder dieses Risiko eingehen und es ihnen erzählen oder weiter eine Lüge leben. Weder die eine Situation noch die andere ist besonders erstrebenswert, aber das sind seine Optionen. Er wird für eine Weile unglücklich sein, ganz gleich, wofür er sich entscheidet – das lässt sich nicht vermeiden. Aber ich denke, wenn er ehrlich ist, hat er eine Chance auf Glück, sobald sich die Wogen geglättet haben.«

»Wie seid ihr gestern Abend auseinandergegangen?«

»Wir sind von seinem Bruder gestört worden, der wegen des Safes ins Büro gekommen ist.« Jamie hielt inne. »Ich glaube tatsächlich, dass sein Bruder den Verdacht hat, da sei etwas im Gange.«

»Ist das nicht eher gut? Wird es ihm sein Coming-out nicht erleichtern, wenn seine Familie bereits etwas ahnt?«

»Das weiß ich nicht. Sein Bruder ist ein unangenehmer Mensch. Ich glaube, er wäre noch intoleranter als Pietros Eltern.«

»Meinst du, er würde zu Gewalt greifen?«

»Keine Ahnung. Aber es hat mir nicht gefallen, wie er mich gestern Abend angesehen hat. Er hat mir praktisch befohlen zu verschwinden.«

Kates Augen weiteten sich. »Er hat dich hinausgeworfen?«

»So höflich, wie er konnte. Aber es war klar, was er meinte.«

Kate lehnte sich auf ihrem Stuhl zurück. Ihr Blick wanderte zu den steinernen Säulen des Pantheons, während sie Jamies Geschichte verdaute. »Ich weiß nicht, was ich sagen soll. Armer Pietro.«

»Genau. Aber wenn es nach Roberto ginge, würde es wohl ›armer Jamie‹ heißen.«

»Roberto ist sein Bruder? Aber das würde er doch sicher nicht wagen?«

»Ich bin keine Spielernatur, aber ...«

»Also kannst du nicht mehr in die Trattoria da Luigi gehen?«

»Ich glaube nicht, nein. Es ist eine Schande – die Meeresfrüchte sind die besten in ganz Rom.«

»Das ist wohl die geringste deiner Sorgen.«

Er seufzte. »Es tut mir leid, dass ich dich mit alldem belastet habe. Du hast sicher genug eigene Sorgen.«

»Machst du Witze? Ich habe gerade das Gleiche mit dir gemacht. Außerdem bin ich froh, dass du es mir erzählt hast. Das erklärt zumindest, was passiert ist. Ich dachte langsam schon, dass es an mir läge. Ich meine, ich habe Erfahrung mit Männern, die mir davonlaufen, aber wenn sich das jetzt auch noch auf wildfremde Personen ausweitet, müsste ich mir ernsthafte Sorgen machen.«

Jamie lächelte. »Es sieht jedenfalls so aus, als müsste ich mir ein neues Lieblingsrestaurant suchen. Hast du Lust, mir dabei zu helfen? Natürlich nicht morgen. Es sei denn, dein Date läuft so gut, dass du für den Rest deines Aufenthalts hier keine Zeit mehr hast, mich dazwischenzuschieben.«

»Ich werde immer Zeit haben, dich dazwischenzuschieben, Jamie. Ich glaube nicht, dass ich jemals so schnell einen neuen besten Freund gefunden habe, aber du bist bereits genau das – mein bester Freund.«

Er hob sein Glas, und Kate tat das Gleiche. »Darauf trinke ich!«

ACHT

Kate entschied sich für ein goldgelbes, gepunktetes Kleid, eine ihrer eigenen Kreationen. Es wirkte sittsam genug, um für eine heilige Stätte geeignet zu sein, war aber auch verspielt genug, um darin zu flirten. Sie konnte nicht gerade behaupten, dass es perfekt war, aber von allem, was sie mitgebracht hatte, passte es am besten. Ihr rotes Haar hatte sie zu einer niedlichen Gibson-Rolle hochgesteckt, die mit winzigen Gänseblümchen aus Stoff geschmückt war. Ein Hauch Lippenstift und dunkelblaue Wimperntusche, um ihre blaugrauen Augen zur Geltung zu bringen, und sie war fertig. Als sie vor dem Spiegel stand, holte sie tief Luft, zog den Bauch ein und musterte sich kritisch von Kopf bis Fuß. Sie fand, dass sie erheblich hübscher aussah als am vergangenen Tag, als sie verschwitzt und mit rotem Gesicht auf dem Polizeirevier aufgetaucht war, also musste es eine Verbesserung sein.

Ein Blick auf ihr Handy verriet ihr, dass es acht Uhr fünfzig war. War es noch zu früh, um hinunterzugehen und zu warten? Was für einen Eindruck würde das machen? Den richtigen? Es war das erste Mal seit ihrem ersten Date mit Matt, dass sie so etwas tat, und das schien ihr jetzt sehr lange her zu sein.

Außerdem liefen die Dinge heutzutage ganz anders. Auf Matt hatte sie draußen vor den Schultoren gewartet, noch in ihrer Schuluniform, und dann war er auf seinem Fahrrad neben ihr hergefahren, während sie zu Fuß gegangen war, und sie hatten sich gegenseitig mit Beleidigungen für den Schulleiter übertroffen, den sie beide gehasst hatten. Für ein erstes Date war das nicht sonderlich anspruchsvoll gewesen, und an dem Punkt hatten sie im Grunde nicht einmal begriffen, dass es ein Date war.

Zum Kuckuck damit. Kate griff nach ihrer Handtasche, legte eine gehäkelte Strickjacke darüber und ging die Treppe hinunter, um draußen auf der Straße zu warten.

Alessandro kam zehn Minuten zu spät. Es waren wahrscheinlich die längsten zehn Minuten ihres Lebens, während derer Kate jeden erdenklichen Grund dafür in Erwägung zog, angefangen damit, dass er beschlossen hatte, überhaupt nicht zu kommen, bis hin zu einem Unfall mit seiner Vespa, während er damit durch die Straßen von Rom bretterte. Als er dann doch endlich auftauchte, saß er gar nicht auf seinem Roller, sondern stieg lächelnd aus einem Auto, das von einer gut aussehenden Frau gefahren wurde. Die Frau taxierte Kate mit einem neugierigen Blick, bevor sie Alessandro auf Wiedersehen sagte und davonbrauste. Kate wollte ihn am liebsten fragen, wer die Frau war, aber das würde sie ein bisschen vorwitzig erscheinen lassen, und die Frage kam ihr selbst auch unangemessen vor. Schließlich würde er wohl kaum ein romantisches Interesse an ihr haben, wenn er sich von ihr zu einem Date mit einer anderen Frau fahren ließ? Aber nach dem Anruf von Orazia, den Kate immer noch befremdlich fand, fragte sie sich langsam, ob bei diesem Mann nicht alles möglich war. Es hätte sie nicht erstaunt, zu erfahren, dass er irgendwo einen Harem versteckt hatte. Orazia war ein Thema, nach dem sie ihn vielleicht fragen musste, aber Kate war sich nicht wirklich sicher, ob sie die Antwort hören wollte. So oder so entschied sie sich für den Moment dagegen, bis sie wusste, worauf der Tag hinauslief.

»*Buongiorno!* Ich hoffe, Sie haben nicht lange gewartet«, begrüßte er Kate und küsste sie leicht auf beide Wangen. Es war herrlich zwanglos und half ihr sofort, sich zu entspannen. Der berauschende Duft des Rasierwassers, das er offensichtlich bevorzugte, hatte ebenfalls eine recht entspannende Wirkung auf sie, wenn auch vielleicht nicht auf eine Weise, die dem Anlass angemessen war. »Sie sehen großartig aus.«

Kate spürte wieder, wie ihr diese nervige Röte in die Wangen stieg. Sie konnte es nicht verhindern und nur hoffen, dass es ihr den Teint einer typisch englischen Schönheit verlieh, obwohl sie den Verdacht hatte, dass es bei ihr eher aussah wie eine typisch englische Warnleuchte vor einem Zebrastreifen.

»Nein, ich habe nicht allzu lange gewartet«, log sie, obwohl sie lange genug am Straßenrand gestanden hatte, um mitleidige Blicke vom Türsteher des Hotels zu ernten.

»Gut«, antwortete er. »Sind Sie bereit?«

Sie nickte, und er bot ihr seinen Arm an.

»*Va bene.* Dann werden wir gehen.«

———

Weil sie nur etwa eine halbe Stunde brauchen würden, entschieden sie sich gegen die Metro und machten sich zu Fuß auf den Weg. Das gab ihnen die Gelegenheit, mehr von der Stadt zu sehen. Kate war jetzt seit drei Tagen in Rom und hatte schon eine ziemliche Strecke auf den Gassen, Straßen und Plätzen zurückgelegt, aber sie glaubte nicht, dass sie sich jemals an die Schönheit der Stadt gewöhnen würde, egal wie oft sie sie durchquerte. Sie vermutete, dass Alessandro ähnlich empfand, da der Stolz in seiner Stimme, wenn er sie auf Sehenswürdigkeiten hinwies, unüberhörbar war. Überall herrschte emsiges Treiben, Touristen und Einheimische wetteiferten miteinander um jeden Platz, drängten sich an ihnen vorbei, brüllten in ihre Handys oder schrien sich gegenseitig an, kicherten, plapperten, küssten sich oder standen einfach nur mit großen Augen vor irgendeiner neuen Attraktion. Aber als sie sich dem Vatikan näherten, wurde das Gedränge plötzlich noch zehnmal schlimmer. Kate nahm die Menschenmassen schon von Weitem wahr. Sie würden eine Woche lang warten müssen, bis sie irgendwo Einlass fanden.

»Möchten Sie ins Museum?«, fragte Alessandro und deutete mit dem Kopf auf eine riesige steinerne Mauer, an der sich eine lange Reihe von Menschen entlangbewegte.

»Ist das die Warteschlange für das Museum?«

»Sì. Aber es ist nicht so schlimm, wie es aussieht, und ich habe da vielleicht ein wenig Einfluss.«

Kate zog eine Braue hoch und musterte ihn. »Soll das heißen, dass Sie Ihre Position als Polizeibeamter ausnutzen wollen?«

»Nein«, lachte er. »Aber ich habe einen Freund, den ich anrufen kann und der uns hineinbringen wird.«

Kate lächelte. »Was meinen Sie? Ich würde gern auch den Petersdom sehen. Sollen wir das zuerst in Angriff nehmen?«

Er schaute auf seine Armbanduhr. »Möchten Sie von seiner Heiligkeit gesegnet werden?«

»Vom Papst?«

Er nickte. »Heute Morgen wird er auf seinen Balkon treten, um die Menschenmenge zu segnen. Es ist recht bewegend.«

Kate war nie besonders fromm gewesen, und eine Katholikin war sie erst recht nicht, aber etwas an der Aussicht, vom Papst gesegnet zu werden, bescherte ihr einen kleinen Kick. »Sind Sie schon mal gesegnet worden?«

»Schon viele Male.«

»Haben Sie das Gefühl, dass Ihr Leben dadurch besser wurde?«

»Immerhin bin ich jetzt mit Ihnen hier.«

Wieder wurde Kate rot. Es wurde zu einem irritierend regelmäßigen Vorkommnis. Aber Alessandro machte Dinge mit ihr, die kein anderer Mann je getan hatte, nicht einmal Matt. Nicht, dass sie viele Gelegenheiten gehabt hätte, bei denen andere Männer sie zum Erröten gebracht hätten. Aber obwohl sie Matt geliebt hatte, war es eine beständige, sichere Art von Liebe gewesen, eine, die sich aus einer tiefen Freundschaft entwickelt hatte, nicht die Art von Liebe, bei der einem das Herz stockte, sich der Magen zusammenzog und die Lenden kribbelten, von der die Leute sangen und schrieben. Matt hatte ihr Herz nie zum Stocken gebracht, sie war nie rot geworden oder hatte vor Erregung gekeucht, nur weil sie sein Gesicht gesehen hatte. Aber die Liebe mit jemandem wie Alessandro, das wurde ihr langsam klar, konnte genau so sein. Natürlich nicht mit *ihm* – in rein praktischer Hinsicht war er ganz und gar nicht der richtige Mann für sie. Trotzdem war es kein Verbrechen, eine kleine Prise davon zu genießen, solange sich ihr die Gelegenheit dazu bot, nicht wahr? »Ich würde den Papst liebend gern sehen. Das wäre unglaublich.«

»Dann sollten wir uns beeilen. Wir werden jetzt vielleicht nicht mehr den besten Stehplatz ergattern, aber ich hoffe, Sie werden trotzdem ein klein wenig sehen können.«

»Es wird genauso sein, wie Take That im Wembley-Stadion zu sehen«, bemerkte Kate, als sie sich in Bewegung setzten.

»*Scusi?*«

»Ein Konzert, zu dem meine Schwester mich einmal mitgeschleppt hat. Wir haben jeder achtzig Mäuse bezahlt, und alles, was wir gesehen haben, waren vier weiß gekleidete Ameisen in der Ferne. Und obendrein sind wir fast zerquetscht worden und waren anschließend total verschwitzt.«

»Also hat es Ihnen nicht gefallen?«

»Ich fand es herrlich!« Kate lachte. »Aber ich habe nicht das Gefühl, behaupten zu können, ich hätte wirklich Take That gesehen. Es hätte im Grunde jeder sein können, ich hätte keinen Unterschied bemerkt.«

»Ich bin mir sicher, dass das hier der echte Papst ist.«

»Sie glauben nicht, dass er Doubles hat?«

Alessandro nickte langsam, als würde er die Möglichkeit erwägen, dass der Papst tatsächlich ein Double haben könnte, und Kate lachte.

»Stellen Sie sich vor, er hätte wirklich eins!«

»Ich denke, dann gäbe es sehr viele unglückliche Gläubige.«

»Wären sie trotzdem gesegnet, selbst wenn es nicht der Papst wäre, der den Segen erteilt hat? Oder vielleicht versteckt er sich hinter einem Vorhang und macht diese Segnerei heimlich, während sein Double auf dem Balkon steht und so tut, als ob? So wäre er vor Attentätern geschützt und könnte trotzdem alle segnen.«

Er drehte sich ganz zu ihr um und zog eine Braue hoch. »Haben Sie immer so seltsame Gedanken?«

Kate zuckte die Achseln, und das Brennen kehrte in ihre Wangen zurück. »So habe ich das noch nie betrachtet. Aber vielleicht haben Sie recht, ja. Stört Sie das? Dass ich womöglich plemplem bin?«

»Plemplem?«

»Verrückt.«

»Solange es eine gute Verrücktheit ist und keine gefährliche Verrücktheit, gefällt es mir an Ihnen.«

»Ich wette, Sie haben es oft mit gefährlichen Verrückten zu tun.«

»Manchmal. Aber meistens entferne ich betrunkene Frauen von der Spanischen Treppe ...« Er wandte sich mit diesem herrlich verruchten Lächeln zu ihr um, und Kate wäre um ein Haar über ihre eigenen Füße gestolpert. Ihr Herz trommelte einen Sambarhythmus, und es war ein Glück, dass sie sich an einem heiligen Ort befanden, sonst wäre es ihr vielleicht sehr schwergefallen, ihren entschieden unheiligen Impulsen zu widerstehen.

»Ich hoffe, Sie laden sie danach nicht alle zu Dates ein ...« Sie brach ab. Es war nicht ihre Absicht gewesen, das laut auszusprechen, aber genau das hatte sie getan. Wenn dies kein Date war und er sie korrigierte, würde das Ganze für den Rest des Tages ziemlich peinlich werden. Oder schlimmer noch, er konnte glauben, sie wäre so arrogant, anzunehmen, dass jeder Mann, der ihr freundliche Gesellschaft anbot, auf sie stehen musste. Und bis zu genau diesem Moment hatte sie die Vorstellung, er könne schwul sein wie Jamie, überhaupt noch nicht in Erwägung gezogen. Jamie hatte ihr diese Woche jede Menge freundschaftliche Gesellschaft angeboten und wollte ihr ganz bestimmt nicht an die Wäsche. Sie unterdrückte das Stöhnen, das sich in ihrer Kehle bildete. Warum musste sie alles zwanzigmal komplizierter machen, als es sein musste?

»Nein«, sagte er. »Sie sind nicht alle so schön und so interessant wie Sie.«

Mit einer seltsamen spontanen Reaktion, wegen der sie sich später jedes Mal vor Verlegenheit wand, wenn sie daran dachte, gab Kate ihm einen Klaps auf den Arm. »Ach, hören Sie doch auf!«, kicherte sie. Er zog die Augenbrauen hoch und sah sie an, als hätte er gerade beschlossen, dass sie doch ziemlich verrückt sei – und das nicht auf eine gute Art und Weise –, aber dann entspannte er sich und schenkte ihr ein leicht verwirrtes Lächeln. »Das ist der Petersplatz«, stellte er fest.

Kate schaute über die glänzenden Pflastersteine, die nach all den Jahrhunderten glatt und abgetreten waren, zu einem geschwungenen Bogen aus weißen dorischen Säulen, die in der Morgensonne so unglaublich perfekt aussahen, dass sie einfach das Produkt einer vom Computer erzeugten Fantasie sein mussten.

»Wir müssen die Sicherheitschecks durchlaufen, bevor wir eintreten können ... Dort werden wir uns in die Schlange stellen ...« Er zeigte auf den hinteren Teil einer Wand von Menschen hinter Barrieren. Man hätte den Vatikan die Stadt der Warteschlangen nennen sollen, denn so wie es aussah, war das so ziemlich das, was sie den ganzen Tag über tun würden: Schlange stehen. Zumindest befand sie sich in guter Gesellschaft, daher würde es vielleicht nicht so schlimm werden.

»Es ist gut, dass sie alle überprüfen«, bemerkte sie.

»Es ist sehr wichtig.«

»Ich nehme an, dass Sie so denken müssen ... Ich meine, in Ihrer Branche.«

»Es gibt einige schlechte Menschen auf der Welt, und wir müssen alle vorsichtig sein.«

»Kommen Sie oft hierher?«

»Manchmal.«

»Ganz allein?«

»Manchmal mit meiner Mutter. In letzter Zeit nicht mehr so häufig – ihre Beine sind nicht mehr so gut.«

»Haben Sie Geschwister?«

»Fünf Schwestern.«

»Wow! Keine Brüder? Sie müssen das Gefühl haben, in der Minderheit zu sein.«

»Manchmal«, lachte er. »Meine Schwestern sind alle sehr ...«

Kate wartete geduldig, während er nach dem richtigen Wort suchte.

»*Prepotente*, sagte er schließlich. »Ich weiß nicht, wie das auf Englisch heißt. Sie schreiben mir ständig vor, was ich tun soll.«

»Herrisch«, sagte Kate und lächelte. »Anna, meine ältere Schwester, kann auch so sein, aber sie meint es gut.«

»Sie haben also ebenfalls Schwestern?«

»Nur zwei. Und wir sind nur zu dritt, keine Brüder.«

»Ah, also haben wir etwas gemeinsam.«

»Das stimmt. Lily, meine jüngere Schwester, bekommt ein Baby.«

»Das ist wunderbar. Ich habe zehn Nichten und Neffen.«

»Zehn?«

Er zuckte die Achseln. »So viele sind das gar nicht. Maria hat vier Kinder, Jolanda hat drei und Isabella hat drei, Abelie und Lucetta sind noch nicht verheiratet, aber Lucetta wird bald heiraten.«

»Wer ist die Älteste?«

»Maria. Dann kommt Isabella, danach Jolanda, Alessandro ...« Er zeigte grinsend auf sich selbst. »Schließlich Lucetta und Abelie.«

Kate lächelte. Es gefiel ihr, wie er von sich selbst in der dritten Person sprach, als er die Familienhierarchie erklärte. Es war süß. »Sie sind also ein mittleres Kind?«

Er nickte.

»Ich auch«, sagte Kate. »Das ist noch etwas, das wir gemeinsam haben.«

»Dann haben wir heute ja jede Menge Gesprächsstoff.«

Kate strahlte. »Und ob!«

Der Himmel war blau, die Luft war warm, ihre Umgebung war wunderschön, und sie befand sich in Gesellschaft eines gut aussehenden, charmanten und höflichen Mannes. Sie hatte das Gefühl, dass der heutige Tag perfekt werden würde, und sie würde ihn sich nicht von lästigen Kleinigkeiten wie obsessiven Polizistenfreundinnen verderben lassen.

―――――

Es kam nicht oft vor, dass Kate sagen konnte, sie sei wirklich sprachlos, aber nach dem bewegenden Anblick des Papstes – der umso ergreifender war, weil er den Menschen in der Menge offensichtlich so viel bedeutete – führte Alessandro sie in den

Petersdom. Dort standen sie ehrfürchtig vor der majestätischen und opulenten Innenausstattung aus Marmor und Stein, vor unbezahlbaren berühmten Kunstwerken an jeder Ecke. Gemeinsam berührten sie den Fuß der Statue des heiligen Petrus, um seinen Segen zu erbitten, dann stiegen sie in die vatikanischen Grotten hinab, wo eine Reihe früherer Päpste ihre ewige Ruhe gefunden hatten, und wieder hinauf, um die dreihundertzwanzig Stufen der Petersdomkuppel zu erklimmen. Von dort schauten sie über die Dächer von Rom, die von der Sonne in einen roségoldenen Schein getaucht wurden. Alles in allem war es eine seltsam erhebende und spirituelle Erfahrung, und Kate war fast überwältigt davon. Doch dann kehrten sie mit aller Macht in die reale Welt zurück, als sie sich durch die Menschenmassen in den Vatikanischen Museen drängelten, wo es heiß und ermüdend war. Sie war froh, als Alessandro vorschlug, irgendwo in der Via di Porta Angelica in Ruhe etwas zu trinken. Kate wusste nicht, wo das war, aber es hörte sich gut an, und sie war erfreut, zu sehen, dass die Straße tatsächlich so schön und ruhig war, wie ihr Name vermuten ließ.

Wie ein echter Gentleman rückte er Kate an einem Tisch im Schatten eines Sonnenschirms einen Stuhl zurecht. Noch nie hatte ihr jemand einen Stuhl zurechtgerückt, und Kate wusste nicht so recht, wie sie reagieren sollte. Irgendwie fühlte sie sich unbeholfen, ja sogar verlegen, als würde sie sich in einem Restaurant wiederfinden, das viel zu vornehm für sie war, und fürchten, man würde sie gleich bitten zu gehen. Aber sie nahm mit einem nervösen Lächeln Platz, und Alessandro setzte sich mit einem sehr viel selbstsichereren Lächeln neben sie. Es war eine Eigenschaft von ihm, die sie zu lieben begann – er wirkte so gefestigt, so souverän; nichts schien ihn aus der Ruhe zu bringen. Dadurch fühlte sie sich sicherer.

»Hier ist es etwas kühler und luftiger – das ist Ihnen doch recht?«, fragte er.

»Oh ja. Dieser Schatten ist herrlich. Es ist mein blödes rotes

Haar ... Ich bekomme so leicht einen Sonnenbrand, dass ich vorsichtig sein muss ... Es würde mich wahrscheinlich ein kleines Vermögen an Sonnencreme kosten, wenn ich hier leben würde.«

»Dann ist es ja gut, dass Sie in einem Land mit vielen Regenwolken wohnen.«

»Das stimmt. Obwohl wir durchaus auch ein oder zwei Sonnentage im Jahr haben.«

Er hob die Augenbrauen. »Wirklich?«

»Ja!« Kate lachte. »So schlimm ist es also gar nicht!«

Er grinste.

»Wie stellen sich die Italiener England vor?«, fragte Kate. »Ich meine nicht die Italiener, die schon mal in England waren, sondern die, die die wie Sie das Land noch nie besucht haben?«

»Ich weiß nur wenig. Manchmal sehe ich Berichte in den Nachrichten, aber es geht immer um Ihren Premierminister oder Ihre Königin. Und von London habe ich Fotos gesehen. Wie ist es in England denn so?«

Kate schwieg für einen Moment nachdenklich und fummelte am Stiel eines Weinglases herum, das auf ihrem Tisch stand. »Seltsam«, antwortete sie schließlich. Sie betrachtete seine fragende Miene. »Größtenteils ist es ganz schön. Sehr unterschiedlich, je nachdem, in welchem Teil des Landes man sich befindet. Die Menschen auf den Straßen sind freundlich, aber sie wollen im Bus oder im Zug nie mit anderen reden. Sie helfen Ihnen, wenn sie können, wollen aber auch nicht wirklich in irgendetwas verwickelt werden. Es kann manchmal einsam sein, selbst wenn man von Menschen umgeben ist ...« Sie schüttelte sich und zwang sich zu einem Lächeln.

»Ihr Ehering«, sagte er und deutete mit dem Kopf auf ihre Hand. Kate betrachtete sie und dann wieder ihn.

»Ich habe keinen.«

»Ich denke, Sie hatten mal einen. Manchmal tasten Sie danach ... mit den Fingern.«

»Oh, also kommen wir jetzt zur Sache.« Sie lächelte. »Ich war verheiratet, aber ich bin es nicht mehr. Und es gibt auch niemanden sonst – keine Dates oder so etwas. Ich hatte auch keine Affäre und habe die Ehe nicht selbst beendet. Wir haben jung geheiratet, und ich schätze, wir sind einfach erwachsen geworden – zumindest ist Matt erwachsen geworden. Das bedeutete aber, dass ich auch erwachsen werden musste, ob ich es nun wollte oder nicht, aber das ist in Ordnung, denn jetzt lerne ich wieder zu leben, und tatsächlich läuft es bisher sehr gut.«

Der Kellner unterbrach sie, und während Alessandro für sie beide bestellte, beobachtete Kate ihn und fragte sich, inwieweit ihr Eingeständnis einer frischen Scheidung seine Meinung über sie verändert haben mochte. Fand er es abstoßend? Oder sah er sie jetzt als Beute, eine Frau, die er mühelos verführen und wieder abwimmeln konnte? Plötzlich war sie sich ihrer Position erheblich weniger sicher als zuvor. Und auch er hatte eine Vergangenheit – so viel verriet ihr die Konfrontation mit Orazia –, aber er hatte noch keinerlei Anspielung darauf gemacht. Wobei sie nicht wissen konnte, ob irgendetwas von alledem der Wahrheit entsprach, ohne ihn direkt danach zu fragen, doch das schien ein Gesprächsthema zu sein, für das es jetzt noch zu früh war.

Der Kellner verschwand mit seiner Bestellung, und Alessandro richtete seine Aufmerksamkeit wieder auf Kate. »Sie waren ehrlich zu mir, daher muss ich auch ehrlich zu Ihnen sein. Ich bin nicht verheiratet ...«

»Das freut mich zu hören.« Kate stieß ein nervöses Lachen aus und hätte sich am liebsten selbst geohrfeigt. Warum konnte sie nicht einfach den Mund halten und zuhören, ohne blöde Bemerkungen zu machen? Aber er schien sich an ihrer Unterbrechung nicht zu stören.

»Einmal war ich kurz davor zu heiraten.«

»Orazia?«

Seine Augen wurden für eine Sekunde schmal, und Kate verfluchte sich im Stillen. Sie hatte es schon wieder getan.

»Nein, die Frau war nicht Orazia«, antwortete er vorsichtig. »Warum sagen Sie das?«

Wenn sich doch nur in diesem Moment eine Falltür unter ihrem Stuhl hätte auftun können ... Kate wäre sehr dankbar dafür gewesen. »Nichts ... Ich dachte ... wegen etwas, das sie gesagt hat ...«

»Was hat sie denn gesagt?«

»Sie hat mich angerufen – gestern, nachdem ich das Polizeirevier verlassen hatte. Zumindest klang es nach ihr, aber sie hat ihren Namen nicht genannt, sondern aufgelegt, als ich sie gefragt habe, ob sie es sei. Sie hat gesagt, es sei Ihnen nicht gestattet, mit Touristinnen auszugehen ... Es hat sich irgendwie so angehört, als wollte sie mich davor warnen, Ihnen näherzukommen ... Sie sind doch nicht zusammen, oder?«, fügte Kate hinzu. Sie wurde von Minute zu Minute nervöser und wünschte sich von Herzen, es gäbe eine Möglichkeit, das Gespräch zurückzuspulen.

Seine Züge verhärteten sich. »Wir waren mal zusammen, aber nur für ein paar Monate. Meine Schwester Maria ist mit ihr befreundet, und meine Mutter war ganz versessen darauf, dass wir heiraten. Aber Orazia wäre keine gute Ehefrau für mich.«

»Ich glaube, das sieht sie anders.«

»Sie liebt mich nicht – sie ist nur wütend. Mit der Zeit wird sie mich vergessen.«

»Aber Sie arbeiten zusammen – das muss unter diesen Umständen doch schwierig sein.«

»Arbeit und Liebe sind zwei verschiedene Dinge. Immer.«

»Früher war das aber wohl nicht der Fall.« Kate ließ nicht locker, obwohl sie das Gefühl hatte, sich auf gefährliches Terrain zu begeben. »Hatten Sie diese Regel denn nicht, als sie das erste Mal mit Orazia ausgegangen sind?«

»Nein. Orazia ist der Grund dafür, dass ich diese Regel jetzt habe.«

»Aber was ist mit mir? Komme ich dieser Regel nicht ein wenig zu nah? Ich arbeite zwar nicht mit Ihnen zusammen, aber gestern war ich ein Teil Ihrer Arbeit, und jetzt sitzen wir hier.«

Er schenkte ihr ein angespanntes Lächeln. »Ich bin nicht perfekt, und manchmal breche ich meine eigenen Regeln. Aber Sie werden in einer Woche nach England zurückkehren, und dann wird meine Regel wieder gelten.«

Kate nickte. Sie war sich immer noch unsicher, was das für sie beide bedeutete, aber sie hungerte nach mehr. »Also, Sie waren verlobt und wollten heiraten?«

»Früher einmal, ja.«

»Wer war sie?«

»Ihr Name war Heidi.«

Er nickte dem Kellner zum Dank knapp zu, als der Mann mit ihren Getränken zurückkam, und Kate wartete, bis sie wieder allein waren, bevor sie das Thema weiterverfolgte.

»Das klingt nicht sehr italienisch.«

»Ihre Familie kam aus der Schweiz, aber sie lebten in Rom.«

»Hat Ihre Mum sie nicht gemocht? Weil sie keine Italienerin war, meine ich? Haben Sie deshalb dann doch nicht geheiratet?«

»Sie ist im Luganer See ertrunken.«

Kate hätte beinahe die Limonade ausgespuckt, an der sie gerade genippt hatte. Er zuckte mit keiner Wimper, aber sie konnte in seinen Augen lesen, dass er nicht mehr mit ihr am Tisch saß, sondern seine Gedanken weit entfernt an den Ufern des teils zur Schweiz, teils zu Italien gehörenden Sees weilten.

»Oh … Ich weiß nicht, was ich sagen soll. Es tut mir so leid.«

»Es war vor acht Jahren … Ich war zweiundzwanzig.«

»Waren Sie dabei?«

Er schüttelte den Kopf. »Sie war zu Besuch bei ihrem Großvater, und die beiden sind mit seinem Boot hinausgefahren. Sie hat sich den Kopf gestoßen und ist ins Wasser gefallen. Ihr Großvater hat versucht, sie zu retten, aber ...«

Kates Augen füllten sich mit Tränen, doch sie kämpfte sie mit einem Schniefen nieder. Sie wollte ihn in die Arme nehmen und ihm sagen, es würde alles wieder gut werden, aber das war angesichts der Umstände nicht gerade passend, und vielleicht war es sogar eine Reaktion, die eher ihre Bedürfnisse befriedigt hätte als seine.

»Denken Sie immer noch an sie?«

»Oft. Aber ihr Leben gibt es nicht mehr ...«

Er schien sich zusammenzureißen und an den Tisch zurückgekehrt zu sein, um Kate wieder seine volle Aufmerksamkeit zu widmen. »Meine Mutter versucht seither, eine Frau für mich zu finden, aber mir hat von denen bisher keine gefallen.«

»Vielleicht hätte sie Ihnen genug Zeit geben sollen, bis Sie selbst bereit sind, an diesen Punkt zu gelangen?«

»Sie hat prophezeit, dass ich allein sterben würde, wenn sie nicht nachhilft.«

»Sicherlich meinte sie es gut und wollte nur Ihr Glück. Aber es ist schwierig für jemanden, genau zu wissen, was ein potenzieller Partner benötigt, damit es bei einem anderen ›klick‹ macht – am besten ist es, man lässt das demjenigen selbst herausfinden.«

»Klick?«, fragte er und zog eine göttliche Braue hoch. »Was heißt das?«

»Sie wissen schon ... Das, was dazu führt, dass man sich gut versteht ... gut zusammenpasst und Spaß miteinander hat ...«

»So wie bei Ihnen und mir?«

»Könnte sein«, antwortete Kate mit einem kleinen Lächeln. »Ich nehme an, man könnte sagen, dass es bei uns ›klick‹ gemacht hat.«

»Ich bin meiner Mutter zuliebe mit Orazia ausgegangen,

um sie glücklich zu machen. Es hat kein gutes Ende genommen.«

Nun musste Kate sich fragen, was genau seine Mutter von ihr halten würde, wenn sie sie beide da im Schatten eines Sonnenschirms vor dem Café hätte sitzen sehen, die Köpfe zusammengesteckt über hohen Gläsern mit einer trüben Limonade, während sie sich gegenseitig ihre Geheimnisse entlockten. Irgendwie glaubte sie nicht, dass sie in die Kategorie »geeignete Ehefrau« oder auch nur »Freundin« passen würde, aber wenn sie mit dreißig schon eine Scheidung hinter sich hatte, in den Augen welcher Mutter würde sie dann noch Gnade finden? Eine Scheidung bedeutete Ballast, und daran war nicht zu rütteln.

»Bedeutet all das, dass Sie bereit sind, wieder zu lieben?«, fragte sie. »Ich meine, Sie müssen ja das Gefühl gehabt haben, das Ganze ein Stück weit hinter sich gelassen zu haben, um wieder mit jemandem ausgehen zu wollen?«

Er zögerte kurz und betrachtete sie mit einem schwelenden Blick. »Möglicherweise«, räumte er ein. »Und was ist mit Ihnen?«

Sie stieß ein raues, verlegenes Lachen aus, eine weitere spontane und gänzlich unvorteilhafte Reaktion, bei deren Erinnerung sie später dunkelrot anlaufen würde. »Ich glaube, ich habe allein viel zu viel Spaß, um mir jetzt schon Gedanken wegen eines neuen Mannes zu machen.«

»Wie schade! Vielleicht werden Sie Ihre Meinung ändern?«

»Falls ich den Richtigen finde. Bisher habe ich in Manchester jedenfalls nicht viel gesehen, das meine Meinung geändert hätte.«

Er nickte knapp, und ein Lächeln umspielte seine Mundwinkel. Kate hätte sich vielleicht versucht gefühlt, zu sagen, das Lächeln sei ein bisschen zu selbstsicher. Es hätte sie maßlos ärgern sollen, aber seltsamerweise tat es das nicht.

Das Gespräch mit Alessandro wurde unbeschwerter und drehte sich inzwischen um Geschichten über seine Schwestern, die ihn herumkommandiert hatten, um Anekdoten aus seiner Polizeiausbildung und Horrorgeschichten über schreckliche Frauen, mit denen seine Mutter ihn zu verkuppeln versucht hatte. Aber allzu bald war es Zeit, aufzubrechen. Kate wünschte, sie hätte ein anderes Lokal vorschlagen können, in das sie hätten gehen können, doch das erschien ihr etwas zu forsch, und da er nichts dergleichen getan hatte, reichte es ihm vielleicht. Also verließ sie zusammen mit ihm das Café, und obwohl sie bedauerte, dass ihr Date zu Ende war, akzeptierte sie es.

Als sie zu Fuß zu Kates Hotel zurückgingen, drehte Alessandro sich zu ihr um.

»Werden Sie sich heute Abend mit Ihrem Freund zum Essen treffen?«

»Ich habe nichts mit ihm verabredet.«

»Mmm.«

»Warum fragen Sie?«

»Ich habe überlegt ... Hat es Ihnen heute gefallen?«

»Natürlich, es waren wunderbare Stunden ...« Sie warf ihm einen verspielten Blick zu. Wollte er doch weitermachen? Vielleicht war das der Moment, um zu versuchen, aus ihm schlau zu werden. »Kennen Sie ein gutes Restaurant?«

»Ich kenne viele.«

»Wollen Sie mir nicht anbieten, mich in eins davon auszuführen? Schließlich bin ich fremd in Rom ...«

Er zeigte ein sinnliches Lächeln. »Das würde mich sehr freuen.« Er schaute auf seine Armbanduhr. »Wollen Sie zuerst in Ihr Hotel zurück?«

»Es wäre mir ganz lieb, wenn ich mich etwas frisch machen könnte. Aber ich möchte nicht, dass Sie weggehen, für den Fall, dass Sie nicht zu mir zurückkommen – ich möchte wie versprochen zum Abendessen gehen. Es mag ein wenig gewagt sein, aber hätten Sie Lust, mit auf mein Zimmer zu kommen, und dort auf mich zu warten? Ich werde nicht lange brauchen, und Sie können sich aus der Minibar etwas zu trinken nehmen.«

»Ich würde immer zu Ihnen zurückkommen, aber wenn Sie es vorziehen, dass ich in Ihrem Zimmer warte, dann werde ich das gerne tun.«

»Ich würde es vorziehen«, bestätigte Kate. »Es käme mir albern vor, Sie wegzuschicken, wenn Sie in weniger als einer Stunde ohnehin wiederkommen würden.«

———

Jamie schickte als Antwort auf Kates Neuigkeit, dass sie mit Alessandro zu Abend essen werde und hoffe, dass er es ihr nicht verübeln werde, eine ziemlich freche Textnachricht. Darin stand etwas in der Art, wie enttäuscht er wäre, wenn ihm zu Ohren käme, dass sie Alessandro nicht verführt hätte, und dass er alles über ihr Date hören wolle, wenn sie sich wiedersahen. Sie war froh und erleichtert, weil er nicht beleidigt zu sein schien, dass sie ihn praktisch für das Abendessen abserviert hatte, und ihr kam der Gedanke, ihn zu fragen, was er stattdessen mit sich anfangen würde. Doch der Anblick von Alessandro, der auf ihrem Bett saß, lenkte sie ab, und die Frage verschwand bald aus ihrem Kopf. Sie wollte Jamies Rat zwar nicht komplett befolgen, aber sie hatte sich entschlossen, Alessandro näherzukommen, um eine Kostprobe von dem zu erhalten, dem sie schon den ganzen Tag entgegengefiebert hatte.

Als sie mit geputzten Zähnen, offenen und gebürsteten Haaren, aufgefrischtem Make-up und einem Spritzer Parfüm aus dem Badezimmer auftauchte, schritt sie zu ihm hinüber und setzte sich neben ihn aufs Bett.

»Der Tag war fantastisch«, sagte sie und suchte seinen Blick. »Ich danke Ihnen.«

Er erwiderte nichts, sondern fing ihre Gedanken nur mit dem Blick seiner dunklen Augen ein, bis sie von nichts anderem mehr erfüllt waren als davon, wie sehr sie ihn begehrte.

Und dann bewegten sie sich beide gleichzeitig. Es war offensichtlich, dass er es genauso sehr wollte wie sie, und als ihre Lippen sich berührten, war es, als ob sie ein Stromstoß durchführe. So etwas Intensives hatte sie noch nie gefühlt, nicht bei all den Hunderten von Malen, die sie Matt geküsst hatte, und sie konnte nur mit Mühe verhindern, dass sie Alessandro das Hemd vom Leib riss.

Sie konnte kaum atmen, kaum sprechen, als sie sich voneinander lösten, konnte ihn nur benommen und hungrig auf mehr anstarren. Und dann erfüllte er ihr ihre Wünsche, zog sie noch näher an sich, vergrub eine Hand in ihrem Haar und legte ihr die andere auf die Wange. Sie spürte seine Brust an ihrer und stellte sich vor, wie ihr Herz gleich aus ihr herausspringen würde. Sie fielen auf das Bett zurück, und sie legte sich auf ihn. Sein Unterleib erwachte zum Leben, als ihre Zunge seinen Mund erforschte. Er stöhnte auf, als sie mit den Händen über seine Rippen fuhr und ihm das Hemd aus der Hose zog. Er selbst nestelte am Reißverschluss ihres Kleides, und sie hörte, wie er ihn aufzog. Sie wollte ihn – sie wollte ihn so sehr, dass es wehtat.

»Kate ...«, keuchte er und löste sich von ihr. »Das hier ...«

»Was ist los?« Sie rückte ein Stück von ihm weg und sah ihn an. Neben der Lust in seinen Augen bemerkte sie Unsicherheit. Der Anblick brachte sie jäh zur Besinnung. Wie hatte sie die Situation nur so schrecklich missverstehen können?

»Es tut mir so leid ...«, murmelte sie, kletterte von ihm herunter und zog den Reißverschluss ihres Kleides wieder zu. »Du musst mich für verrückt halten.«

»Nein«, widersprach er, richtete sich auf und legte ihr eine

Hand auf den Arm, um sie sanft zurück aufs Bett zu ziehen. Sie setzte sich neben ihn, völlig ernüchtert, und kam sich sehr dumm vor. Aber er lächelte und strich ihr eine Locke aus dem Gesicht. »Ich finde, dass du eine wunderschöne und erotische Frau bist ... sehr leidenschaftlich. Und ich glaube, dass seit einer ganzen Weile kein Mann mehr diese Leidenschaft in dir geweckt hat. Ich würde dir das liebend gern geben ... Aber du bist nur für ein paar Tage in Rom, nicht für Jahre, und wenn du fort bist, bleiben mir nur Erinnerungen.«

»Das verstehe ich nicht.«

Er beugte sich vor, um sie zu küssen, ganz behutsam diesmal. »Ich will keinen Vorgeschmack auf etwas, das ich niemals wirklich haben kann. Es ist zu grausam.«

Was redete er da? Dass er sich nicht auf One-Night-Stands einließ? Hatten nicht alle Männer One-Night-Stands? Aber dann begriff sie – sie hatte selbst keine One-Night-Stands, und vielleicht wusste er das. Spürte er, dass sie es bereuen würde? Rettete er sie vor sich selbst?

»Es ist mir so peinlich«, murmelte sie.

»Das muss es nicht. Wenn du in Rom leben würdest, würde ich dich mit meinem ganzen Herzen wollen, denn ich würde wissen, dass wir uns wiedersehen werden.«

»Warum hast du mich dann überhaupt um dieses Date gebeten?«

Ihre Frage schien ihn für einen Moment zu verwirren. »Weil ich dich mag und dir meine Stadt zeigen wollte.«

»Aber du hast nicht gewusst, dass das hier passieren würde?«

»Gestern nicht, nein. Heute dachte ich, dass es vielleicht passieren könnte. Aber ich hatte beschlossen, in dem Fall stark zu bleiben.«

»Im Gegensatz zu mir, die ungefähr so stark war wie Wackelpudding«, antwortete sie mit einem kläglichen Lächeln.

»Du bist stärker, als du denkst, Kate.«

Sie fuhr sich mit einer Hand durch ihr wirres Haar. »Tja, ich nehme an, du willst jetzt doch nicht mehr mit mir zu Abend essen?« Sie hatte die Frage nun gestellt, und im Lichte dessen, was gerade passiert und gesprochen worden war, war sie sich nicht sicher, welche Antwort sie sich wünschte. Es würde ziemlich peinlich für sie beide sein, aber ein winziger Teil von ihr war noch nicht bereit, ihn loszulassen, trotz allem.

»Warum nicht?«, entgegnete er mit einem ermutigenden Lächeln. »Ich habe Hunger. Du musst ebenfalls Hunger haben.«

»Ein wenig«, gab sie zu.

»Dann werden wir zu Abend essen.«

NEUN

Kate wurde von Annas Anruf geweckt. Sie streckte den Arm aus, um sich ihr Handy vom Nachttisch zu schnappen, und presste es sich ans Ohr.

»Hey ...«, murmelte sie, rieb sich den Schlaf aus den Augen und versuchte, ihr Gehirn in Gang zu bringen. »Du rufst aber früh an – was ist los?«

»Ich muss früh anrufen, weil du anscheinend zu beschäftigt bist, um zu irgendwelchen normalen Uhrzeiten mit mir zu reden.«

Kate richtete sich im Bett auf und war plötzlich hellwach. »Okay, ich habe langsam den Eindruck, dass du sauer auf mich bist.«

»Natürlich nicht.«

»Das ist definitiv deine Ich-bin-sauer-Stimme. Ich habe sie im Laufe der Jahre oft genug gehört, um sie inzwischen zu erkennen.«

»Also gut. Ich bin sauer. Aber ich habe dich ungefähr zwanzigmal angerufen, seit du in Rom bist, und entweder gehst du nicht an den Apparat, oder du bist mit *irgendjemandem* zusammen und kannst nicht reden.« Anna sorgte dafür, dass das Wort *irgendjemandem* eine besondere Betonung bekam, als wäre sie damit nicht im Mindesten einverstanden. »Ich meine, wie viele Jemande gibt es dort?«

»Ich habe ziemlich viel Zeit mit Jamie verbracht, von dem du weißt ...« Kate zögerte. Sie hatte noch nie Geheimnisse vor ihren Schwestern gehabt und wollte jetzt nicht damit anfangen, aber sie war sich nicht sicher, wie Anna auf die Nachricht reagieren würde, dass sie den ganzen Tag mit Alessandro unterwegs gewesen war. Es war nicht so, dass Anna prüde war oder dass sie so tun würde, als wüsste sie, was das Beste für Kate war, aber sie würde sich Sorgen über die emotionalen Auswirkungen machen, wenn Kate sich auf jemanden einließ, während die Tinte auf ihren Scheidungspapieren noch kaum getrocknet war. Und wenn Kate ganz ehrlich mit sich selbst war, machte sie sich langsam ähnliche Gedanken. Das Abendessen war überraschend unbeschwert verlaufen nach ihrer kurzen und unendlich peinlichen Szene mit Alessandro auf dem Bett. Sie hatte sich in seiner Gesellschaft sogar entspannen können, da er sich große Mühe gab, ihr zu vermitteln, dass sie sich nicht verlegen zu fühlen brauchte, ohne es wirklich auszusprechen. Er war galant, witzig und charmant, und dass er es nicht darauf anlegte, sexy zu wirken, erhöhte seine Attraktivität noch mehr. Gegen Ende des Abends hatten in Kates Hinterkopf die Alarmglocken geschrillt, und sie hatte fast geglaubt, dass sie sich in ihn verliebt habe, und zwar so richtig wahre-Liebe-mäßig. Das war ganz und gar nicht gut, und doch hinterließ der Gedanke daran, ihn nie wiederzusehen, so vernünftig dieser Plan auch gewesen wäre, ein Gefühl der Leere in ihr. Dann hatte er sie aus Gründen, die nur er kannte, beim Abschied gefragt, ob sie mit ihm einen zweiten Ausflug zum Kolosseum machen wolle, angeblich, damit er sie für den ersten Besuch dort entschädigen konnte, bei dem man ihr das Portemonnaie gestohlen hatte. Ohne zu zögern, hatte sie Ja gesagt. Als sie jetzt an diese Entscheidung dachte, fragte sie sich, wie klug das gewesen war.

Und was Anna sagen würde, wenn sie auch nur die Hälfte davon wüsste.

»Wenn es Jamie gewesen wäre, hättest du das gesagt.« Anna unterbrach ihre Gedanken. »Von Jamie weiß ich bereits. Hast du dich noch mit einem anderen Mann eingelassen? Ich will nur wissen, was du getrieben hast, und nur weil ich höllisch eifersüchtig bin, weil du in Rom bist und dich prächtig amüsierst, während ich im verregneten alten England bei der Arbeit festsitze.«

»Mehr oder weniger.«

»Was soll das heißen?«

»Ich habe einen Mann kennengelernt, und er hat mich gestern ausgeführt. In den Vatikan. Und dann zum Abendessen.«

»Einen Mann!«, kreischte Anna. »Oooh! Wie aufregend! Woher kommt er, wohnt er in deinem Hotel, wie hast du ihn kennengelernt, ist es eine Date-Situation, oder seid ihr nur Freunde, wirst du seine Nummer haben, wenn du wieder zu Hause bist ...?«

»Immer langsam! So ist das nicht. Wir sind nur Freunde. Tatsächlich ist er Polizist.«

»Ein Polizist? Macht er ebenfalls allein Urlaub?«

»Er ist ein römischer Polizist.«

Es folgte Schweigen am anderen Ende der Leitung. »Anna?«, hakte Kate nach. Schweigen war nicht gut, wenn es von Anna kam. Es bedeutete, dass sie etwas zu sagen hatte, von dem sie wusste, dass es Kate nicht gefallen würde.

»Er ist ein Einheimischer?«

»Ja.«

»Oh. Dann wird es schwer, den Kontakt zu halten. War es ein Date?«

»Nein.«

»Lügnerin. Männer gehen nicht einfach ohne Grund mit jemandem aus.«

»Jamie hat es getan.«

»Das mit Jamie war etwas anderes. Es sei denn, dieser Typ ist ebenfalls schwul?«

»Nicht, soweit ich weiß«, antwortete Kate und errötete, als sie sich an den Beweis für seine absolute Heterosexualität erinnerte.

»Er ist aber nicht einer dieser Männer, die jede Woche eine neue Touristin vögeln? Wie der in *Shirley Valentine*?«

»*Shirley Valentine*? Was zur Hölle ...«

»Ist er so einer?«

»Wir hatten keinen Sex. Und selbst wenn es anders wäre, würde es niemanden sonst etwas angehen.«

»Aber vielleicht will er noch mit dir schlafen. Ich wette, er will dich wiedersehen.«

»Tatsächlich hat er ...«

»Wusste ich's doch! Hast du ihm erzählt, dass du frisch geschieden bist?«

»Ja, aber ...«

»Dann ist er total davon überzeugt, dass du eine leichte Beute bist! Himmel, Kate!«

»Anna! Beruhig dich. Ich bin nicht total blöd, weißt du. Ich bin dreißig, und ich denke, dass ich an diesem Punkt meines Lebens mit einem Date umzugehen weiß.«

»Du bist nicht blöd, aber du befindest dich im Moment in einer sehr verletzlichen Phase ...« Annas Ton wurde sanfter. »Ich weiß, du kannst selbst auf dich aufpassen, und ich halte dich wirklich nicht für blöd. Ich will nur nicht, dass du verletzt wirst, das ist alles. Du hast dein Scheidungsurteil buchstäblich gerade erst bekommen und ... Ich kann nicht behaupten, dass ich weiß, wie sich das anfühlt, aber ich glaube, meine Gefühle wären ziemlich durcheinander, wenn ich an deiner Stelle wäre. Ein paar Komplimente von einem Einheimischen würden mir helfen, mich besser zu fühlen, und bevor man weiß, wie einem geschieht ...«

»Ich werde mich nicht in ihn verlieben, wenn es das ist, worauf du hinauswillst«, verkündete Kate hochmütig. »So bedürftig bin ich nun auch wieder nicht.«

Während sie das sagte, drängte sie die Gedanken daran, dass sie Alessandro auf genau diesem Bett geküsst hatte, energisch beiseite. Annas Einmischung war nicht willkommen, aber vielleicht hatte sie nicht ganz unrecht. Sie hasste es, wenn Anna recht hatte, was meistens der Fall war.

»Ich weiß«, sagte Anna. »Versprich mir einfach, vorsichtig zu sein.«

Kate zog einen losen Faden vom Saum ihres Pyjama-Oberteils. »Ich amüsiere mich nur ein wenig, das ist alles. Deshalb bin ich hier im Urlaub, und du hast gesagt, ich sollte mehr ausgehen ...«

»Ich wäre weniger besorgt, wenn du dich mit einem Typ amüsieren würdest, mit dem du vielleicht eine Zukunft hättest.«

»Du meinst, mit einem Engländer? Es gibt keine Garantien, dass so etwas länger hält als dieser Urlaub. Erinnerst du dich nicht daran, was passiert ist, als du 2003 in St. Ives eine Urlaubsaffäre mit diesem ... wie war noch gleich sein Name? ... hattest? Craig?«

Anna lachte unbeschwert. »Okay, du hast mich erwischt – es war idiotisch von mir, anzunehmen, dieser Junge würde mich zurückrufen, sobald er wieder daheim in Skegness war. Hast recht.«

»Aber es hat dazu geführt, dass du mit Christian zusammenkamst, dem besten Ehemann, den man haben kann. Man weiß also nie, was aus etwas entstehen kann, das im ersten Moment vielleicht nicht so gut aussieht.«

»Stimmt. Aber denk daran, dass Christian und ich an dem Punkt bereits Freunde waren. Aber dass ich ihn wegen eines anderen Jungen vollgeheult habe, kann ich wohl niemandem als Anmachtaktik empfehlen.«

»Da gebe ich dir recht. Ich werde versuchen, das zu vermeiden. Aber ich will auch meine eigenen Fehler machen, und das musst du mir gestatten. Vielleicht wird sich das, was erst mal wie ein Fehler aussieht, doch nicht als Fehler entpuppen.«

Sie hörte Anna seufzen. »Na schön, dann erzähl mir mehr über diesen Typ. Vielleicht werde ich ihn doch nicht so übel finden.«

———

Die erste Stunde des Tages hatte sich gewittrig angefühlt, aber die Sonne hatte die Wolken weggebrannt, als sie immer höher gestiegen war und einen Himmel freigelegt hatte, der so blau und klar war wie der am vergangenen Tag. Alessandro kam mit demselben Auto an, das von derselben Frau gefahren wurde, die Kate diesmal noch strenger musterte, bevor sie weiterfuhr.

»Ich glaube nicht, dass deine Freundin mich besonders mag«, bemerkte Kate, nachdem er sie auf beide Wangen geküsst hatte.

»Meine Freundin?«

»Die Frau, die dich hier abgesetzt hat.«

»Ah! Lucetta!« Er lachte. »Meine Schwester. Sie ist neugierig auf dich. Sie sagt, ihr gefalle dein orangefarbenes Haar.«

Kate zog die Stirn in Falten. Der eisige Blick, den sie von Lucetta empfangen hatte, schrie nicht gerade nach Zustimmung, aber sie ließ Alessandro die Bemerkung durchgehen. Wenigstens war es nicht seine andere Schwester Maria gewesen, die offenbar mit einer gewissen Orazia befreundet war, die Kate ihrerseits leidenschaftlich hasste und die ihrer Freundin wahrscheinlich allen möglichen Unsinn darüber erzählt hatte, wie schrecklich sie, Kate, sei. Sie musste sich fragen, ob eine der beiden Frauen schon von ihren Dates erfahren hatte. Kate konnte das alles natürlich am Ende des Urlaubs hinter sich lassen, aber es war ihr trotzdem unangenehm, wenn sie daran dachte, dass die beiden Frauen über sie lästerten, selbst wenn es nur für eine Woche war. Nach Lucettas Gesichtsausdruck zu urteilen, hatten sie vielleicht schon über sie gesprochen, während sie mit einer Voodoo-Puppe und ein paar Stecknadeln über einem Kessel kauerten.

Alessandro bot ihr den Arm. »Möchtest du wieder zu Fuß gehen?«

Kate nickte, hakte ihn unter und staunte über die Unbefangenheit zwischen ihnen – trotz allem, was sich am vergangenen Tag ereignet hatte. Als sie sich am Morgen angezogen hatte, hatte sie sich gefragt, ob er im kalten Licht des Tages seine Meinung ändern würde, was ihr heutiges Treffen anging, oder ob die Situation peinlich und verkrampft sein würde, aber er wirkte genauso entspannt und lässig wie im Vatikan. Sofort fühlte auch sie sich unbefangener. Vielleicht sah sie einfach Probleme, wo gar keine waren.

»Dein Kleid ist hübsch«, bemerkte er.

»Danke. Das habe ich mir selbst genäht.«

»Du hast es genäht?«

Sie nickte. »Es ist ein Hobby. Ich nähe mir die meisten Sachen selbst, die ich trage. Es gefällt mir, dass ich andere Kleider habe, als man in den Läden kaufen kann, und es bedeutet, dass ich nie im gleichen Kleid wie eine andere Frau auf einer Party auftauche.«

Er unterzog sie einer weiteren Musterung und nickte anerkennend. »Du bist sehr gut. Ich glaube, wenn Lucetta das wüsste, würde sie dich noch mehr mögen.«

»Ach ja?«, fragte Kate, die immer noch nicht davon überzeugt war, dass sie auf Lucettas Gesicht etwas anderes als Verachtung gesehen hatte.

»Sie würde dich bitten, ihr Hochzeitskleid für sie in Ordnung zu bringen.«

»Stimmt denn irgendetwas nicht damit?«

»Große Differenzen mit dem Geschäft. Dort behaupten sie, es würde passen, doch Lucetta ist nicht glücklich, aber wir haben auch nicht das Geld, jetzt noch ein neues zu kaufen.«

»Dann bist du also neulich mit ihr dort hingefahren, um die Leute im Geschäft zu bitten, es sich anzusehen?«

»Ja ... Du erinnerst dich daran.«

»Wenn Kleider im Spiel sind, bin ich sehr aufmerksam. Und in dem Geschäft will man nicht in Ordnung bringen, was nicht stimmt?«

»Sie haben es schon fünfmal geändert. Öfter nicht, sagen sie.«

Kate war einen Moment lang nachdenklich, als sie weitergingen. »Was meint Lucetta denn, was damit nicht in Ordnung ist?«

Er zuckte die Achseln. »Ich habe zwar gehört, wie sie Mamma angeschrien hat, aber etwas Genaues weiß ich nicht.«

Kate hatte noch nie etwas so Kompliziertes wie ein Hochzeitskleid geschneidert, aber sie überlegte, ob sie sich bei Alessandro für seine Freundlichkeit in den letzten Tagen revanchieren könnte, indem sie ihre Dienste anbot. Aber der Gedanke, sie könnte die Sache noch schlimmer machen und Lucetta noch mehr verärgern, schreckte sie ab. Ihre freundliche Geste könnte auf spektakuläre Art und Weise nach hinten losgehen.

»Wie lange hat sie noch bis zur Hochzeit?«, fragte sie.

»Fünf Monate.«

»Das ist nicht viel Zeit, um ein neues Kleid zu besorgen.«

»Sie will kein neues Kleid.«

»Was hat sie denn vor? Kann sie damit in ein anderes Geschäft gehen?«

»Ein anderes Geschäft wird noch mehr Geld wollen, um es in Ordnung zu bringen.«

»Ja, da hast du wahrscheinlich recht. Aber wenn sie will,

dass es richtig gemacht wird, dann sieht es so aus, als müsste sie ein wenig mehr bezahlen.«

»Meine Mutter ist sehr stolz und nimmt kein Geld von ihren anderen Kindern an, um für die Hochzeit zu bezahlen, aber ich weiß, dass sie im Moment nichts mehr für Lucetta aufbringen kann. Lucetta weiß das ebenfalls. Wenn meine Mutter noch mehr bezahlt ...« Er zuckte die Achseln. »Sie würde Schwierigkeiten bekommen. Keine Miete. Aber sie will Lucetta glücklich machen. Sie weiß nicht, was sie tun soll.«

»Versucht deine Mutter, allein über die Runden zu kommen? Ich meine, ist dein Vater ...? Du hast nie von ihm gesprochen.«

»Er ist schon lange tot. Seit ich ein Junge war ... Er ist gestorben, als ich dreizehn war.«

»Das tut mir leid. Mein Dad ist ebenfalls gestorben. Ich war zwanzig – nicht so jung wie du, aber ich vermisse ihn trotzdem jeden Tag.«

»Noch eine Gemeinsamkeit von uns«, sagte er lächelnd.

Noch eine Gemeinsamkeit. Es hätte sie glücklich machen sollen, aber Kate wurde schwer ums Herz. Alessandro wirkte mit jeder Minute, die sie mit ihm verbrachte, noch perfekter auf sie. Es war ihr Pech, dass er Hunderte von Meilen entfernt von der Stadt lebte, die sie ihr Zuhause nannte.

»Ich könnte mir das Kleid deiner Schwester ja mal ansehen«, schlug sie vor. Sie hatte das Angebot fast wie eine Entschuldigung vorgebracht und halb gehofft, er würde es höflich ablehnen. Daher war sie entsetzt, als sich auf seinem Gesicht ein breites Grinsen abzeichnete.

»Heute Abend!«, sagte er. »Ich werde dich heute Abend mit zu mir nach Hause nehmen! Lucetta wird so glücklich sein!«

»Ich sage nicht, dass ich es auf jeden Fall in Ordnung bringen kann«, antwortete Kate und versuchte, dem Versprechen ein gewisses Maß an Vorsicht beizumischen. »Aber ich werde versuchen herausfinden, was damit nicht stimmt, und wenn ich es ändern kann, werde ich es tun. Dafür brauche ich aber wahrscheinlich eine Nähmaschine. Hat deine Mutter eine?«

Er schüttelte den Kopf.

»Oh. Weißt du, wo ich eine benutzen könnte?«

»Ich werde meine Mutter anrufen, und sie kann die Nachbarinnen fragen.«

Bevor Kate ihn daran hindern konnte, hatte er auch schon die Nummer gewählt und unterhielt sich hastig mit jemandem. In Momenten wie diesem wünschte sie, sie könnte ein wenig Italienisch, um zu verstehen, was gesagt wurde. Was sie hörte, war ein Kreischen am anderen Ende der Leitung, das sogar den Lärm des Verkehrs und der Touristen auf der Straße um sie herum übertönte, daher vermutete sie, dass das weibliche Mitglied seiner Familie, mit dem er redete, wer immer sie sein mochte, ungeheuer aufgeregt bei der Aussicht darauf war, dass Kate Lucettas Kleid reparieren könnte. Vorausgesetzt, sie konnte es wirklich. Ballkleider für ihre Schwestern und kleine Sommerkleider für sie selbst waren eine Sache, aber ein komplettes Hochzeitskleid – das war etwas ganz anderes, und Kate hoffte nur, dass sie der Herausforderung gewachsen war. Das Letzte, was sie beabsichtigte, war, Alessandro und seine Familie jetzt noch zu enttäuschen.

———

Es war wunderbar mit Alessandro im Kolosseum, aber Kate konnte an nichts anderes mehr denken als daran, dass sie nachher Alessandros Familie kennenlernen würde. Und seine Familie sie. Warum hatte sie nicht ihre große Klappe halten können? Und warum war er nicht so vernünftig gewesen, ihr Angebot abzulehnen? Sie war sich sicher, dass er einfach davon ausging, sie würde noch am selben Abend damit anfangen, an dem Kleid zu arbeiten, und dass er das nicht mal als Drängeln seinerseits empfand. Genau wie er einfach davon ausgegangen war, dass sie mit ihm in den Vatikan, zum Abendessen und am nächsten Tag ins Kolosseum gehen würde; es schien einfach seine Art zu sein, die Welt zu sehen – jemand konnte etwas tun, also warum sollte er es nicht tun wollen? Und er schien begeistert von der Aussicht, ihr seine Familie vorzustellen. Kate wünschte sich, sie könnte diese Begeisterung teilen.

Jamie rief an, während sie ein Regal mit Gladiatorensouvenirs durchstöberte, und diesmal klang er etwas enttäuscht, dass sie sich wieder nicht mit ihm zum Essen treffen konnte. Das machte die Situation noch schlimmer, denn sie fühlte sich langsam wie jemand, der seine Freunde abservierte, sobald ein potenzieller Partner auftauchte, und Alessandro war ja nicht einmal das. Trotz allem gingen sie vertraut und unbefangen miteinander um, genau wie sie es im Vatikan getan hatten, und an irgendeinem Punkt ertappte sie sich sogar dabei, wie sie unbewusst nach seiner Hand griff, während sie sich zwischen den uralten Steinen der Gladiatorenarena hindurchschlängelten. Er hielt ihre Hand allemal fest, und es dauerte eine ganze Minute, bevor ihr bewusst wurde, was sie getan hatte, und ihm ihre Hand wieder entzog. Er quittierte ihr Verhalten nur mit einem kleinen Lächeln. Wenn sie doch nur gewusst hätte, was er dachte. Fand er das Ganze genauso nervenaufreibend wie sie? Da er aber ihre Hand gern in seiner behalten hatte, vielleicht doch nicht. Oder hatte er sich damit abgefunden, nur ihre Freundschaft zu erhalten, und andere Komplikationen in den Hintergrund gedrängt? Was auch immer der Grund war, die Ungewissheit über ihren Beziehungsstatus schien ihn überhaupt nicht zu stören. Wäre sie jemand gewesen, der so etwas auf Facebook meldete, hätte sie es mit Sicherheit als »kompliziert« vermerkt. Aber sah er es denn als kompliziert an? Er suchte immer wieder ihre Gesellschaft, was also versprach er sich davon?

Jamie versicherte ihr, dass sie sich am nächsten Abend auf jeden Fall mit ihm zum Essen treffen würde, und war zu dem Schluss gekommen, dass es wahrscheinlich eine Erleichterung für sie sein würde, Zeit mit einem Mann zu verbringen, der keine emotionalen Turbulenzen auslöste. Aber zuerst musste sie den gefürchteten Familienbesuch überstehen.

———

Es passierte, als sie das Kolosseum verließen. Kate entdeckte den Mann in der Menschenmenge. Er war drahtig und hätte Wasser und Seife gebraucht, und auf den ersten Blick kam er ihr beängstigend vertraut vor. Außerdem benahm er sich verdächtig, beäugte Besucher und achtete überhaupt nicht auf die Sehenswürdigkeit, die hinter ihm aufragte.

»Alessandro ...«, sagte sie leise. »Ich glaube, das ist der Mann, der mir mein Portemonnaie gestohlen hat.«

Es kam keine Antwort. Vielleicht hatte er sie im Lärm der Menschenmenge, die aus den uralten Ruinen quoll, nicht gehört. Sie sah sich um und wollte erneut das Wort an ihn richten, da bemerkte sie, dass er den Blick über die Menge schweifen ließ. Dann fixierte er eine Gestalt und schaute sie aufmerksam an. »Du meinst den Mann mit der Mütze?«, fragte er schließlich.

»Ich glaube, das ist er«, bestätigte Kate, die sich jetzt unsicher fühlte und ein wenig besorgt war wegen Alessandros plötzlich versteinerter Miene. Sie hatte ihm den Mann aus einem Impuls heraus gezeigt und den Satz ausgesprochen, bevor sie wirklich Zeit gehabt hatte, darüber nachzudenken. Aber sie war nicht mit irgendeinem x-beliebigen Mann hier – er war Polizist, noch dazu einer, der den größten Abscheu vor Menschen geäußert hatte, die seine geliebte Stadt in Verruf brachten. In diesem Moment sah er aus, als wollte er mehr als nur ein strenges Wort mit dem Verdächtigen wechseln. »Ich bin mir jedoch nicht sicher, weil es nur so ein flüchtiger Blick war, aber ...«

»Ich kenne ihn«, unterbrach Alessandro sie. »Er ist der Polizei bekannt. Er war viele Male wegen Diebstahls im Gefängnis, aber das hier ist eigentlich nicht sein Revier ...«

Bevor Kate ihn daran hindern konnte, schritt er auf den Mann zu, und die Menge schien sich beinahe vor ihm zu teilen, als würde man seine Autorität instinktiv erkennen.

»Aber du bist doch gar nicht im Dienst!«, rief Kate schrill. Sie lief los, um ihn einzuholen. »Was hast du vor?«

»Mit ihm reden«, antwortete Alessandro.

Sie war sich nicht sicher, ob ihr gefiel, wie er das sagte. Sie hatte ihn noch nie mit solch unheilverkündendem Ton sprechen hören. Es sah aus, als könnte ein zorniger, entschlossener Alessandro eine beeindruckende Naturgewalt sein. Kate war sich nicht sicher, ob ihn das noch erotischer oder beängstigender oder beides zugleich machte – es wäre jedenfalls eine aufregende Kombination.

Kate sah wieder zu dem Mann. Sie beobachtete, wie er mit einer älteren Frau zusammenstieß. Jeder andere hätte die Absicht dahinter vielleicht übersehen, aber für sie machte es den Eindruck, als wäre er fast gezielt mit der Dame zusammengestoßen. »Mi scusi!«, hörte sie ihn sagen, und dann wechselte er die Richtung und ging zurück auf den Schatten des Kolosseums zu. Hatte er gerade wieder zugeschlagen? Kate schaute erneut zu Alessandro hinüber und mühte sich, mit seinen zunehmend langen Schritten mitzuhalten. Er sah furchtbar entschlossen aus, dann murmelte er etwas vor sich hin und rannte los, so schnell es die wogende Masse der Touristen zuließ. Kate folgte ihm im Laufschritt, doch ihre hohen Absätze behinderten sie bei ihrem Bemühen, ihn einzuholen.

Der Mann mit der Mütze schaute auf, und es war sofort klar, dass er Alessandro bemerkte und ihn ebenfalls erkannte. Kate hatte noch nie jemanden tatsächlich binnen einer

Sekunde aschfahl werden sehen, aber jetzt sah sie es, und der Mann wirbelte herum und stieß Menschen aus dem Weg, um zu entfliehen. Alessandro rief etwas, aber der Mann achtete nicht darauf, und obwohl einige Männer und Frauen in der Menge sich überrascht umdrehten, um Alessandro anzuschauen, reagierte kaum jemand auf seine Warnungen. Er musste ebenfalls Menschen beiseiteschieben, während er versuchte, den Mann einzuholen, der ganz offensichtlich irgendetwas Unrechtes getan hatte, selbst wenn er vielleicht gar nicht der Mann war, der Kate bestohlen hatte. Aber dass Alessandro erheblich höflicher vorging als seine Beute, erschwerte ihm die Verfolgung.

»Warte!«, rief Kate, aber Alessandro war jetzt so fokussiert, dass er sich nicht einmal umdrehte, um auf sie zu achten. Wahrscheinlich hatte er sie ohnehin nicht gehört. Sie versuchte, ihre Schritte zu beschleunigen, aber er entfernte sich immer weiter von ihr.

Schließlich blieb sie mit rotem Gesicht keuchend stehen, denn sie hatte keine Chance, mit den beiden Männern mitzuhalten. Mutlos beobachtete sie, wie Alessandro aus ihrem Blickfeld verschwand.

ZEHN

Sie hatte zwanzig Minuten gewartet und fragte sich nun, ob Alessandro sie wiederfinden würde. Obwohl das Kolosseum schon bald für heute schließen würde, waren noch so viele Menschen in der Nähe, dass kaum Hoffnung bestand, inmitten all dieses Durcheinanders eine zierliche Engländerin zu finden, zumal er gar nicht mitbekommen haben dürfte, wo sie gewesen war, als sie einander aus den Augen verloren hatten. Jetzt wünschte sie, sie hätte ihn nach seiner Handynummer gefragt. Die Schüchternheit, die sie diesbezüglich entwickelt hatte, war dumm gewesen, vor allem, da sie nicht sehr schüchtern bei dem Versuch gewesen war, ihn zu verführen, was ein erheblich auffälligeres Zeichen ihres Interesses war, als es die Bitte um eine blöde Telefonnummer gewesen wäre. Aber sie hatte das Gefühl gehabt, sie würde mit der Bitte um seine Telefonnummer voraussetzen, dass ihre wenigen Dates zu etwas Dauerhafterem wurden – was in seinen Augen wie Anmaßung gewirkt haben müsste, weshalb die Frage unausgesprochen geblieben war. Vielleicht war es ihm ja genauso gegangen, da er sie auch nicht um ihre Nummer gebeten hatte, oder womöglich hatte er einfach gedacht, dass er ja die Adresse ihres Hotels kannte, während sie in Rom war, sodass er sie immer finden konnte. Und sie vermutete, dass er über ihre Diebstahlsanzeige sogar Zugang zu ihren Daten in den Polizeiakten hatte.

Aber jetzt machte sie sich Sorgen, dass er sie nicht wiederfinden würde, weil sie sich von dem Ort entfernt hatte, an dem sie zurückgelassen worden war. Sie hatte dort im Weg gestanden. Natürlich würde sie allein ins Hotel zurückfinden, aber was ihr zu schaffen machte, waren die Komplikationen, die das für ihren und Alessandros Ausflug bedeutete. Noch mehr Sorgen machte ihr, was Alessandro tun würde, wenn er den Dieb erwischte. Im besten Fall würde er ihn verhaften und zur Polizeiwache bringen müssen oder etwas ähnlich Zeitaufwendiges, was ihren gemeinsamen Tag ruinieren und möglicherweise vorzeitig beenden würde. Es war ein egoistischer Gedanke, aber sie konnte nicht anders. Seinem Gesichtsausdruck nach zu urteilen, würde er ihm schlimmstenfalls eine ordentliche Tracht Prügel verpassen, was ein Polizist wahrscheinlich nicht tun sollte, schon gar nicht, wenn er gar nicht im Dienst war.

Eines war ihre Zeit in Rom auf jeden Fall: sehr ereignisreich.

Sie schlenderte eine Zeit lang umher und hielt Ausschau nach Alessandro. Aber langsam erschien ihr die Sache aussichtslos, und vielleicht war es vernünftiger, an einer Stelle zu bleiben und dort auf ihn zu warten. Also suchte sie sich eine Bank, wo ihr die Sonne ins Gesicht schien, und holte ihr Handy hervor. Sie hielt es für eine gute Idee, die Zeit des Herumsitzens klug zu nutzen, und es war nicht so, als würde sie bald irgendwo anders hingehen, also verschickte sie zwei Textnachrichten: eine an Lily und eine an Anna, und in beiden Nachrichten erkundigte sie sich, ob alles in Ordnung sei.

Anna antwortete nicht, daher vermutete Kate, dass sie bei der Arbeit war. Lily meldete sich nach einigen Minuten.

Alles gut hier. Sodbrennen, aber keine Übelkeit mehr, hurra! Wie sieht es bei dir aus?

Gut. Heute habe ich mir noch mal das Kolosseum angeschaut. Ist umwerfend.

Umwerfend auf eine Weise, die du dir unmöglich vorstellen könntest, dachte Kate, aber es war einfacher, das ganze Drama, das sich hier immer noch entfaltete, fürs Erste für sich zu behalten.

Bin neidisch. Sitze bei der blöden Arbeit fest. Ruf mich nach sechs an, damit ich alles darüber hören kann.

Nach sechs kann ich nicht, gehe aus. Rufe dich morgen an.

Jetzt reibst du es mir aber unter die Nase, hm? Ich treffe mich kaum noch mit anderen, hab nur Sodbrennen und mache zwanghafte Babyeinkäufe. Okay, rede morgen mit mir. Hab dich lieb. X

Hab dich auch lieb. X

Kate lächelte, als sie den Handybildschirm sperrte. Von den drei Schwestern war Lily wahrscheinlich die liebste und umgänglichste, und sie würde eine geborene und perfekte Mum sein. Sie hatte immer Kinder haben wollen, und Kate erinnerte sich lebhaft daran, dass sie jede Gelegenheit beim Schopf ergriffen hatte, um in der Schule mit einer Puppe zu spielen – oder mit einem echten Baby, wann immer sie eines zu fassen bekam. Als sie damals mit Joel zusammengekommen war, hatte sie ihm von Anfang an gesagt, dass sie haufenweise Kinder wolle, und er schien bereit zu sein, ihr jeden Wunsch zu erfüllen, denn er war bis über beide Ohren in sie verliebt. Lily und

Joel waren ein Traumpaar und passten in jeder Hinsicht perfekt zusammen. Ihre Beziehung war Welten entfernt von dem, was Kate und Matt gehabt hatten, obwohl Kate das erst bewusst geworden war, nachdem sie sich mit dem Ende ihrer Ehe abgefunden hatte.

Als sie ihr Telefon wieder in ihre Handtasche steckte, fiel ein Schatten über sie, und sie schaute auf. Alessandro stand vor ihr.

»Tut mir leid, dass ich so lange weg war«, entschuldigte er sich.

»Ist schon gut.« Kate stand auf und musterte ihn besorgt. Keine Spuren einer Rauferei oder irgendwelcher Gewalt, was gut war, und sie war erleichtert, dass er es geschafft hatte, doch zu ihr zurückzufinden. »Hast du ihn erwischt?«

Er schob sich sein feuchtes Haar aus der Stirn und tupfte sich mit dem Ärmel den Schweiß ab. »Nein. Er ist entkommen. Er kennt Türen, durch die er verschwinden kann, dort, wo seine Freunde wohnen.«

»Es gibt einen Ring?«

Er runzelte die Stirn. »Einen Ring?«

»Eine ganze Menge von ihnen«, erklärte sie genauer, »viele Diebe, die zusammenarbeiten.«

»In diesem Gebiet hat es das früher nicht gegeben. Vielleicht ist das aber jetzt so, da er hier ist.«

»Was wirst du tun?«

»Ich werde jemanden anrufen und es weitergeben.«

»Jetzt?«

»Wenn du damit einverstanden bist.«

»Natürlich ... Ich will dem Gesetz nicht im Weg stehen«, beteuerte sie und verzog leicht das Gesicht, als ihr klar wurde, wie lächerlich ihre Antwort wahrscheinlich klang.

Er nickte knapp und entfernte sich dann einige Schritte. Sie hörte, wie er ein Gespräch begann, das Handy ans Ohr geklemmt, die Stirn gerunzelt und mit ruckartigen Bewegungen gestikulierend. Es war seltsam, ihn wieder in vollem Polizei-modus zu sehen, obwohl diese Situation anders war. Bei den beiden anderen Gelegenheiten, als sie ihn im Dienst erlebt hatte, war er entspannt gewesen, und seine dringendste Sorge war das Schicksal einer dusseligen Engländerin gewesen, die sich immer wieder in Schwierigkeiten brachte. Es war wohl kaum vergleichbar mit der Krimiserie *Thin Blue Line,* aber dennoch war dies echte Polizeiarbeit, und es veränderte ihn, machte ihn viel ernster.

Nach ein paar Minuten kam er zu ihr zurück. »Wir werden unsere Patrouillen hier verstärken«, berichtete er ihr. »Wenn wir sie erwischen, bekommen wir vielleicht auch dein Porte-monnaie zurück.«

»Ich bezweifle, dass noch Geld drin ist, und ich habe die Karte sperren lassen. Aber trotzdem danke«, fügte sie hinzu, weil sie nicht undankbar klingen wollte. Immerhin gab er sich Mühe. »Ich bin mir außerdem immer noch nicht sicher, ob der Mann, den wir heute gesehen haben, wirklich der Dieb ist.«

»Vielleicht nicht, aber er ist ein Verbrecher, daher ist es gut, dass du mich auf ihn aufmerksam gemacht hast. Es tut mir leid, dass ich dich allein gelassen habe, um hinter ihm herzulaufen.«

Kate zuckte die Achseln. »Du hast nur deinen Job gemacht ... Obwohl du heute gar nicht im Dienst bist. Ich nehme an, wenn man Polizist ist, hört man nie wirklich auf, Polizist zu sein.«

»Es ist schwierig. Wenn du schlimme Dinge siehst, liegt es dir im Blut, sie zu unterbinden, auch wenn du nicht deine Uniform trägst.«

Kate sah ihn nachdenklich an. Mit diesem Leben zu konkurrieren, war für einen Partner die Hölle, und sie stellte sich vor, dass es ein Leben in ständiger Sorge sein würde. Und im Hinterkopf hatte sie den Gedanken, dass vielleicht nur eine andere Polizistin in der Lage sein würde, das zu verstehen und mit den Bedrohungen zu leben, denen er täglich ausgesetzt war.

Jemand wie Orazia. Aber sie versuchte, das verächtliche Gesicht der anderen Frau zu verdrängen. Er hatte Kate versichert, dass seine Beziehung mit Orazia vorüber sei, auch wenn Orazia selbst etwas anderes angedeutet hatte, und das sollte ihr genügen, oder?

»Aber du würdest niemals einen anderen Job machen wollen?«

»Ich liebe meinen Job. Ich könnte niemals etwas anderes tun. Es ist so, als würde ich meine Liebe zu Rom zeigen, wenn ich die Straßen der Stadt bewache.«

Sie setzten sich langsam in Bewegung, und Kate griff geistesabwesend nach seiner Hand. Seine Finger waren warm und stark, und er löste sich nicht aus ihrem Griff. Dann erst durchzuckte Kate die Erkenntnis, dass sie es wieder getan hatte. Aber es fühlte sich gut an, und es schien ihm nichts auszumachen. Es bedeutete nichts, oder? Es war nur Händchenhalten, und das bedeutete weder Sex noch eine Ehe, noch sonst irgendetwas so Kompliziertes, richtig? Nur dieses eine Mal würde sie sich gestatten, es zu genießen.

―――――

Vor Kates Hotel wartete Lucetta schon in ihrem Wagen auf sie und Alessandro. Es war kurz nach sechs. Kate hatte keine Ahnung, wie lange Lucetta schon dort saß, aber sie trug ihre dunkle Brille, lehnte sich, das Gesicht der Sonne zugewandt, aus dem offenen Fenster und ließ laute Radiomusik laufen. Sie schien sich nicht um die irritierten Blicke der Passanten zu kümmern, die die Lautstärke der Musik kommentierten, und offenbar hatte sie es sich, egal wie lange sie gewartet hatte, recht bequem gemacht.

»Meine Schwester wird uns fahren«, sagte Alessandro und deutete auf das Auto, als Lucetta ihnen lässig zuwinkte.

Kate blinzelte ihn an. Irgendwie ging er wieder davon aus,

dass sie einfach mitmachte. Sie hatte gehofft, eine Stunde Zeit zu haben, um sich frisch zu machen und zu Hause anzurufen, bevor sie seine Familie besuchen ging, aber es sah so aus, als würde sie dazu keine Gelegenheit bekommen. Doch dann schien er es ihrem Gesicht anzusehen, und zum ersten Mal geriet er ins Stocken.

»Willst du nicht mitkommen?«

»Doch ... natürlich will ich. Ich wollte nur zuerst meine Familie daheim anrufen. Und vielleicht etwas Frisches anziehen.«

»Aber du siehst wunderschön aus; Mamma wird dein Kleid lieben.«

Die Tatsache, dass sie darin geschwitzt hatte und sich schrecklich klebrig fühlte, schien ihm zu entgehen. Auf der anderen Seite sah er trotz seiner filmreifen Verfolgungsjagd früher am Tag so frisch aus, als wäre er gerade aus der Dusche gestiegen. Sie schenkte ihm ihr strahlendstes Lächeln. »Ich würde wirklich gern meine Schwester anrufen.«

Er nickte. »Natürlich. Um wie viel Uhr soll ich zurückkommen?«

»Könntest du mir eine Stunde geben?«

»Eine Stunde. Okay.« Er stieg in das Auto.

Lucetta lehnte sich vor und rief durchs Fenster, bevor sie vom Straßenrand abfuhr: »*Arrivederci!*«

Es war das erste Mal, dass sie mit Kate gesprochen hatte, und Kate hoffte, dass es nicht das letzte Mal sein würde. Aber sie würde sich schon glücklich schätzen, wenn sie keine Ohrfeige kassierte, falls sie dieses Hochzeitskleid vermasselte. Wie um alles in der Welt geriet sie immer in solche Situationen?

———

Er war mit der Vespa zurückgekehrt, und als Alessandro später den Motor vor einem Mehrfamilienhaus in einem Vorort der Stadt abstellte, wünschte Kate, sie hätte das Angebot seiner Schwester angenommen, sie im Auto mitzunehmen. Lucetta wäre vielleicht auch wie eine Irre gefahren, aber zumindest hätte es vier Metallwände gegeben, die sie schützten, statt bloß frischer Luft.

»Hier wohnst du?«, fragte sie und schaute zu dem terrakottafarbenen Gebäude hinauf, als er ihr von seinem Roller half. Das Haus hatte ein flaches Dach und kunstvoll verzierte Balkone, die wie Rüschen an einem Kleid aussahen. Von jedem Balkon hingen Pflanzen, Windspiele oder Wäsche, und auf einigen wuchsen Gemüse und Obst in Töpfen, die auf Tischen standen, während das Gebäude selbst von hohen Zypressen beschattet wurde. Das Viertel war weitaus unscheinbarer als das Zentrum von Rom, aber es hatte eine gemütliche Atmosphäre und einen gewissen städtischen Charme, mit dem sich Kate sofort anfreundete.

»Gefällt es dir?«

»Ja, sehr.«

»Ich werde dich jetzt Mamma vorstellen. Sie ist schon ganz aufgeregt.«

»Ach ja?«, fragte Kate zweifelnd, bevor sie ihm ins Treppenhaus folgte. Sie war sich nicht sicher, was sie von dieser Information halten sollte.

Er führte sie zwei Treppen hinauf und durch einen Flur zu einer unscheinbaren Holztür. Als er seinen Schlüssel ins Schloss schob, fragte Kate sich, ob es zu spät sei, um noch davonzulaufen, aber dann holte sie tief Luft und folgte ihm in die Wohnung.

Der Wohnbereich war eine seltsame, aber behagliche Mischung als alt und neu. Es war offensichtlich, dass alle, die hier lebten oder früher gelebt hatten, bei der Einrichtung Spuren hinterlassen hatten. Elegante Lampen standen neben verblichenen Heiligenbildern, ein hochmoderner Fernseher wetteiferte mit einem verstaubten alten Plattenspieler um Platz, während weiße Wände und warmes, honigfarbenes Holz, das mit Häkeldeckchen verziert war, einen scharfen Kontrast zu den Regalen aus Chrom und Glas bildeten. Auf eine seltsame Art funktionierte es. Das Abendlicht fiel durch die großen Fenster, die auf den Balkon hinausführten, während im Hintergrund eine klobige alte Klimaanlage surrte und für eine angenehme Temperatur sorgte. Es roch nach Rosmarin und frisch gebackenem Brot und war Welten entfernt von ihrem schicken, aber eigentlich seelenlosen Hotelzimmer.

Eine winzige Frau mit stahlgrauem, zu einem Bob geschnittenen Haar, das ihr von einem gemusterten Haarband aus dem Gesicht gehalten wurde, kam vermutlich aus der Küche und wischte sich die Hände an einer Schürze ab. Als sie Kate und Alessandro im Wohnzimmer stehen sah, verzog sie das Gesicht zu einem breiten Lächeln.

»Hallo, hallo!« Sie nickte und strahlte Kate an, dann trat sie vor, um ihr die Hand zu schütteln. Alessandro küsste seine Mutter auf die Wange, dann wechselte er einige italienische Worte mit ihr. Sie nickte und grinste Kate abermals an. »Hallo, Kate!«

»Ihr Englisch ist nicht so gut«, murmelte Alessandro.

»Wahrscheinlich besser als mein Italienisch«, versetzte Kate. »*Buongiorno*«, fügte sie hinzu und lächelte Alessandros Mutter an. Die Frau zeigte auf das Fenster. »*Buonasera!*«

»Oh«, sagte Kate und sah Alessandro unsicher an. Er nickte ihr ermutigend zu. »*Buonasera, Signora Conti*«, korrigierte sie sich und sprach Alessandros Mutter auf die Art und Weise an, die sie im Geiste während der ganzen Fahrt hierher geübt hatte. »Natürlich, es ist schon Abend.«

»Siehst du, mit meiner Mutter wirst du schnell Italienisch lernen«, bemerkte Alessandro mit einem Grinsen.

Nicht zum ersten Mal dachte Kate, dass sie vielleicht wirk-

lich gern Italienisch lernen würde. Wenn sie sich nur ein bisschen mit seiner Mutter unterhalten könnte, käme sie sich
wenigstens nicht mehr so dumm vor. Das Erlernen der Sprache
würde ganz sicher auf ihrer Liste von Dingen landen, die sie in
Angriff nehmen wollte, wenn sie nach Hause kam und ihr
brandneues Leben als Single begann, wie sie es sich vorgenommen hatte.

Lucetta kam aus einer anderen Tür, die vom Wohnzimmer
abzweigte, und mühte sich sichtlich unter der Last eines
riesigen Gebildes aus weißer Seide und Spitze ab.

»*Ciao*, Kate«, rief sie.

Alessandro runzelte die Stirn, aber Lucetta lächelte lediglich süß.

»Kate und ich sind bereits Freundinnen«, sagte sie ihm, und
Kate staunte im Stillen darüber, wie die Aussicht auf einen
kostenlosen Freundschaftsdienst jemandes Einstellung völlig
verändern konnte. Am Morgen hatte Lucetta Kate noch mord-
lustige Blicke zugeworfen, die so böse gewesen waren, dass sie
einen Mann auf zwanzig Schritt Entfernung zu Fall gebracht
hätten, und jetzt hieß es plötzlich »*Ciao*« und »beste Freundinnen«. Aber vielleicht war sie unfair, und Lucetta stand Kate
einfach skeptisch gegenüber, so wie Anna am Morgen am
Telefon Alessandro gegenüber skeptisch gewesen war.

Lucetta warf das Kleid auf das Sofa und machte sich daran,
die Plastikhülle zu entfernen, die es schützte.

»Nicht jetzt«, tadelte Alessandro sie. »Wir werden essen,
und danach wird Kate sich das Kleid ansehen.«

Lucetta zog einen Schmollmund, nahm das Kleid aber
wieder vom Sofa und hängte es an einen Türrahmen. Signora
Conti bedeutete Kate, am Tisch Platz zu nehmen, auf dem
bereits eine Spitzendecke lag und der für eine Mahlzeit gedeckt
war. Sie hatte nicht erwartet, dass sie etwas zu essen bekommen
würde, und hatte im Hotel eine Tüte Chips aus dem Automaten gezogen, bevor sie sich bereit gemacht hatte, von Ales-

sandro abgeholt zu werden. Jetzt war sie froh darüber, dass sie den Zimmerservice nicht gebeten hatte, ihr ein Sandwich zu bringen, denn es sah so aus, als hätte Signora Conti sich große Mühe mit der Mahlzeit gegeben. Sie hoffte, dass es nicht zu ihren Ehren oder so etwas Albernes war, sondern dass es sich um ein normales Familienessen handelte, zu dem man sie hinzubat. Ihr gefiel jedenfalls der Gedanke, zu einem gewöhnlichen Essen mit der Familie eingeladen worden zu sein – es fühlte sich persönlicher an, wie etwas Besonderes – dass man sie als mehr als nur einen Gast akzeptierte. Warum aber war ihr das so wichtig?

Als Alessandro ihr einen Stuhl zurechtrückte, schaute sie auf und suchte seinen Blick, und ihr Herz vollführte ein kleines Tänzchen. *Das* war der Grund dafür – denn obwohl sie sich nach Kräften bemühte, sich nicht einzugestehen, dass es in ihrem Bauch jedes Mal kribbelte, wenn er in ihre Richtung schaute, konnte ihr Herz nicht lügen. Sie war drauf und dran, sich in ihn zu verlieben, ob das nun vernünftig war oder nicht, und wenn überhaupt, machte dieser seltsame Zustand, dass sie mit ihm befreundet war, aber sonst eigentlich nichts, die Sache nur noch schlimmer. Wie bei einer Diät: Während es ihr normalerweise egal war, ob Schokolade im Haus war oder nicht, gierte sie in dem Moment, in dem sie sie nicht länger essen durfte, mehr nach ihr als nach allem anderen. So fühlte sie sich jetzt in Bezug auf Alessandro – er war tabu, und sie wollte ihn deshalb nur umso mehr. Das hier konnte kein gutes Ende nehmen, und sie musste sich davon befreien, bevor es noch schlimmer wurde.

Während ihr diese Gedanken durch den Kopf wirbelten und sie sich an den Tisch setzte, kam eine weitere junge Frau herein. Sie war jünger als Alessandro und Lucetta, vielleicht Anfang zwanzig, mit sanfteren Gesichtszügen und hübschen grünen Augen, die sich umso auffälliger von ihrer olivfarbenen Haut abhoben.

»Ah«, sagte Alessandro strahlend. »Kate, das ist Abelie, meine Lieblingsschwester.«

Lucetta gab ihm eine Kopfnuss, als er sich hinsetzte, aber er lachte nur und klopfte auf einen Stuhl neben sich, auf den seine jüngste Schwester sich setzen sollte. Kate saß auf seiner anderen Seite und begrüßte Abelie lächelnd. Abelie antwortete mit einem schüchternen Hallo.

»Kate wird unsere Heilige sein«, erklärte Alessandro seiner Schwester. »Wenn Sie Lucettas Kleid in Ordnung gebracht hat, werden wir endlich Frieden im Haus haben.«

»Wenn du eine Ehefrau findest, werden wir Frieden im Haus haben«, schoss Lucetta zurück. Kate spürte, dass sie errötete, und senkte den Kopf in der Hoffnung, dass niemand etwas bemerken würde, bis die Röte abgeklungen war. Sie konnte nicht anders, als sich über die Taktlosigkeit der Bemerkung zu wundern, angesichts seiner gescheiterten Verlobung, aber es schien, als wäre er es gewohnt, dass seine Schwestern ihm verbale Schläge verabreichten, denn er grinste nur.

»Zuerst wirst du heiraten«, entgegnete er ungezwungen. »Und dein Mann wird dich nach einer Woche wieder zurückschicken.«

»Zumindest habe ich einen Ehemann gefunden.«

»Ich will keinen Ehemann«, versetzte Alessandro.

»Du wirst einen Ehemann nehmen müssen, weil du niemals eine Ehefrau finden wirst.«

Oh, bitte, macht, dass es aufhört! Kate wusste, dass es nur harmlose Sticheleien waren, aber sie wünschte, das Gespräch würde sich einem weniger peinlichen Thema zuwenden. Jedes Mal, wenn Lucetta das Wort »Ehefrau« sagte, war Kate sich sicher, dass sie sie direkt ansah. Das stimmte natürlich nicht. Es fühlte sich nur so an, denn warum sollte jemand so etwas tun, wenn sie Alessandro erst ein paar Tage zuvor kennengelernt hatte?

———

Signora Conti hatte ein bescheidenes Heim mit einer winzigen Küche, aber die Speisen, die sie servierte, waren besser als alles andere, was Kate seit ihrer Ankunft in Rom in irgendeinem Restaurant gegessen hatte. Ein erster Gang, bestehend aus kleinen Tortellini in einer leichten Brühe, machte den Anfang, gefolgt von irgendeiner Art von köstlicher italienischer Wurst, von der sie noch nie gehört hatte und die mit Linsen serviert wurde. Nie im Leben hätte sie zu Hause Linsen gekocht, und wenn sie sie Matt vorgesetzt hätte, wäre sie gefragt worden, warum sie ihm Hippie-Essen servierte, aber was auch immer Alessandros Mutter mit ihnen gemacht hatte, sie waren köstlich. Es gab ein göttliches Dessert, das sie noch nie gegessen hatte und das Alessandro als *affogato* bezeichnete.

»Es ist alles sagenhaft«, urteilte Kate. Dann drehte sie sich zu Signora Conti um. »*Grazie!*«

Alessandros Mutter strahlte. »*Prego.*«

»Ich kann nicht glauben, wie viel Arbeit deine Mum sich gemacht hat, um all das zu kochen«, bemerkte Kate zu Alessandro.

»Weil Alessandro heute nicht zum Mittagessen nach Hause gekommen ist, hat Mamma den Tag umgedreht, und wir essen jetzt zu Mittag«, sagte Lucetta. »Überhaupt essen wir jeden Tag auf diese Weise zu Mittag.«

Kate runzelte die Stirn. »Wirklich? Zu Hause esse ich immer nur ein Sandwich zu Mittag, manchmal nicht einmal das.«

»Nicht in Italien. Das Mittagessen ist unsere große Mahlzeit, das am Abend ist unsere kleine.«

»Oh, hat es sie also verärgert, dass sie die Mahlzeiten vertauschen musste?«

»Nein«, sagte Alessandro mit einem Lächeln. »Sie freut

sich, dass du herkommen konntest, und wir machen das oft, wenn einer von uns zum Mittagessen nicht hier sein kann.«

»Ah«, hauchte Kate, erleichtert, aber unsicher, ob er ihr nicht eine kleine Notlüge vorsetzte, damit sie sich besser fühlte, nachdem sie den Tag der Familie auf den Kopf gestellt hatte.

Während Abelie und Signora Conti die Reste des Abendessens wegräumten, wandte Kate sich an Lucetta. Sie war bereits etwas schläfrig und angenehm satt von der guten Mahlzeit, aber wenn sie die Aufgabe nicht in Angriff nahm, die sie sich vorgenommen hatte, würde sie die ganze Nacht hier sitzen.

»Möchtest du, dass ich mir jetzt dein Kleid ansehe?«

»Vielen Dank!« Lucetta sprang energisch vom Tisch auf, und Kate war sich ganz sicher, dass sie das mit der Menge an Leckereien im Bauch, die sie gerade vertilgt hatte, nicht fertiggebracht hätte. »Ich hole es sofort!«

»Brauchst du Hilfe dabei?«, fragte Kate, als Lucetta dorthin ging, wo sie das Kleid hingehängt hatte. »Vielleicht sollten wir in eines der Schlafzimmer gehen und es dort anprobieren?«

»*Si*«, stimmte Lucetta zu und bedeutete Kate, ihr zu folgen.

———

»Das ist sehr nett von dir«, sagte Lucetta, als Kate ihr in das Kleid half. »Ich kann verstehen, warum mein Bruder dich mag.«

Kate war froh, dass Lucetta nach vorn schaute, während sie den Reißverschluss des Kleides hochzog, denn sie war sich sicher, dass ihr Gesichtsausdruck ihre Gefühle verriet, und sie war nicht besonders scharf darauf, dass Lucetta das bemerkte. »Ich mag ihn ebenfalls«, antwortete sie vorsichtig. »Er war sehr freundlich zu mir in dieser Woche, und ich bin mir sicher, dass ich ohne ihn nicht so viel von Rom gesehen hätte.«

»Er ist ein guter Mann«, pflichtete Lucetta ihr bei, »und das

Leben war nicht sehr freundlich zu ihm, was uns alle traurig macht.«

»Hm«, sagte Kate, und sie wagte es nicht, den Punkt genauer zu beleuchten. »Lass mich dich mal richtig anschauen.«

Lucetta drehte sich um, und Kate betrachtete sie nachdenklich. Das Kleid war reinweiß, mit Spitze verziert, schlichtem Rundhalsausschnitt, langem Rock, Korsett und einer ausladenden Schleppe. Aber sie konnte sofort erkennen, warum Lucetta nicht glücklich damit war. »Es ist wunderschön, aber irgendetwas stimmt damit nicht ganz.«

»Ich bin froh, dass du mir recht gibst«, antwortete Lucetta. »Das Kleidergeschäft tut das nicht.«

»Ich glaube aber nicht, dass der Fehler bei ihren Änderungen liegt«, antwortete Kate. »Ich meine, es könnte nichts schaden, es an der Taille etwas enger zu machen, denn es zeigt nicht, wie schmal deine ist ... Aber ich glaube, es sind vor allem die Ärmel, die es seltsam wirken lassen. Sieh mal hier ...« Sie trat vor, um einen Ärmel in Augenschein zu nehmen, und modellierte ihn dann in verschiedene Formen, bis sie zufrieden war. »Das ist eine viel schmeichelhaftere Länge. Du könntest dich auch für lange Ärmel entscheiden, doch dann müssten wir irgendwo genau die passende Spitze auftreiben. Aber die Länge, die sie jetzt haben, ist nichts Halbes und nichts Ganzes und lässt dich breiter aussehen, als du bist. Die Ärmel müssen entweder kürzer oder länger sein.«

»Kannst du das machen?«

Kate sah auf. »Bist du dir sicher, dass ich das tun soll? Sobald ich die Ärmel abgeschnitten habe, gibt es kein Zurück, wenn es dir nicht gefällt.«

Lucetta nickte. »Es gefällt mir jetzt nicht, also kann es nicht mehr schlimmer werden.«

»Du könntest hinterher denken, dass es noch viel schlimmer aussieht. Zumindest hast du jetzt ein Kleid, das du tragen kannst, wenn es sein muss, aber wenn ich es ändere und du es schrecklich findest ...«

»Es wird schon nicht dazu kommen, dass es anschließend noch schlimmer aussieht. Hast du das Kleid gemacht, das du gerade trägst?«

Kate nickte und schaute auf das von den Fünfzigern inspirierte Kleidungsstück mit Rosendruck, das sie für ihren Besuch hier ausgewählt hatte.

»Es ist wunderschön. Du wirst die Sache mit meinem Hochzeitskleid hinbekommen – das weiß ich.«

Kate holte tief Luft. Sie war nicht glücklich über diese Sache, trotz Lucettas Zuversicht. Am Ende würde das Kleid durch ihre Bemühungen vielleicht viel schrecklicher aussehen, denn sie musste mit einer geborgten Nähmaschine arbeiten und ohne ihre eigenen Werkzeuge, zudem handelte es sich um eine Art Stoff, mit der sie noch nie genäht hatte. »Ich weiß nicht, ob du nicht besser die Brautmodenboutique bitten solltest, das für dich zu tun«, überlegte sie laut. »Sie sind daran gewöhnt, an Hochzeitskleidern zu arbeiten, und ich mache es nur für meine Alltagskleidung.«

»Alessandro hat gesagt, du hättest ein wunderschönes Ballkleid für deine Schwester genäht. Er hat das Foto gesehen.«

»Ja, aber ...«

»Dieses Kleid unterscheidet sich von dem deiner Schwester gar nicht so sehr.«

Kate stieß einen Seufzer aus. Sie hatte gesagt, dass sie helfen würde, und es sah nicht so aus, als könnte sie sich jetzt noch aus dieser Sache herauswinden. Sie wollte sich nicht davor drücken und freute sich, zu helfen, wo sie konnte, aber dies fühlte sich wie eine gewaltige Verantwortung an. Sie hoffte inständig, dass man es ihr nicht nachtragen würde, wenn alles furchtbar schiefging, aber so, wie sie Lucetta bisher kennengelernt hatte, war sie sich nicht sicher, ob sie leicht zu vergeben pflegte.

———

Es war halb zwölf am Abend, als Kate die Nähmaschine ausschaltete. Ihre Finger schmerzten von der Arbeit mit einem so schweren Stoff, und ihr Gehirn und ihre Augen waren müde von der Konzentration. Das Hochzeitsgeschäft hätte die Sache wahrscheinlich erheblich professioneller hinbekommen, wenn man dort die Änderungen vorgenommen hätte, und sie war nicht gerade glücklich mit dem, was sie unternommen hatte (noch war sie zuversichtlich, dass es überhaupt gut genug war), aber da Lucetta so darauf gepocht hatte, dass sie es unmöglich verschlimmern könne, hatte sie getan, was sie konnte. Lucetta war auf dem Sofa eingeschlafen, während sie Kate bei der Arbeit zugesehen hatte, Abelie war zu Bett gegangen, und Alessandro und seine Mutter unterhielten sich leise in der Küche. Kate fragte sich, ob sie Lucetta aufwecken sollte, damit sie das Kleid anprobieren konnte, oder ob es besser wäre, sich jetzt in ihr Hotel davonzuschleichen und es die junge Frau am nächsten Morgen allein anprobieren zu lassen. Dann würde Kate zumindest die Enttäuschung in ihrem Gesicht nicht sehen, wenn sie zu dem Schluss kam, dass es immer noch nicht richtig war.

Aber der plötzliche Kontrast der Stille nach dem Surren der Maschine schien Lucetta geweckt zu haben, und sie richtete sich auf, rieb sich die Augen und sah Kate erwartungsvoll an, während diese dastand und das Kleid ausschüttelte.

»Kann ich es jetzt anprobieren?«, fragte sie.

»Das solltest du wohl tun. Wenn es immer noch nicht stimmt, würde ich lieber versuchen, es noch hinzubekommen, bevor ich heute Nacht nach Hause gehe.«

Lucetta riss ihr das Kleid aus den Armen und ging ins Schlafzimmer. »Es wird perfekt sein.«

Hoffen wir das Beste, dachte Kate, während sie ihr folgte.

Wieder half Kate Lucetta in das Kleid und zog den Reißverschluss hoch. Dann ging Lucetta zu dem bodenlangen Spiegel in der Ecke des Raums, und sofort erschien ein Lächeln auf ihren Zügen. Sie musterte für einen Moment ihr Spiegelbild, während Kate ängstlich auf ihr Urteil wartete. Dann wurde ihr Lächeln immer breiter. Sie wirbelte herum, umarmte Kate stürmisch und küsste sie auf beide Wangen.

»Du hast ein Wunder vollbracht!«, rief sie.

»Ist es in Ordnung so?«, fragte Kate, die leicht unter Schock stand.

»*Sì!*«

Lucetta rannte aus dem Raum und rief Signora Conti. Kate sah das Gesicht der alten Dame aufleuchten, als sie Lucetta in dem Kleid erblickte.

»*Molto bella!*«, rief sie. Dann drehte sie sich zu Kate um. »*Molto bella! Grazie!*« Und dann eilte sie zu Kate, um sie zu umarmen, obwohl Kate sich überwältigt fühlte von der Reaktion. Alessandro stand mit einem breiten Lächeln hinter seiner Mutter.

»Vielen Dank!«, sagte er. »Es sieht wunderbar aus.«

Kate zuckte die Achseln. »Nicht der Rede wert. Ich bin einfach froh, dass ihr alle glücklich seid.«

Signora Conti begann sehr schnell zu sprechen und deutete zwischen Alessandro und Kate hin und her.

»Meine Mutter sagt, sie hätte dich gern morgen für ein richtiges Familienmittagessen zu Gast. Ich glaube, sie wäre sehr gekränkt, wenn du Nein sagen würdest; sie will sich für deine Freundlichkeit revanchieren.«

»Das ist nicht nötig«, sagte Kate und wünschte halb, sie könnte jetzt hinausschlüpfen und es dadurch vermeiden, dass man weiteren Wirbel um sie veranstaltete. »Du warst so nett zu mir, dass du mich schon komplett entschädigt hast, wenn das überhaupt nötig gewesen wäre, was ohnehin nicht der Fall war. Es war wirklich nichts, was ich nicht auch für jeden anderen getan hätte.«

»Und deshalb solltest du herkommen. Du hättest das für jeden getan, aber das macht dich zu einem netten Menschen. Lass uns das würdigen.«

»Aber ... aber ich habe schon zugesagt, mich morgen mit Jamie zu treffen, der wird traurig sein, wenn ich ihn erneut versetze«, antwortete Kate, eher als Ausrede, um aus dem Angebot herauszukommen, als aus irgendwelchen anderen Gründen.

»Du meinst deinen amerikanischen Freund?« Alessandro drehte sich zu seiner Mutter um, und sie führten ein kurzes Gespräch. Dann wandte er sich wieder an Kate.

»Mamma sagt, Jamie soll mit dir kommen. Sie sagt, ein Freund von dir sei auch ein Freund von uns. Sie sagt, wenn er gut aussieht, würde er vielleicht einen wünschenswerten Ehemann für Abelie abgeben.«

»Das würde er ganz sicher nicht«, erwiderte Kate lächelnd. »Ich denke, er nähme lieber dich als deine Schwester.«

Sie schaute auf ihre Armbanduhr. Es war auf jeden Fall zu spät, um Jamie jetzt noch eine Nachricht zu schicken, daher würde sie ihn morgen früh fragen. Es war eine ziemlich krasse Planänderung, mit der sie ihn da überrumpeln würde. Sie hatte gedacht, dass sie bis zu ihrer Abreise am besten einen weiteren Tag mit Alessandro vermeiden und lieber einen allein verbringen sollte oder mit Jamie, um die Stadt zu erkunden – beide Optionen würden erheblich weniger schmerzhaft sein. Jede Sekunde, die sie in Alessandros Gesellschaft verbrachte, würde ihr die Abreise und die Rückkehr nach England noch schwerer machen. Ein gebrochenes Herz war ein Souvenir aus Rom, das sie nicht mit nach Hause nehmen wollte. Aber während Signora Conti, Lucetta und Alessandro sie alle hoffnungsvoll ansahen, wurde ihr klar, dass es viel schwerer werden würde, sie zu enttäuschen, als sich jetzt zurückzuziehen. Und sie nahm an, dass es die Spannung zwischen ihr und Alessandro etwas dämpfen würde, wenn Jamie bei ihnen war. »Ich werde

ihn morgen früh fragen«, versprach sie. »Und er liebt Gesellschaft, also wird er wahrscheinlich Ja sagen.«

»*Va bene*«, antwortete Lucetta. »Dann wäre das geklärt. Ich
werde mein Kleid jetzt ausziehen und dich zurück in dein
Hotel fahren. Morgen Mittag werde ich dann dich und deinen
Freund abholen.«

———

Lucetta fuhr fast genauso verrückt wie ihr Bruder, aber Kate
hatte im Laufe der vergangenen Tage genug vom Verkehr in
Rom mitbekommen, um zu begreifen, dass das hier ziemlich
normal war. Rom bei Nacht war wunderschön – prächtige, von
den Straßen darunter beleuchtete Gebäude, Lichterketten vor
Restaurants und die Bürgersteige noch immer voller Touristen,
selbst zu dieser späten Stunde. Es war wirklich die ewige
Stadt – ewig verfügbar und ewig geschäftig. Allzu bald würde
Kate abreisen müssen, und zum ersten Mal seit ihrer Ankunft
versetzte dieser Gedanke ihrem Herzen einen Stich.

»Wirst du eines Tages nach Rom zurückkommen?«, fragte
Lucetta sie vom Fahrersitz aus.

»Es ist komisch, darüber habe ich gerade auch nachgedacht«, antwortete Kate. »Ich würde sehr gern wiederkommen.
Und ich glaube, ich bin überhaupt noch nicht bereit, wieder
fortzugehen. Es hat geholfen, dass ich hier so wunderbare
Menschen kennengelernt habe.«

»Ich würde nirgendwo sonst leben wollen.«

»Da kann ich dir keinen Vorwurf machen. Wohnen alle
deine Schwestern noch in Rom?«

Sie nickte, während sie mit quietschenden Reifen um eine
Ecke bog, so rasant, dass Kate sich an den Türgriff klammerte.
»Wir bleiben alle in Mammas Nähe.«

»Das verstehe ich«, sagte Kate, deren Gedanken zu ihrer
eigenen Mutter zurückwanderten. Sie hatte nach dem Tod von

Kates Dad wieder geheiratet und war nach Schottland gezogen, und Kate bekam sie viel zu selten zu sehen. Ihre Schwestern und sie schoben immer wieder Ausreden vor, denn um die Wahrheit zu sagen, ihre nervöse Mum zu besuchen strapazierte ihre Nerven und war harte Arbeit, aber sie war ihre Mutter und sie liebten sie trotzdem. Es war wahrscheinlich wieder mal Zeit für einen Besuch, und sie nahm sich vor, bei der nächsten Gelegenheit dort hinzufahren, wenn sie wieder zu Hause war.

»Beunruhigt es sie, dass Alessandro bei der Polizei ist?«, fragte Kate. »Hält sie es für einen gefährlichen Job?«

Lucetta lachte. »Sie ist sehr stolz auf ihn. Das sind wir alle. Papa war ebenfalls Polizist.«

»Er ist gestorben, nicht wahr? Was ist mit ihm passiert?«

»Er hatte ein Loch im Herzen. Niemand hat davon gewusst. Eines Tages – *peng!* Tot.«

»Oh, wie schrecklich.«

Lucetta zuckte die Achseln. »Ich war sehr jung und erinnere mich kaum daran.«

»Mein Dad ist ebenfalls tot.«

»Ich weiß. Alessandro hat es mir erzählt. Es tut mir leid für dich.«

»So ist das Leben. Wir machen weiter, nicht wahr? Aber ich vermisse ihn jeden Tag.«

»Natürlich.«

Sie schwiegen für einen Moment. Kate fragte sich, was Alessandro Lucetta sonst noch über sie erzählt hatte. Hatten sie ausführlich über sie gesprochen? Wenn ja, warum? Zu welchen Schlussfolgerungen waren sie gelangt?

»Mein Bruder hat dich gern«, bemerkte Lucetta in das Schweigen hinein. Kate riss den Kopf herum, um sie anzusehen, aber Lucetta schaute geradeaus und ihr Gesichtsausdruck verriet nichts.

Er hatte sie gern? Was sollte das heißen? Mochte er ihre freundschaftliche Gesellschaft? Wollte er mehr? Hatte er sie auf die Art und Weise gern wie ein Onkel eine Lieblingsnichte oder wie sie selbst Möhrenkuchen gernhatte? »Ich hab ihn auch gern«, antwortete sie vorsichtig.

»Das sehe ich, wenn du ihn anschaust. Er hat eine sehr gute Menschenkenntnis. Er hat mir erzählt, dass er bei deinem ersten Besuch in der *questura* gleich gewusst habe, dass du eine gute Frau bist. Ich glaube, er würde dich eines Tages heiraten, wenn du Italienerin wärst.«

Kate fragte sich, was es für die Möglichkeit dieses Szenarios bedeutete, keine Italienerin zu sein. Und warum um alles in der Welt dachte sie überhaupt darüber nach? »Weiß Alessandro, dass du mir all das erzählst?«

»Nein«, erwiderte Lucetta.

»Wäre er sauer, wenn er es wüsste?«

»Keine Ahnung. Vielleicht.«

»Dann ... verstehe ich nicht, warum du es mir erzählst.«

»Weil ich glaube, dass du ihn liebst.«

Kate starrte sie an. »Das ist doch verrückt ... Und ich könnte deswegen gar nichts machen, selbst wenn das der Fall wäre.« Aber noch während sie die Worte aussprach, traf sie die Erkenntnis. Als sie früher am Abend befürchtet hatte, sich langsam in ihn zu verlieben ... Es gab da kein *langsam*; es war bereits passiert. Ihre Gedanken explodierten, als hätte jemand gerade eine Granate dazwischengeworfen. Und es tat weh. Sie hatte sich in ihn verliebt wie ein dummes, unerfahrenes Teenagermädchen, das sich an den ersten Jungen klammerte, der sie küsste, dabei hatte Alessandro sie nur *gern*. Was immer das bedeutete.

»Warum nicht?«

»Ich lebe in England! Ich mache hier nur Urlaub ...« Kate stieß einen Seufzer aus. Warum führte sie dieses Gespräch überhaupt mit Alessandros Schwester? Die Sache war nicht nur verrückt, es ging Lucetta auch nichts an, und Kate war sich ziemlich sicher, dass Alessandro es ihr nicht gedankt hätte, wenn er es gewusst hätte.

Lucetta zuckte die Achseln. »Was würdest du alles für die Liebe tun?«

»Alessandro liebt mich nicht – er kennt mich ja überhaupt nicht.«

Lucetta zuckte abermals die Achseln. Das brachte Kate auf die Palme. »Ich glaube, er würde dich lieben.«

»Und was soll ich deswegen unternehmen?«

»Das weiß ich nicht. Wenn ich einen Mann lieben würde, würde ich überall hingehen, um bei ihm zu sein.«

Was versuchte Lucetta damit zu sagen? Dass Kate England für einen Mann aufgeben sollte, den sie gerade erst kennengelernt hatte? Oder dass Alessandro nach England kommen würde, etwas, worum sie ihn niemals bitten oder was sie niemals von ihm erwarten würde? Welchen Sinn hatte das alles? Was wollte Lucetta damit erreichen, dass sie ihr von alldem erzählte? Jedem, der nur halbwegs bei Verstand war, musste klar sein, dass es in dieser Situation für niemanden ein Happy End geben würde, und wenn sie sich mit dem Versprechen auf etwas anderes selbst quälte, würde sie damit weder sich noch Alessandro einen Gefallen tun. Als sie ihren Hin- und Rückflug nach Rom gebucht hatte, hatte sie nichts von alledem vorhergesehen. Hätte Kate die Reise trotzdem angetreten, wenn sie geahnt hätte, was daraus werden würde? Sie konnte ehrlich nicht sagen, wie sie diese Frage im Moment beantworten würde. Obwohl die Reise mehr bot, als sie sich jemals hätte erhoffen können, überstiegen die Komplikationen alles, was sie sich hätte vorstellen können.

»Aber das wäre absurd, wenn er deine Liebe nicht erwidern würde.«

»Ich werde mit Alessandro sprechen und herausfinden, was in seinem Herzen vorgeht.«

»Wag es ja nicht!«, kreischte Kate. »Bitte, lass das bleiben.«

Sie suchte nach etwas, womit sie Lucetta von der Fährte abbringen konnte. Warum musste das Mädchen überhaupt so verdammt beharrlich in dieser Sache sein? War die ganze Familie einfach besessen davon, Alessandro mit der nächstbesten verfügbaren Frau unter die Haube zu bringen?

»Erzähl mir von deinem Verlobten. Stammt er hier aus der Gegend?«, sagte sie und versuchte, ihre Stimme gelassen klingen zu lassen.

»Gian ist Römer. Meine Schwestern haben ebenfalls Römer geheiratet.«

Für einen Moment herrschte Stille, und Kate konnte nicht erkennen, ob das Gespräch Lucetta inzwischen langweilte, ob sie ihre Niederlage eingesehen hatte oder ob Kates Weigerung, über ihre Gefühle zu sprechen, sie kränkte. Aber dann ergriff sie von Neuem das Wort, und Kate wünschte, irgendeins dieser Dinge hätte der Wahrheit entsprochen.

»Liebst du Alessandro?« Lucettas Frage war unverblümt und forsch. Sie hätte genauso gut fragen können, ob es draußen regnete.

»Ich glaube nicht, dass ich morgen wiederkommen sollte«, sagte Kate langsam. »Es ist keine sehr gute Idee.«

»Liebst du ihn?«, wiederholte Lucetta.

»Selbst wenn ich es täte, hätte es keinen Sinn, es auszusprechen, weil daraus nichts werden kann. Entschuldige mich bitte bei deiner Mutter und deinen Schwestern. Sag ihnen, es tue mir leid, aber ich könne doch nicht zum Mittagessen kommen.«

»Verzeih mir«, bat Lucetta. »Ich wollte dich nicht unglücklich machen. Bitte, komm morgen wieder zu uns. Mamma wird traurig sein, wenn du es nicht tust. Ich werde auch traurig sein, und ich würde wirklich gern deinen Freund Jamie kennenlernen.«

Kate antwortete nicht. Stattdessen sah sie aus dem Fenster, und es war still im Wagen, bis sie vor Kates Hotel vorfuhren.

»Danke, dass du mich hergebracht hast«, sagte Kate.

»Wirst du morgen kommen? Ich werde mittags hier sein.«

Kate hielt inne. Gott, Alessandro und seine Familie konnten so nervig sein, und sie waren einer so schlimm wie der andere, weil sie einfach davon ausgingen, dass ihre Pläne unabhängig von anderen Faktoren für alle akzeptabel waren. Hatte Kate nicht gerade ganz deutlich zu verstehen gegeben, dass das keine gute Idee war? Trotzdem mochte sie sie alle ungeheuer gern, und irgendwie wollte sie auch zum Mittagessen hingehen, selbst wenn die plötzliche Wahrheit über ihre Gefühle für Alessandro ihr das Herz zu brechen drohte – vor allem, wenn er nicht genauso empfand. Wenn sie nach England zurückkehrte, würde sie ständig an ihn denken, und er würde sie schnell vergessen, bis es nur noch ein paar nette Erinnerungen an ein Mädchen gab, mit dem er eine Woche lang geflirtet hatte. Vielleicht würde Jamies Anwesenheit jedoch dabei helfen, sie davon abzulenken. Sie würde ihn überreden mitzukommen, selbst wenn sie ihm dafür eine Million Dollar zahlen müsste. Und sie hatte Italien auf authentische Weise erleben wollen – authentischer, als den Tag mit einer italienischen Familie zu verbringen, ging nicht. Wider besseres Wissen nickte sie. »Um zwölf. Ich werde bereit sein.«

Genau wie sie es sich vorhin vorgenommen hatte, würde es das letzte Mal sein, dass sie Alessandro sah. Dann konnte sie den Rest ihrer Zeit als normale Touristin in Rom verbringen, deren einzige Sorge darin bestand, ein gutes Eiscafé oder die nächste Toilette zu finden – genau wie alle anderen Besucher der ewigen Stadt.

ELF

»Ich freue mich so, dass ich diese Familie kennenlernen werde!«, verkündete Jamie, als sie draußen vor ihrem Hotel auf dem Bürgersteig standen und auf Lucetta warteten, die sich stilsicher verspätete.

Kate warf ihm einen Seitenblick zu. Er war wie ein kleiner Junge, der auf seine Geburtstagsparty wartete, und obwohl ihr der Magen knurrte, musste sie lachen. Als sie am Morgen gefragt hatte, ob er Lust auf ein Mittagessen mit einer ihm unbekannten Familie habe, hatte sie ein gewisses Zögern erwartet, eine gewisse Sorge wegen der kurzfristigen Einladung oder der möglichen Verlegenheit im Umgang miteinander in einer solchen Situation, aber seine Antwort war ein sofortiges und erfreutes Ja gewesen. Seine Arbeit könne warten, hatte er erklärt, und er könne rechtzeitig fertig sein. Getreu seinem Wort meldete er sich eine Stunde später zum Dienst, mit einem Grinsen im Gesicht, das ihr den Morgen versüßt hatte. Eines stimmte wirklich – es war unmöglich, sich in der Gegenwart ihres neuen Freundes unglücklich zu fühlen. Sie würde viele wertvolle Erinnerungen von dieser Reise mit nach Hause nehmen, und Jamie kennengelernt zu haben war eine der besten.

»Du musst sie ernsthaft beeindruckt haben, um dir ein Mittagessen zu verdienen«, fuhr er fort. »Es hört sich so an, als hätten sie dich praktisch adoptiert. Und du siehst heute wieder umwerfend aus. Dein Polizist wird den Blick kaum von dir abwenden können.«

»Das bezweifle ich«, antwortete Kate und versuchte, das heftige Hämmern ihres Herzens bei der Erwähnung von Alessandro zu beruhigen. Sie hatte kaum geschlafen und im Geiste die Ereignisse des Abends immer wieder durchgespielt, und jedes Mal war sie bei dem Gespräch mit Lucetta im Wagen bei der Rückkehr ins Hotel gelandet, und jedes Mal hatten die Worte der jungen Frau sie noch mehr verwirrt. Was dachte Lucetta denn, was sie tun würde? Was dachte sie sich dabei, diese Büchse der Pandora zu öffnen? Warum hatte sie nicht einfach ihre große Klappe halten können? Und warum hatte Kate nicht den Mumm gehabt, das einzig Vernünftige zu tun und dieses Mittagessen abzublasen?

»Du versuchst immer, bescheiden zu sein«, tadelte Jamie sie. »Nimm ein wenig Lob an und genieße es. Du hast ein Talent dafür, fabelhafte Kleider zu kreieren, und du siehst entzückend in ihnen aus, und ich will nicht hören, dass du etwas anderes behauptest.«

»Entschuldige.«

»Und bitte, hör auf, dich für alles zu entschuldigen! Wie viele Male hast du mir heute Morgen schon gesagt, es tue dir leid? Es tue dir leid, mich zu einem Date eingeladen zu haben, es tue dir leid, mich dazu verleitet zu haben, einen langweiligen Arbeitstag zu schwänzen, es tue dir leid, dass es großen Spaß macht, mit dir zusammen zu sein ... Hör einfach endlich damit auf!«

»Es tut mir leid ... Ich meine, dass ich immer sage, es tue mir leid.« Sie warf ihm ein verlegenes Lächeln zu.

»Das war das letzte Mal«, antwortete er und drohte ihr spielerisch und etwas affektiert mit dem Zeigefinger.

»Das ist das erste Mal, dass du tatsächlich tuntig aussiehst«, sagte Kate, die außerstande war, sich ein Lachen zu verkneifen.

»Ich spare mir meine volle Regenbogenpracht für ganz besondere Anlässe auf.«

»Dann fühle ich mich geehrt, dass du sie heute für mich rausgelassen hast.«

Er lächelte und stupste sie an. »Na siehst du, so ist es schon besser. Es gefällt mir besser, wenn du glücklich bist.«

»Ich bin schon den ganzen Morgen glücklich.«

»Nicht so glücklich wie bei unserer letzten Begegnung. Muss ich ein ernstes Wörtchen mit Alessandro sprechen? Hat er dir bereits dein armes Herz gebrochen?«

Jamie scherzte natürlich, aber Kate fragte sich, was er gesagt hätte, wenn sie ihm erzählt hätte, dass er von der Wahrheit gar nicht so weit entfernt lag. »Nein, es geht mir gut. Ich bin wohl einfach nur müde; ich habe nicht besonders geschlafen.«

»Hast du inzwischen etwas Heimweh?«, fragte Jamie.

»Das muss es wohl sein.«

»Ich hatte auch Heimweh, als ich das erste Mal allein eine Reise unternommen habe, aber es wird einfacher. Und wenn du das nächste Mal vorhast, nach Rom zu kommen, kannst du dich vorher mit mir absprechen, dann kann ich sehen, ob ich im gleichen Zeitraum eine Geschäftsreise unterbringen kann.«

»Das ist aber anmaßend von dir«, konterte Kate.

Er lachte. »Das ist meine Spezialität.«

»Ich weiß nicht mal, ob ich je nach Rom zurückkommen werde. Die Welt ist groß, und es gibt viel zu sehen.«

»Du wirst am Ende immer nach Rom zurückkehren. Es hat eine unwiderstehliche Anziehungskraft. Was denkst du, warum alle römischen Straßen hierherführen?«

»Quatschkopf«, sagte Kate. Aber dann erstarb ihr Lächeln. Er hatte recht – sie liebte Rom und wollte eines Tages zurückkommen. Aber am Ende würde das vielleicht alles nicht so einfach sein. »Vielleicht besuche ich dich mal in New York.«

»Das würde mich riesig freuen. Ich weiß einfach, dass Brad dich genauso ins Herz schließen wird wie ich, und ich könnte dir die Sehenswürdigkeiten zeigen ... Du würdest Wochen brauchen, um alles zu sehen, aber du bist herzlich eingeladen, bei uns in der Wohnung unterzukommen.«

»Danke, das ist sehr lieb von dir. Aber ich würde mich besser fühlen, wenn ich mir ein Hotel nehme. Ich sag dir was – ihr dürft mich stattdessen zum Abendessen einladen, du und Brad. Ich weiß, dass ich ihn ebenfalls ins Herz schließen werde, wenn er auch nur annähernd so witzig ist wie du.«

»Du könntest deine Schwestern mitbringen.«

»Könnte ich, obwohl ich mir nicht ganz sicher bin, was ihre Partner dazu sagen würden. Außerdem wird Lily bis dahin ihr Baby haben, vermute ich. Ich bin mir nicht sicher, ob sie während der nächsten achtzehn Jahre nach seiner Geburt irgendwohin reisen wird.«

»Sie könnte das Baby mitbringen – wir mögen Babys.«

»Im Prinzip mag ich Babys ebenfalls. Was die stinkende Realität betrifft, bin ich mir dagegen nicht so sicher. Ich nehme nicht an, dass ich es in absehbarer Zeit herausfinden werde, zumindest nicht auf mich bezogen. Ich werde einfach das Beste daraus machen, Lilys Kind maßlos zu verwöhnen.«

»Weiß sie schon, ob sie einen Jungen oder ein Mädchen bekommt?«

»Die Schwangerschaft ist noch nicht weit genug fortge-schritten für diesen Scan. Allerdings ist sie aus der Gefahren-zone heraus – ungefähr in der vierzehnten Woche, denke ich –, aber die Geschlechtsbestimmung findet erst nach zwanzig Wochen statt. Ich glaube, sie will es nicht wissen, selbst wenn sie ihr anbieten, es ihr zu sagen. Sie möchte sich lieber überra-schen lassen.«

»Das ist süß«, urteilte Jamie. Er drehte sich zu ihr um und sah plötzlich ernst aus. »Aber mit dir ist alles in Ordnung?«

»Mit mir?« Kate lachte. »Selbstverständlich.«

»Ich weiß noch, dass du mir bei unserer ersten Begegnung erzählt hast, du hättest Kinder gewollt, bevor Matt dich verlassen hat.«

»Tja«, antwortete Kate, deren Lächeln blieb, obwohl es innerlich erloschen war, »das war vorher. Das war in meinem alten Leben, und das existiert jetzt nicht mehr. Ich bin glücklich, ich lasse das hinter mir, und was immer kommt, das kommt.«

»*Que sera sera,* hm?«

»Genau.« Sie schaute in die Ferne, während sie über ihre eigenen Worte nachgrübelte. Was kommt, das kommt. Meinte sie das ernst? Wenn ja, warum fühlte sie sich dann plötzlich so elend?

Dann erspähte sie ein Stück weiter weg Lucettas Auto. Von hier aus vermochte Kate ihr Gesicht nicht zu erkennen, aber sie konnte sich den ungeduldigen Gesichtsausdruck vorstellen, so wie sie fuhr. Kate wusste nicht, was schlimmer war – auf Alessandros verrücktem Roller den Heldentod zu sterben oder auf Lucettas Beifahrersitz hin- und hergeworfen zu werden.

»Da kommt unsere Mitfahrgelegenheit«, sagte sie. »Mach dich bereit für eine rasante Fahrt und klammere dich irgendwo fest.«

»So mag ich's am liebsten«, verkündete Jamie und grinste.

———

Kate hatte das Abendessen von Signora Conti am Tag zuvor erstklassig gefunden, aber das Festmahl, das sie in Erwartung eines neuen Gastes fabriziert hatte, stellte es locker in den Schatten. Anscheinend hatte Alessandros Mutter alles gegeben, und was sich ihnen darbot, war viel mehr als ein gewöhnliches

Mittagessen mit der Familie. Es gab Antipasti – Artischocken, Oliven, Käse, verschiedene Wurstsorten und Brot –, dann eine schlichte, aber köstliche Pasta in Tomatensoße, saftiges Schweinefleisch mit Gemüse, gefolgt von einem Zitronen-Ricotta-Käsekuchen. Signora Conti und Abelie waren noch mit den Vorbereitungen beschäftigt, als Lucetta mit Kate und Jamie ankam, und im Laufe der nächsten halben Stunde traf nach und nach der Rest von Alessandros Familie ein. Kate war darauf nicht vorbereitet gewesen. Obwohl es jetzt auf der Hand zu liegen schien, dass sie alle kommen würden, war es etwas überwältigend, jeden Einzelnen aus der Familie kennenzulernen. Zuerst kam Maria mit ihrem Mann und ihren vier Kindern, die sie so genau unter die Lupe nahmen, dass Kate das Gefühl hatte, sie würde vom Zoll ausgezogen und untersucht werden. Als Nächstes tauchte Jolanda auf, ohne ihren Mann, der bei der Arbeit war, aber mit ihren drei Kindern (eine insgesamt freundlichere Begrüßung), dann Isabella, ebenfalls ohne Mann, mit ihrem Trio. Als letzter tauchte Gian auf, Lucettas Verlobter, der Kate herzlich begrüßte und sich bei ihr für die Arbeit an Lucettas Kleid bedankte. Sie gingen alle für eine Weile in die Küche, um mit ihrer Mutter zu sprechen und mit ihrer jüngsten Schwester, bevor sie in den Wohnbereich zurückkehrten, um Kate *en masse* in Augenschein zu nehmen ... Zumindest fühlte es sich so an. Sie musste sich fragen, was genau sie über ihre Freundschaft mit Alessandro wussten, aber anscheinend wusste zumindest Maria eine ganze Menge. Die Vorstellung lag nahe, dass Lucetta all ihren Schwestern genau das erzählt hatte, was sie am Abend zuvor auch Kate erzählt hatte, und dass sie sich ausführlich darüber unterhalten hatten. Noch näher lag die Vermutung, dass Orazia auch Maria über ihre Begegnungen mit Kate informiert hatte. Wenn das der Fall war, war es kein Wunder, dass sie Kate wie ein seltenes Tier im Zoo anschauten.

Jamie schien sich jedoch nicht aus der Ruhe bringen zu

lassen und platzte sporadisch mit einigen Bröckchen Italienisch heraus, obwohl sämtliche Sprösslinge der Signora Conti sehr gut Englisch sprachen, aber sein Verhalten trug ihm von allen Seiten ein strahlendes Lächeln ein. Und das, obwohl er Kate erzählt hatte, er würde praktisch gar kein Italienisch sprechen. Er mochte gedacht haben, dass es praktisch nichts war, aber es war erheblich mehr, als sie vorzuweisen hatte, und es bestärkte Kate in ihrem Entschluss, ein wenig Italienisch zu lernen, wenn sie nach Hause kam, damit auch sie im Falle einer Rückkehr nach Rom das Wohlwollen ernten konnte, das man Jamie entgegenbrachte, weil er die Muttersprache seiner Gastgeber zu sprechen versuchte. Es half außerdem, dass Jamie charmant und witzig war, zwei Eigenschaften, die Kate nach eigenem Dafürhalten total fehlten. Schon bald war er der Mittelpunkt der Party und unterhielt alle mit lustigen Geschichten über seine Reisen, sein Leben in New York und seine Arbeit, und er lenkte den Großteil der Aufmerksamkeit von Kate ab – wofür sie sehr dankbar war.

Die Kinder, im Alter zwischen zwei und vierzehn Jahren, waren alle unglaublich wohlerzogen und höflich. Die kleineren saßen bei irgendjemandem am Tisch auf dem Schoß, während die älteren sich in alle Lücken zwängten, die sie finden konnten. Es war ein ziemliches Gedränge an Signora Contis Esstisch, so viel stand fest. Kate konnte sich nicht vorstellen, wie um alles in der Welt sie das jede Woche schaffte (anscheinend rief sie die Familie mindestens einmal die Woche zu einer Mahlzeit zusammen), aber irgendwie hatte sie genug Stühle aufgetrieben, und mit knapper Not passten sie alle an den Tisch. Sie saßen jedoch sehr dicht zwischen ihren Sitznachbarn, und Kate spürte Alessandros Wärme an ihrer einen Schulter, Jamie an ihrer anderen. Jamie machte ihr nicht viel aus, aber sie wünschte sich verzweifelt, Alessandro würde sich bewegen, denn die Berührung weckte in ihr seltsame und unpassende Gefühle, die schwer zu ignorieren waren.

»Lucettas Hochzeitskleid ist jetzt perfekt«, berichtete Isabella und lächelte Kate an, während sie sich etwas Aufschnitt nahm. »Sie sagt, du hättest die ganze Nacht gearbeitet.«

»Nicht die ganze Nacht ...«, sagte Kate.

»Das war wirklich nett von dir«, antwortete sie. »Was für ein Glück für uns, dass Alessandro dich kennengelernt hat.«

»Wie hast du Alessandro überhaupt kennengelernt?«, meldete Maria sich vom anderen Ende des Tisches zu Wort und sah Kate dabei sehr vielsagend an. Es war offensichtlich, dass sie genau wusste, wie das vonstattengegangen war, aber sie wartete trotzdem darauf, dass Kate sie alle ins Bild setzte und sich dabei ziemlich blamierte.

»Nun, ich, ähm ...«

»Jemand hatte ihr Portemonnaie gestohlen, und sie war auf dem Revier, um Anzeige zu erstatten.« Alessandro kam ihr zuvor und ersparte ihr damit die Notwendigkeit, die Geschichte über ihre tatsächliche erste Begegnung auf der Spanischen Treppe zu erzählen. Es war keine Geschichte, auf die sie besonders versessen war, und sie war dankbar für seine galante Rettung. Seine Version klang erheblich besser, und er hatte wahrscheinlich erraten, dass Maria und Orazia ausführlich über Kate gesprochen hatten.

Maria schüttelte den Kopf und schnalzte laut mit der Zunge. »Es ist schrecklich. Solche Leute lassen alle anderen schlecht aussehen. Es gibt viele Dinge, die unsere Stadt in Verruf bringen. Genau wie all die Touristen, die sich betrinken und schlecht benehmen ...«

Kate schnappte sich ein Glas Wasser, das neben dem Wein stand, den jemand ihr gerade eingeschenkt hatte, und nahm einen riesigen Schluck. Also hatte Alessandro den Vorfall auf der Treppe irgendjemandem gegenüber erwähnt ... vielleicht einem seiner engeren Kollegen gegenüber, und vielleicht noch bevor ihm bewusst geworden war, dass er und Kate zusammen ausgehen würden? Kate hoffte es, denn die Alternative – dass er es Orazia erzählt hatte, die es ihrerseits dann Maria erzählt hatte – war ziemlich verstörend. Es würde bedeuten, dass sie sich nicht sicher sein konnte, ob das, was er ihr über seine und Orazias Beziehung oder deren Ende erzählt hatte, der Wahrheit entsprach.

»Haben sie dir all dein Geld weggenommen?«, fragte Jolanda.

»Zum Glück hatte ich nicht alles mitgenommen, sondern einen Teil im Hotelsafe zurückgelassen. Ich werde versuchen, das Geld über meine Reiseversicherung zurückzubekommen.«

»Wie lange bleibst du noch in Rom?«, fragte Isabella.

»Noch zwei Tage. Die Zeit ist nur so verflogen.«

»Ich werde sie auf jeden Fall vermissen«, warf Jamie ein. »Ich muss nämlich noch eine Woche bleiben.«

»Dann musst du noch einmal herkommen und mit uns essen«, sagte Lucetta. »Wann immer du in Rom bist, musst du uns besuchen.«

Es gab zustimmende Laute, sogar von Signora Conti, die dem Gespräch im Wesentlichen zu folgen schien und Jamie breit anlächelte.

»Schrecklich gern«, sagte er. »Manchmal fühle ich mich einsam, wenn ich geschäftlich in der Stadt bin. Es ist in Ordnung, wenn ich mit Klienten ausgehe, aber das passiert nicht ständig. Deshalb war es so großartig, Kate hier zu haben.«

Kate lächelte. Jamie war ein geselliger Mensch, strahlend und hübsch anzusehen, und er fand wahrscheinlich überall, wo er hinging, neue Freunde. Vermutlich war sein ganzes Adressbuch voll mit Kontaktdaten von Menschen überall auf der Welt, die er auf seinen Reisen aufgelesen hatte. Es war kein Wunder, dass der leicht zu beeindruckende Pietro von seinem Charme geblendet gewesen war, denn inzwischen fraß ihm die gesamte Familie Conti aus der Hand, und es war leicht zu erkennen, warum das so war.

»Ich werde dir meine Adresse geben«, fuhr Jamie an Lucetta gewandt fort. »Du kannst mich jederzeit besuchen, wenn du in New York bist.«

»Ich war noch nie in Amerika«, erwiderte Lucetta. Sie sah Gian an. »Vielleicht werden wir hinfliegen, bevor wir unsere Kinder bekommen.«

»Wenn ihr erst mal Kinder habt, werdet ihr nicht mehr hinfliegen können«, lachte Isabella. »Sie werden all euer Geld aufbrauchen.«

»Gian hat einen guten Job.« Lucetta rümpfte die Nase. »Er wird mir jede Menge Geld bringen.«

»Es läuft nicht so übel«, bestätigte Gian, dem die Prahlerei ziemlich peinlich zu sein schien.

»Es wird niemals genügen«, warf Maria ein, die einen Popel an der Nase ihrer Jüngsten, die auf ihrem Schoß saß, abwischte und sich nicht im Mindesten darum zu scheren schien, wer hinschaute. Sie fing den Popel in einem Papiertaschentuch und stopfte es sich dann in eine Tasche.

»Nicht für Lucetta«, sagte Alessandro, und alle aus der Familie Conti lachten, bis auf Lucetta. Gian sah aus, als würde er es nicht wagen zu lachen, und es war leicht erkennbar, wer in dieser Ehe die Hosen anhaben würde. Kate sah, wie Lucetta die Nase in die Luft reckte, aber sie wirkte nicht besonders erschüttert. Wahrscheinlich war sie es gewohnt, von ihren Geschwistern gepiesackt zu werden, und bei einer so großen Familie musste so etwas oft passieren.

»Also, was meint ihr, was ich mir morgen ansehen sollte?« Kate versuchte, das Thema zu wechseln.

»Was es auch ist, sorg dafür, dass du dein Portemonnaie festhältst«, riet Jamie ihr mit einem Grinsen.

»Ja«, stimmte Alessandro ihm zu. »Du musst vorsichtiger sein, wenn du allein bist.«

»Hast du morgen Dienst?«, fragte Jamie ihn.

»Ja. Ich werde mich tagsüber ausruhen und am Nachmittag anfangen.«

Kate wusste das, und sie hätte erleichtert sein sollen, es ihn sagen zu hören, aber sie fühlte sich einfach nur leer. Sie würde seine Gesellschaft für den Rest der Zeit in Rom vermissen. Natürlich hatte sie Jamie, aber es war nicht nur das Alleinsein. Sie würde ihn, Alessandro, vermissen. Das leicht spöttische Lächeln, die Augen, die jede winzige Veränderung seines Gefühlslebens verrieten, die Freundlichkeit und Güte in seiner Seele, sein geradezu turbogeladener Sexappeal ... Ihre Gedanken kehrten zu ihren früheren Überlegungen zurück, als sie darauf gewartet hatte, dass Lucetta sie abholte. *Que sera sera* ... Was kommt, wird kommen. Im Laufe der vergangenen paar Tage hatte sie sich verliebt. Nicht nur in Alessandro, sondern in Italien selbst, und das war eine Liebe, die viel sicherer war. Dass sie heute mit dieser bemerkenswerten Familie zusammen war, bewies ihr das nur. Das war eine Lebensart, die sie jetzt, da sie davon gekostet hatte, auch selbst haben wollte. Sie liebte ihre eigene Familie natürlich auch, aber sie war das Einzige, was Kate in Großbritannien hielt. Sie hasste ihren Job, sie besaß ein Haus, das jetzt nur noch voller schmerzhafter Erinnerungen für sie war, obwohl sie es einst geliebt hatte. Hinzu kam das tiefe Gefühl von Demütigung, weil es ihr ohnehin nicht mehr lange gehören würde, und dann würde sie mit ansehen müssen, wie Matt sein Leben weiterlebte und jemand anderen fand, der ihren Platz einnahm. Da Lily ihre Familie hatte und irgendwann auch Anna eine haben würde, würden sich ihre Prioritäten ebenfalls verschieben, und Kate würde angesichts der neuen Bindungen im Leben ihrer Schwestern an Bedeutung verlieren. Und sosehr sie sich für die beiden freute, würde es ihr doch das Herz brechen. Ihre Mum war in Schottland, immer am Rande eines erneuten Zusammenbruchs, und kam nur selten zu Besuch. Außerdem hatte sie wieder einen Mann gefunden,

Hamish, der sich um sie kümmerte, und er machte seine Sache gut. Was blieb Kate noch in Großbritannien? Und was noch wichtiger war: Spielte irgendetwas davon eine so große Rolle, dass es sie davon abhielt, das Land zu verlassen?

Alessandro sah sie an und lächelte, als er ihr Weinglas auffüllte. »Bist du glücklich?«, fragte er. »Hat dir das Essen geschmeckt?«

Kate versuchte, sein Lächeln zu erwidern, obwohl ihre Gedanken ihre Stimmung getrübt hatten. »Ja danke.«

»Das freut mich. Wir sind eine große Familie und sehr laut.«

»Ich fand den Tag wunderschön, und der Lärm ist mir überhaupt nicht aufgefallen. Es ist eine nette Abwechslung gegenüber einem großen, leeren Haus.«

Er stellte die Weinflasche zurück auf den Tisch, und als Kate nach ihrem Glas griff, um einen Schluck zu trinken, konnte sie nicht umhin, zu bemerken, dass er sie immer noch beobachtete. Dachte er darüber nach, wie sehr er sie vermissen würde, wenn er wieder bei der Arbeit war? Fragte er sich, ob sie jemals wieder nach Rom kommen würde? Hatte er sich in sie verliebt, so wie sie sich in ihn verliebt hatte? Das kam ihr unwahrscheinlich vor, und Kate beschloss in diesem Moment, sich diese törichte Idee ein für alle Mal aus dem Kopf zu schlagen. Sie konnte sich durchaus dafür entscheiden, nach Rom zurückzukommen, vielleicht sogar für immer, aber der Grund musste ein besserer sein als eine Beziehung ohne jede Gewissheit.

ZWÖLF

Kate litt nicht oft unter einem Kater, aber der hier war ein echter Hammer. Das bedeutete wahrscheinlich, dass sie einen sehr schönen Abend mit der Familie Conti verbracht hatte, denn aus dem Mittagessen war das Abendessen geworden, das wiederum bis in die Nacht hinein gedauert hatte, obwohl nur der liebe Gott wusste, was für schreckliche, peinliche Dinge sie gesagt haben mochte, während sie immer mehr dem Einfluss des Alkohols erlegen war. Wahrscheinlich war es ein Glück, dass Jamie da gewesen war, um die Aufmerksamkeit von ihr abzulenken; er hatte alle wie ein Profi unterhalten und mit seinen Witzen und Anekdoten zum Lachen gebracht, sogar Signora Conti, deren Lachen immer um ein paar Sekunden verzögert kam, weil jemand für sie dolmetschte, aber sie lachte trotzdem herzlich. Kate musste sich fragen, wie es Alessandro wohl ging – sie war sich nicht sicher, ob er genauso viel getrunken hatte wie sie oder ob seine Drinks eine genauso große Wirkung auf ihn gehabt hatten, aber es war trotzdem zweifellos gut, dass er nicht zur Frühschicht erscheinen musste. Ihre Erinnerungen an den Abend waren etwas verschwommen, aber viele Momente hatten sich mit perfekter Klarheit in ihrem

Gedächtnis eingebrannt: Dass ihre Hand die von Alessandro gestreift hatte, als sie beim Abräumen des Tisches geholfen hatte; die Blicke, die sie von ihm aufgefangen hatte, wenn er dachte, sie würde es nicht bemerken, das Gefühl der Zugehörigkeit zu seiner Familie, obwohl sie sie kaum kannte, die herzlichen Umarmungen und Abschiedsworte am Ende des Abends, Rom, das funkelte und glitzerte, als Lucetta sie durch die Stadt zurück zu ihrem Hotel fuhr, die freundschaftlichen Worte zwischen Jamie und ihr, als sie sich Gute Nacht sagten, bevor sie zurück in ihr Zimmer gewankt war. Sie war voll bekleidet auf ihrem Bett eingeschlafen und am Morgen in genau derselben Position aufgewacht, allerdings mit einem dröhnenden Konzert von Trommeln und Bässen im Kopf, obwohl sie glücklich zu sich gekommen war. Was das bedeuten konnte, war verwirrend, aber sie hatte einmal gehört, wenn eine Entscheidung beängstigend und schwierig wäre, solle man am besten so tun, als hätte man die Entscheidung bereits getroffen, und mit diesem Gedanken einen Tag lang leben. Wenn sich die Entscheidung am Abend immer noch gut anfühlte, dann war sie wahrscheinlich richtig.

Also wollte Kate am Morgen auf Wohnungssuche gehen, obwohl sie eigentlich keinen Schimmer hatte, wo sie anfangen sollte, und ihr bewusst war, dass das so ziemlich das Verrückteste war, was sie je getan hatte. Natürlich tat sie nur so, als ob, und es gab eine Menge zu bedenken, bevor sie einen so gewaltigen Sprung wagte, aber sie war neugierig und wollte herausfinden, wie ihre Erfolgschancen aussahen – wie hoch die Miete wahrscheinlich sein würde, welches Viertel sie sich leisten konnte, ob in der Nähe andere Engländer lebten und ob sie Arbeit würde finden können. Aber so konnte sie den Traum für eine Weile genießen und sich der kleinen Fantasie einer Wohnungssuche hingeben, und vielleicht würde sie sich dann auf etwas anderes konzentrieren können als nur Alessandro.

Ein bescheidenes Frühstück war vonnöten, und sie fühlte

sich menschlicher, sobald sie ein paar süße Backwaren und Kaffee intus hatte, um den überschüssigen Alkohol zu verdrängen, der ihr das Gehirn vernebelte. Nachdem sie ihr neues Portemonnaie mit so viel Geld gefüllt hatte, wie sie für den Tag zu brauchen glaubte, schloss sie ihr Zimmer ab und griff nach ihrem Handy, um schnell mit Lily zu telefonieren. Das Zusammensein mit Alessandros Familie am Abend hatte sie auch daran erinnert, dass sie ihre eigenen Schwestern nicht annähernd so oft angerufen hatte, wie sie das hätte tun sollen, während sie in Rom war, und es war kein Wunder, dass Anna verärgert gewesen war, als sie das letzte Mal mit ihr gesprochen hatte. Früher oder später würde sie ihnen von den Plänen erzählen müssen, die in ihr heranreiften, und sie wusste, dass ihre Familie mit Schreck und Sorge reagieren würde, vielleicht sogar mit einer Spur Verletztheit, aber das konnte warten, bis sie sich selbst sicher war.

»Hey!« Lily meldete sich beim ersten Klingeln. »Ich war gerade auf dem Weg zur Arbeit. Ist es etwas Wichtiges?«

Kate schaute auf ihre Armbanduhr. »Du bist früh dran.«

»Ich weiß. Wir haben heute diese Präsentation für die Direktoren. Angela hat es vermasselt, und ich musste einspringen und ihr helfen. Dafür schuldet sie mir einmal ausgehen – das heißt, wenn ich wieder Alkohol trinken kann. Also, gefällt es dir immer noch so gut in Rom? Hast du Spaß? Du musst nicht über irgendetwas reden? Ein gewisses Date?«

»Nein, ich wollte mich einfach melden ... Mich erkundigen, wie es dir und dem Baby geht«, sagte Kate und ignorierte die Anspielung auf Alessandro, obwohl offensichtlich war, dass Anna es Lily erzählt hatte und es zu einem Meinungsaustausch gekommen war. Kate war nur froh, dass sie nicht dabei gewesen war.

»Oh, es geht uns beiden gut; es gibt nichts zu berichten außer reichlich Sodbrennen und einer jetzt schon expandierenden Taille. Wenn ich im neunten Monat bin, werde ich den

Umfang des Wembley-Stadions haben.« Es folgte eine Pause. »Du willst mir also nicht erzählen, was mit dem Italiener war, mit dem du den Tag verbracht hast? Komm mir nicht damit, dass du mit ihm durchbrennen willst, um ihn zu heiraten.«

Die Bemerkung war flapsig, und Lily hätte sie wahrscheinlich fast so schnell vergessen, wie sie sie gesagt hatte, wenn Kate über die Pläne gelogen hätte, die sie in Erwägung zog, die zwar nicht beinhalteten, mit einem Mann durchzubrennen, aber sehr wohl, überhaupt durchzubrennen. Aber so einfach war es nicht, und vielleicht wäre es schlimmer, wenn ihre Schwester es irgendwann später herausfand. Kate wusste nicht, was passieren würde, aber sie wusste, was sie wollte. »Tatsächlich ...«

Aber Lily unterbrach sie. »Du solltest es mir lieber später erzählen. Ich bin ohnehin schon zu spät dran für die Arbeit. Wenn es okay ist, rufe ich dich heute Abend an – so gegen sieben?«

»Ich bin vielleicht unterwegs – besser rufe ich dich an.«

»Richtig!« Lily lachte. »Gehst du wieder aus? Dann ruf mich an, wenn du mich in deinen vollgepackten Terminkalender quetschen kannst. Hab dich lieb.«

»Hab dich auch lieb«, antwortete Kate, bevor sie das Gespräch beendete. Sie war bereit gewesen, es zu sagen, aber der Moment war verstrichen. Es würde später viel schwerer sein, wenn sie die Zeit gehabt hatte, die Ungeheuerlichkeit dessen zu verdauen, was sie zu tun plante.

———

Mit dem Gefühl, ausreichend Essen, Kultur und Geschichte getankt zu haben, ganz zu schweigen von ihrem Flirt mit den Einheimischen, war das Einzige, was Kate in Rom noch nicht ausprobiert hatte, Shoppen. Schaufensterbummeln natürlich, und die Via Condotti, Via Borgognona und Via Frattina waren ihr an der Hotelrezeption als die Straßen empfohlen worden, die man besuchen sollte, wenn man in die Schaufenster der großen Modehäuser schauen wollte, für die Italien berühmt war. Die waren zwar himmelweit entfernt von Kates eigenen selbst geschneiderten Kleidern, aber sie wollte sich die glamourösen Läden unbedingt ansehen, schon allein, um Ideen zu sammeln, die sie bewundern und vielleicht für ihre eigenen Kreationen übernehmen konnte. Es wäre keine richtige Reise nach Rom, wenn sie nichts von dem Glamour zu sehen bekam, und bevor Kate zu ihrem Urlaub aufgebrochen war, hatte Anna darauf bestanden, dass sie im teuersten Laden ein Kleid anprobieren und ein Selfie machen solle, das sie dann nach Hause schickte. Kate wagte das natürlich nicht – sie wagte es nicht einmal, eine dieser geheiligten Hallen auch nur zu betreten, aus Angst, dass man ihr vielleicht allein dafür tausend Euro abknöpfen würde –, aber sie genoss es, sich unter die Menschenmassen zu mischen und sich in einer Welt aus Krokodillederhandtaschen, diamantbesetzten Abendkleidern und eleganten Kostümen zu verlieren. Außerdem hielt sie die Augen auf nach Schaufenstern von Maklerbüros, in der Hoffnung, etwas mehr über Immobilien- und Mietpreise in der Stadt zu erfahren, aber sie war bisher über nichts Derartiges gestolpert. Als ihr Magen zu knurren begann, um sie daran zu erinnern, dass ihr Mittagessen längst überfällig war, kehrten ihre Gedanken zu dem eigentlichen Thema zurück.

Sie fand ein einladendes Straßencafé, setzte sich an einen Tisch unter einem großen Sonnenschirm, bestellte sich ein Mittagessen und genoss den Reiz des Neuen, allein zu speisen. Sie hatte bei ihrer Ankunft in der Stadt erwartet, dass sie das oft tun würde, aber jetzt war es praktisch die große Ausnahme, mal eine Stunde für sich allein zu haben. Während sie auf das Essen wartete, verband sie ihr Handy mit dem Wi-Fi. Nach einigen Minuten des Suchens stieß sie auf eine Handvoll Websites, die

Auswanderern Hilfe anboten, wenn sie auf der Suche nach Immobilien in der Nähe waren.

Eins war klar, als sie durch die Immobilienangebote scrollte – fast alles, was schön genug aussah, um darin zu leben, war außerhalb ihrer Preisklasse oder zumindest außerhalb einer Preisklasse, die für ein noch unbekanntes Einkommen vernünftig war. Sie würde etwas weiter weg suchen müssen, und sie würde sich in ihrer Kenntnis der Vororte erheblich sicherer sein müssen, bevor sie eine solche Verpflichtung einging. Sie konnte Jamie fragen, ob er etwas wusste, obwohl sie vermutete, dass seine Kenntnis der Gegend außerhalb des Zentrums von Rom möglicherweise genauso begrenzt war wie ihre eigene. Es gab jedoch eine Person, die so etwas wissen würde – den offensichtlichsten Kandidaten –, aber sie war sich nicht sicher, ob es eine gute Idee war, ihn zu fragen. Sie wusste selbst bisher kaum, was sie eigentlich wollte, und jede Andeutung Alessandro gegenüber, dass sie daran dachte, in Rom zu bleiben, würde alles gewaltig verkomplizieren. Lucetta hatte Kate gesagt, dass ihr Bruder sie gernhabe, aber woher sollte sie wissen, was das bedeutete? Hatte Alessandro es nur beiläufig gesagt und völlig unverbindlich, weil er wusste, dass Kate bald in einem Flugzeug zurück nach England sitzen würde? War es so, dass sie ihm einfach gefiel, er aber wusste, dass sie nicht zum Heiraten geeignet war? Mochte er sie als Gefährtin? Oder dachte er wirklich, dass er sich in sie verliebt hatte, in welchem Fall sich die Frage stellte, warum er es Kate nicht selbst erzählt hatte?

Je mehr sie darüber nachgrübelte, desto unsicherer wurde sie sich, was die Wahrheit war und wozu ihr eigenes Herz ihr riet. Anna und Lily würden sie für albern und unreif halten, wenn sie aus einer Laune heraus quer durch Europa zog, und noch alberner, wenn sie es tat, nur um in einer Stadt zu leben, in der sie lediglich eine Woche als Touristin zugebracht hatte. Aber irgendetwas zog sie hierher, auch wenn sie nicht direkt den Finger darauf legen konnte, was es eigentlich war. Und je länger sie über die Möglichkeiten einer Zukunft in Italien nachdachte, desto aufregender fand sie die Idee, obwohl sie im Grunde furchterregend war. Was, wenn es einfacher war, als es sich anhörte, einfacher, als sie es sich vorstellte? Was, wenn sie in das Flugzeug nach Hause einfach nicht einstieg? Matt konnte das Haus zum Verkauf anbieten, und vielleicht wurde es Zeit, dass er ein wenig Verantwortung für all das übernahm, dem er den Rücken gekehrt hatte. Sie hasste ihren Job, daher würde es ihr nicht schwerfallen, ihrem Chef zu sagen, wo er ihn sich hinstecken könne. Vielleicht konnte sie etwas in irgendeinem Vorort von Rom mieten, wo es billiger war, eine Arbeit finden und sich in ihrer Freizeit um Aufträge für kleine Schneiderarbeiten zu bemühen, die schließlich für eine Selbstständigkeit ausreichen würden? Sie war sich sicher, dass Lucetta sie weiterempfehlen würde und dass sie im Laufe der Zeit ihre eigenen Freunde und Kontakte finden konnte. Es gab doch bestimmt noch andere Engländer, die in Rom lebten? Sie würden ihr mit Rat und Tat zur Seite stehen, nicht wahr? Es konnte nicht so schwer sein, sie zu finden, wenn sie wusste, wo sie nach ihnen suchen musste.

Als der Kellner ihre geeiste Limonade brachte, schaute sie auf ihre Armbanduhr. Vielleicht hatte Jamie ja Zeit für ein Schwätzchen.

Er nahm nach dem dritten Klingeln ab. »Wie geht es deinem Kopf?«, fragte sie.

»Als würde ein Marschorchester mitten hindurchspazieren. Und wie sieht es bei dir aus?«

»Zuerst war es ganz schlimm, aber der Einkaufsbummel hat die Spinnweben verscheucht.«

»Du Glückspilz. Hast du viel gekauft?«

»Überhaupt nichts. Es war nichts dabei, was ich mir hätte leisten können.«

»Was für ein Jammer!«

Kate hörte ihn am anderen Ende der Leitung ein Gähnen unterdrücken. Sie hätte sich unter anderen Umständen mies gefühlt, weil sie ihn geweckt hatte, aber es war Mittag, und er hatte sich sein Leiden selbst zuzuschreiben, genau wie sie, daher hatte sie keine Gewissensbisse. »Wo bist du?«, fragte sie stattdessen.

»In meinem Zimmer. Ich fühle mich wie der Tod auf Latschen.«

Kate runzelte die Stirn. »Aber du wirst es überstehen?«

»Klar. Aber es wäre noch besser, wenn mir jemand den Kopf abschlagen und ihn auf Eis legen würde.«

Kate kicherte. »Das hast du niemandem außer dir selbst zuzuschreiben.«

»Ich kann dir die Schuld in die Schuhe schieben, oder? Sag mir bitte, dass ich dir die Schuld in die Schuhe schieben darf, denn irgendwie habe ich mich darauf verlassen.«

»Ich fürchte, nein. Hör mal, können wir uns zum Mittagessen treffen?«

»Du meinst Mittagessen im Sinne von jetzt gleich?«

»M-hm.«

»Tut mir leid, das geht nicht. Ich habe um drei ein Meeting und muss mich vorher noch berappeln. Aber das Meeting sollte nicht länger als eine Stunde dauern, wir könnten uns also anschließend zum Abendessen treffen. Das heißt, wenn du keine Pläne mit dem heißen Cop hast.«

»Nein«, antwortete Kate. »Er muss arbeiten, und wir haben nicht wirklich ein weiteres Treffen verabredet.«

»Du nimmst mich auf den Arm! Du wirst ihn nicht wiedersehen? Gestern Abend ist er dir hinterhergehechelt wie ein Hund!«

Kate verzog das Gesicht. »Danke für dieses hübsche Bild.«

»Im Ernst, Kate! Was stimmt nicht mit dir? Du hast doch seine Telefonnummer, oder? Du solltest ihn besser anrufen und dafür sorgen, dass du ihn wiedersiehst, bevor du nach Hause zurückkehrst.«

»Ich habe seine Nummer nicht, und genau das ist der Grund. Bis jetzt war es nicht nötig, sie zu speichern, und es schien sinnlos, weil ich nach Hause fliegen würde, aber ... Ich weiß nicht. Ich bin so verwirrt, und es wäre wunderbar, später mit dir zu plaudern. Ich habe ein paar Dinge zu besprechen, und ich bin noch nicht bereit, sie irgendjemand anderem außer dir zu offenbaren. Also wäre ein Abendessen großartig, wenn du die Zeit erübrigen könntest.«

»Das klingt sehr ernst, aber okay.«

»Es ist nichts Schlimmes, versprochen. Dann treffen wir uns um halb acht – an der üblichen Stelle.«

»Klar, bis später!«

Jamie legte auf. Manch einer hätte es seltsam gefunden, dass er derjenige war, an den sie sich wandte, um ihm ihr Herz auszuschütten, aber während ihres Besuchs in Rom war er die einzige Konstante gewesen. Und vielleicht spielte es keine Rolle, was er über ihre Gefühle wusste oder nicht wusste, denn er war ein Fremder, und es war irgendwie einfacher, das alles mit ihm zu besprechen. Es gab keinen emotionalen Ballast, keine Schuldgefühle, keine Vorurteile aufgrund dessen, was er über sie oder ihr Leben vor Rom wusste, und er würde sie nicht so verurteilen, wie ihre Schwestern oder ihre Mutter es vielleicht tun würden. Für ihn spielte es keine Rolle, wohin das Leben sie nach dieser Woche führte, und vielleicht würde sie ihn nach alldem nie wiedersehen, sodass sie und ihre Ängste nicht mehr als eine interessante Anekdote wären, die er bei seiner nächsten Dinnerparty zum Besten geben würde. Sie hoffte inständig, dass das nicht der Fall sein würde, aber sie gewöhnte sich langsam an den Gedanken, dass das Leben nicht immer so verlief, wie man es sich vorgestellt hatte, und dass die Menschen, von denen man dachte, sie würden immer da sein, es nicht waren.

DREIZEHN

»Ich habe ein tolles Lokal fürs Abendessen gefunden«, berichtete Jamie, als er Kate auf die Wange küsste. »Übrigens siehst du wieder unglaublich aus – ist das auch eins deiner selbst gemachten Kleider?«

Kate nickte und strich über den Rock des schwarzen Kleides, das sie trug. Es hatte einen Herzausschnitt, und sie hatte es mit einem roten Gürtel und roten Schuhen kombiniert. Der Schnitt des Kleides sorgte dafür, dass ihr Hüftschwung beim Gehen unübersehbar war. Obwohl sie das Kompliment mit einer knappen Handbewegung abtat, platzte sie innerlich vor Stolz. »Wo ist denn dieses neue Restaurant? Ist es weit von hier?«

»Es liegt in der Nähe der Spanischen Treppe«, antwortete Jamie beiläufig und bot Kate seinen Arm. Sie warf ihm einen Seitenblick zu, als sie losgingen. Alessandro hatte erwähnt, dass seine Runde erneut in diesem Gebiet geplant war. Führte Jamie etwas im Schilde? Es machte Kate natürlich nichts aus, Alessandro über den Weg zu laufen, aber dafür brauchte sie nicht Jamies Hilfe, und Jamie wusste bereits, dass Kate beschlossen hatte, Alessandro nicht wiederzusehen, solange sie in Rom war.

Zumindest war das der letzte Stand, von dem Jamie wusste, denn sie hatte ihm noch nichts von ihrer neuen Entscheidung erzählt, erheblich mehr Zeit in Rom zu verbringen als nur ihren einwöchigen Urlaub. Aber auch das hätte Jamie keine Entschuldigung geliefert, irgendwelchen Blödsinn zu machen.

»Ich dachte, wir könnten vielleicht woanders hingehen«, bemerkte Kate. »Die Spanische Treppe habe ich bereits gesehen, und ich würde gern irgendwo hingehen, wo ich noch nicht war.«

»Aber dieses Restaurant hast du noch nicht gesehen. Es ist göttlich – du *musst* es ausprobieren. Ich verspreche, dass du es nicht bereuen wirst.«

»Hm, dann sollte es besser gut sein.«

»Mein Geschmack ist über jeden Zweifel erhaben – das weißt du.«

»Nun ja, immerhin hast du dich mit mir angefreundet«, gab Kate zurück.

Jamie grinste. »Ganz genau.«

Da der Himmel bewölkt war, nahmen sie einen Bus, etwas, das Kate kaum je getan hatte, seit sie in Rom war. Sie war oft zu Fuß gegangen und ziemlich häufig Nutznießerin haarsträubender Mitfahrgelegenheiten in Autos oder hinten auf einer Vespa gewesen, aber öffentliche Verkehrsmittel waren, wenn auch überfüllt und laut, eine weitere vergnügliche Methode, um das echte Rom zu erleben.

»Und? Willst du mir von diesem großen Geheimnis erzählen?«, fragte Jamie, als sie sich zusammen auf die Bank im Bus setzten.

»Es ist eigentlich weniger ein Geheimnis als eher ein Dilemma.«

»Du bleibst in Rom und bekommst mit Alessandro dreißig Kinder?«

Kate starrte ihn an. »Woher ...? Du hast nur halb recht, also kannst du aufhören, so selbstgefällig dreinzuschauen.«

Jamie grinste und sah wirklich sehr zufrieden mit sich aus.

»Bin ich denn so leicht zu durchschauen?«, fügte sie hinzu.

»Ich bin einfach so gut. Also, mit welchem Punkt habe ich recht?«

Kate holte tief Luft. »Ich werde in Rom bleiben. Ich weiß nicht, für wie lange, was ich hier tun oder wo ich wohnen werde, aber ich will bleiben.«

»Also, das nenne ich mal eine lebensverändernde Entscheidung. Was sagen deine Schwestern dazu?«

»Tatsächlich habe ich es ihnen noch nicht erzählt ...«

»Denkst du, dass sie sich für dich freuen werden?«

»Irgendwann vielleicht. Bis sie sich an den Gedanken gewöhnt haben, werden sie sich zu Tode sorgen, und das verstehe ich wohl auch. Mir würde es wahrscheinlich genauso gehen, wenn es sich um eine von ihnen handelte, aber wir sind jetzt erwachsen und können nicht ständig gegenseitig Händchen halten, nicht wahr? Mir ist klar geworden, dass das Leben, das ich mit Matt geführt habe ... nun, das war der einfache Weg, aber es war auch der langsame Weg, und er hat in eine Sackgasse geführt.«

»Das sind eine Menge Analogien in einem einzigen Satz. Ich werde darauf achten, diesen Pfad nicht zu nehmen, wenn ich einen entsprechenden Wegweiser sehe.«

Kate stieß ein Kichern aus. Es war ermutigend, dass Jamie ihre Idee nicht spontan verwarf und sie offensichtlich auch nicht für verrückt hielt.

»Was ich sagen will, ist, dass ich im Leerlauf gelebt habe, weil es einfach so bequem für mich war. Ich habe mich nie zu etwas Neuem gezwungen, und ich weiß, dass Matt und ich uns teilweise miteinander gelangweilt haben, weil wir uns mit unserem Leben gelangweilt haben. Es spielt jetzt keine Rolle mehr, es gibt kein Zurück, um das in Ordnung zu bringen, denn seit unserer Trennung sind wir beide andere Menschen geworden – zumindest weiß ich, dass es bei mir so ist –, also sollte ich die Gelegenheit nutzen, um etwas zu verändern. Ich sollte losziehen und mir das Leben suchen, von dem ich bis jetzt nicht einmal wusste, dass ich es wollte, und ich wünschte nur, ich hätte diese Erleuchtung schon früher gehabt. Dann wären Matt und ich vielleicht noch zusammen.«

»Glaubst du das wirklich?«

»Wer weiß!«

»Aber würdest du das wirklich wollen? Mir scheint, dass du das ziemlich schnell hinter dir gelassen hast. Vielleicht warst du doch nicht so verliebt, wie du dachtest.«

»Du hast wahrscheinlich recht, obwohl es mir schwerfällt, mir das selbst einzugestehen, weil ich dann noch stärker spüre, wie verschwendet diese Jahre waren. In vielerlei Hinsicht war Matts Abschied das größte Geschenk, das er mir je gemacht hat, ich konnte es damals nur nicht erkennen.«

»Es ist eine Schande, dass nicht mehr Menschen aus solchen Entwicklungen etwas Positives machen können, so wie du es getan hast.«

»Glaub mir, zu der Zeit hab ich nichts Positives daran gesehen. Wenn du mich während der letzten Monate erlebt hättest, würdest du mich jetzt nicht wiedererkennen.«

»Eiscreme direkt aus dem Behälter?«

»Jepp. Auf dem Sofa, jeden Abend. Kiloweise.«

»Verflixt, so schlimm.«

»Und das war nur die Spitze des Eisbergs.«

»Also, was kommt als Nächstes? Du packst einfach deine Sachen und verschwindest? Du wirst doch sicher zuerst nach Hause fliegen?«

»Weißt du was, es ist mir so halb in den Sinn gekommen, am Montag überhaupt nicht in dieses Flugzeug zu steigen. Aber das sollte ich dennoch tun, und sei es auch nur, um die Dinge zu regeln. Mein vernünftiges Gehirn sagt mir, dass es schwer würde, von hier aus alles zu organisieren, aber ...«

»Du hast Angst, den Mut zu verlieren, wenn du nach

Hause zurückkehrst, und dann gar nicht mehr nach Rom zurückzukommen?«

Sie schenkte ihm ein klägliches Lächeln.

»Süße, ich habe genau dasselbe durchgemacht, als ich Texas hinter mir gelassen habe und nach New York gezogen bin. Ich hatte schreckliche Angst. Aber ich habe es geschafft. Und ich habe volles Vertrauen in dich, dass du es ebenfalls schaffen kannst.«

»Ich habe auch Gewissensbisse. Meine Schwestern haben mir während der Trennung und der Scheidung beigestanden, und das vergelte ich ihnen damit, mich bei der erstbesten Gelegenheit zu verpissen.«

»So würden sie das nicht sehen. Sie werden sich für dich freuen, sobald sie sich an die Idee gewöhnt haben. Die Einzige, die dich jetzt noch zurückhält, bist du selbst.«

Kate beugte sich vor und küsste ihn auf die Wange. »Du bist umwerfend, weißt du das?«

»Irgendwie schon.« Er lachte. Dann schaute er aus dem Fenster. »Okay, sieht so aus, als müssten wir hier aussteigen.«

————

Aus welchen Gründen er sie auch immer dort hingeführt hatte, allein der scharf angebratene Seebarsch lohnte den Ausflug in Jamies neu entdecktes Restaurant. Es war etwas pompöser und gediegener als die gemütliche Trattoria da Luigi, in die er sie am ersten Abend mitgenommen hatte, mit Wandfriesen im Stil der Renaissance-Malerei und Opernbeschallung, aber das Personal war freundlich und das Ambiente entspannend. Der Hauswein war auch nicht schlecht, und Kate hatte möglicherweise seine Stärke unterschätzt, denn nach dem zweiten Glas fühlte sie sich bereits angenehm beschwipst. Wenn sie nach Rom ziehen wollte, musste sie ihren Weinkonsum in den Griff bekommen, sonst würde sie entweder bankrott gehen oder alkoholkrank werden oder vielleicht sogar beides. Für den Moment gab es keinen Grund, sich Sorgen zu machen, und der Wein trug nur auf eine höchst befreiende Weise dazu bei, ihre Zunge zu lösen, sodass sie und Jamie über ihre Zukunftspläne sprechen konnten, ohne dass es ihr peinlich war oder sie sich dumm vorkam.

»Da stand ich also, knietief in lebenden Grillen ...«, sagte Kate und dachte an einen Zwischenfall bei Mr Woofy mit einer beschädigten Ladung Reptilienfutter. »Sie waren in meinem Haar, in meinem BH ... verdammt, sie waren überall ...«

»Grillen? Oh mein Gott! Ich hätte laut geschrien!«

»Das hätte ich auch gern getan, aber wenn ich den Mund aufgemacht hätte, hätte ich die Hälfte von ihnen aufgegessen. Meine Kollegin Deidre, von der ich dir erzählt habe – deren Brille so groß ist, dass sie aussieht, als hätte man ihr zwei Windschutzscheiben vors Gesicht geschnallt –, kam einfach mit ihrer Ausgabe der Zeitschrift *Hello!* in die Lagerhalle, sah mich kurz an, zuckte mit den Schultern und ging wieder raus.«

»Sie hat dir nicht geholfen?«

»Kein bisschen. Und es waren so viele Grillen, dass ich sie am Ende versehentlich zertrampelt habe, du weißt schon, weil sie unter meinen Füßen waren und ich versucht habe, von ihnen wegzukommen, aber sie sind mir wie eine kleine, zirpende Wolke auf Schritt und Tritt gefolgt.«

Jamie schnaubte und nahm noch einen Schluck Wein. »Widerlich. Aber auch auf seltsame Weise niedlich.«

»Nicht, wenn sie um deinen Kopf herum zirpen.«

»Was hast du also gemacht?«

»Irgendwann sind ein paar von den Jungs aus dem Lager gekommen und haben sie von mir abgekratzt. Als der Chef wieder aufgetaucht ist, hat ihn nur interessiert, wie viele von den Grillen ich getötet hatte. So wenig weiß man mich dort zu schätzen.«

»Ich verstehe nun, warum du kündigen willst!«, sagte er lachend. »Das ist echt eklig!«

»Es ist nicht nur das. Mit den seltsamen und wunderbaren Dingen im Lager kann ich mich arrangieren, aber Gott, der Job ist so langweilig! Das war so ziemlich das Aufregendste, was dort je passiert ist.«

Kate beugte sich vor und füllte ihr Weinglas wieder auf. »Zehn Jahre in einem Job in der langweiligsten Branche, die man sich nur vorstellen kann, eine totale Sackgasse, und jeden Tag dieselben langweiligen Gesichter – kein Wunder, dass ich auswandern will! Ich werde dem Chef am Montagmorgen eine E-Mail schicken und ihm mitteilen, dass ich nie wiederkommen werde.«

»Wirklich? Du willst nicht noch mal darüber nachdenken?«

»Nein«, antwortete Kate. »Will ich nicht. Ich will nie wieder in dieses klamme, stinkende, stumpfsinnige Büro gehen, solange ich lebe. Ich werde eine kleine Schneiderei in den Gassen von Rom haben, und ich werde genau das tun, was mir gefällt. Vielleicht werde ich sogar berühmt wie eins dieser schicken Geschäfte, die ich heute gesehen habe.«

»Und du wirst Alessandro heiraten und wunderschöne Kinder bekommen.«

»Vielleicht ...« Kate kicherte, und der Wein verwischte die Ränder ihrer Ungewissheit in Bezug auf Alessandro und ließ ihrer Fantasie freien Lauf. »Es sind schon seltsamere Dinge geschehen.«

»Wusste ich's doch!«, rief Jamie und schnippte mit den Fingern. »Ich werde zur Hochzeit eingeladen, stimmt's?«

»Selbstverständlich als unser Ehrengast.«

Er klatschte in die Hände. »Ich freue mich ja so für dich! Fast möchte ich ebenfalls nach Rom umziehen, nur damit ich nicht außen vor gelassen werde.«

»Ich würde dich niemals außen vor lassen. Und sobald ich mich eingerichtet habe, wirst du mir immer willkommen sein und kannst auch bei mir wohnen, also wirst du zumindest ein freundliches Gesicht vorfinden, wenn du geschäftlich hier zu tun hast.«

»Und die Einladung für deinen Besuch in New York gilt auch noch immer. Ich werde ziemlich sauer sein, wenn du mich nicht mindestens einmal im Jahr mit deinem zauberhaften Mann und deinen wunderschönen Kindern besuchst.«

»Immer langsam!« Kate lachte. »Ich bin noch nicht mal hierher umgezogen!«

»Aber du wirst es tun, und du wirst fabelhaft sein.« Jamie hob sein Glas. »Auf eine fabelhafte Zukunft!«

Kate stieß kichernd mit ihm an. Natürlich sprach da der Alkohol aus ihnen, und sie wussten beide, dass sie in der nächsten Woche wieder an ihrem Schreibtisch sitzen würde – zumindest um ihre einmonatige Kündigungsfrist einzuhalten, wenn schon nichts anderes. Und was ihre Hochzeit mit Alessandro betraf, sollte dieser Tag je kommen, war er noch weit entfernt. Aber es war eine schöne Fantasie, und Kate war glücklich damit, sie für ein Weilchen zu genießen.

»Ich finde, das klingt alles perfekt«, lautete Jamies Urteil.

Kate wollte gerade antworten, irgendetwas Flapsiges darüber, dass sie für Großes bestimmt sei, aber sie brach ab, als er sein Handy aus der Tasche holte und stirnrunzelnd das Display betrachtete.

»Verflixt ... Es tut mir leid«, sagte er, ohne den Blick von seinem Telefon abzuwenden, »aber ich muss auf diese Nachricht antworten.«

Plötzlich wirkte er geistesabwesend, und die unbeschwerte Stimmung, die sie gerade geteilt hatten, erstarb. Sie beobachtete, wie er etwas auf seinen Bildschirm tippte, das Telefon sperrte und sie endlich wieder ansah. »Ähm ... okay, wo waren wir stehen geblieben?«

»Ich habe dir von meiner Schneiderei erzählt, und du hast mir gesagt, was für eine schreckliche Idee das sei.«

»Ich finde, es ist eine großartige Idee ...« Er wurde vom

Tonsignal seines Telefons unterbrochen, das eine neue Nachricht anzeigte. »Entschuldige!«

»Ist schon gut«, sagte Kate. »Wenn du darauf antworten musst …«

Sie schaute über den Tisch und sah Pietros Namen auf dem Display aufblitzen. Die Falte zwischen Jamies Brauen vertiefte sich, während er die zweite Nachricht las. Schnell schickte er eine weitere Antwort und legte das Telefon wieder auf den Tisch. Er hatte das Gespräch kaum erneut aufgenommen, als das Handy sich ein drittes Mal meldete. Nachdem er über das Display gewischt hatte, erhob er sich vom Tisch. »Es tut mir so leid. Ich muss nach draußen gehen und etwas regeln, aber ich verspreche, dass ich zurückkommen werde, also lauf mir nicht wieder davon.«

»Handelt es sich zufällig um Pietro?«

Jamie nickte.

»Ist er draußen?«, fragte Kate weiter.

»Es tut mir leid, aber ich musste ihm verraten, wo wir sind; er hatte geschrieben, dass er mir unbedingt etwas sagen müsse. Ich werde nicht lange wegbleiben.«

»Soll ich mitkommen?«

»Nein, halte unsere Plätze warm.« Jamie schenkte ihr ein angespanntes Lächeln, meilenweit entfernt von seinem gewohnten lockeren Grinsen.

Während Kate ihm nachschaute, konnte sie sich des Gefühls nicht erwehren, dass da irgendetwas nicht stimmte. Die Aussicht, dass sich ihr erstes Abendessen in Rom mit Jamie wiederholen würde – dass sie zugunsten von Pietro abserviert werden würde –, gefiel ihr nicht besonders, aber das war nicht das Einzige, was sie störte. Einige Aspekte der Situation ergaben keinen Sinn. Wie war Pietro so schnell hierhergekommen, wenn er nicht gewusst hatte, wo Jamie war? Warum konnte er nicht am Telefon mit Jamie sprechen oder abwarten, vorausgesetzt, Jamie hatte ihm gesagt, dass er und Kate zusammen essen wollten? Vielleicht hatte er das nicht getan – das war durchaus im Rahmen des Möglichen. Vielleicht hatte Jamie ihm im Voraus mitgeteilt, wohin er gehen würde, und hatte sogar das Lokal mit dem Plan ausgesucht, dass Pietro später hier auftauchen sollte, aber warum hätte er sich die Mühe machen sollen, Kate hier hinzubringen, wenn das der Fall war? Warum hatte er Kate nicht einfach einen Abend länger vertröstet und sich mit Pietro getroffen? Schließlich musste Jamie Kate inzwischen gut genug kennen, um zu wissen, dass es ihr nichts ausgemacht hätte. Sie beschloss schnell, dass Jamie so etwas nicht tun würde, aber trotzdem verursachte ihr die ganze Angelegenheit Unbehagen. Ihre Gedanken wanderten automatisch zu Alessandro, und obwohl die Vorstellung, dass er in der Nähe Dienst tat, etwas Beruhigendes hatte, war es ein Glück, dass sie seine Telefonnummer nicht kannte, sonst wäre sie ernsthaft versucht gewesen, ihn jetzt anzurufen. Er wäre wahrscheinlich sofort herbeigeeilt, aber es war gut möglich, dass er das ganz umsonst getan hätte. Andererseits vertraute Jamie den Menschen um sich herum viel zu schnell und war viel zu erpicht darauf, zu helfen, und sie konnte das Gefühl nicht abschütteln, dass er sich gerade Ärger einhandelte.

––––––

Es waren fünfzehn Minuten vergangen, und Kate wurde immer nervöser, da Jamie noch nicht zurückgekehrt war. Der Kellner räumte ihre Teller ab und kehrte mit einer Tasse Kaffee für Kate zurück. Den hatte sie vor allem bestellt, um die Dessertkarte oder die Rechnung hinauszuzögern, denn beides wollte sie nicht, solange Jamie noch fehlte. Fünfzehn Minuten waren vielleicht keine allzu lange Zeit; sie hatte schon viel längere Gespräche mit dem Besitzer ihres örtlichen Ladens geführt, wenn sie sich ein Brot holte, also machte sie sich vielleicht umsonst Sorgen.

Aber dann wurden aus fünfzehn Minuten dreißig, und immer noch kein Jamie. Sie holte ihr Handy aus der Tasche und schickte ihm eine Nachricht. Keine Antwort. Nachdem sie die Sache eine weitere Minute hinausgezögert hatte, beschloss sie, ihn anzurufen, aber er ging nicht an den Apparat. Sie trank den letzten Schluck von ihrem Kaffee und schaute hoffnungslos zur Tür des Restaurants.

Komm schon, Jamie, wo zur Hölle steckst du?

»Möchten Sie noch etwas anderes?« Die Stimme des Kellners erklang hinter ihr. Sie wirbelte herum und verlor auf dem Stuhl fast das Gleichgewicht. »Nein danke.«

Er räumte wortlos ihre Kaffeetasse ab. Sie wählte noch einmal Jamies Nummer. Immer noch keine Antwort. Schließlich rückte sie ihren Stuhl vom Tisch ab und beschloss, zur Tür hinauszuspähen, um herauszufinden, ob er irgendwo zu sehen war.

»Signora, Sie haben die Rechnung noch nicht bezahlt!« Da war wieder der Kellner, in seiner Hand ein winziges Tablett mit einem Zettel darauf.

»Oh ... ich will noch nicht gehen ... Ich will nur nachsehen, wo mein Begleiter geblieben ist ...«

Der Kellner starrte sie an, und es war offensichtlich, dass es sehr danach aussah, als versuchte sie, das Restaurant zu verlassen, ohne zu bezahlen. Sie nahm ihm das Tablett ab und schnappte scharf nach Luft, als sie die Summe darauf las, bevor sie ihm den passenden Betrag in die Hand drückte.

»*Grazie*«, sagte er.

Kate nickte und trat hinaus an die Abendluft. Ob Jamie es wollte oder nicht, jetzt konnte er nicht mehr an den Tisch zurückkommen. Wenn er die Mahlzeit fortsetzen wollte, mussten sie irgendwo anders hingehen. Aber als sie die Straße absuchte, war keine Spur von ihm zu sehen.

»Typisch«, brummte sie.

Sie war eine Idiotin gewesen. Jamie hatte ganz offensichtlich sehr wohl eine Affäre mit Pietro, trotz der Geschichte, die
er ihr erzählt hatte, und war jetzt offensichtlich mit ihm
zusammen. Sie war zweimal auf denselben Schwindler herein-
gefallen, und zweimal hatte sie für beide das Abendessen
bezahlen müssen. Sie glaubte nicht, dass er das mit Absicht
getan hatte, aber sie hielt es für eine ziemliche Verarsche, sie
wieder in einem Restaurant allein zu lassen, wo sie doch
eigentlich zusammen essen wollten. Wenn er seine Libido
nicht unter Kontrolle bekam, dann sollte er vielleicht
niemanden zum Abendessen einladen; vielleicht sollte er
einfach wie ein liebeskranker Welpe in der Trattoria da Luigi
herumlungern, sodass er zur Verfügung stand, wann immer
Pietro ihn rief.

Sie stampfte wie ein bockiges Kind mit dem Fuß auf, und
ihr wachsender Ärger hätte jetzt gern ein besseres Ventil gefunden. Liebend gern hätte sie ihm die Meinung gesagt. Es war
verlockend, noch einmal anzurufen und ihm eine Nachricht zu
hinterlassen, um genau das zu tun. Anna hätte ihr gesagt, dass
ein Freund, der sie immer wieder im Stich ließ, überhaupt kein
Freund sei, ganz gleich, wie witzig und charmant er sei, und sie
hätte wahrscheinlich recht damit. Kate hasste es, wenn Anna
recht hatte, selbst eine Anna, die nicht hier war und keine
Ahnung hatte, womit sie vielleicht recht hatte. Der Gedanke
ärgerte Kate noch mehr.

Aber welchen Sinn hatte es, verärgert zu sein? Sie
gewöhnte sich langsam daran, dass Menschen sie enttäuschten,
und das war eine wichtige Lektion. Es war an der Zeit, sich
mehr auf sich selbst und weniger auf andere zu verlassen.
Dadurch sank die Chance, enttäuscht zu werden, deutlich, und
wenn es doch passierte, konnte sie nur sich selbst die Schuld
geben. Jamie war einfach Jamie, und sie konnte nicht erwarten,
dass er jemand anders war. Sie atmete tief durch und zählte bis

zehn. Zorn war Zeitverschwendung und brachte niemandem etwas.

Die Abendluft war jetzt kühler, und Kate fröstelte leicht. Sie zog eine hauchzarte Strickjacke aus ihrer Handtasche und legte sie sich um die Schultern, dann ging sie langsam von dem Restaurant fort. Es war nicht viel besser, aber immerhin etwas. Auf der Straße raste ein Krankenwagen vorbei, dessen blaue Lichter die Gebäude kurz in ein unheimliches Licht tauchten. Es sah so aus, als wäre auch jemand anderem der Abend ruiniert worden. Sie blickte auf ihre Armbanduhr. Es war schon nach zehn, und wahrscheinlich war es nicht die beste Idee, zu dieser späten Stunde allein zum Hotel zurückzuwandern. Also drehte sie sich um und hatte gerade beschlossen, in das Restaurant zurückzukehren und ein Taxi zu bestellen, als jemand ihren Namen rief.

Ein Mann kam eilig auf sie zu. Er trug eine Polizeiuniform, aber es war nicht Alessandro. Dieser Mann war stämmiger und ein wenig kleiner, und er hatte die Art von Lachfältchen, die man sich mit einem gut gelebten Leben verdiente, aber jetzt lachte er nicht.

»Sind Sie Kate?«, fragte er.

»Ja, aber woher wissen Sie ...?«

»Keine Zeit für Erklärungen«, unterbrach er sie. »Ich erinnere mich an Sie aus der *questura,* als Sie da waren, um den Diebstahl Ihres Portemonnaies anzuzeigen.«

»Geht es um Alessandro?«, fragte Kate und wurde von plötzlicher Panik erfasst. »Ist ihm etwas zugestoßen?«

»Er ist zu Ihrem Hotel gefahren, um nach Ihnen zu suchen.«

»Habe ich etwas falsch gemacht? Ich verstehe nicht ...«

»Erschrecken Sie nicht, wenn ich Ihnen das jetzt sage, aber es gibt schlechte Neuigkeiten über Ihren Freund.«

VIERZEHN

Der Mann führte sie zu einem wartenden Streifenwagen. Sie hatte ihn nicht nach seinem Dienstausweis gefragt, sie hatte keine Ahnung, ob er ein echter Polizist war und hatte sich nicht einmal nach seinem Namen erkundigt, aber sie stieg trotzdem ein, zu verwirrt, um über die Gefahr nachzudenken, in der sie sich möglicherweise befand. Anna und Lily wären entsetzt über ihr Verhalten gewesen, aber sie hatte jetzt keine Zeit, um sich Gedanken darüber zu machen. Sie konnte nur an Jamie denken und wie unrecht sie ihm mit ihrem harten Urteil getan hatte. Wenn ihm etwas zugestoßen war, würde sie sich das niemals verzeihen. Wenn sie nur früher nach ihm gesehen hätte, wenn sie darauf bestanden hätte, ihn zu seinem Treffen mit Pietro zu begleiten, wenn sie etwas unternommen hätte ... irgendetwas. Aber Wünschen half auch nicht mehr, denn es gab keine magische Zeitmaschine, die sie zurückbringen konnte.

Im Wagen saß ein weiterer Polizist, und Kate nahm auf der Rückbank Platz, während der erste Mann jemanden über sein Funkgerät verständigte. Dann drehte er sich um und richtete das Wort wieder an Kate. »Wir werden Sie jetzt zu Ihrem Hotel fahren.«

»In Ordnung.«

Schweigend saß sie da, während die Lichter Roms an ihr vorbeizogen und die Touristen und Nachtschwärmer auf den Bürgersteigen verschwammen. Die Straßen waren zwar immer noch stark befahren, aber übersichtlicher als am Tag, sodass die Fahrt nicht im Schneckentempo vonstattenging, sondern deutlich zügiger, und sie erstaunlich schnell wieder an ihrem Hotel waren. Als der Wagen anhielt, bedankte sie sich bei den Beamten und schaute zum Hotel. Durch die großen Fenster konnte sie bereits Alessandro in seiner Uniform an der Rezeption erkennen. Er wirkte angespannt und ernst, und ihr Herz sank bei diesem Anblick. Aber es gab keinen Grund zu zögern. Sie stieß die Türen auf und ging hinein.

»Kate ...« Alessandros Ton war energisch, als er auf sie zukam. Am liebsten hätte sie sich in seinen Armen eingekuschelt, aber dies war weder der richtige Zeitpunkt noch der richtige Ort dafür. Er blieb auf Distanz, und sein Tonfall war zurückhaltend. Sie verstand: Er war im Dienst und musste sich professionell verhalten. Aber es schmerzte trotzdem. »Hat mein Kollege dir erzählt, was passiert ist?«

»Nicht alles, nur dass Jamie verletzt ist. Ist es schlimm?«

»Ich glaube nicht, dass es allzu schlimm ist, aber jemand hat ihn überfallen, was eine sehr ernste Sache ist. Ein Tourist hat ihn gefunden. Er lag auf der Straße ... Augen geschlossen ... Er hat geschlafen ...« Er hielt inne und suchte stirnrunzelnd nach dem richtigen englischen Wort.

»Du meinst, er war bewusstlos?«, fragte Kate.

»Ja. Der Arzt untersucht ihn gerade. Du musst mir erzählen, was passiert ist, alles, was du weißt. Kannst du das tun?«

»So viel weiß ich gar nicht«, begann Kate, aber Alessandro legte ihr sanft eine Hand an den Ellenbogen und führte sie zu einem Stuhl in der Lobby, wo es ruhiger war. Dann holte er ein Tablet hervor und tippte etwas hinein.

»Dein Freund ist im Krankenwagen aufgewacht. Er hat behauptet, nicht zu wissen, wer ihn angegriffen hat, aber ich glaube nicht, dass das die Wahrheit ist. Will er jemanden schützen?«

»Keine Ahnung ...« Kate hielt inne. Was konnte sie ihm erzählen? Was würde Jamie wollen, dass sie ihm erzählte? Vielleicht wäre er nicht glücklich darüber, wenn sie eine bereits schwierige Situation womöglich noch weiter verkomplizierte. Sprach Alessandro jetzt als Gesetzeshüter mit ihr oder als besorgter Freund? Und spielte es überhaupt eine Rolle, was von beidem der Fall war? »Wir haben zusammen zu Abend gegessen, und dann hat er eine Nachricht bekommen ... auf seinem Handy. Er ist nach draußen gegangen, um mit jemandem zu sprechen, und hat gesagt, er würde gleich zurück sein, aber dann ist er nicht wieder aufgetaucht. Ich habe die Rechnung bezahlt und mich auf den Weg zu meinem Hotel gemacht. Ich dachte ...«

»Was hast du gedacht, Kate? Mit wem hat er sich getroffen? Das ist eine sehr ernste Angelegenheit.«

»Ich kenne den Mann nicht. Eine Art Freund. Kann ich Jamie sehen? Kann ich mit ihm sprechen?«

Alessandro schüttelte den Kopf. »Nicht jetzt. Morgen.«

Kate senkte den Blick. Sie hasste *diesen* Alessandro. Nicht, weil er grässlich war, sondern weil sie sich wie ein schrecklicher Mensch fühlte, da sie Geheimnisse vor ihm hatte. Er tat nach besten Kräften seine Arbeit, und sie machte es ihm hundertmal schwerer. Aber bevor sie nicht mit Jamie gesprochen hatte, wollte sie ihm überhaupt nichts erzählen. Je länger sie über alles nachdachte, desto größer wurde ihre Verwirrung. Pietro schien ihr nicht der Typ Mann zu sein, der jemanden angriff, erst recht nicht jemanden, den er als Freund betrachtete, einen Mann, den er zu lieben vorgab. Aber alle Indizien deuteten in diese Richtung. Pietro hatte Jamie in einer Textnachricht gebeten, nach draußen zu kommen, und dann hatte jemand Jamie bewusstlos geschlagen. Kate wollte einfach nicht glauben, dass es wahr sein konnte. Handelte es sich hier um ein Verbrechen aus Leidenschaft? Sie hatte diesen Ausdruck immer für ziemlich melodramatisch gehalten und nie jemanden kennengelernt, der Opfer oder Täter in einem solchen Fall gewesen wäre, aber sie vermutete, dass es solche Verbrechen aus Leidenschaft durchaus gab. Oder war etwas ganz anderes passiert?

Sie wollte es nicht, aber sie begann zu weinen. Sie weinte stumm und kämpfte mit aller Macht gegen die Tränen an, aber sie fielen trotzdem. Sie konnte Alessandro nicht ansehen.

»Kate«, sagte er, »Jamie wird wieder gesund. Er ist jung und stark.«

»Deswegen weine ich nicht«, antwortete sie. Aber sie konnte nicht sagen, warum sie weinte, und als sie es wagte aufzuschauen, sah sie, dass ihr Kummer ihn schmerzte. »Es tut mir so leid.«

»Du hast nichts falsch gemacht.«

»Aber ich ...« Der Anblick eines weiteren Polizisten, der in die Hotellobby trat und auf sie zukam, lenkte sie ab.

Alessandro folgte ihrem Blick und stand auf, um seinen Kollegen zu begrüßen, dann unterhielten die beiden sich schnell und leise. Obwohl er gewöhnlich in ihrer Gegenwart aus Höflichkeit Englisch sprach, benutzte er diesmal seine Muttersprache. Dabei fühlte sie sich nur noch unglücklicher. Wovon redete er? Vertraute er ihr jetzt nicht mehr? Hatte er den Verdacht, dass sie ihm Informationen vorenthielt? Das tat sie natürlich, obwohl sie es nicht wollte, und es geschah nur aus Loyalität Jamie gegenüber und um Pietro, der ihr nicht wie ein Krimineller vorkam, nicht vorschnell zu beschuldigen, jedenfalls nicht, bis sie mehr wusste. Wie konnte sie Alessandro das verständlich machen, ohne ihm gleich die ganze Geschichte zu erzählen?

»Ich muss gehen«, sagte er und drehte sich zu ihr um.

Kate sah ihn bekümmert an. War es das? Würde er zurück-kommen, um eine offizielle Aussage aufzunehmen? War er fertig mit ihr als Zeugin? Ließ er sie vom Haken? Oder war er einfach fertig mit ihr, Punkt? Sie hatte es vermasselt, nicht wahr? Er vertraute ihr nicht mehr, und er hielt sie für keinen guten Menschen, weil sie sich so merkwürdig benahm, und er wusste mit Sicherheit, dass sie etwas verschwieg. Sie war keine ausgebildete Beamtin, aber selbst sie hätte das erkannt, wenn es andersherum gewesen wäre.

»Leg dich schlafen«, fügte er hinzu, und seine Stimme klang jetzt sanfter. »Am nächsten Tag wird alles besser aussehen.«

Es folgte kein Versprechen darauf, sie wiederzusehen, er bot ihr keine weiteren Ausflüge an, keine weiteren Einladungen zu ihm nach Hause. Er nahm kaum zur Kenntnis, dass sie über-haupt Zeit miteinander verbracht hatten. Er sagte ihr nicht einmal, was sie in Bezug auf Jamie unternehmen sollte oder wie sie ihn am Morgen finden konnte. Er verstaute lediglich das Tablet, an dem er gearbeitet hatte, in einer Hülle an seinem Gürtel und folgte seinem Kollegen aus dem Hotel. Sie sah zur Rezeption hinüber, wo die beiden diensthabenden Angestellten sie mit einiger Neugier beobachteten. Dahinter konnte sie die Hotelbar aus elegantem Glas und Chrom sehen. Sie bedienten noch immer Gäste, und sie konnte sich dort einen ordentlichen Drink bestellen. Den konnte sie jetzt weiß Gott brauchen. Aber wozu? Es würde niemandem helfen, wenn sie sich betrank, und sie würde am Morgen einen klaren Kopf brauchen. Was sie in Bezug auf Jamie unternehmen würde, wusste sie noch nicht, aber sie würde versuchen, ihn irgendwie zu erreichen, und sei es auch nur, um sich davon zu überzeugen, dass es ihm gut ging. Und was Alessandro betraf ... Es sah so aus, als wäre dieser Zug abgefahren.

Rein aus Gewohnheit warf sie einen Blick auf ihr Handy.

Da waren eine Textnachricht von Anna, die sie nach dem Stand der Dinge fragte, und ein verpasster Anruf von Lily. *Scheiße!* Sie hatte Lily versprochen, sie anzurufen, nicht wahr? Und obwohl Lily ihr das Versäumnis wahrscheinlich durchgehen lassen würde, würde Anna vor Wut schäumen. Denn sie würde das als egoistische Rücksichtslosigkeit betrachten gegenüber den Sorgen, die sie sich um ihre Schwester allein in einem fremden Land machten, und würde meinen, dass sie ab und zu ein Lebenszeichen von ihr verdient hätten. Und damit hätte sie natürlich völlig recht, aber wie sehr Kate sich auch wünschte, die Dinge in Ordnung bringen zu können, sie war sich nicht sicher, ob jetzt der richtige Zeitpunkt dafür war. Emotionaler Aufruhr und ein ruhiges Auftreten passten nicht zusammen, und sie war sich nicht sicher, ob sie nicht die Fassung verlieren würde, wenn sie die Stimme einer ihrer Schwestern hörte. Sie würde es auf die Liste der Dinge setzen müssen, die morgen früh erledigt werden mussten, eine Liste, die von Sekunde zu Sekunde länger und komplizierter wurde.

FÜNFZEHN

»Lieber Gott, Kate, warum hast du uns das alles nicht schon früher erzählt!«, rief Anna.

Kate hielt sich das Telefon vom Ohr weg. Sie saß im Hotelzimmer auf dem Bett, und Sonnenschein fiel durch die Fenster und wärmte ihr den Rücken. Jedes Mal, wenn Anna sich aufregte, wurde ihre Stimme immer höher und lauter, bis man gar nicht mehr glauben mochte, das solche Töne überhaupt von einem Menschen herrühren konnten. Und Kate wollte gern, dass ihr Trommelfell unversehrt blieb.

»Ich wollte euch nicht beunruhigen ... Außerdem gab es bisher nicht viel zu erzählen. Schließlich wusste ich nicht, dass das Ganze mit einer Schlägerei enden würde, nicht wahr? Soweit mir bekannt war, hat Jamie lediglich jemandem eine freundschaftliche Schulter zum Ausweinen angeboten.«

»Aber das ist mal wieder typisch für dich«, schoss Anna zurück. »Du kannst es kaum erwarten, dich in irgendwelche Gefahrenzonen zu begeben, und ständig lässt du dich mit Losern, Streunern und Außenseitern ein, Leuten, die dir nur Scherereien machen. Es ist, als könnten sie dich wittern.«

»Wohl kaum«, sagte Kate und gab sich alle Mühe, höflich zu

bleiben. »Jamie ist allein nach draußen gegangen und hat mich im Restaurant zurückgelassen, weil er eine Nachricht von jemandem bekommen hatte, der ihn darum gebeten hat. Das würde ich nicht als das Verhalten eines Menschen bezeichnen, der mir Scherereien macht, und er hat sich sogar bemüht, mich da rauszuhalten, indem er mich drinnen gelassen hat.«

»Aber du hättest bei ihm sein können. Wenn er auf dem Weg zum Restaurant angegriffen worden wäre, hättest du da mit hineingezogen werden können.«

»Bin ich aber nicht, und ich bin in Sicherheit.«

»Benutz dein Gehirn ...« Anna stieß einen ungeduldigen Seufzer aus. »Wer immer dahintergesteckt hat, wusste offensichtlich, wo Jamie sein würde, und hat ihm aufgelauert. Das ist die einzige Erklärung. Wenn der Betreffende dir gegenüber weniger freundlich gesinnt gewesen wäre, hätte er vielleicht euch beide angegriffen. Es kann sogar sein, dass es mehr als einen Angreifer gab und du mit deinem Freund zusammen im Krankenhaus gelandet wärst ... Möglicherweise wärst du sogar tot.«

Kate zuckte bei der melodramatischen Einschätzung ihrer Schwester zusammen. Anna hatte ein Händchen dafür, das Schlimmste in ihr zum Vorschein zu bringen, und schaffte es normalerweise immer, sie zu einem Streit zu provozieren, aber diesmal ließ sie sich nicht darauf ein. »Woher sollte der Angreifer das wissen?«, beharrte sie. »Jamie war mit mir zusammen, und er hatte keinen Grund, irgendjemandem sonst zu erzählen, wo wir essen wollten.«

»Dann war es ein grundloser Angriff, was noch schlimmer ist.«

»Aber er ist wegen einer Textnachricht von jemandem, den er kannte, nach draußen gegangen. Das ergibt keinen Sinn. Warum sollte dies zu einem grundlosen Angriff führen? Wie sollte es?«

»Das ist eine Frage, die du Jamie stellen musst. Hast du von ihm schon irgendeine Erklärung bekommen?«

»Ich habe zuerst dich angerufen«, antwortete Kate. »Du solltest dich ja nicht über mich ärgern«, fügte sie hinzu, womit sie auf sarkastische Weise betonte, dass Anna unangemessen leicht zu ärgern war. Schließlich war Kate eine erwachsene Frau, und langsam wünschte sie, sie hätte ihrer Schwester gar nichts von den Ereignissen des vorigen Abends erzählt. Aber sie hatte eine gute Ausrede gebraucht, warum sie weder sie noch Lily angerufen hatte, und sie hatte es satt, zu lügen, die Wahrheit zu verschweigen oder wie auch immer man es nennen wollte. Irgendwann würde sie über ihre eigenen Lügen stolpern und damit alles nur noch schlimmer machen. Außerdem waren sie keine Familie, die Geheimnisse voreinander hatte, und sie hatte diese Woche bereits zu vieles für sich behalten. »Ich weiß noch nicht einmal, ob er bereits aus dem Krankenhaus entlassen wurde. Wenn ich es recht bedenke, weiß ich nicht einmal, in welchem Krankenhaus er überhaupt liegt.«

»Hat die Polizei dir das denn nicht mitgeteilt?«

Kate war für einen Moment nachdenklich. Sie hatte Anna nicht erzählt, dass es Alessandro gewesen war, der wegen Jamie mit ihr gesprochen hatte, und sie war sich nicht sicher, warum sie das verschwiegen hatte. Aber er hatte ihr keine Informationen über Jamies Verbleib angeboten, und wenn sie jetzt darüber nachdachte, wie sie am vergangenen Abend auseinandergegangen waren, war sie sich sicher, dass er jeden Respekt vor ihr verloren hatte. Bei dem Gedanken wand sie sich innerlich vor Scham, und ihr wurde schwer ums Herz, aber es gab nichts, was sie deswegen jetzt noch tun konnte. »Ich nehme an, weil ich keine wirkliche Angehörige von Jamie bin, konnte die Polizei mir keine Einzelheiten nennen. Aber ich könnte mir vorstellen, dass sie seine Familie daheim informiert haben.«

»Was dir wohl kaum etwas nützen wird, oder? So bekommst

du keine Erklärung dafür, was zum Teufel er da veranstaltet hat.«

»Ach, hör auf damit, Anna. Er hat nicht darum gebeten, zusammengeschlagen zu werden, oder? Ich bin mir sicher, dass er überhaupt nichts ›veranstaltet‹ hat.«

»Hört sich für mich so an, als hätte er seine Nase – oder etwas anderes – irgendwo hineingesteckt, wo sie nicht erwünscht war.«

»Ich glaube einfach nicht, dass es Pietro war, der ihn geschlagen hat. Er scheint mir absolut nicht der Typ dafür zu sein.«

»Wenn er wirklich in Jamie verliebt ist, wäre es wohl tatsächlich ziemlich seltsam, so etwas zu tun«, räumte Anna ein, und ihre Stimme klang jetzt etwas ruhiger. »Vielleicht war er eifersüchtig, weil er dachte, du würdest ebenfalls mit Jamie anbändeln?«

»Das bezweifle ich!« Kate konnte sich ein kleines Lachen nicht verkneifen. »Es herrscht, glaube ich, keinerlei Verwirrung darüber, dass Jamie sich exklusiv für Männer interessiert. Schließlich ist er verlobt und will einen Mann heiraten.«

»Aber er könnte bisexuell sein. Das ist ja nicht gerade unmöglich.«

Kate hatte diese Möglichkeit tatsächlich noch nie in Betracht gezogen, und Jamie hatte nie Genaueres über seine Beziehungen erzählt, abgesehen von seinem gegenwärtigen Freund. Hatte Anna vielleicht doch den Grund gefunden, warum Pietro durchgedreht war? Aber das war ja lächerlich, oder? Sie sahen kein bisschen wie ein Paar aus. Jamie hatte doch wohl kein Interesse an ihr, oder? Ein heimliches Interesse, das Pietro erraten hatte? Wenn ja, dann hatte er es verdammt gut vor ihr versteckt. Entweder das, oder sie war lächerlich kurzsichtig in dieser Sache gewesen. Aber dann war sie so sehr in die Treffen mit Alessandro vertieft gewesen, dass sie vielleicht …

Sie schüttelte sich. »Nie und nimmer. Jamie liebt Brad, und damit ist der Fall erledigt.«

»Er liebt ihn so sehr, dass er eine Affäre mit einem italienischen Kellner hat, wann immer er sich in Rom aufhält?«

»Das weiß ich nicht mit Sicherheit.«

»Für mich hört es sich so an, als würdest du es sehr wohl wissen. Es hört sich stark danach an, als würdest du jetzt zurückrudern, um ihn zu verteidigen. Es spielt keine Rolle, wie sehr du ihn magst, Kate, der Mann ist, was er ist, selbst wenn er dabei nett ist.«

»Ich gebe zu, dass es danach aussieht. Aber zuerst muss ich mit ihm reden.«

Es folgte eine Pause. »Ich werde froh sein, wenn du wieder zu Hause bist«, verkündete Anna. »Mir gefällt das alles überhaupt nicht; dass wir dir nicht helfen und auf dich aufpassen können, weil du so weit von uns weg bist.«

»Ihr könnt nicht immer auf mich aufpassen«, wandte Kate ein. »Ich bin dreißig, nicht dreizehn. Es ist wunderbar, dass ihr so viel Anteil an mir nehmt, aber es wird Zeit, dass ich auf eigenen Beinen stehe.« Zu jedem anderen Zeitpunkt wäre das der Moment gewesen, um Anna von ihrem geplanten Umzug nach Rom zu erzählen, der trotz der Ereignisse der vergangenen Nacht noch immer sehr präsent in ihrem Kopf war. Doch nach dem Zwischenfall mit Jamie würde Anna bei dem Gedanken durchdrehen. Zum Glück hatte Kate ihr vieles von dem, was ihr widerfahren war, nicht erzählt, sonst hätte Anna einen Privatjet gechartert, um sie zurück nach England zu schleifen, selbst wenn sie sie dafür mit dem Lasso hätte einfangen und ihr einen Sack über den Kopf hätte stülpen müssen. »Ich bin im Handumdrehen wieder zu Hause, und es ist nicht nötig, dass du dich um mich sorgst. Wie geht es Lily?«

»Es geht ihr gut. Gestern war sie ein bisschen komisch drauf, aber jetzt scheint sie wieder sie selbst zu sein.«

»Inwiefern komisch?«

»Ich weiß nicht. Sie hat sich einfach nicht wohlgefühlt. Irgendwie seltsam. Weinerlich. Wahrscheinlich Hormone. Nicht, dass ich da Bescheid wüsste.«

»Nicht, dass ich da jemals Bescheid wissen werde«, entgegnete Kate.

»Also, dieser Bursche, mit dem du ein Date hattest ...«

»Alessandro.«

»Den meine ich. Hast du ihn seitdem noch mal gesehen?«

»Ja ...«, antwortete Kate vorsichtig, denn sie spürte, dass dies ein weiteres Thema war, bei dem Anna sich aufregen würde. »Tatsächlich habe ich seine Familie kennengelernt. Sie sind alle total süß.«

»Du hast seine Familie kennengelernt! Dann ist es also etwas Ernstes? Seid ihr ein *Paar*?«

»Natürlich nicht. Er war einfach nur freundlich.«

»Sehr freundlich, wenn du mich fragst. Dich nach Hause mitzunehmen und seiner Mutter vorzustellen – das klingt in meinen Ohren ziemlich ernst.«

»Das bezweifle ich.«

»Warum?«

»Ich stamme aus England und er aus Italien. Wir leben in verschiedenen Welten. Ich bin nicht mal Katholikin.«

»Das macht es nicht unmöglich. Ich glaube nicht, dass die Verbrüderung mit Nichtkatholiken völlig verboten ist.«

»Ich weiß. Es ist einfach ... nun, es spielt keine Rolle mehr.«

»Kate ...« Anna hob zu sprechen an, brach dann aber wieder ab.

»Was ist los?«

Es folgte eine weitere Pause. »Ich weiß nicht, ob das einen Unterschied für deine Überlegungen machen wird, aber ich kann es dir ebenso gut erzählen, weil du es ohnehin bald herausfinden wirst ... Matt zieht mit einer Frau zusammen. Und sie ist schwanger.«

Kate blinzelte. Hatte sie das richtig verstanden?

»Kate?«, fragte Anna. »Bist du noch dran?«

»Ja«, antwortete Kate, und der Boden schien sich unter ihr aufzutun. Vielleicht lag es daran, dass sie noch nicht gefrühstückt hatte, aber sie fühlte sich plötzlich schwach und ihr war übel.

»Ich wollte es dir eigentlich nicht erzählen, bevor du wieder da bist, aber dann meinte Lily, du würdest es vielleicht auf Facebook sehen, obwohl ich weiß, dass du das gar nicht so oft benutzt, oder es könnte dir ja auch jemand anders erzählen, bevor wir Gelegenheit dazu hätten, und das sollte lieber nicht passieren. Also habe ich es für besser gehalten, es einfach auszusprechen. Damit du Zeit hast, es zu verarbeiten, bevor du nach Hause kommst. Und solange du noch entspannt und glücklich im Urlaub bist, wo einem die Dinge nicht so schlimm vorkommen, obwohl es vielleicht gerade jetzt nicht mehr ganz so entspannt ist. Aber immerhin, du hattest ein Date ... Tatsächlich hattest du vielleicht sogar zwei Dates ... Und natürlich hast du Jamie kennengelernt ... Also wirkt es nicht so, als hätte Matt alles in seinem Leben neu und du nicht ... Kate? Bitte, sag doch etwas, denn so langsam bereitest du mir Sorgen.«

»Wer ist sie?«

»Ich kenne sie nicht ...«

»Aber du weißt, wer sie ist?«

»Ich glaube, sie ist jünger als wir ... Etwa fünfundzwanzig.«

»Da fühle ich mich doch gleich viel besser«, versetzte Kate, außerstande, den Sarkasmus in ihrer Stimme zu unterdrücken. »Es ist wunderbar zu hören, dass er mich gegen ein jüngeres Modell eingetauscht hat, mit dem er Babys haben will. Wie heißt sie?«

»Tamara. Mehr weiß ich nicht.«

»Ist sie aus der Gegend?«

»Ich bin mir nicht sicher, aber ich glaube, sie kommt aus Stockbort – zumindest aus der Richtung.«

»Hm, und wie lange trifft er sich schon mit ihr?«

»Keine Ahnung. Es tut mir leid, Kate ... Jetzt wünschte ich, ich hätte es dir doch nicht erzählt.«

»Vergiss es. Ich war einfach nur neugierig, aber was macht es für mein Leben für einen Unterschied, wer sie ist?«, antwortete sie so gelassen, wie sie nur konnte. »Matt kann machen, was immer er will.«

»Ich weiß, aber das Baby ...«

»Es spielt keine Rolle. Wenn wir Kinder gehabt hätten, dann säße ich jetzt als alleinerziehende Mutter fest, und das wäre schrecklich.«

»Das meinst du nicht ernst«, sagte Anna.

Sie hatte recht: Kate meinte es absolut nicht ernst. Sie hatte sich nach Kindern gesehnt, genau wie Lily es getan hatte, und Anna wusste das genau. Auch Matt wusste es. War ihre Ehe ihm so wenig wert gewesen, dass er sich geweigert hatte, ihr das eine zu geben, von dem sie das Gefühl gehabt hatte, es würde sie vervollständigen, während er sechs Monate nach ihrer Trennung bereits eine andere Frau geschwängert und sich eine gemeinsame Wohnung mit ihr gesucht hatte?

»Denkst du, er hatte eine Affäre mit ihr?«, fragte Kate leise. »Bevor wir uns getrennt haben?«

»Spielt das denn eine Rolle? Das Endergebnis ist dasselbe, ob er dich nun betrogen hat oder nicht.«

»Ich weiß nicht. Vielleicht spielt es keine Rolle, aber es fühlt sich so an, als täte es das sehr wohl. Es könnte nämlich beeinflussen, ob und wie ich einem anderen Mann vertraue ... Oh, Anna! War ich so dumm, dass ich nicht mitgekriegt habe, was sich vor meiner Nase abgespielt hat?«

»Natürlich nicht! Außerdem weißt du gar nicht, ob da überhaupt etwas lief. Einmal verbotenerweise an der Wand eines Nachtklubs gevögelt und *schwups* – schon ist da ein Baby ...«

Kate schüttelte den Kopf. »Das ist nicht Matts Stil. Es muss eine Affäre gewesen sein. Entweder das, oder er war echt fix. Wie weit ist sie denn schon?«

»Das weiß ich wirklich nicht. Ich habe das alles nur aus der Gerüchteküche – irgendjemand hat es irgendwem erzählt, und du weißt ja, wie das ist. Bitte, lass dir davon nicht den Rest deines Urlaubs verderben. Gott, ich hätte es dir wirklich nicht erzählen sollen ...«

»Ist schon gut«, antwortete Kate und tat ihr Bestes, so zu klingen, als würde es ihr nichts ausmachen. »Du hast recht – es spielt keine Rolle mehr. Wer immer sie ist, sie kann ihn gern haben. Er ist ohnehin ein langweiliger Mistkerl.«

»Und offensichtlich stehst du nicht mehr auf Langeweile, jedenfalls wenn dein erster Urlaub ohne ihn ein Indikator dafür ist«, bemerkte Anna, die sehr erleichtert klang.

»Genau. Hör zu, mach dir meinetwegen keine Sorgen. Ich werde jetzt auflegen, damit ich mit Jamie sprechen kann, und ich sag dir später, wie es gelaufen ist.«

»In Ordnung. Hab dich lieb. Bitte, pass während deines restlichen Urlaubs auf dich auf.«

»Hab dich auch lieb. Und ich werde aufpassen.«

Kate beendete das Telefonat und warf das Handy aufs Bett. Dann legte sie sich daneben, rollte sich zusammen und starrte in das perfekte Sonnenlicht, das durchs Fenster fiel, während die ersten Tränen kamen.

SECHZEHN

Sie hatte nicht genug Zeit, um lange zu weinen. Zehn Minuten nachdem Kate ihr Gespräch mit Anna beendet hatte, rief Jamie an.

»Hey«, begrüßte er sie ein wenig verlegen. »Ich schätze, du weißt inzwischen alles, was gestern Abend passiert ist.«

»Ja«, bestätigte Kate steif, trocknete sich die Augen und richtete sich auf. Seit den Neuigkeiten über Matt war sie nicht in der Stimmung, sich von irgendjemandem für dumm verkaufen zu lassen, schon gar nicht von einem Mann. »Bist du raus aus dem Krankenhaus?«

»Ja, sie haben mich gerade entlassen. Ich habe nichts Schlimmeres davongetragen als ein paar Prellungen und eine große Beule am Kopf. Ich schätze, ich schulde dir eine Erklärung.«

»Das wäre schön. Und außerdem noch vierzig Euro für das Abendessen.«

»Das auch«, sagte er. »Hast du schon gefrühstückt?«

»Nein.«

»Willst du mit mir frühstücken? Ich kann dir alles erzählen und dir dabei auch gleich dein Geld zurückgeben.«

Kate zuckte die Achseln, auch wenn er es nicht sehen konnte. Warum nicht? Sie hatte nichts Besseres vor.

———

Der graue Himmel vom Abend zuvor war dem strahlenden Sonnenschein gewichen, an den Kate sich hier gewöhnt hatte. Die cremefarbenen Fassaden der großen Häuser, die breiten Boulevards mit den bunten Markisen der Cafés und die mit Kopfstein gepflasterten Plätze sahen wieder hell und strahlend aus, und es war unglaublich, wie sehr das die Stimmung heben konnte. Trotz der Neuigkeiten über Matt, ihres Bedauerns wegen Alessandro und ihrer verworrenen Mischung aus Sorge und Ärger über Jamie, fühlte Kate sich gleich viel positiver, als ihr die Sonne beim Verlassen ihres Hotels ins Gesicht schien. Es war noch früh, und sie war zu erschöpft, um sich anzustrengen, daher hatte sie eine Leinenhose und ein Tanktop angezogen, sich das Haar zu einem Dutt hochgesteckt und außer ihrer Sonnencreme und einer Schicht getönter Feuchtigkeitscreme kein anderes Make-up aufgelegt. Sie holte ihr Handy hervor, als sie zu ihrem Treffen mit Jamie ging, und wählte Lilys Nummer. Sie musste sich bei ihrer Schwester entschuldigen, und der beste Zeitpunkt, um Lily zu erwischen, war am Morgen, kurz bevor sie zur Arbeit aufbrach. Andernfalls würde es sehr viel später werden. Aber Kate hatte das Gefühl, sie würde heute Abend schon um acht im Bett liegen, da die Ereignisse der vergangenen Woche sie langsam und unerwartet eingeholt hatten, und dann würde Lily ihren Anruf vielleicht nicht mehr bekommen, wenn Kate versehentlich vorher einschlief. Außerdem musste sie noch für ihren morgigen Flug nach Hause packen.

Während sie ihre Umgebung mit allen Sinnen in sich aufnahm, lauschte sie dem Wählton und wartete darauf, dass Lily abnahm. Obwohl sie bereit war, ihre Familie wiederzusehen und ein wenig Ruhe in ihr Leben zu bringen, während sie sich neu orientierte und überlegte, wo es hingehen sollte, durchzuckte sie beim Anblick der Stadt, die sie jetzt so sehr liebte, ein Stich des Bedauerns, weil sie sie verlassen musste. Würde sie jemals zurückkommen? Die Befürchtungen, die Jamie am Abend zuvor bei ihr erraten hatte, waren für sie nur allzu real, auch wenn sie es für ihn nicht gewesen waren. Wenn sie wieder zu Hause war und der Alltag sie einholte, würde ihr Traum eines neuen Lebens in Italien dann genau das werden – ein wunderbarer, magischer, fantastischer Traum? Die Leute würden es ihr ausreden, sie würde dem nachgeben, und der gewohnte, sichere Alltagstrott mit der Arbeit, den Abenden im Pub und den Treffen mit ihren Schwestern würde wieder einkehren. Es wäre dann viel beängstigender, all das aufzugeben. Dann würde Lily ihr Baby bekommen, und Kate würde Gewissensbisse haben, wenn sie fortging. Es gab noch tausend weitere Gründe, warum sie befürchtete, dass sie den Mut verlieren würde, und abgesehen von der Stadt selbst hatte sie so gut wie keine Veranlassung, die Kraft zu finden, allein zurückzukehren.

»Hi, hier ist Lily. Ich kann Ihren Anruf im Moment nicht entgegennehmen, aber wenn Sie mir eine Nachricht hinterlassen, werde ich mich sofort bei Ihnen melden ... Joel ... war's das?«

Kate lächelte und beendete den Anruf. Lily hatte sich die Ansage, die sie vor sechs Monaten aufgezeichnet hatte, offensichtlich nie angehört, und wann immer Kate sie hörte, kam am Ende der gleiche abgebrochene Satz, bei dem Lily sich vermutlich zu ihrem Freund umgedreht hatte, um zu fragen, ob sie es richtig gemacht hatte, und dieser Teil ihrer Worte war mit in die Aufnahme hineingelangt. Es war so typisch für Lily, dass Kate es liebte und es ihr nicht sagen wollte, weil sie es dann ändern würde. Alle anderen, die Lily kannten, hatten wahrscheinlich das Gleiche gedacht. Für den Moment war es einfacher für

Kate, später mit ihrer Schwester zu reden, als eine ellenlange, komplizierte Nachricht zu hinterlassen, und sie nahm an, dass Anna sie ohnehin über Kates Abenteuer ins Bild setzen würde, lange bevor Kate das übernehmen konnte.

Trotzdem war es seltsam, dass Lily um diese Zeit nicht ans Telefon ging. Normalerweise hatte sie es griffbereit, wenn sie sich für die Arbeit fertig machte – ihre Chefin rief sie morgens oft an, um sie zu bitten, unterwegs irgendetwas abzuholen, oder um ihr mitzuteilen, dass sie selbst aus irgendeinem Grund nicht im Büro sein würde und dass Lily die Stellung halten solle. Lily hatte seit ihrer Schwangerschaft oft gescherzt, dass sie keine Ahnung habe, wie ihre Chefin ohne sie zurechtkommen solle, wenn sie in den Mutterschaftsurlaub ging, und dass sie sie wahrscheinlich bitten würde, mit dem Baby vor den Bauch geschnallt zu Präsentationen zu kommen.

Zehn Minuten später entdeckte Kate Jamie draußen vor seinem Hotel. Er trug eine Sonnenbrille, was um diese Uhrzeit etwas übertrieben gewirkt hätte, wenn sie nicht den Grund dafür gekannt hätte. Er kam ihr einige Schritte entgegen, um sie zu begrüßen.

»Dann lass mal sehen«, forderte Kate ihn auf.

Er schenkte ihr ein kleines Lächeln, nahm seine Sonnenbrille ab und zeigte ein blutunterlaufenes Auge vor, um das herum sich die Haut schön purpurn färbte.

»Das gibt ein hübsches Veilchen«, sagte sie und schnappte nach Luft.

»Ein Veilchen?«

»Ein blaues Auge. Gott, du bist wirklich so ein Amerikaner.«

Er grinste kläglich. »Das ist nicht der Rede wert. Aber die Beule, die ich mir bei dem Sturz auf den Kopf zugezogen habe, hat den Ärzte Sorge gemacht.«

»Aber jetzt geht es dir gut?«

»Sie hatten mich zur Beobachtung dabehalten – meine

Chefin wird durchdrehen, wenn ich die Krankenhauskosten auf meine Spesenrechnung setze. Heute Morgen haben sie mich aber entlassen und gesagt, sie seien froh, dass ich nicht ins Koma gefallen sei oder so was und dass ich fliegen dürfe.«

»Darüber brauchst du dir ja ohnehin erst in einer Woche Gedanken zu machen«, erklärte Kate resolut, dann gingen sie auf den Eingang seines Hotels zu. Kate war immer noch nicht in der Stimmung, Mitgefühl zum Ausdruck zu bringen. »Bis dahin bist du bestimmt wieder fit.«

»Tatsächlich reise ich nachher schon ab.«

Kate blieb wie angewurzelt stehen. »Heute noch?«

Er zuckte schwach die Achseln. »Ich habe einfach das Gefühl, dass ich zu Hause im Moment am besten aufgehoben wäre. Ich brauche Menschen um mich, die mich lieben ...«

Er brauchte Brad. Das konnte Kate nur allzu gut verstehen. Jamie tat zwar immer so, als könnte ihn nichts aus der Fassung bringen, aber auf der Straße überfallen zu werden, weit weg von zu Hause, das würde den selbstbewusstesten und furchtlosesten Reisenden erschüttern. Jetzt tat er ihr doch leid, und es tat ihr noch mehr leid, dass sie sich über ihn geärgert hatte. Welche Umstände auch zu dem Zwischenfall geführt haben mochten, er verdiente nicht, was er erlitten hatte.

»Um wie viel Uhr geht dein Flieger?«, fragte sie, als sie weiterliefen und er ihr die Türen öffnete.

»Viertel nach zwei. Wenn wir gefrühstückt haben, werde ich packen und losfahren.«

»Ist deine Chefin damit einverstanden?«

»Sie war großartig, ich habe sie gestern Abend vom Krankenhaus aus angerufen. Sie hat gesagt, ich solle mir so viel Zeit nehmen, wie ich brauche, um wieder auf die Beine zu kommen, also werde ich genau das tun ... Hier entlang ...«, fügte er hinzu und führte sie durch die Lobby zu einem Restaurant, das durch eine Reihe riesiger Topfpflanzen abgeteilt war. Sie folgte ihm an einen Tisch, aber dann blieb ihr fast das Herz stehen, als sie sah, wer noch dort saß. Sie starrte Jamie an, aber er antwortete nur mit einem entschuldigenden Lächeln. »Er kam, um mich aus dem Krankenhaus abzuholen, nachdem seine Schicht heute Morgen zu Ende war, und er hat mich hierher zurückgebracht. Er war anscheinend gestern Abend als Erster am Tatort. Ich muss euch beiden ein paar Dinge erklären, deshalb schien es mir eine gute Idee zu sein, euch ein Frühstück auszugeben.«

Alessandro erhob sich vom Tisch.

»*Ciao,* Kate«, sagte er leise und sah ihr forschend ins Gesicht. Dann küsste er sie sanft auf die Wange. »Hast du gut geschlafen?«

»Bestens«, log sie. Ihr Puls geriet aus dem Takt, und ihr wurden plötzlich die Knie weich. Er war die ganze Nacht auf gewesen und sah müde und angespannt aus, aber seine dunklen Augen besaßen wie immer die Macht, sie zu betören, daran hatte sich nichts geändert. Sie konnte nicht leugnen, dass es ihr trotzdem peinlich war, ihn dort zu sehen. Wie sollte sie jetzt ein freimütiges Gespräch mit Jamie führen? Es sei denn, Jamie hatte vor, auch Alessandro gegenüber reinen Tisch zu machen?

Er nickte, löste seinen sanften Griff um ihre Schultern und zog ihr einen Stuhl vom Tisch, damit sie sich setzen konnte, bevor er selbst wieder Platz nahm.

»Ich habe Alessandro bereits erzählt, was passiert ist«, sagte Jamie. »Du brauchst dir also keine Sorgen zu machen, irgendwie ins Fettnäpfchen zu treten.«

»Da ich selbst nicht weiß, was alles passiert ist, kann ich wohl kaum in irgendein Fettnäpfchen treten«, versetzte Kate, als Jamie Platz nahm, eine noch unbenutzte Tasse auf dem Tisch mit Kaffee füllte und sie ihr hinschob.

»Ich verstehe es jetzt«, warf Alessandro ein. »Du hattest gestern Abend Angst davor, mir die Wahrheit zu sagen, weil du deinen Freund schützen wolltest. Das war mutig und ehrenwert.«

Kate blinzelte ihn an. »Ja? Ich dachte, du hättest dich über mich geärgert?«

»Gestern Abend habe ich mich geärgert, weil ich versuchte, ein Polizist zu sein. Ich brauchte Informationen. Heute Morgen hat Jamie mir alles erklärt, und jetzt ärgere ich mich nicht mehr.«

»Weil du heute Morgen kein Polizist bist?«

»Ich bin immer Polizist. Aber ich bin auch ein Mensch. Das Leben ist kompliziert, und das verstehe ich.«

»Es tut mir leid, dass ich so ungeschickt war«, entschuldigte Kate sich. »Ich wusste nicht, was ich tun sollte.«

»Ich bedauere, dass du dachtest, du müsstest mich decken«, meldete Jamie sich wieder zu Wort und drückte auf dem Tisch kurz ihre Hand. »Ich hätte dich nie in diese Lage bringen dürfen.«

»Ich nehme an, du hättest es gestern Abend ohnehin niemandem erklären können, wenn du bewusstlos warst«, entgegnete Kate und schenkte ihm ein ermutigendes Lächeln.

»Stimmt«, antwortete Jamie. »Aber die Sache ist noch viel komplizierter.«

»Du wolltest Pietro nicht in Schwierigkeiten bringen? Er muss dir eine Menge bedeuten.«

Jamie runzelte die Stirn. »Es war nicht Pietros Schuld.«

»Mit wem hast du dich dann gestern Abend getroffen? Ich dachte …«

»Klar, ich habe die Textnachricht von seinem Handy bekommen. Ich dachte auch, dass er es sei, und deshalb habe ich ihm geschrieben, wo ich war, und bin ich nach draußen gegangen und habe dich in dem Restaurant allein gelassen. Ich dachte, er würde Hilfe brauchen, aber als ich nach draußen kam, war es gar nicht Pietro, der auf mich gewartet hat.«

»Wer war es dann?«

»Roberto.«

Kate presste sich die Hand auf den Mund. »Sein Bruder?«

»Er hatte Pietros Handy in die Finger bekommen und sich für ihn ausgegeben, um mich dazu zu bringen, meinen Aufenthaltsort zu verraten und um mich wegzulocken.«

Jamie schob ihr einen Korb mit Brötchen hin, aber plötzlich hatte Kate keinen Appetit mehr. Sie schüttelte den Kopf. »Sein Bruder hat geplant, dich in einen Hinterhalt zu locken? Das ist ja schrecklich!«

»Es war ziemlich hässlich«, räumte Jamie ein. »Aber andererseits habe ich immer gewusst, dass er einen Haufen Ärger machen könnte, wenn ihm danach zumute war. Ich schätze, ihm war danach zumute.«

»Er sollte im Gefängnis sitzen«, stellte Alessandro fest und griff nach der Kaffeekanne.

»Wir haben darüber gesprochen, und du hast mir dein Wort gegeben ...«, begann Jamie, aber Alessandro hob eine Hand.

»Das stimmt. Ich verstehe deine Gründe.«

»Könnte irgendjemand bitte auch mir diese Gründe erklären, denn ich verstehe es nicht«, sagte Kate und schaute von einem zum anderen.

Jamie nahm einen Schluck von seinem Kaffee und stellte die Tasse dann vorsichtig zurück auf den Unterteller. Kate hörte das Klappern des Porzellans, weil seine Hand leicht zitterte. »Gestern Mittag hat mir wirklich Pietro eine Nachricht geschickt. Er wollte reden, und ich bin zu ihm gegangen.«

»Dein Drei-Uhr-Termin?«, fragte Kate mit einem schiefen Grinsen.

»Ja. Er war fertig mit der Welt und sehr deprimiert wegen seines Lebens, und um ehrlich zu sein, ich hatte es irgendwie satt, von dem Thema zu hören. Also hab ich ihm gesagt, dass sein Leben so lange eine Lüge sein würde, bis er sich seinen Eltern gegenüber outet. Nichts würde sich jemals ändern, und er würde für immer unglücklich sein. Ich sagte ihm, dass ich ihn auch dann nicht geliebt hätte, wenn es keinen Brad gegeben hätte, denn kein Liebhaber will das mit Schuldgefühlen behaftete Geheimnis von irgendjemand sein. Ich habe ihm gesagt, dass er sein Leben allein verbringen werde, wenn er sich nicht endlich eingestehen würde, wer er wirklich ist. Er brach zusammen und sagte, das würde seine Eltern umbringen, aber wir haben noch ein Weilchen länger geredet, und ich bin endlich zu ihm durchgedrungen. Er hat gesagt, er würde es tun.«

»Was an sich ja gut ist ...«, warf Kate ein.

»Das dachte ich auch«, antwortete Jamie.

»Aber ich nehme an, es ist nicht gerade gut gelaufen?«

»Das kannst du laut sagen.« Jamie griff nach seiner Kaffeetasse, starrte für einen Moment hinein und stellte sie wieder weg. Kate hatte ihn noch nie so fahrig erlebt. »Seine Eltern haben es nicht gut aufgenommen, zumindest hat Roberto mir das mitgeteilt, bevor seine Faust in meinem Gesicht landete. Er hat gesagt, es sei meine Schuld, ich hätte ihre Familie zerstört, und im Wesentlichen wäre es auch meine Schuld, dass Pietro überhaupt schwul sei. Er meinte, ich hätte irgendetwas mit ihm angestellt. Er hat gesagt, Pietro sei völlig in Ordnung gewesen, bis ich aufgetaucht sei.«

Kate klappte der Unterkiefer herunter. »Ernsthaft?«

Jamie zuckte die Achseln. »Ich habe früher auch schon Homophobie erlebt, aber das ist ein ganz neuer Level der Ignoranz.«

»Kein Witz. Und du willst nicht Anklage erheben? Das darf man Roberto doch sicher nicht durchgehen lassen.«

»Ich glaube, Pietros Familie hat bereits genug durchgemacht.«

»Und was ist mit dir!«, fragte Kate. »Hast du nicht auch genug durchgemacht? Und was soll Roberto daran hindern, jeden Mann zu Brei zu schlagen, der sich Pietro nähert?«

»Das wird er nicht tun, weil ich mit ihm reden werde«, sagte Alessandro.

Kate sah ihn skeptisch an. »Und du meinst, das wird ihn aufhalten?«

»Wenn er sich danebenbenimmt, wird Jamie zurückkommen und Anklage erheben.«

»Wirklich?«, fragte Kate Jamie.

»Nein ...« Jamie lächelte schwach. »Aber das braucht er nicht zu wissen. Ich denke, es wird genügen, wenn Alessandro ihn verwarnt. Zumindest hoffe ich es.«

»Weiß Pietro über irgendetwas davon Bescheid?«

»Er hat mich heute Morgen angerufen«, erzählte Jamie. »Ich schätze, als ihm klar geworden ist, dass Roberto zusammen mit seinem Handy verschwunden war, muss er sich zusammengereimt haben, dass etwas nicht stimmte. Er hat mir erzählt, seine Mutter sei noch in einer Art Schockzustand und sein Vater stehe kurz davor, ihn zu enterben.«

»Hat er gewusst, was Roberto getan hatte?«

»Roberto hat es gestanden, als er ihn zur Rede gestellt hat.«

»Was ist mit seinen Eltern? Wissen sie, was Roberto getan hat? Wie auch immer ihre Gefühle in Bezug auf Pietro aussehen mögen, ein solches Verhalten können sie doch bestimmt nicht gutheißen?«

»Die Antwort auf diese Frage kenne ich wirklich nicht«, sagte Jamie. »Ich denke, dass keiner von beiden das seiner geliebten Mamma und seinem Papa auf die Nase binden will.«

»Meinst du, sie kriegen es hin? Die Familie, meine ich? Denkst du, sie kommen wieder auf Kurs und bringen ihre Beziehungen in Ordnung?«

Jamie nickte. »Ich glaube, wenn Alessandro ihnen einen Besuch abstattet, werden sie begreifen, *wie* ernst das alles ist und dass sie sich mit dem Thema wirklich auseinandersetzen müssen. Seine Eltern sind gute Menschen und lieben ihre Söhne. Ich hoffe, das bedeutet, dass sie in der Lage sein werden, über ihre Enttäuschung hinwegzukommen und Pietro als den zu akzeptieren, der er ist. Meine Familie war auch ziemlich schockiert, als ich mich geoutet habe, und für eine Weile war es schwer, aber jetzt ist es für sie in Ordnung.«

Kate nippte an ihrem Kaffee, bevor sie sich an Alessandro wandte. »Wann wirst du hingehen?«

»Bald. Bevor ich nach Hause gehe.«

»Ich werde dich begleiten.«

»Das ist nicht nötig ...«

»Ich glaube, es könnte helfen. Eine Frau wäre weniger bedrohlich, und ich könnte mit seiner Mutter reden.«

»Du sprichst kein Italienisch«, rief Alessandro ihr ins Gedächtnis.

»Oh ...«, hauchte Kate.

Er schenkte ihr ein warmes Lächeln, es war das erste Anzeichen des Alessandros, den sie im Laufe der letzten Tage kennengelernt hatte, das sie heute Morgen sah. »Ich habe dich falsch eingeschätzt, und das tut mir leid. Du bist ein guter Mensch und sehr freundlich, und das werde ich nicht vergessen.«

Kate errötete. »Oh, da bin ich mir nicht so sicher. Mein Versuch, zu helfen, ist ziemlich kläglich.«

»Aber du versuchst zu helfen«, klinkte Jamie sich ein. »Und das allein zählt.«

»Wenn du mitkommen möchtest, dann tu es bitte«, sagte Alessandro. »Aber es ist vielleicht besser, bei deinem Freund zu bleiben, bis er nach Hause fliegt. Nachdem ich mit Pietros Familie gesprochen habe, werde ich zu euch beiden zurückkommen und euch erzählen, was sich dort ereignet hat.«

Kate sah Jamie an. Er machte den Eindruck eines Menschen, der im Moment einen Freund brauchte. »In Ordnung«, stimmte sie zu. »Aber du kommst definitiv zurück?«

»Natürlich.«

»Und dann sollten wir dich vielleicht ins Bett gehen lassen«, bemerkte Jamie mit einem Lächeln, das Kate seine Erleichterung verriet und sein Vertrauen in Alessandro, den ganzen Schlamassel in Ordnung zu bringen. Es war seltsam, denn obwohl sie ihn kaum kannte, hatte Kate ebenfalls Vertrauen in ihn. Sie begriff langsam, dass er ein Mann war, der zu seinem Wort stand, und wenn er versprach, etwas zu tun, dann würde er Himmel und Hölle in Bewegung setzen, um es durchzuziehen.

»Ich habe tatsächlich langsam Hunger«, verkündete Kate. »Und diese Brötchen und Gebäckstücke sehen wirklich gut aus. Vielleicht wäre es gar nicht so schlimm, für eine Weile hierzubleiben und den Rest des Frühstücks zu verputzen.«

Jamie schenkte ihr ein breites Lächeln. »Ich hatte gehofft, dass du das sagen würdest. Ich freue mich über deine Gesellschaft.«

Alessandro leerte seine Tasse. »*Va bene.* Dann werde ich jetzt aufbrechen.«

———

Das Frühstück in Jamies Hotel war gut – besser als das, das Kate in ihrem eigenen Hotel eingenommen hatte. Wenn man sich so oft in Rom aufhielt wie Jamie, kannte man wohl die besten Orte zum Bleiben. Während sie ihr drittes Gebäckstück aß und es mit einer zweiten Tasse des ebenfalls exzellenten Kaffees herunterspülte, fragte sie sich vage, ob sie eines Tages genau wie er eine erfahrene Beinahe-Römerin sein würde. Es schien völlig unmöglich zu sein – zumindest hätte sie vor einem Jahr oder sogar noch vor sechs Monaten darüber gelacht –, aber jetzt lag es in greifbarer Nähe, wenn sie mutig genug war, es zu wagen.

»Es ist komisch«, bemerkte sie, als Jamie seinen Teller wegschob und erklärte, er sei satt. »Ich werde dich vermissen, wenn du nach Hause fliegst.«

»Ich werde dich ebenfalls vermissen. Es war mir eine große Freude, dich während der vergangenen Tage kennenzulernen, und du warst so eine große Stütze. Aber du wirst Alessandro haben ...«

Kate bedachte ihn mit einem kläglichen Lächeln. »Wer weiß! Ich bin mir nicht sicher, wo ich bei ihm stehe.«

»Dann wirst du also abreisen? Meinst du, dass du wahr machen wirst, was du gestern gesagt hast?«

»Hierher ziehen?« Sie zuckte die Achseln. »Gestern haben sich die Dinge anders angefühlt ... Ehrlich, ich weiß es nicht. Meine Gedanken überschlagen sich ständig. Vielleicht war es nur ein alberner Traum.«

»Es hat sich für mich so angehört, als wäre es viel mehr als Träumerei. Und ich glaube, Alessandro ist verrückt nach dir, falls dir das hilft, eine Entscheidung zu treffen.«

»Es ist witzig, denn ich kann das nicht erkennen. Seine Schwester hat gesagt, er habe mich gern ... Gern? Was zur Hölle bedeutet das?«

»Dass er vorsichtig ist, wenn es um seine Gefühle geht, und dass er niemandem die Wahrheit sagen will?«

»Anders als ich – der Elefant im Porzellanladen?«

»Was bedeutet das eigentlich?«

Kate lachte. »Keine Ahnung. Es ist noch so eine britische Sache. Aber ich glaube, wir werden uns auf irgendeinen gütlichen Vergleich einigen müssen.«

»Was soll denn hier ein gütlicher Vergleich sein?«

»Du weißt wirklich nicht viel, hm?« Kate kicherte. »Es bedeutet, dass Alessandro und ich uns dann irgendwo in der Mitte treffen müssen. Wenn wir beide die Sache mit einer gesunden Prise Gelassenheit angehen, könnte es perfekt sein.«

»Ich glaube nicht, dass man bei gütlichen Vergleichen oft Liebe findet.«

»Und ich bin mir sicher, dass irgendein vernünftiger Steuerberater auf Tinder mich nehmen würde.«

»Eher würde ich dich selbst heiraten, bevor ich das zulasse. Du verdienst etwas viel Besseres als das. Du verdienst Abenteuer und Aufregung und Romantik. Ich sehe doch, wie Alessandro dich anschaut – er könnte der Mann sein, der dir all das und noch mehr gibt.«

»Jeder außer mir scheint das zu sehen. Ich weiß nicht, warum das so ist.«

»Weil du voller Zweifel bist, und nach der Art, wie die Sache mit Matt zu Ende gegangen ist, hast du Angst. Es ist total verständlich, dass du dich so verhältst, aber dazu hast du keinen Grund. Ein Teil von dir muss denken, dass du das mit Rom auf die Reihe kriegen würdest, oder? Warum probierst du es nicht für sechs Monate aus und schaust dann, wie du dich danach fühlst? Ich kenne jede Menge Leute, die dir helfen könnten, für den Anfang einen Job zu finden, ich könnte mit ihnen reden. Mit dem Schneidern kannst du klein anfangen, genau wie du gesagt hast. Du könntest in deiner Wohnung arbeiten, bis du damit genug Geld verdienst, um Leute einzustellen und einen Arbeitsraum zu mieten.«

»Ah, ich weiß nicht. Ich werde das Gefühl nicht los, dass es ein alberner, impulsiver Tagtraum war – eine Luftnummer. Genau wie meine Idee mit dem Modegeschäft. Wer würde meine Kleider kaufen wollen, wenn es hier all diese anderen tollen Läden wie Gucci und Prada gibt?«

»Jede Menge Leute hassen diese Marken, und noch viel mehr können sie sich nicht leisten. Es ist immer Platz für Nischenwaren. Ich finde, es wäre verrückt von dir, es nicht zu versuchen. Was hast du denn zu verlieren?«

»Abgesehen von meinem Job, meinem Haus, meinen Ersparnissen, dem Wohlwollen meiner Schwestern und meinem Verstand? Nichts«, sagte Kate lachend. »Wenn du es so ausdrückst, ist es ein Selbstläufer.«

Jamie grinste. »Das ist die richtige Einstellung. Auf diesem Prinzip wurde Amerika aufgebaut, und sieh dir an, wie es sich entwickelt hat.«

Sie erwiderte sein Lächeln, aber dann erstarb es. »Geht es dir wirklich gut? Was wirst du jetzt machen?«

»Ich? Klar geht es mir gut. Ich werde nach Hause fliegen, mich von Brad verwöhnen lassen, und in ein paar Tagen habe ich den Überfall vergessen. Das wird mich aber nicht davon abhalten, wieder in meine Lieblingsstadt auf dieser Welt zu kommen, wenn du das meinst, denn wenn du erst mal hier wohnst, werde ich dich ständig besuchen.«

Kate glaubte keine Sekunde, dass er die Wahrheit darüber sagte, dass es ihm gut ging, aber sie ließ es ihm durchgehen. Wenn er es glauben wollte, dann war so eine positive Herangehensweise die halbe Miete. Es ging ihm jetzt vielleicht nicht gut, aber mit der Zeit würde es sich einrenken, davon war sie überzeugt.

»Und wenn ich wirklich hier lebe, wirst du immer willkommen sein. Aber wenn ich in England bleibe, wirst du mich dann auch dort besuchen?«

Er legte die Stirn in Falten und zog die Nase kraus. »England ... hm ... Hilf mir doch mal auf die Sprünge, wo lag das noch ...?«

»Frechdachs!« Sie lächelte. »So winzig und bedeutungslos sind wir nun auch wieder nicht.«

»Ihr habt ungefähr die Größe des Central Parks oder so was, hm?«

»Aber der Central Park ist verdammt groß, nicht wahr?«

»Stimmt. Und wahrscheinlich ist es auch viel gefährlicher, da durchzulaufen.«

»Du bist offensichtlich noch nie am Silvesterabend in Manchester gewesen«, sagte Kate düster, und Jamie lachte.

»Natürlich würde ich nach England kommen. Ich will diese umwerfenden Schwestern kennenlernen, von denen ich immer wieder höre.«

»Die möchte ich dir auch gern vorstellen. Ihr werdet euch bestimmt fabelhaft verstehen.«

»Und du musst mich zu Manchester United mitnehmen.«

Kate sah ihn überrascht an. »Man United? Willst du ein Spiel sehen oder das Gelände?«

»Keine Ahnung. Irgendetwas.«

»Ich hätte dich nicht für einen Fußballfan gehalten.«

»Ich bin ein David-Beckham-Fan ... großer Unterschied.«

Kate kicherte. »Und ich wette, es geht nicht um seine Freistöße, hm?«

»Was ist ein Freistoß?«

»Oh mein Gott!« Kates Gekicher hallte durch das Restaurant und veranlasste einen Kellner und mehrere andere Gäste, sie anzustarren. »Du weißt aber schon, dass David Beckham nicht wirklich in Manchester lebt? Und dass er gar nicht mehr für United spielt?«

»Das ist mir bekannt, aber es könnte noch etwas von seinem Schweiß in den Mauern sein, und das reicht mir völlig ...«

»Jamie, du bist ein Flittchen!«, schnaubte Kate. »Ja, ich werde mit dir zum Old Trafford Stadion gehen, und ich werde dir sogar ein Souvenirshirt schenken. Wie wär's damit?«

»Abgemacht.«

———

Jamie hatte gerade die Hoffnung aufgegeben, dass Alessandro zurückkommen würde, und erklärte Kate, wenn er nicht in den nächsten zehn Minuten auftauche, würde er auf sein Zimmer gehen und für seinen Flug packen müssen. Aber genau in dem Moment betrat Alessandro das Restaurant und kam mit langen Schritten auf ihren Tisch zu. Er wirkte ruhig und entschlossen, und Kate staunte über seine Ausdauer – er hatte die ganze Nacht gearbeitet und rannte lange nach dem Ende seiner Schicht immer noch durch die Gegend. Sie hätte sich nach einer solchen Strapaze kaum mehr auf den Beinen halten können, geschweige denn, den Friedensgesandten in einer zerstrittenen Familie zu spielen. Er zog sich einen Stuhl von ihrem Tisch und ließ sich darauf fallen. Jamie gab einem Kellner in der Nähe ein Zeichen, dass sie weiteren Kaffee brauchten, während Alessandro seinen Bericht begann.

»Es ist alles gut«, sagte er. »Ich habe mit Pietros Eltern gesprochen. Sie wussten nichts von Robertos Tat gestern Abend; Roberto hat es ihnen nicht erzählt, und Pietro hat zu große Angst, nach Hause zu gehen, seit er seiner Familie sein Geheimnis anvertraut hat.«

»Und wo war er dann die ganze Nacht?«, fragte Jamie ängstlich.

»In der Wohnung eines Freundes. Seine Mutter hat ihn angerufen, während ich da war, und ihn gebeten, nach Hause zu kommen. Sie wird mit ihm reden, aber ich denke, sie werden sich wieder versöhnen.«

»Was ist mit Luigi ... Pietros Dad?«, hakte Kate nach. »Was hatte er dazu zu sagen?«

»Er bedauert Robertos Verhalten und schämt sich für seinen ältesten Sohn«, erzählte Alessandro, dann nahm er mit einem Nicken die frische Kaffeekanne von dem Kellner entgegen. »Er hat mich gebeten, Jamie das auszurichten. Er möchte es gerne wiedergutmachen.«

»Was ist mit Pietro?«, fragte Jamie, der von der Idee der Wiedergutmachung durch Pietros Vater und dem, was das mit sich bringen könnte, sichtlich nicht begeistert war. »Sollte der nicht seine oberste Priorität sein?«

»Wir müssen Geduld haben. Es ist nicht leicht für Luigi, diese Neuigkeiten zu akzeptieren, und er wird lange brauchen, um sich daran zu gewöhnen. Er hat das Gefühl, jetzt zwei Söhne zu haben, für die er sich schämen muss. Aber er versteht, dass es nicht dein Werk war, und er wird mit Pietro reden müssen, wenn der nach Hause kommt. Ich weiß nicht, was sie einander sagen werden, aber es ist ihnen klar, dass ich im Falle weiterer Schwierigkeiten noch einmal als Polizist zurückkommen werde und dass die Sache dann für sie schlecht ausgehen wird. Aber er macht sich jetzt Sorgen um Pietro und um Roberto.«

»Ich denke, eine schallende Ohrfeige ist genau das, was Roberto braucht«, lautete Kates Urteil. »Der Typ wäre also abgehakt. Soweit es Pietro betrifft, würden eine Umarmung und ein wenig Akzeptanz viel dazu beitragen, diese Situation zu entschärfen.«

»Für einige Menschen ist das nicht so einfach«, hielt Jamie dagegen. »Und vielleicht braucht auch Roberto ein wenig geduldige Toleranz. Er ist das Produkt seiner Erziehung, und wenn seine Familie immer an solch konservativen Wertvorstellungen festgehalten und nie einen Hehl aus ihrer Abneigung gegen Homosexualität gemacht hat, dann ist es nur natürlich, dass Roberto ausflippt. Für ihn sieht es so aus, als würde die Ordnung in ihrer kleinen Welt infrage gestellt und seine Familie daran zerbrechen. Ich verstehe vollkommen, warum er rotgesehen hat, und ich glaube nicht, dass weitere Gewalt die Lösung wäre.«

Kate lächelte erstaunt. »Du bist beeindruckend. Wie viele andere Menschen würden das auch so sehen, wenn sie gerade selbst Opfer dieser Gewalt geworden wären?«

»Aber vielleicht hat Jamie recht«, schaltete Alessandro sich ein. »Sie brauchen Zeit. Pietro wird ein paar Tage nicht im Restaurant seines Vaters arbeiten, während er darüber entscheidet, wie es für ihn weitergehen soll, und Roberto wird seine Arbeit als Bestrafung für das übernehmen, was er Jamie angetan hat. Ich bin froh darüber, dass sie in der Familie jetzt einige Dinge klären werden. Es mag nicht perfekt sein, aber hoffentlich friedlich.«

»Das hoffe ich auch«, sagte Kate und wandte sich dann an Jamie. »Aber versprich mir, dass du von jetzt an versuchen wirst, nicht in Schwierigkeiten zu geraten. Du hast mir diese Woche schon mehr als genug Kopfschmerzen bereitet.«

»Nein, das kann ich nicht tun«, antwortete Jamie. »Schwierigkeiten liegen mir im Blut, also könnte ich es zwar versprechen, aber ich würde das Versprechen brechen, egal wie sehr ich mich bemühe, es nicht zu tun. Am besten gibt man überhaupt keine Versprechungen ab, damit niemand enttäuscht wird.«

Kate verdrehte die Augen. »Das nächste Mal solltest du wenigstens nicht alle im Dunkeln lassen, sondern jemanden mitnehmen, wenn du von einem zornigen Bruder in eine düstere Gasse gelockt wirst.«

Jamie lachte. »Mach ich. So viel kann ich tun, aber dann solltest du besser deine Boxhandschuhe mitbringen.« Dann richtete er das Wort an Alessandro. »Ich kann dir gar nicht genug für all das danken, was du getan hast. Die Einladung, die ich Kate gegenüber bereits ausgesprochen habe, dehne ich natürlich auch auf dich aus. Du solltest unbedingt bei Brad und mir wohnen, wenn du das nächste Mal in New York bist.«

Alessandro neigte den Kopf. »Das ist sehr nett. Ich werde es gern tun.«

»Man kann nie wissen«, fügte Jamie hinzu, und jetzt stahl sich ein schelmischer Ausdruck in seine Züge, »vielleicht wollt ihr ja mal zusammen nach New York kommen ...«

Alessandro lächelte Kate an, und ihre Wangen brannten erneut lichterloh. Die alten Gefühle plagten sie wieder, und sie wünschte, sie hätte von Lucetta etwas anderes gehört, als dass er sie gernhabe. Gernhaben deckte nicht im Mindesten die Gefühle ab, die sie im Moment überkamen.

»Ich bin froh, dass Pietro klarkommen wird«, erklärte Jamie. »Aber jetzt muss ich wohl wirklich für meinen Heimflug packen. Was werdet ihr zwei mit dem Rest des Tages anfangen?«

»Ich habe mir immer noch nicht den Trevi-Brunnen angesehen – jedenfalls nicht richtig«, sagte Kate. »Vielleicht könnte ich das nachholen, da es wahrscheinlich meine letzte Gelegenheit dazu ist.«

Sie sah Alessandro hoffnungsvoll an.

»Möchtest du, dass ich dich begleite?«, fragte er.

Kate warf einen Blick auf Jamie und bemerkte den Anflug eines Lächelns. Er nickte ihr kaum merklich zu.

»Du musst erschöpft sein«, sagte Kate wieder zu Alessandro. Ihr Herz klopfte, und sie hoffte, dass ihre fadenscheinige Floskel ignoriert werden würde und dass er darauf bestehen würde, sie auszuführen. Es würde vielleicht nicht so enden, wie sie es sich wünschte, aber trotz allem, was sie zuvor gesagt hatte, war sie nicht bereit, ihn ziehen zu lassen. »Ich wette, du willst nach Hause und ins Bett.«

»Ich muss heute Abend arbeiten«, antwortete er. »Aber noch bin ich nicht müde.«

SIEBZEHN

Als sie ein kleines Mädchen gewesen war, hatte ihre Mutter Kate immer vor dem alten Keller ihres Hauses gewarnt. Sie sagte ihr, dass es dort unten nicht sicher sei, außerdem kalt und dunkel, und dass sie da unten nicht herumlungern solle, weil dort alle möglichen gefährlichen Dinge aufbewahrt würden. Die Warnungen machten sie nur noch neugieriger, und eines Tages, als niemand hinsah, schloss sie die alte Tür auf und ging hinein. Es war dunkel, und die Stufen waren durch die jahrelange Feuchtigkeit und den Schimmel glitschig, sodass Kate darauf ausrutschte und sich das Handgelenk brach.

Die Warnung ihrer Mutter ähnelte sehr den Warnungen, die ihr Gehirn jetzt in Bezug auf Alessandro aussprach. Warnungen, die sie fröhlich ignorierte, während sie in dem schwelgte, was sie sich noch vor wenigen Stunden untersagt hatte. Diesmal bestand das Risiko eher in einem gebrochenen Herzen als in einem gebrochenen Handgelenk, aber sie war bereit, es auf sich zu nehmen. Sie hatte sich auf sein Angebot gestürzt, sie zum Trevi-Brunnen zu begleiten, und der einzige Zweifel, den sie sich eingestehen wollte, war die Tatsache, dass sie im Moment nicht gerade gut aussah und, wenn sie die Zeit

gehabt hätte, zuerst in ihr Hotel gegangen wäre, um sich umzuziehen. Außerdem war ihr bewusst, dass Alessandro, auch
wenn er das Gegenteil beteuerte, müde sein musste und später
außerdem noch zum Dienst erwartet wurde. Natürlich wollte
sie ihn nicht den ganzen Tag auf Trab halten, aber ihre Gewissensbisse schreckten sie nicht ab – sie wollte mit ihm zusammen
sein und so viel Zeit mit ihm verbringen, wie sie nur konnte.

Er nahm ihre Hand, als sie dastanden und über das kristall-
klare Wasser des Brunnens die imposante Säulenkulisse mit
den zahlreichen Skulpturen aus schimmerndem Travertin
betrachteten. Es fühlte sich wie ein Theater an, weil sich eine
lange Sitzfläche um die Bühne des weitläufigen Beckens
ausdehnte, die bereits voller begeisterter Touristen war. Kate
beließ ihre Hand in seiner, während die Sonne ihnen den
Nacken wärmte, und genoss den Rausch der Berührung. Alessandro erzählte ihr, was er über den Brunnen wusste, über die
Figuren – den Meeresgott Okeanos, die Meerespferde und
Triton – und dass das Wasser des Brunnens über ein etwa zwei
Jahrtausende altes Äquadukt aus den nahen Bergen hergeleitet
wurde. Und nachdem der Brunnen gerade erst renoviert
worden war, sei er jetzt ein noch größeres Wunder als zuvor.
Alessandro war so gut informiert und sichtlich stolz, so geduldig
und bereit, alle ihre Fragen zu beantworten, dass sie ihm den
ganzen Tag hätte zuhören können. Allein der Klang seiner
Stimme jagte ihr eine Gänsehaut über den Rücken, dazu der
hinreißende Akzent und die Eigenheiten seiner Aussprache,
wenn er Englisch redete. Das geschmeidige Wechseln zwischen
ihrer und seiner Sprache, sodass Kate bald überzeugt davon
war, dass sie nie zuvor ein Mann so bezaubert hatte. Vielleicht
konnte sie ihn ja haben, wenn sie nur mutig genug war. Mehr
denn je sehnte sie sich danach, zu bleiben, und sei es auch nur,
um ihm nah zu sein, um ihn jeden Tag sehen zu können. Aber
es war immer noch ein unmöglicher Traum, oder? Obwohl sein
Verhalten jetzt auf Gefühle hindeutete, die über bloßes Gern-

haben hinausgingen, konnte sie sich nicht sicher sein, nicht, bis er es ausgesprochen hatte. Und vielleicht würde er das niemals tun. Solche Romanzen passierten zwar, aber nicht Menschen wie ihr.

»Woran denkst du?« Er schaute sie an, weil er ihr kurzes, nachdenkliches Schweigen bemerkt hatte, während sie das funkelnde Wasser beobachtete, das über die Steine schoss. »Bist du müde? Ist dir heiß? Möchtest du dich setzen?«

»Ich vermute, dass eher du derjenige bist, der müde ist«, antwortete Kate. »Du warst die ganze Nacht auf.«

Er tat die Bemerkung mit einem Achselzucken ab. »Ich kann später noch schlafen. Ein oder zwei Stunden werden genügen.«

»Daran werde ich dich erinnern, wenn du um Mitternacht im Dienst bist.« Sie lächelte. Es entsprach wahrscheinlich der Wahrheit, und eine nettere Person als sie hätte darauf bestanden, dass er nach Hause ging und sich ausruhte, aber ihr war im Moment nicht nach Nettigkeiten zumute. »Ich habe nur darüber nachgedacht, wie wunderschön alles hier ist und wie langweilig mir mein Zuhause morgen vorkommen wird. Wirst du dich jemals so an Rom gewöhnen, dass dir alles sehr gewöhnlich erscheint?«

»Wie könnte ich denken, dass dies gewöhnlich aussieht?« Er deutete mit einer schwungvollen Geste auf das prachtvolle Bauwerk vor ihnen. »Ich liebe meine Stadt, sie ist mein Herz.«

»Das dachte ich mir«, sagte sie leise. »Wenn du an einem solchen Ort lebst, wirst du ihn niemals verlassen wollen, nicht wahr?«

»Wo sonst sollte ich leben, wo ich so glücklich wäre?« Er drehte sich zu ihr um. »Bist du traurig, dass du morgen abreisen musst?«

Sie nickte.

»Ich bin auch traurig darüber«, erwiderte er. Dann zog er sie an den Schultern zu sich herum und griff nach ihren beiden

Händen. »Kate ... es fällt mir schwer, das zu sagen, aber du musst wissen, was in meinem Herzen ist. Wie Pietro darf ich mich nicht länger selbst belügen.«

Es folgte eine Pause, und Kate hielt den Atem an, als er weitersprach.

»Ich habe Gefühle für dich«, begann er.

Sie sah ihn an und wusste nicht, wie sie darauf reagieren sollte, aber sie hungerte nach mehr, hungerte danach, die ersehnten Worte zu hören, und gleichzeitig graute ihr davor, denn wenn sie das endlich von ihm gehört hatte, würde sie heute himmelhochjauchzend glücklich sein, aber ihre Abreise morgen würde umso schmerzlicher ausfallen.

»Ich bin verwirrt«, fuhr er fort. »Aber ich weiß eines ganz sicher: Ich will nicht, dass du morgen Rom verlässt. Ich weiß, du musst fortgehen, aber ich will es nicht.«

Kate kamen die Tränen. Er konnte diese drei kleinen Worte nicht sagen, ebenso wenig wie sie es konnte. Sobald sie heraus waren, würden sich die Dinge verschieben und verändern, und jede Handlung würde dramatische Auswirkungen haben, und das war ein beängstigender Gedanke. Sie wollte nach Rom zurückkehren, aber was, wenn sie es nicht tat oder nicht tun konnte? Was dann? Die Liebe hatte es nicht verdient, so behandelt zu werden, im Stich gelassen zu werden und abzusterben. Und doch gab es so viele Barrieren, so viel anderes zu bedenken, so viele Sorgen, die ihr im Weg stehen würden. Kate holte tief Luft und trat ins Leere. Nur die Zeit würde zeigen, ob sie fliegen oder fallen würde, aber ihre Entscheidung stand fest.

»Es gibt zu Hause so viel zu erledigen, bevor ich an etwas anderes denken kann«, begann sie.

Er wischte sanft eine Träne von ihrer Wange. »Das verstehe ich.«

»Nein ...« Sie schüttelte den Kopf. »Tust du nicht. Ich habe viel über meine Zukunft nachgedacht, und ich werde versuchen, nach Rom zurückzukommen.«

»Wann?« Sein Gesicht leuchtete auf. »Wenn ich weiß, wann du kommst, werde ich versuchen, mir freizunehmen, und dann werden wir die ganze Zeit, während du hier bist, zusammen sein!«

Kate lächelte und schniefte ihre Tränen weg. »Dann wird das ein ziemlich langer Urlaub werden. Denn ich will hierher umziehen.«

Er runzelte die Stirn.

»Ich will hier leben«, verdeutlichte sie es ihm. »In Rom. Wenn ich zurückkehre, wird es auf Dauer sein.«

Er grinste breit und zog sie zu einem Kuss an sich, der sie in seinen Armen dahinschmelzen ließ. »Ich bin so glücklich«, flüsterte er. »*Ti amo troppo.*«

Das waren italienische Worte, für die Kate keinen Dolmetscher brauchte. Ihr Herz schlug höher bei seiner Liebeserklärung, als er sie abermals küsste.

»Es ist wirklich wahr, ein Versprechen?«, fragte er, als ihre Lippen sich voneinander lösten. »Du wirst zurückkehren?«

»Ich werde mein Allerbestes tun«, sagte Kate, obwohl Realität und Ungewissheit sich bereits meldeten. Er stöberte in seiner Tasche und holte eine Münze hervor.

»Wir müssen einen Wunsch am Springbrunnen machen«, verkündete er und führte sie durch die Menschenmenge näher ans Wasser heran. Am Rand des Beckens blieben sie stehen. »Wir drehen dem Springbrunnen den Rücken zu, so …« Er wandte sich vom Wasser ab, und sie ahmte seine Bewegungen nach, bevor er ihr die Münze reichte. »Du wirfst sie hinter dich, und wenn sie im Wasser landet, wirst du nach Rom zurückkehren.«

»Ich glaube, der Brunnen ist ziemlich schwer zu verfehlen«, sagte Kate lachend, aber dann erstarb ihr Gelächter, als sie den ernsten Ausdruck auf seinem Gesicht sah.

»Es wird mir helfen, auf dein Versprechen zu vertrauen«,

erklärte er. »Wenn du das tust, kann ich mir sicher sein, dass du wirklich zurückkommen wirst.«

Er wollte Gewissheit, und nachdem er schon einmal eine große Liebe verloren hatte, verstand sie, wie verzweifelt er das brauchte. Sie schloss die Augen, murmelte leise das Gebet und warf die Münze über ihre Schulter. Die Menge war zu laut, um im Lärm der Stimmen das Spritzen zu hören, aber als sie die Augen öffnete, sah sie, dass Alessandro lächelte.

»*Va bene.* Jetzt bin ich glücklich.«

»Ich auch«, gestand ihm Kate.

In dem Moment summte ihr Handy in der Handtasche. Eine Sekunde lang dachte sie daran, es zu ignorieren, aber dann fragte sie sich, ob es vielleicht Lily war, die ihr auf die eine oder andere Art den ganzen Tag lang nicht aus dem Kopf gegangen war, daher holte sie das Telefon heraus und schaute auf das Display.

»Jamie.« Sie lächelte Alessandro an, der sie fragend anschaute.

Hast du es ihm schon erzählt?

Kate sperrte das Telefon und warf es wieder in ihre Handtasche. Es würde später noch Zeit sein, mit Jamie zu reden, und wenn sie ihn ins Bild setzte, würde er verstehen, dass sich im Moment alles um Alessandro drehte. Er war wahrscheinlich am Flughafen, langweilte sich und wollte mit jemandem reden, aber er musste sich an einen der vielen anderen Freunde wenden, die er hatte. Sie griff nach Alessandros Hand.

»Ich glaube, wir haben den Springbrunnen gesehen.«

»Gefällt er dir nicht?«

»Ich finde ihn wunderschön. Aber ich denke einfach, dass wir ihn gesehen haben.«

»Möchtest du gern noch etwas sehen?«

»Eigentlich nicht.«

Er runzelte die Stirn. »Möchtest du in dein Hotel zurück?«

»Ja.«

»Oh ...« Er machte eine enttäuschte Miene. Sie lächelte. Vielleicht hatte sie ja ein Mittel dagegen.

»Bist du schon müde?«, fragte sie.

»Nein«, sagte er.

»Gut. Das hatte ich gehofft.«

————

Ihr war nie klar gewesen, wie mechanisch der Sex mit Matt in all den Jahren gewesen war, bis Alessandro sie am Nachmittag liebte. Es war nicht einmal der Punkt, dass sie nur mit einem einzigen Mann zusammen gewesen war, sondern sie wusste sofort an der Art, wie er sie berührte, dass er Dinge tun konnte, die nur wenige andere Männer konnten oder wollten. Ihm ging es um ihre Lust und ihr Verlangen, und erst als er glücklich damit war, dass sie auf einer Wolke der Ekstase schwebte und nicht mehr ertragen konnte, gestattete er sich, sein eigenes Verlangen zu stillen. Es gab keine Angst, keine Befürchtungen, keine Hemmungen, nur Vertrauen und Zufriedenheit, als sie danach nackt in seinen Armen schlummerte und die Brise vom Fenster her über ihrer beider Haut strich, als würde sie einen Liebeszauber weben. Es gab kein Zurück; sie hatte sich vollständig und unwiderruflich an diesen Mann verloren, was auch immer von jetzt an geschehen mochte.

————

Nach den langen Schatten zu schließen, war es früher Abend, als sie die Augen öffnete. Alessandro zog sich gerade an.

»Du gehst?«, fragte sie mit verschlafener Stimme.

»Ich muss«, antwortete er. »Es ist schon spät, und ich muss in einer Stunde meinen Dienst antreten.«

Kate schoss hoch. »Wir haben so lange geschlafen?«

»Ja.« Er grinste. »Du warst sehr müde.«

»Das überrascht mich nicht«, sagte Kate mit einem durchtriebenen, verführerischen Blick, und das sofortige Kribbeln in ihren Lenden weckte in ihr den Wunsch, sie könnte ihn wieder zurück ins Bett ziehen und noch einmal ganz von vorn anfangen. »Du solltest ebenfalls müde sein.«

»Ich doch nicht«, gab er zurück und grinste noch breiter. »Ich bin wie ein Pferd.«

Kate lachte. »Mein italienischer Hengst. Jetzt bekomme ich dieses Bild nicht wieder aus dem Kopf!«

Er zog sich die Schuhe an, bevor er sich ein Notizbuch vom Nachttisch schnappte, in das er eine Nummer schrieb und Kate dann das Blatt gab. »Du wirst das hier brauchen. Meine Telefonnummer.«

Kate betrachtete die Zahlen, bevor sie den leeren unteren Rand des Blattes abriss und ihm ihre Nummer notierte.

»Und du wirst das hier brauchen. Ich habe keine Ahnung, warum ich sie dir nicht schon früher gegeben habe, aber ...«

»*Va bene*. Es spielt keine Rolle.« Er setzte sich neben sie aufs Bett, umfasste ihr Gesicht mit beiden Händen und küsste sie sanft. »Ich werde dich nicht wiedersehen, bevor du fliegst?«

Kate schüttelte den Kopf, und die schreckliche Realität ihrer unmittelbar bevorstehenden Trennung saugte das Glück aus der Luft ringsum, bis der Raum sich ein wenig kälter und grauer anfühlte als noch einen Moment zuvor.

»Du musst so schnell wie möglich zu mir zurückkommen«, sagte er. »Bis dahin werde ich nicht glücklich sein.«

»Das mache ich.«

Es blieb nur Zeit für einen einzigen weiteren leidenschaftlichen Kuss und geflüsterte Versprechen, dann war er fort.

ACHTZEHN

Lily ging immer noch nicht an ihr Telefon. Das war seltsam und sehr beunruhigend. Kate versuchte es, nachdem Alessandro gegangen war, dann noch einmal nach dem Abendessen und erneut, als sie für ihren Flug packte. Sie schickte Lily eine kurze Nachricht, in der sie ihre wachsende Besorgnis und den Wunsch äußerte, sie möge sich so schnell wie möglich bei ihr melden, und das Einzige, was sie noch tun konnte, war, Anna anzurufen.

»Hast du heute schon etwas von Lily gehört?« Kate saß auf ihrem Bett, und ihr Blick wanderte zu den gepackten Koffern, die jetzt in der Zimmerecke standen. »Ich versuche es seit heute Morgen, aber es meldet sich niemand.«

»Hast du es bei Joel versucht?«

»Ich habe ihm eine Nachricht geschickt, aber er hat auch nicht geantwortet. Er ist allerdings eher schlecht darin, sein Handy zu checken.«

»Das ist er, aber Lily sieht so etwas nicht ähnlich. Ich kann versuchen, sie zu erreichen, wenn du möchtest.«

»Ich bezweifle, dass du weiterkommst als ich, aber man

kann nie wissen. Wirst du mir Bescheid geben, wenn du etwas von ihr hörst?«

»Sie macht wahrscheinlich bloß Überstunden wegen irgendeines großen Projekts. Ich würde mir keine allzu großen Sorgen machen.«

Kate schwieg für einen Moment. Vielleicht machte sie sich zu große Sorgen. »Es beunruhigt mich wohl einfach, dass ich so weit weg bin ... Ich fühle mich ein wenig hilflos, weil ich nichts tun könnte, wenn tatsächlich etwas nicht in Ordnung wäre, verstehst du?«

»Morgen bist du wieder zu Hause, wenn also der nationale Notstand ausgerufen wird, bist du sofort zur Stelle, um alles zu regeln, nicht wahr?«

Kate lächelte.

»Ich kann es gar nicht erwarten, dich zu sehen«, fügte Anna hinzu. »Soll ich zum Flughafen kommen, um dich abzuholen?«

»Das wäre wunderbar, danke.«

Erneut trat Schweigen ein. Kate konnte ihr jetzt die Neuigkeiten über Alessandro erzählen und von ihrer Entscheidung auszuwandern, und das wünschte sie sich auch verzweifelt. Sie hatte das Gefühl, dass sie fast platzte mit ihren Neuigkeiten, und sie hasste es, ihren Schwestern gegenüber etwas geheim zu halten, vor allem eine so große Sache. Aber war es fair, das am Telefon zu erledigen? Und war es der richtige Zeitpunkt, wenn sie andere Dinge zu bedenken hatten, wie die Frage, wo Lily war und warum sie nicht auf ihre Nachrichten antwortete?

Kate kaute auf ihrer Unterlippe, und als Anna erneut das Wort ergriff, wusste sie, dass der Augenblick verstrichen war. Es würde warten müssen, bis sie nach Hause kam, aber vielleicht war es besser so.

»Hast du alles gepackt? Ich wette, du freust dich schon auf eine Tasse englischen Tee, hm? Das vermisse ich immer am meisten, wenn ich im Ausland bin, eine gute, anständige Tasse englischen Tee.«

»Klingt traumhaft«, antwortete Kate geistesabwesend.

»Ist mit dir alles in Ordnung?«

»Ja. Natürlich ...« Kate schüttelte sich. »Ich habe nur an Dinge gedacht, die ich erledigen muss, wenn ich wieder zu Hause bin ...«

»Es ist bloß so ... ich habe mich gefragt, ob du immer noch traurig bist wegen Matt ...«

»Matt?«

»Du weißt schon ... die Sache mit dem Baby. Ich habe mich gefragt ... nun, ich wollte nicht, dass es dir den Urlaub verdirbt, und ich habe mir Sorgen gemacht, ob es doch so war. Ich habe den ganzen Tag gedacht, dass ich es dir nicht hätte sagen sollen, bevor du zurück bist, und dass es dumm war, und ...«

»Schon gut. Die kann ihn gern haben, und es ist mir egal, ob sie zehn Kinder bekommen.«

»Wirklich?« Annas Ton war ungläubig, und Kate verstand, warum das so war. Aber die Landschaft ihrer Zukunft hatte sich bis zur Unkenntlichkeit verändert, seit Anna Kate diese Neuigkeiten erzählt hatte, und jetzt kamen ihre Worte wirklich von Herzen. Matt gehörte in ihre Vergangenheit, und sie verspürte keinerlei Wunsch, dass er in dem, was kommen würde, noch eine Rolle spielte.

»Auf jeden Fall. Er bedeutet mir jetzt nichts mehr. Ich wünsche ihm nichts Böses, aber es interessiert mich auch nicht besonders, was er tut.«

»Wow ... Wie ist denn das gekommen?«

»Ich bin drüber weg. So seltsam ist das nun auch wieder nicht. Menschen lassen ständig Sachen hinter sich.«

»Ich weiß, ich dachte nur ... vergiss es. Ich bin froh, dass du das alles jetzt hinter dir lässt. Schreib mir, wenn du morgen ins Flugzeug steigst, damit ich weiß, wann ich am Flughafen sein muss.«

»Danke, mach ich. Und vergiss nicht, mir Bescheid zu geben, falls du etwas von Lily hörst.«

»Okay. Aber ich bin mir sicher, dass es ihr gut geht. Wir sehen uns morgen. Ich hab dich lieb.«

»Hab dich auch lieb.«

Kate warf das Handy aufs Bett neben sich und starrte auf die wartenden, gepackten Koffer. Wenn ihr jemand die Woche, die sie hinter sich hatte, vorhergesagt hätte, hätte sie ihn ausgelacht. Aber sie verließ die ewige Stadt als ein veränderter Mensch, sei es zum Besseren oder zum Schlechteren.

Schließlich stand sie auf, ging ans Fenster und beugte sich über das schmale Balkongitter, um die Straßen darunter besser sehen zu können. Es war immer noch warm, und es wimmelte von Menschen, trotz der späten Stunde, und Rom war immer noch voller Leben und Möglichkeiten. Irgendwo dort draußen drehte Alessandro seine Runde und sorgte in genau diesen Straßen – den Straßen, die er so sehr liebte – für Sicherheit. Wie war es möglich, dass ein solcher Mann ihre Liebe erwiderte? Er war alles, was sie sich je hätte erträumen können, worauf sie aber nie zu hoffen gewagt hätte, und doch hatte er ihr sein Herz versprochen, hatte ihr gesagt, dass er warten werde, ganz gleich, wie lange sie brauche, um zurückzukommen. Sie war die glücklichste Frau auf Erden, warum also war sie dann den Tränen so nah? Sie wollte am liebsten sofort zu ihm rennen, nur um sein Gesicht noch ein einziges Mal zu sehen, bevor sie fortging, selbst wenn er arbeitete und sie nicht mit ihm reden konnte. Es war schon spät, und keiner ihrer Freunde und Verwandten wäre glücklich gewesen, wenn sie sich jetzt auf eigene Faust auf die Suche machte und möglicherweise durch die Straßen irrte, aber keiner von ihnen war hier. Bevor sie lange genug darüber nachdenken konnte, um es sich auszureden, hatte sie sich auch schon ihr Handy und ihre Schlüssel geschnappt und ging zur Tür.

Fast als wäre er ein Hellseher, schickte Jamie ihr in dem Moment eine Nachricht aufs Telefon. Er war gerade am JFK-

Flughafen gelandet und wartete an der Gepäckausgabe auf seinen Koffer. Kate lächelte, als sie seine Worte las.

Du hast es mir noch gar nicht verraten – hast du deinen Mann bekommen?

Ja. Er gehört ganz mir.

Habt ihr den Deal besiegelt?

Kates Lächeln wurde breiter.

Mein Geheimnis.

Weiter so, Mädchen. Ich habe mich noch gar nicht richtig bei dir dafür bedankt, dass du so eine tolle Freundin bist.

Du brauchst dich nicht bei mir zu bedanken, es war mir ein Vergnügen. Ich fand es wunderbar, dass du mich in Rom herumgeführt hast. Danke, dass du so gut auf mich aufgepasst hast.

So gut nun auch wieder nicht! Du schuldest mir einen Besuch in New York. Vergiss mich nicht.

Als könnte ich das!

Aber echt! Komm morgen gut nach Hause. X

Kate ließ das Handy wieder in ihre Tasche fallen. Sie hatte sich nicht nur in einen Mann und in eine Stadt verliebt, sie hatte sich auch in einen brandneuen besten Freund verliebt. Und wer wusste schon, welche Möglichkeiten das Leben sonst noch für sie offenhielt, denn im Moment fühlte es sich so an, als ob alles da draußen nur auf sie wartete. Die Welt fühlte sich frisch an, wie die erste Seite eines neuen Buches, und es war wunderbar. Sie war aus dem Schatten des Verrats und der Zurückweisung durch Matt herausgetreten und stärker geworden, strahlender und zu allem bereit. Sie war zu so viel mehr fähig, als sie je für möglich gehalten hätte. Und sie konnte es gar nicht erwarten, zu sehen, was das Leben als Nächstes für sie bereithielt.

———

Der Weg führte sie zur Spanischen Treppe, und obwohl sie mehrere Polizisten sah, war keiner von ihnen Alessandro. Also setzte sie ihren Weg zur Piazza Navona fort, um die Straßen nach ihm abzusuchen, aber auch dort war keine Spur von ihm zu entdecken. Tatsächlich hatte sie ihn nicht gefragt, wo er heute Abend sein würde – vielleicht war er in einem ganz neuen Viertel oder arbeitete sogar auf dem Revier.

Nach einer weiteren halben Stunde musste sie sich geschlagen geben. Sie hätte die ganze Nacht nach ihm suchen können, ohne ihn zu finden. Außerdem arbeitete er, und trotz der Versuchung, ihn jetzt anzurufen, nachdem sie endlich im Besitz seiner Nummer war, war das wahrscheinlich keine gute Idee. Davon abgesehen musste sie am nächsten Morgen ein Flugzeug erwischen, daher wurde es wahrscheinlich Zeit, dass sie ins Bett ging. Ein langsamer Fußmarsch zurück führte sie an der Trattoria da Luigi vorbei. Sie schaute durch die großen Fenster. Das gemütliche Restaurant war fast menschenleer, abgesehen von einem Pärchen, das sich an einem intimen Ecktisch küsste, und einem Mann, der so verblüffend wie eine ältere Version von Pietro aussah, dass es nur Luigi selbst sein konnte, der hinter der Theke stand. Plötzlich verspürte sie den starken Drang, zu ihm zu gehen und mit ihm zu sprechen, denn sie wollte sich davon überzeugen, dass für die Familie alles gut werden würde. Die alte Kate wäre in ihr Hotel zurückgeeilt und hätte derart dumme Impulse ignoriert. Aber dies war nicht die alte Kate. Sie drückte die Restauranttüren auf und trat ein.

»*Buonasera*«, begrüßte er sie und schaute von der Kasse auf.

»Hallo.«

»Ein Tisch?«

»Nein danke ... Ein Drink wäre vielleicht schön. Haben Sie Limoncello?«

Er nickte und griff nach einem Glas. Offensichtlich erkannte er sie nicht von dem Abend, den sie mit Jamie hier verbracht hatte, trotz der ungewöhnlichen Umstände ihres Verschwindens.

»Ich habe mich gefragt, ob Pietro heute Abend vielleicht hier sein würde ...«, sprach sie weiter, und er erstarrte und hielt die Flasche über das Glas, während er sie musterte.

»Mein Sohn?«

»Ja. Ich ...« Kate wurde plötzlich bewusst, dass sie ihre Nase vielleicht doch nicht in diese Angelegenheit stecken sollte, aber jetzt war sie hier und hatte bereits Staub aufgewirbelt. Sie spürte, wie sie errötete, und wechselte schnell den Kurs. »Sie erinnern sich wahrscheinlich nicht an mich, aber ich habe diese Woche hier gegessen. Da habe ich Pietro kennengelernt. Er war sehr nett. Ich dachte, er ist vielleicht heute Abend hier. Ich wollte ihm einfach nur Hallo sagen.«

Luigi musterte sie von Kopf bis Fuß, während er das Glas füllte. »Sie verschwenden Ihre Zeit«, sagte er schroff. »Er würde sich nicht für Sie interessieren.«

Ach Mist! Jetzt sah es so aus, als versuchte sie, mit ihm anzubandeln. Was für ein Mist! Hätte sie einen noch schlechteren Eindruck machen können? Das hier lief nicht im Mindesten so, wie es sollte! »Ich bin nicht auf ein Date mit ihm aus oder so etwas«, sagte sie, und ihr Gesicht brannte noch heißer. »Ich wollte mich nur bei ihm bedanken, für seine guten

Dienste und seine Freundlichkeit. Es war mein erster Abend in Rom. Das ist alles. Es spielt keine Rolle.«

Wieder musterte Luigi sie von Kopf bis Fuß. »Er arbeitet heute Abend nicht. Ich werde es ihm ausrichten.«

Wenn er das ernst meinte, dann stand er zumindest mit Pietro in Kontakt, was ein gutes Zeichen war. Kate musste sich damit zufriedengeben, zumindest das herausgefunden zu haben; es sah nicht so aus, als würde sie aus Luigi noch mehr herausbekommen, und da sich keine anderen Familienmitglieder im Restaurant aufhielten, würde sie von niemandem mehr erfahren. Sie bezahlte ihren Drink, kippte ihn schnell hinunter und ging.

So viel dazu, deine Nase da reingesteckt zu haben, dachte sie, als sie wieder auf der hell beleuchteten Straße stand, um in ihr Hotel zurückzukehren. Sie war kaum zehn Schritte weit gegangen, als ihr Handy klingelte. Sofort dachte sie an Jamie, der sich vielleicht wieder langweilte, während er auf ein Taxi wartete oder irgendetwas. Es war sicher besser, ihm nichts von ihrer peinlichen Episode in der Trattoria zu erzählen. Aber als sie das Handy aus den Tiefen ihrer Tasche holte, war es nicht Jamie, sondern Anna.

»Hey ... was gibt's?«

»Kate, ich bin es ... Es ist mir gelungen, Joel zu erreichen. Er war den ganzen Tag mit Lily im Krankenhaus und konnte sich gerade erst einen Moment frei machen. Oh, Kate, es sind schlimme Neuigkeiten ... Sie hat ihr Baby verloren!«

NEUNZEHN

Kate starrte auf das Telefon.

»Hast du mich gehört?«, fragte Anna.

»Ja. Oh Gott, die arme Lily. Was ist passiert?«

»Die Einzelheiten sind etwas lückenhaft – Joel ist fix und fertig, und seine Worte ergeben nicht viel Sinn. Soweit ich es verstehe, hat bei ihr heute Morgen eine Blutung eingesetzt. Sie ist im Bett geblieben und hat gehofft, es würde aufhören. Aber es hat nicht aufgehört, und die Hebamme hat sie sofort ins Krankenhaus geschickt. Die Fehlgeburt war schon passiert, als sie dort ankam.«

»Ich werde sofort zurückfliegen. Schauen, ob ich noch einen Flug für heute Abend buchen kann …«, begann Kate, aber Anna bremste sie.

»Sei nicht dumm. Was kannst du schon tun? Es wird dich ein Vermögen kosten, und der Schaden ist bereits angerichtet. Nimm deinen ursprünglichen Flug – Lily würde nicht wollen, dass du dir ihretwegen so viel Mühe machst.«

»Sie braucht mich!«

»Mum kommt von Schottland her, und ich bin gerade auf dem Weg zum Krankenhaus, sie hat also jede Menge Unterstüt-

zung, wahrscheinlich mehr, als sie überhaupt will. Es hat
ehrlich keinen Sinn, und morgen wird sie nach Hause entlassen. Erst dann wird ihr wirklich klar werden, was passiert ist,
und sie wird dich wahrscheinlich erheblich dringender brauchen als jetzt.«

Kate kaute auf ihrer Unterlippe. »Okay«, stimmte sie zu.
»Aber du bleibst bei ihr, und ich fahre allein vom Flughafen
nach Hause. Sobald ich da bin, komme ich sofort rüber.«

———

Normalerweise hätte Kate bei ihrer Ankunft zu Hause ihre
Koffer im Flur auf den Boden geworfen und wäre direkt zum
Wasserkocher gegangen. Aber diesmal ließ sie ihre Koffer im
Flur stehen und sprang sofort in ihr Auto, um zu Lily zu fahren.
Der Himmel war bleiern, und ein feiner Nieselregen hielt die
Scheibenwischer beschäftigt, als sie durch Vororte fuhr, die im
Vergleich zu der atemberaubenden Architektur der Stadt, aus
der sie gerade kam, schmuddelig und uninspiriert wirkten.
Alles war so anders, alles schien langweiliger zu sein – die
Atmosphäre hier, sobald sie aus dem Flugzeug gestiegen war,
das Benehmen des Taxifahrers, der sie nach Hause gebracht
hatte, der geordnete, gleichmäßige Verkehr, Welten entfernt
von dem temperamentvollen Fahrstil der Italiener, die Kühle
der Straßen in ihrer Wohngegend, die nüchternen, funktio-
nalen Häuser, denen es an Schönheit oder Charme mangelte,
die gelangweilten Gesichter ihrer Nachbarn, deren Begrüßung
so wirkte, als würde es sie nicht im Mindesten scheren, ob es ihr
gut ging oder nicht. Vielleicht lag es an den Umständen ihrer
Rückkehr – Lily in der dunkelsten Stunde ihres Lebens,
während Kate den Mann zurückgelassen hatte, der vielleicht
zur Liebe ihres Lebens werden würde – gleich nachdem sie ihn
gefunden hatte, und da er am Abend zuvor bis nach dem Start
ihres Flugzeugs Dienst gehabt hatte, war nicht einmal Zeit für

ein richtiges Lebewohl geblieben – aber es gab noch deprimierendere Gedanken als diesen.

Ihre Stimmung war weder unbeschwerter noch positiver, als sie vor dem Haus vorfuhr, das Lily mit ihrem Freund Joel bewohnte, der beim Öffnen der Tür zehn Jahre älter wirkte als seine achtundzwanzig. Unter seinen sonst so fröhlichen blauen Augen lagen dunkle Ringe, passend zu dem untypischen Schatten schwarzer Bartstoppeln auf seinem Kinn.

Kate sah ihn an, als sie auf der Türschwelle stand. Was sagte man in einer solchen Situation überhaupt? Es gab keine Worte, die es besser machen würden, nichts, das nicht abgedroschen und hohl und bedeutungslos klingen würde. Aber sein Gesicht verriet ihr alles, was sie wissen musste, und sie brauchte die Worte nicht. Auf eine schnelle, matte Begrüßung folgte eine knappe Einladung hereinzukommen. Sie konnte ihm nur in ein Haus folgen, das sich anfühlte, als hätte jeder einzelne Stein die Stimmung der Bewohner absorbiert, sodass es trostlos und wenig einladend wirkte, ganz anders als der glückliche Ort, der es normalerweise war.

Lily lag auf dem Sofa und drückte sich ein Kissen an die Brust, ihre Füße steckten in einer verdrehten Decke. Das stumpfe Haar umrahmte ihr bleiches Gesicht mit den verquollenen roten Augen. Neben ihr saß Anna, die angespannt wirkte, und ihre Mutter – gerade aus Schottland angereist – weinte leise auf dem gegenüberliegenden Stuhl vor sich hin. Als Kate hereinkam, sprang ihre Mum auf und schlang die Arme um sie.

»Oh, Kate! Was für ein Schlamassel, was für ein schrecklicher Schlamassel ...«, weinte sie.

Lily zwang sich zu einem schwachen Lächeln, als Kate sich aus der Umarmung ihrer Mum löste, ihr dabei einen Kuss auf die Wange drückte und sich dann zu ihrer jüngsten Schwester umdrehte.

»Wie fühlst du dich?«, fragte Kate.

»Wie zu erwarten«, antwortete Lily. »Wie war dein Flug zurück nach Hause?«

»Wie zu erwarten.« Kate zwang sich ebenfalls zu einem Lächeln. Sie merkte, dass Lily nur mit knapper Not die Fassung bewahrte und dass es ihr am meisten helfen würde, wenn alle anderen das um ihretwillen ebenfalls taten. Es sah nicht so aus, als wäre das der Fall, denn ihre Mum weinte immer noch, und Joel sah aus, als wäre seine Welt untergegangen, während er stumm und mit den Händen in den Hosentaschen an der Wohnzimmertür stand und das Geschehen mit leerem Gesichtsausdruck verfolgte. Die einzige Person, die ruhig und entschlossen wirkte, war Anna, aber Anna war in der Familie immer der Fels in der Brandung gewesen, schon als ganz junges Mädchen.

Kate beugte sich vor, um Lily auf die Wange zu küssen. »Ich weiß nicht, was ich sagen soll. Es tut mir so leid.«

»Da gibt es nichts zu sagen.« Lilys Augen füllten sich mit Tränen. »Es hat nicht sollen sein, das ist alles.«

»Aber deshalb ist es nicht leichter zu ertragen.«

»Nein. Nichts wird es leichter machen. Wir können nur trauern und nach vorn sehen.«

»Es tut mir leid, dass ich nicht früher hier war.«

»Warum sollte dir das leidtun? Du warst in Rom, und niemand konnte wissen, dass das passieren würde. Ich hätte dich um nichts in der Welt zurückgerufen und deinen Urlaub verkürzt.«

»Ich weiß. Aber ich wäre gern für dich da gewesen, wenn ich gekonnt hätte.«

Lily drückte ihre Hand, als wäre sie diejenige, die Trost spenden musste, und nicht andersherum. »Jetzt bist du ja hier, also ist es in Ordnung. Ich hatte Joel und Anna, und das war erst mal genug.«

»Geht es dir körperlich denn gut?«, fragte Kate. »Ich meine ... du hast keinen bleibenden Schaden davongetragen?«

»Oh, die Ärzte haben mich versorgt, und mit mir ist alles in Ordnung. Es war nicht angenehm, aber das sind diese Dinge nie.«

»Und wie geht es jetzt weiter?«

»Sie haben gefragt, ob wir eine Beerdigung wollen, und wir haben Ja gesagt. Wir wollten dem Baby auch einen Namen geben. Wir haben sie Stella genannt, weil sie jetzt ein Stern sein wird. Also haben wir zumindest ein Grab mit einem Namen, das wir besuchen können. Danach ... weiter kann ich gar nicht denken.«

»Du siehst erschöpft aus.«

»Das bin ich auch. Aber in ein paar Tagen werde ich wieder auf dem Damm sein. Ich habe Schlaftabletten bekommen, also kann ich mich später etwas ausruhen. Ich wette, du bist auch müde.«

Kate zuckte die Achseln. »Ich werde es überleben.«

»War Rom denn schön? Und hast du dich amüsiert?«

Kate lächelte schwach. Es war typisch Lily, andere in den Fokus zu rücken, statt sich in Selbstmitleid zu suhlen. Für sie kamen andere immer an erster Stelle. Und weit hinten in ihrem Bewusstsein war Kate auch klar, dass sie ihrer Familie viel über ihre Zeit in Rom erzählen musste, darunter einige Neuigkeiten, die sie vielleicht nicht gern hören würden, aber dies war nicht der richtige Zeitpunkt dafür. Im Moment fühlte es sich so an, als würde der richtige Zeitpunkt niemals kommen. Wie sollte sie das ihren Schwestern beibringen, die sie jetzt mehr denn je brauchten? Sie waren während ihrer Trennung von Matt immer da gewesen, wie also könnte sie sie jetzt im Stich lassen? Sie würde mit Alessandro telefonieren müssen, ein Gespräch, vor dem ihr graute. Aber sie musste ihm ihre Situation erklären und ihm mitteilen, dass sie nun nicht wusste, wann sie zurück sein würde, und sie musste hoffen, dass er es verstehen würde. »Rom war toll«, antwortete sie.

»Du bist tatsächlich etwas braun geworden«, bemerkte Lily.

»Ich glaube nicht, dass ich jemals eine von uns Rotschöpfen so gebräunt gesehen habe.«

»Das war mir noch gar nicht aufgefallen. Ich war viel draußen, aber es war nicht so heiß, dass ich einen Sonnenbrand bekommen hätte.«

Anna stand auf. »Ich werde eine Kanne Tee kochen«, verkündete sie. »Ich denke, wir könnten alle eine Tasse vertragen.«

»Soll ich dir helfen?«, fragte Kate und richtete sich auf. Anna nickte.

»Das wäre gut.«

Kate folgte ihr in die Küche, wo Anna sanft die Tür hinter ihnen schloss.

»Wie geht es ihr wirklich?«, fragte Kate.

»Ich bin mir nicht sicher, ob sie das ganze Ausmaß der Sache schon erfasst hat«, antwortete Anna, während sie Wasser aus dem Hahn in den Wasserkocher laufen ließ. »Sie ist natürlich verzweifelt, aber ich glaube, sie steht auch noch ein wenig unter Schock. Und Joel weiß wohl gar nicht, was er mit sich anfangen soll. Solche Sachen sind für Männer immer ein bisschen viel, nicht wahr?«

»Für die meisten von ihnen, ja.«

»Und um für dich nach deiner Ankunft alles noch komplizierter zu machen, habe ich gestern Abend Besuch von Matt gehabt.«

Kate drehte sich zu ihrer Schwester um und hob fragend die Augenbrauen, während sie ein paar Becher aus einem Schrank holte.

»Er war bei dir zu Hause, und du warst nicht da.«

»Erwartet er von mir, dass ich mich jetzt, wo er weg ist, wie eine Eremitin ständig im Haus verschanze?«

»Er hat gesagt, er wäre letzte Woche ein paarmal dort gewesen, aber du warst nicht da, deshalb wollte er wissen, wo du bist. Ich hoffe, es macht dir nichts aus, dass ich ihm von deiner Rom-

Reise erzählt habe. Ich wollte den Ausdruck auf seinem Gesicht sehen.«

Kate lächelte schwach. »Und war es das wert?«

»Es hat ihn fast umgehauen. Ich habe ihm erklärt, dass er sich um dich keine Sorgen zu machen brauche und dass er nicht immer wieder nach dir sehen müsse, denn du seist total über ihn hinweg und würdest dich jetzt, wo ihr geschieden seid, blendend amüsieren.«

»Ich wette, er war begeistert, das zu hören.«

»Geschieht ihm recht.«

»Ich wünsche ihm nichts Böses. Aber ich möchte einfach nicht mehr an ihn denken. Tatsächlich muss ich aber irgendwann mit ihm reden, denn ich will diesen Hausverkauf lieber früher als später über die Bühne bringen.«

Anna sah sie überrascht an. »Ich dachte, du hättest es nicht eilig, das Haus zu verlassen? Dass du schrecklich gern dort wohnst und gar nicht ausziehen willst?«

»Ich hatte in Rom eine Menge Zeit zum Nachdenken und bin zu dem Schluss gekommen, dass ich nur nach vorn schauen kann, wenn ich alle Erinnerungen an mein altes Leben hinter mir lasse. Je eher das Haus weg ist, desto eher kann ich irgendwo anders neu anfangen. Matt hat seine Entscheidungen getroffen und muss dafür die damit verbundene Verantwortung übernehmen. Ich will, dass er aus meinem Leben verschwindet, und das wird nicht passieren, wenn ich emotional, finanziell oder auf andere Weise an ihn gebunden bin.«

Anna nickte. »Freut mich für dich. Ich wusste, dass du das durchstehen würdest. Du bist stärker, als du denkst.«

»Mag sein. Aber wir haben jetzt eine weitere Sorge – Lily. Sie wird während der nächsten Monate alle Unterstützung brauchen, die wir ihr geben können, und neben dem, was sie gerade durchmacht, verblassen meine Probleme.«

»Ich weiß nicht. In gewisser Weise hast du wohl ebenfalls

getrauert. Um das Leben, die Zukunft, von der du geträumt hattest. Das muss schwer gewesen sein.«

Es war schwer gewesen, aber für Kate war es in Wahrheit so, dass sie jetzt die Chance auf eine Zukunft hatte, die im Vergleich zu der Kerze, die Matt ihr geboten hatte, wie eine strahlende Sonne war. Sie war fast am Ziel, aber Lily hatte noch einen weiten Weg vor sich, bevor ihr ihre eigene Situation wieder positiv erscheinen würde.

»Das ist jetzt alles Schnee von gestern«, erklärte Kate forsch, bevor sie die Teebeutel in eine Kanne fallen ließ. »Was denkst du, wie Mum mit der Neuigkeit fertigwird? hat es Lily geholfen, dass sie hier ist?«

»Sie war bisher ungefähr so nützlich wie diese Teekanne, wenn sie aus Schokolade wäre«, erwiderte Anna lächelnd. »Sie war bei Krisen noch nie sonderlich gut, und alle sind sich über ihren unberechenbaren Gemütszustand im Klaren. In gewisser Weise wünschte ich, sie wäre nicht gekommen, denn jetzt muss ich nicht nur auf Lily aufpassen, sondern auch noch auf Mum, damit sie nicht wieder so zusammenbricht wie nach Dads Tod. Aber ich denke, Lily ist froh, sie um sich zu haben. Brauchen wir am Ende nicht alle unsere Mütter, ganz egal, wie alt wir sind?«

»Wahrscheinlich«, pflichtete Kate ihr bei, lächelte und dachte daran, dass Alessandro seine Mutter offensichtlich heiß und innig liebte. »Na gut ...«, sagte sie und wischte sich die Hände ab. »Wir sollten besser diesen Tee fertigkriegen. Ich kann dir gar nicht sagen, wie sehr ich mich im Moment nach einem Tässchen sehne, und wenn wir nicht bald wieder rübergehen, wird Lily einen Suchtrupp ausschicken.«

»Der gute alte Tee, hm?«, erwiderte Anna kläglich. »Hilft immer, nicht wahr?«

ZWANZIG

Nichts holte einen so schnell wieder auf den Boden der Tatsachen zurück wie eine morgendliche Putzaktion, aber die war nötig, nachdem das Haus eine Woche lang leer gestanden hatte, und Kate musste es hinter sich bringen.

Sie hatte bereits einen Termin mit einem Immobilienmakler vereinbart, der den Wert des Hauses schätzen sollte. Auf potenzielle Käufer wirkte es nicht gerade verlockend, wenn auf den Verkaufsfotos überall ein Zentimeter Staub zu sehen war. Morgen sollte sie wieder an ihrem Schreibtisch bei der Arbeit sitzen, und trotz ihres Vorsatzes, zu kündigen, sobald sie wieder in der Heimat gelandet war, würde sie zweifellos kneifen und sich wie üblich zum Dienst melden. Daher könnte ihr letzter Urlaubstag die letzte Gelegenheit sein, das Haus gründlich zu inspizieren. Am Abend zuvor hatte sie Lily widerstrebend mit Joel und ihrer Mum allein gelassen, die bei den beiden wohnte, und Lily hatte ihr und Anna versichert, dass das durchaus genug Familienmitglieder seien, um sicherzustellen, dass sie zurechtkam.

Heute Morgen rief sie kurz ihre Mutter an, die ihr berichtete, dass es Lily über Nacht gut gegangen sei und sie dank ihrer Tabletten wie ein Murmeltier geschlafen habe. Dann rief sie Matt an und teilte ihm kurz mit, dass sie sich treffen müssten, um die noch offenen Fragen in ihrer Beziehung ein für alle Mal zu klären. Ihr Tonfall schien ihn aufrichtig zu schockieren, und sie nahm an, dass es ihre eigene Schuld war, weil sie ihn die ganze Zeit über in einem Tempo hatte herumwurschteln lassen, das seiner Situation gerecht wurde, aber nicht ihrer. Trotz seiner Überraschung stimmte er jedoch zu, sich auf neutralem Boden zu treffen, um alles Nötige zu besprechen. In der Stadt gab es ein Costa Coffee, das sich perfekt dafür eignete – nicht vergleichbar mit einem Cappuccino mit Blick auf das Pantheon, aber es würde genügen müssen. Sie hatte eine Nachricht von Jamie bekommen, in der er sie fragte, wie es ihr ging, was ihr ein Lächeln entlockte und ihren trüben Morgen kurz erhellte. Dann kam noch eine Nachricht von Alessandro, in der er ihr schrieb, dass er an sie dachte. Sie hätte auch darüber gelächelt, aber sie wusste, dass sie ihn später anrufen musste, und der Gedanke an das Gespräch, das sie führen mussten, schnürte ihr den Magen zusammen. Er würde das Schlimmste denken – dass sie ihn hingehalten hatte und nicht nach Rom zurückkehren würde, und Kate musste zugeben, dass sie, wenn es andersherum gewesen wäre, dasselbe gedacht hätte. Anna würde behaupten, sie hätte die Situation zu Hause auch ohne Kate im Griff, aber Kate wusste, dass sie ihre Unterstützung brauchen würde, um Lily durch diese schwierige Zeit zu begleiten, egal, was die anderen sagten. Sie konnte also zumindest in den nächsten Wochen nicht weggehen, und sie konnte auch nicht sagen, wann es möglich sein würde.

Weit weg von den glitzernden Brunnen und hellen Straßen der ewigen Stadt holte die Realität sie langsam ein. Was dort noch möglich erschienen war, wirkte hier unerreichbar, wenn Dinge wie Hausverkäufe, sichere Arbeitsplätze und Familienbande ins Spiel kamen. Konnte die Liebe all diese Hindernisse überwinden, noch dazu eine Liebe, die ganz neu und unerprobt war?

Ihr Blick fiel auf die Koffer, die immer noch ungeöffnet in der Diele standen, als sie mit Leiter und Eimer in der Hand auf dem Weg zu den Fenstern an ihnen vorbeikam. Irgendwie hatte sie es nicht übers Herz gebracht, sie auszupacken, als würde der wunderbare Traum ihres Urlaubs weggewaschen, wenn sie sie öffnete und ihren Inhalt in die Waschmaschine warf. Als würde es, sobald die Reste von Rom aus ihren Sachen verschwunden waren, bedeuten, dass es die vergangene Woche überhaupt nicht gegeben habe. Das war natürlich dumm, und je eher sie es hinter sich brachte, desto eher konnte sie die Koffer wegräumen. Und außerdem wartete in Kürze eine viel größere Packaktion auf sie, wenn sie das Haus verkaufte und ein weiteres Hindernis aus dem Weg räumte, das zwischen ihr und der Zukunft stand, die sie sich ersehnte.

Mit einem ungeduldigen Seufzer und verärgert über sich selbst, weil sie die Dinge, die sie tun musste, so zögerlich anpackte, lehnte sie die Leiter an die Wand, stellte ihren Eimer auf den Boden und schnappte sich den größten Koffer, um ihn die Treppe hinauf ins Schlafzimmer zu schleppen. Dann machte sie das Gleiche mit dem zweiten Koffer, und als sie beide oben waren, packte sie sie aus, warf die schmutzige Kleidung in den Wäschekorb und stellte die Toilettenartikel und das Make-up zurück in die Schränke, aus denen sie die Sachen vor ihrer Abreise genommen hatte. Als sie die Taschen im Koffer ein letztes Mal abtastete, um sich davon zu überzeugen, dass sie nichts dort vergessen hatte, stieß sie auf ein zusammengefaltetes Stück Papier. Stirnrunzelnd holte sie es heraus und faltete es auseinander.

Das Blatt Papier zeigte das Logo des Hotels, in dem sie gewohnt hatte. Sie erkannte, dass es von dem Notizblock auf dem Nachttisch stammte. Darauf stand in schöner Handschrift eine Nachricht.

Liebe Kate,

du sollst wissen, dass du in meinem Herzen bist, wenn du das hier liest. Du bist in meinem Herzen, wenn ich schlafe und wenn ich aufwache, in jeder Minute einer jeden Stunde, und ich zähle die Tage, bis du zurückkommst. Bis du wieder in Rom bist und in meinen Armen, werde ich nur halb lebendig sein.

Alessandro

Kate drückte sich den Zettel an die Brust und wurde von einer Woge von Emotionen überwältigt, die sie zu Tränen rührten. Er musste den Brief geschrieben haben, als sie geschlafen hatte, während des letzten Nachmittags, den sie gemeinsam verbracht hatten, und dann hatte er ihn in ihren Koffer geschmuggelt, damit sie ihn bei ihrer Heimkehr fand. Niemand hatte je etwas so Romantisches für sie getan. Sie war voller Liebe zu ihm und voller Traurigkeit. Schon jetzt vermisste sie ihn so sehr, dass es körperlich wehtat, und ihre Eingeweide krampften sich bei dem Gedanken an die Wochen oder gar Monate zusammen, die sie vielleicht ohne ihn verbringen musste. Er hatte versprochen, Geduld zu haben, aber wie lange würde er warten? Sie konnte nicht davon ausgehen, dass er ewig ausharren würde, oder? Was, wenn er sie abschrieb, wenn er dachte, dass sie ihn hinter sich lassen wollte, und das Gleiche tat? Was, wenn er irgendwann dachte, sie würde nicht zurückkommen und halte ihn nur hin? Wenn er den Glauben an sie verlor? Sie konnte ihn jeden Tag anrufen und ihm sagen, dass die Dinge sich bewegten und dass sie bald zurück sein werde, aber Worte ohne Taten bedeuteten unterm Strich gar nichts. Rom war voller schöner Frauen, Frauen, die wahrscheinlich viel besser zu ihm und seiner Familie passten. Seine Mutter war versessen darauf, dass er heiratete – was, wenn ihre Bemühungen, die richtige Frau für ihn zu finden, Früchte trugen? Es gab perfekte Kandidatinnen direkt vor ihrer Nase, darunter die sehr beharrliche Orazia, die trotz seiner gegenteiligen Äußerungen fest entschlossen schien, Alessandro zurückzugewinnen. Wenn diese verdammte Frau doch nur ihre Gefühle für sich behalten hätte, wäre Kate vielleicht nicht so besessen von der Bedrohung gewesen, die sie darstellte, selbst wenn die wahrscheinlich nicht einmal real war.

Sie setzte sich aufs Bett und starrte auf die Zeilen. Was hatte sie getan? Eine verrückte, zum Scheitern verurteilte Romanze angefangen und sich so hineingesteigert, dass es für sie beide schwierig werden würde, ohneeinander auszukommen, ihnen aber am Ende vielleicht nichts anderes übrig bleiben würde. So dass es ihnen beiden das Herz brechen würde. Sie hätte auf die innere Stimme hören sollen, die ihr geraten hatte, die Finger von ihm zu lassen. Sie hätte Abstand halten sollen, als sie die Chance dazu noch hatte, und Alessandro als einen flüchtigen, amüsanten Flirt aus ihrem ersten Urlaub als alleinstehende Frau abhaken sollen. Sie war eine Idiotin, denn das hier konnte doch nicht funktionieren, oder?

Sie steckte den Brief in ihren Schmuckkasten und versuchte, ihre negativen Gedanken abzuschütteln. Ihre Zukunft mit Alessandro mochte ungewiss sein, aber sie hatte so oder so eine Zukunft, und sie musste positiv bleiben, wenn diese Zukunft überhaupt irgendetwas wert sein sollte. Unten gab es Fenster, die darauf warteten, geputzt zu werden. Nicht gerade ein Mittagessen auf der Piazza Navona, aber es war ein Anfang.

———

Begleitet vom Gluckern der Kaffeemaschine, dem leisen Raunen von Gesprächen und dem Duft von gerösteten Kaffeebohnen und süßem Sirup, stellte Kate ihre Tasse ab und nahm

Matt gegenüber Platz, vor dem bereits ein Caffè Latte auf dem Tisch stand. Er hatte die Hälfte schon geleert, und daneben lag eine leere Biscotti-Verpackung.

»Nur um mich bis zum Tee über Wasser zu halten«, sagte er zur Erklärung, als Kate den Müll betrachtete. »Tamara macht mir Spaghetti Bolognese, wenn ich zurückkomme.«

»Du hast sie ziemlich schnell dressiert«, bemerkte Kate und schlüpfte aus ihrer Jacke. »Weiß sie, dass dienstags Spaghetti-Bolognese-Abend ist, oder ist das nur ein Zufall?«

Er fummelte am Griff seiner Tasse herum, antwortete aber nicht. Überhaupt schien er sich unbehaglich zu fühlen, aber das war Kate gleichgültig. Sie war nicht hergekommen, um Freundschaften zu schließen, sondern um ihn dazu zu bringen, die Dinge zu tun, die er seit ihrer Trennung längst hätte erledigen sollen.

»Wie geht es ihr?«, fragte Kate. »Ist sie aufgeblüht?«

»Es geht ihr gut.«

»Wunderbar. Grüß sie schön von mir, ja?« Der Sarkasmus in ihrer Stimme war unüberhörbar, obwohl ihr Gesichtsausdruck neutral war.

»Sei nicht so, Kate, bitte. Ich dachte, wir wären über dieses Stadium vielleicht inzwischen hinaus. Tamara ist ein tolles Mädchen, und nichts davon ist ihre Schuld. Und ich glaube, du würdest sie mögen, wenn du sie kennenlernen würdest.«

»Höchstwahrscheinlich, aber da es etwas seltsam wäre, wird es wahrscheinlich kaum zu einem geselligen Abend kommen, nicht wahr? Also werde ich einfach dein Wort darauf nehmen.«

»Dann sind wir jetzt fertig mit den Nettigkeiten?«, fragte Matt, und sein Tonfall wurde genauso hart wie der ihre.

»Was hast du denn von mir erwartet?«

»Das weiß ich nicht, aber du hast um dieses Treffen gebeten.«

»Ich habe es satt, mich mit dem Haus herumzuschlagen. Ich zahle eine Hypothek, die immer noch mit auf deinen Namen läuft, und das kann ich mir nicht länger leisten. Ich kann es mir auch nicht leisten, dich auszuzahlen, das weißt du, also müssen wir es auf den Markt bringen, es schnell verkaufen und so viel wie möglich dafür bekommen.«

»Es hat doch keine Eile, oder? Ich will nicht so einen miesen Preis dafür kriegen, nur weil du ungeduldig bist.«

»Und ich will nicht weiter die Hypothek bezahlen, damit du am Ende mehr Geld bekommst.«

»Du lebst in dem Haus. Du würdest auch mehr Geld erhalten, wenn wir abwarten.«

»Ich bin mir nicht sicher, wie du darauf kommst, aber wenn du so denkst, möchtest du vielleicht zu den Zahlungen beitragen, die ich leiste. Ich lebe dort nicht aus freien Stücken, sondern aus der Not heraus. Das ist dir ja bekannt.«

»Das würde ich wirklich gern tun, Kate, ehrlich ...«

»Aber?«

»Ich kann es mir nicht leisten, nicht zusätzlich zu der Miete, die Tamara und ich für unser neues Haus bezahlen.«

»Du könntest mir unser altes Haus abkaufen und dann zwei Fliegen mit einer Klappe schlagen.«

»Darauf würde Tamara sich niemals einlassen.« Er rührte seinen Caffè Latte mit einem Finger um und leckte ihn ab. Kate schauderte. Das war bloß eine seiner ekelhaften, nervigen Angewohnheiten, die sie im Laufe der Jahre zu ignorieren gelernt hatte, aber als sie es jetzt sah, fragte sie sich, wie sie es ertragen hatte, dazu den Mund zu halten. »Ich meine, würdest du mit einem neuen Typ in dem Haus leben wollen, in dem er mit seiner Ex-Frau gewohnt hat?«

»Keine Ahnung, das ist mit ihm nie zur Sprache gekommen.«

Er sah sie eindringlich an. »Du bist mit jemandem zusammen?«

»Ich wüsste nicht, was das mit dieser Sache zu tun hat.«

»Ist das der Mann, mit dem du nach Rom geflogen bist?«

»Er war dort, ja.«

»Dann ist das also der Grund, warum du es plötzlich so eilig hast, das Haus zu verkaufen?«

»Matt ...« Kate richtete sich auf. »Du hast mich verlassen – muss ich dein Gedächtnis auffrischen? Du kannst jetzt kaum so tun, als wärst du die geschädigte Partei.«

»Das tue ich nicht, ich will es einfach nur wissen.«

»Warum?«

Er sah sie an. »Was ist passiert? Warum bist du plötzlich so zickig? Ich dachte, wir hätten uns darauf geeinigt, dass die Trennung einvernehmlich sein würde?«

»Damit du deshalb keine Gewissensbisse haben musst? Das haben wir, aber ich habe meine Meinung geändert. Warum solltest du in allen Dingen deinen Willen bekommen? Und da wir gerade beim Thema Trennung sind, wie wär's, wenn du mal etwas aufrichtig wärst? Wir sind jetzt geschieden, also spielt es keine Rolle ... aber hattest du schon eine Affäre mit Tamara, bevor wir uns getrennt haben?«

»Nein«, beteuerte er, doch die Antwort kam ein wenig zu hastig und ein wenig zu schuldbewusst heraus, und Kate brauchte die Frage nicht zu wiederholen. Wenn er damals nicht schon eine Affäre gehabt hatte, dann war er zumindest kurz davor gewesen. Sie wollte gern glauben, dass er sich ehrenhaft benommen und gewartet hatte, bis die Sache zwischen ihm und ihr definitiv vorbei war, bevor er angefangen hatte, seine jetzige Freundin zu vögeln, aber man kannte jemanden nicht neunzehn Jahre lang, ohne herauszufinden, wie sein Gesicht aussah, wenn er log. Doch sie waren jetzt geschieden, und wie sie gesagt hatte, spielte es eigentlich keine Rolle mehr. Außer dass es eben doch eine Rolle spielte, und Kate konnte sich des Gefühls des Verrats nicht erwehren, das sie überkam. Im Moment konnte sie ihn nicht einmal ansehen.

Es entstand ein quälendes Schweigen, während sie in ihrem Kaffee rührte und in ihre Tasse starrte.

»Du bist braun geworden«, sagte er schließlich und brach das Schweigen. Sie schaute auf.

»Es war heiß.«

»Wir hatten auch heiße Sommer, aber ich habe dich noch nie so braun gesehen.«

»Vielleicht tut die italienische Sonne meiner Haut gut.«

»Du siehst gesund aus. Gut ... Es steht dir.«

Was sollte das? Er hatte gerade praktisch zugegeben, fremdgegangen zu sein, und jetzt machte er ihr Komplimente?

»Danke. Ich fühle mich auch gut«, sagte sie. »Tatsächlich ist es mir nie besser gegangen.« Das war natürlich streng genommen nicht die Wahrheit, aber das brauchte er nicht zu wissen. Je besser sie in seinen Augen ohne ihn zurechtkam, desto befriedigender war das Gefühl, ihn in diesem Glauben zu lassen. Kindisch, ja, aber eben befriedigend. Es war verlockend, ihm auch von dem fantastischen Sex zu erzählen, den sie in Rom genossen hatte, aber vielleicht ging das dann doch zu weit.

»Dann sollte ich Rom vielleicht auch mal ausprobieren, wenn es eine so positive Wirkung auf die Gesundheit hat.«

»Ich schätze, du wirst in einigen Monaten etwas zu beschäftigt für Urlaube sein.«

Er senkte den Blick auf seinen Kaffee. »Oh, du weißt also Bescheid.«

»Wegen des Babys? Ja.«

Er schaute auf. »Das war dann wohl der Grund für deine sarkastische Bemerkung über ihr Aufblühen. Es war nicht geplant«, fügte er mit ernster Miene hinzu. »Wir haben es nicht geplant.«

»Aber du hast es bekommen. Irgendetwas muss bei euch gewaltig schiefgelaufen sein, oder? Es sei denn, sie ist die Art von Frau, mit der du gerne Kinder hättest, im Gegensatz zu mir, die du bei diesem Thema einfach jahrelang angelogen hast.«

»Kate ...«

»Ich will es nicht hören. Du erntest, was du gesät hast. Was in deinem Fall anscheinend ziemlich wörtlich zu nehmen ist. Und erzähl mir nichts von ungewollten Schwangerschaften, denn im Moment könnte es nur dazu führen, dass ich dir diesen Kaffee am liebsten ins Gesicht schütten würde.«

»Aber wenn du darüber nachdenkst, war es eine gute Entscheidung, dass wir keine Kinder bekommen haben.«

»Davon spreche ich nicht. Nichts könnte mir im Moment gleichgültiger sein.«

»Okay ... also, was willst du heute von mir? Geht es nur um das Haus?«

»Ja. Du musst bei den Bemühungen, es zu verkaufen, mitmachen. Es gibt einige Arbeiten, die erledigt werden müssen, um das Haus in einen verkaufsfähigen Zustand zu bringen. Ich möchte, dass du sie erledigst oder jemand anderen dafür engagierst. Und ich möchte, dass du die Kosten dafür trägst. Ich habe bereits einen Immobilienmakler beauftragt, eine Schätzung vorzunehmen, und ich kann mich um die Verwaltung kümmern, bis du den Papierkram unterschreiben kannst.«

»Du hast das alles schon durchgeplant, hm?«

»Einer von uns muss es ja tun.«

»Ich dachte, du magst das Haus. Jetzt willst du es unbedingt loswerden.«

»Matt ...« Sie schnalzte mit der Zunge und versuchte, ihre Ungeduld im Zaum zu halten. »Ich kaue das nicht noch mal durch. Ich will es loswerden, mehr brauchst du nicht zu wissen.«

»Wohin wirst du umziehen? Mit deinem Gehalt wirst du hier in der Nähe nichts Tolles finden ... Es wäre doch sicher besser für dich, noch eine Weile zu bleiben.«

»Um dir damit ein nettes kleines Geldpolster zu erwirtschaften, damit du, wenn du und Tamara euch ein eigenes Haus kaufen wollt, dieses hier für mehr Geld verkaufen kannst und das Recht hast, mich rauszuwerfen? Wohl kaum.«

»Du hast meine Frage nicht beantwortet.«

Er versuchte, den Spieß umzudrehen, versuchte, sie so zu manipulieren, dass sie ihm die Dinge so leicht wie möglich machte. Das war einer seiner vielen Charakterzüge, die ihr seit ihrer Trennung bewusst geworden waren, und die Tatsache, dass sie sie früher nicht bemerkt hatte, erstaunte sie. Sie war während ihres gesamten Ehelebens sein Fußabtreter gewesen. Aber damit war jetzt Schluss.

»Es spielt keine Rolle, wohin ich gehe.«

»Du hast es also noch nicht durchdacht«, sagte er. »Typisch ...« Und in seinen Worten lag ein Anflug von Hohn. Kate konnte es nicht länger ertragen.

»Italien! In Ordnung? Ich ziehe nach Italien!« Kate sah ihn trotzig an, und ihr Puls donnerte in ihren Ohren. Diese Information hatte sie ihm nicht geben wollen, und es konnte ihr einen Haufen Ärger im Laufe der nächsten Tage eintragen. Aber er hatte sie so wütend gemacht, dass sie nur noch austeilen und ihn möglichst schockieren wollte, dass sie den Wunsch verspürt hatte, ihn dazu zu zwingen, sie in einem anderen Licht zu sehen, als die neue Person, die sie war ...

Er blinzelte, den Finger erneut in seinem Latte, als er erstarrte. »Was?«

»Du hast mich gehört. Also, verkaufen wir dieses Haus oder nicht?«

»Du kannst doch nicht nach Italien ziehen!«

»Sagt wer?«

»Bist du verrückt geworden?«

»Ich weiß, dass *du* so denkst, denn für dich ist schon Skegness wie eine außerirdische Landschaft. Aber da draußen gibt es eine große, weite Welt, Matt. Wenn du die Augen aufmachen würdest, würdest du sie vielleicht sehen.«

»Was sagen Anna und Lily dazu?«

»Sie freuen sich für mich«, log sie, denn sie wusste, dass er sonst prompt eine von ihnen anrufen würde, um Ärger zu produzieren. »Sie halten es für eine großartige Idee.«

»Du wirst in einem Monat wieder zu Hause sein«, konterte er, nahm einen Schluck von seinem Latte und zog ungläubig die Brauen hoch.

»Und Tamara wird noch früher eine alleinerziehende Mutter sein«, schoss Kate zurück. »Du denkst, ich wäre nicht in der Lage, mir ohne dich ein neues Leben aufzubauen, ich wäre zu unreif und zu unerfahren dafür? Ich habe eine Neuigkeit für dich: Du bist derjenige, der unreif ist, und du warst es, der mich zurückgehalten hat! Ich habe in Rom eine ebenso große Chance, es zu schaffen, wie du es als Vater hast. Also lass uns abwarten, wer zuerst das Handtuch wirft. Ich weiß, auf wen ich mein Geld setze.«

»Das war unangemessen.«

»Ach ja? Nun, mir ist im Moment so zumute! Du hast diesen Schlamassel angerichtet, Matt. Du hast mich verlassen, und ich musste schnell erwachsen werden. Wenn dir nicht gefällt, wie sich das entwickelt hat, tja, jetzt ist es zu spät.«

Darauf gab er ihr keine Antwort. Nach einer Pause drehte er sich auf seinem Stuhl um und zog seine Jacke von der Rückenlehne.

»Warte«, sagte Kate und bemühte sich, ihren Tonfall zu regulieren. »Ich bin nicht hergekommen, um mit dir zu streiten, und ich gebe zu, dass die Sache gerade aus dem Ruder gelaufen ist. Aber du musst meine Situation verstehen. Ich habe mir diesen Richtungswechsel nicht ausgesucht, aber jetzt, nachdem er mir aufgezwungen worden ist, muss ich zusehen, dass er funktioniert.«

Er ließ seine Jacke wieder fallen und wandte sich zu ihr um. »Aber Rom? Ernsthaft? Hast du denn keine Angst? Ist das wirklich das, was du willst?«

»Ja.«

Er stieß einen langen Atemzug aus. »Was sagt der neue Freund denn dazu?«

»Er freut sich.«

»Dann kann es ja nichts Ernstes sein ...«

»Oh doch. Er lebt dort.«

Wenn Matts Augen noch größer hätten werden können, hätten sie vielleicht eine eigene Gravitationskraft entwickelt. »Was zum ...« Sein Satz verebbte, und er starrte sie einfach nur weiter an.

»Das ist doch nicht so seltsam. Menschen verschiedener Nationalitäten heiraten ständig.«

»Du willst ihn *heiraten?*«

»Gott, nein! Ich versuche nur zu sagen, dass das jetzt meine Entscheidung ist und dass du das respektieren musst. Du hast ein neues Kapitel aufgeschlagen, und mir soll es nicht erlaubt sein, das auch zu machen?«

»Aber mit einem Italiener? In Italien?«

»Dort findet mal viele von denen«, antwortete sie mit einem schwachen Lächeln.

Seine Mundwinkel zuckten ebenfalls. Er leerte den Rest seines Kaffees und schaute sie abschätzend an. »Gott, Kate! Das hätte ich nie erwartet. Es wird seltsam sein, dich nicht mehr zu sehen.«

»Du hättest mich die ganze Zeit über sehen können. Es waren deine Entscheidungen, die das hier herbeigeführt haben, nicht meine. Außerdem musst du jetzt an Tamara und dein Baby denken. Ich weiß, am Anfang haben wir gesagt, wir würden Freunde bleiben, aber in der Realität erweist sich das als schwierig, nicht wahr? Zu viele geplatzte Träume und negative Gefühle können ziemlich schnell selbst die besten Absichten trüben, Freunde zu bleiben. Bestenfalls können wir auf Anstand hoffen, und vielleicht sollte das unser Ziel sein. Geh und leb dein Leben, und ich gehe und lebe mein Leben. Wir hatten unsere Zeit, aber die ist vorbei. Es gibt keinen Grund, uns gegenseitig zu quälen, indem wir eine Beziehung am Leben erhalten, die einen anständigen Abschluss verdient hat, und wir wären beide glücklicher, wenn wir einander nicht mehr sehen müssen.«

»Tamara wäre auf jeden Fall glücklicher«, entgegnete er.

»Genau. Also, ich bitte um eine Chance, glücklich zu sein, und ich wünsche dir meinerseits das Gleiche.«

»Und wenn wir das Haus jetzt verkaufen, wird dich das glücklich machen?«

»Natürlich. Ich kann kaum nach Italien gehen, ohne das vorher erledigt zu haben.«

Er schüttelte den Kopf. »Ich kann immer noch nicht glauben, dass du das Mädchen bist, das ich vor all den Jahren geheiratet habe. Einfach so mir nichts, dir nichts nach Italien zu verschwinden.«

»Ich bin nicht das Mädchen, das du geheiratet hast. Nicht mehr.«

»Stimmt ... Da hast du wahrscheinlich recht. Also, wirst du mich über die Sache mit dem Immobilienmakler auf dem Laufenden halten? Ich werde zusehen, dass ich ein wenig Zeit abknapsen kann, um diese Reparaturen zu erledigen.«

»Danke. Ich denke, du weißt, um welche es geht ...« Sie zog die Brauen hoch, und er lachte verlegen.

»Die Klinke an der Badezimmertür, die feuchte Stelle in der Küche und die schadhaften Kabel in der Flurlampe ... Ich hätte gedacht, dass diese neue, unabhängige Kate in der Lage wäre, solche Dinge selbst zu regeln.«

»Das wäre sie«, erwiderte Kate, »aber warum sollte sie, wenn sie jemand anderen dazu bringen kann, es zu tun?«

»Na gut.« Er lachte. »Ich sollte dann besser mal gehen.« Er zog sein Jackett von der Rückenlehne des Stuhls. »Es freut mich, dass wir sozusagen reinen Tisch gemacht haben, auch wenn wir nicht deswegen hergekommen sind.«

»Geht mir genauso.« Und trotz ihrer Wut und ihrer Bedenken fühlte sie sich durch das Treffen mit Matt erleichtert,

weil sie endlich die Gefühle hatte äußern können, die sie zurückgehalten hatte, um ihm Schuldgefühle zu ersparen. Und weil sie
die Chance gehabt hatte, ihm klarzumachen, was er getan hatte.
Sie glaubte nicht, dass er auch nur eine Minute darüber nachdenken würde oder dass es einen Schatten auf sein neues Leben
werfen würde, aber sie hatte das Gefühl, dass es eine Art
Abschluss für sie war, und das musste für sie beide gesünder sein.

»Schön ... Nun, grüß Anna und Lily von mir ... Ich habe gar
nicht gefragt, wie es Lily geht? Du weißt schon, mit dem Baby
und allem ... Ich nehme an, ihr Entbindungstermin ist kurz
nach dem von Tamara.«

»Sie hat es verloren«, antwortete Kate. Es hatte keinen Sinn,
ihm irgendetwas anderes zu erzählen, denn er würde bald
genug durch die Gerüchteküche davon erfahren.

Sein Gesichtsausdruck verriet aufrichtige Bestürzung. »Oh
Gott ... das tut mir ja so leid. Geht es ihr gut?«

»Nicht wirklich, aber wir werden ihr beistehen, bis sie das
durchgestanden hat.«

»Natürlich ... Tut mir leid«, wiederholte er. »Richte ihr
mein Beileid aus. In unserer Kindheit und Jugend war sie wie
eine Schwester für mich, und ich finde den Gedanken schrecklich, dass sie das durchmachen muss.«

Kate nickte. »Ich werde es ihr ausrichten, und sie wird das
sicher zu schätzen wissen.«

»Klar ...«, sagte er. »Ich rufe dich an ... wegen der Sachen,
die im Haus erledigt werden müssen ...«

Kate schaute ihm nach, als er das Café verließ. Sie hatte ihr
Getränk kaum angerührt, das langsam vor ihr kalt wurde. Aber
sie hatte getan, was sie sich vorgenommen hatte, und jetzt
brauchte sie einfach nur die Ruhe ihres eigenen Zuhauses und
Zeit, darüber nachzudenken, was als Nächstes kam. Sie nahm
ihren Mantel und ging ebenfalls zur Tür.

EINUNDZWANZIG

Das fensterlose Kabuff, das bei Mr Woofy Tierbedarf als Büro herhalten musste, hatte Kate schon immer deprimiert, wenn sie zur Arbeit ging. Heute fühlte der Raum sich wie eine Gefängniszelle an. In dieser abgetrennten Ecke des Hauptlagers war es dunkel, es stank, und selbst im Hochsommer war es eiskalt. Auf Drängen von Deidre, einer Kollegin, die so beige war, dass man sie kaum sehen konnte, wenn sie vor den cremefarbenen Wänden saß, plärrte in der Ecke den ganzen Tag das Radio, ohne es je zu schaffen, sich auf eine Wellenlänge festzulegen, sodass jedes schreckliche alte Lied von einem statischen Rauschen begleitet wurde, das immer lauter und leiser wurde, wenn jemand daran vorbeiging. Die Schreibtische waren schmuddelig, egal wie oft Kate die Politur aus dem Vorratsschrank holte und sie säuberte, und im Sommer zogen Ameisen in organisierten Patrouillen über die Böden. Im Winter übernahmen dann Asseln ihren Platz. Wenn man Lebensmittel länger als eine Stunde stehen ließ, bildete sich sofort Schimmel, und im hinteren Teil des rostigen Kühlschranks standen Einmachgläser, die mit ziemlicher Sicherheit während des Ersten Weltkriegs befüllt worden waren. Aber

Kate hatte sich für einen Lohn, der ihnen das Dach über dem Kopf sicherte, abgerackert und war Woche für Woche zur Arbeit erschienen, weil Matt sie davon überzeugt hatte, in ihrem sicheren Job zu bleiben. Er vertrat die Ansicht, dass ein Teufel, den man kannte, erheblich sicherer war als ein unbekannter. Letzterer mochte vielleicht unsicherer sein, aber, so vermutete sie insgeheim, auch mehr Spaß machen. Das war nur eine weitere Art und Weise gewesen, wie Matt ihre Welt während ihrer Ehe immer weiter hatte schrumpfen lassen, bis Kate fast so kurzsichtig und engstirnig geworden war wie er selbst.

Bei ihrer Rückkehr hatte Deidre ihr einen guten Morgen gewünscht, sich nach ihrem Urlaub erkundigt und sich dann prompt wieder ihrem Computer zugewandt, als Kate zu einer Antwort ansetzte. Chantelle, die Bürogehilfin, schrieb auf ihrem Handy Textnachrichten, und Gavin, ihr Chef, war anscheinend unterwegs, um sich um irgendeinen Zwischenfall im Hauptlager zu kümmern. Vermutlich hatten die Ameisen endlich einen großen Militärputsch inszeniert und drohten damit, die Lieferwagen beim Lager so lange an Ein- und Ausfahrten zu hindern, bis ihre Forderungen erfüllt wurden. Woran immer es lag, Kate war erleichtert, dass er nicht da war. Sie war schon zu normalen Zeiten nicht in der Stimmung, mit ihm zu reden, aber heute war sie es noch weniger. Als sie sich einloggte und die zweihundert ungeöffneten E-Mails im gemeinsamen Posteingang sah, die eigentlich sie und Deidre bearbeiten sollten (die ihre Kollegin aber in der Woche, in der Kate abwesend gewesen war, offensichtlich nicht einmal angeschaut hatte), dachte sie nur daran, wie lange sie diese Tortur noch ertragen musste, bis sie wieder nach Hause gehen konnte.

Warum tat sie sich das an? Die alte Kate arbeitete hier, aber die neue Kate brauchte das doch nicht zu tun, oder? Hatte die neue Kate nicht große Pläne für eine strahlende Zukunft, auf dem Schiff, dessen Kapitän sie jetzt war? Aber die neue Kate musste trotz allem eine Hypothek abbezahlen und brauchte Geld, um diese Zukunft möglich zu machen.

Ihr Handy lag auf dem Schreibtisch. Während sie den Berg von E-Mails all der Kunden bearbeitete, die sich über überhöhte Rechnungen, falsch gelieferte Artikel und beschädigte Waren beschwerten, gab das Handy einen Ton von sich, der eine Benachrichtigung von Facebook anzeigte. Sie war nicht gerade die aktivste Nutzerin, weshalb es selten geschah, dass sie solche Nachrichten erhielt, daher war sie neugierig und warf einen Blick darauf. Jamie hatte ihr eine Freundschaftsanfrage geschickt. Schnell klickte sie auf »bestätigen« und scrollte auf seiner Seite hinunter. Sie lächelte vor sich hin, als sie all die Bilder aus seinem Leben sah, Dinge, von denen er ihr erzählt hatte, die sie sich bisher aber nur in ihrer Fantasie hatte ausmalen können. Brad sah natürlich umwerfend aus, und es gab eine riesige Sammlung von Selfies und anderen Fotos, die sie zusammen in verschiedenen Cafés, Parks und vor anderen Sehenswürdigkeiten zeigten. Sie wirkten bis über beide Ohren verliebt und passten absolut zueinander. Kein Wunder, dass Jamie sich solche Mühe gegeben hatte, diese kostbare Liebe zu schützen, obwohl Pietro gedroht hatte, nach New York zu kommen und Ärger zu machen. Es gab jede Menge Bilder von Partys, von Familienmitgliedern, lustige GIFs und Videoclips, scherzhafte Status-Updates und herzliche Pinnwandnachrichten. Es sah nach einem wundervollen Leben aus, und ihr wurde plötzlich bewusst, wie langweilig ihre eigene Timeline im Vergleich dazu aussehen musste. Sie hatte noch nicht einmal Fotos aus Rom hochgeladen, und während ihrer Zeit mit Jamie und Alessandro hatte sie keinen einzigen Schnappschuss von ihnen gemacht, abgesehen von dem einen Bild von Jamie am ersten Abend, das sie Anna geschickt hatte. Bei ihr gab es keine Story, es gab kaum je ein Status-Update. Sie hatte nicht einmal ihren Beziehungsstatus von verheiratet zu Single geändert.

Sie konnte nicht zurückkehren und diese Fotos nachholen,

aber sie lud die wenigen hoch, die sie in Italien aufgenommen hatte, und änderte dann ihren Beziehungsstatus. Ihr Finger schwebte über dem Rest ihrer persönlichen Daten.

Arbeitet bei Mr Woofy Tierbedarf

Da hätte stehen sollen: *Arbeitet bei Kate's Klassischen Kreationen* oder *The Vintage Vixen* oder irgendeiner der zahlreichen anderen Namen, mit denen sie gedanklich spielte, wann immer ihr der Traum von ihrer eigenen Schneiderei durch den Kopf ging. Auf Jamies Facebook-Pinnwand hatte sie gerade ein Meme gelesen. Es zeigte ein Foto von einem Schiff, das auf einem trostlosen, weiten Ozean trieb, und der Text darüber lautete: *Nichts wird sich ändern, bis sich etwas ändert.*

Als sie kurz aufschaute, ertappte sie Deidre, die sie mit eulenhafter Missbilligung durch ihre riesige Brille hindurch beobachtete.

»Du bist gerade erst wieder aufgetaucht«, tadelte sie Kate und schnalzte mit der Zunge. »Ich war in Arbeit begraben, während du dich im Ausland gesonnt hast, und jetzt spielst du auf deinem Handy herum.« Sie deutete mit dem Kopf auf Chantelle. »Es ist schlimm genug, dass die das tut, da musst du nicht auch noch damit anfangen. Ich verstehe diese Faszination überhaupt nicht. Ein Telefon ist dazu da, zu telefonieren, Ende der Geschichte.«

»Nichts wird sich ändern, bis sich etwas ändert«, murmelte Kate.

»Was war das? Ich konnte dich wegen der Musik aus dem Radio nicht hören.«

»Ich gehe.« Kate rückte mit ihrem Stuhl vom Schreibtisch ab und stand auf. Dann strich sie ihren Rock glatt. Ihr Herz hämmerte doppelt so schnell wie sonst, und ihr war schwindelig. Aber sie fühlte sich auch unglaublich gut.

»Wohin denn?«, fragte Deidre schniefend. »Wenn du zum Automaten gehst, kannst du mir ein Twix mitbringen.«

»Nach Hause«, sagte Kate.

»Aber du bist gerade erst hier aufgetaucht!«

»Und jetzt gehe ich.« Sie lächelte Chantelle an, die beim ersten Anzeichen eines Dramas, das sich zu verfolgen lohnte, von ihrem Handy aufgeschaut hatte. »Chantelle – verschwinde von hier! Geh aufs College, tu etwas, das dich wirklich berührt, denn das hier kann es ganz sicher nicht sein. Und, Deidre ...« Sie drehte sich zu der Frau um, deren Mund jetzt offen stand wie der eines Hais, der darauf wartete, dass eine Mahlzeit vorbeischwamm. »Ich würde gern sagen, es sei nett gewesen, mit dir zusammenzuarbeiten, aber das wäre eine dicke, fette Lüge. Aber wenn du die Lüge willst, kannst du sie haben. Möchtest du, dass ich dir jetzt frech ins Gesicht lüge? Ich dachte, ich sollte dir die Wahl lassen.«

Deidre starrte Kate nur an, als hätte sie den Verstand verloren. Vielleicht war das tatsächlich so, aber es war das erste Mal seit Rom, dass sie sich richtig lebendig fühlte, dass sie ihr Schicksal selbst in der Hand hatte. Wenn das Wahnsinn war, dann wollte sie mehr davon.

»Nein?«, fragte Kate. »Okay, nun, man sieht sich. Oder auch nicht. Wahrscheinlich nicht, um ehrlich zu sein, und auch in diesem Punkt hat es keinen Sinn, euch zu belügen.«

Sie schaute sich ein letztes Mal in dem tristen, fensterlosen Raum um, der ihr so viele Jahre ihres Lebens vermiest hatte. Wie hatte sie sich damit bloß zufriedengeben können? Dann schnappte sie sich ihren Mantel und ihre Tasche und marschierte hinaus, bevor sie Zeit hatte, ihre Meinung zu ändern.

─────

Lily öffnete beim dritten Klingeln die Haustür. Kate hatte beinahe schon aufgegeben und wäre jetzt nach Hause gegangen – verwirrt darüber, wo ihre Schwester sein könnte –, nachdem sie ihr bereits eine Nachricht geschickt und sie über ihren

Besuch verständigt hatte. Kate musterte sie kurz. Sie trug immer noch ihren Schlafanzug, ihr Haar war ungewaschen, und sie sah nicht viel besser aus als am Tag zuvor.

»Wo ist Mum?«, fragte Kate, während sie Lily durch den Flur folgte. Sie wunderte sich, warum ihre Mutter nicht die Tür geöffnet hatte. Sie sollte doch helfen, sobald Joel wieder zur Arbeit ging, und Lily für eine Weile vom Alltag abschirmen, bis sie wieder Boden unter den Füßen hatte, aber es war keine Spur von ihr zu sehen.

»Kopfschmerzen«, sagte Lily. »Sie liegt im Gästezimmer und schläft.«

Kate runzelte die Stirn.

»Sie wird morgen wahrscheinlich ohnehin heimfahren«, fügte Lily hinzu.

»So bald schon?«

»Angeblich ist die Katze verschwunden.«

Kate stieß einen verärgerten Seufzer aus, während Lily sich wieder aufs Sofa fallen ließ und sich die Decke bis ans Kinn hochzog.

»Außerdem geht es mir gut«, verkündete Lily.

»Und deshalb liegst du immer noch auf dem Sofa.« Kate nahm ihr gegenüber Platz.

»Ich bin müde, das ist alles. Mein Körper muss sich erholen. Das hat jedenfalls der Arzt gesagt.«

»Was ist mit deiner Psyche? Wie fühlst du dich?«

»Stumpf. Ich weiß nicht, wie ich mich fühlen soll. Ich frage mich ständig, ob ich etwas hätte tun können, um es zu verhindern, oder ob ich etwas getan habe, was es verursacht hat. Alle sagen immer, so etwas passiere einfach, sei eine Tatsache des Lebens, würde ohne Grund geschehen, aber ich verstehe das nicht. Es muss einen Grund geben, doch je mehr ich versuche dahinterzukommen, desto mehr treibt es mich in den Wahnsinn. Und dann fühle ich mich schuldig, weil ich nicht traurig genug bin. Ich meine, ich bin traurig, aber nicht *genug* ... Ich kann es nicht erklären.«

»Du bist wahrscheinlich immer noch dabei, das alles zu verarbeiten. Es ist gerade erst passiert, und du stehst nach wie vor unter Schock. Es gibt keine richtigen oder falschen Gefühle, sondern nur die Gefühle, die man hat, und die sind sicher bei jedem Menschen anders. Wie hält sich Joel?«

»Schrecklich«, antwortete Lily. »Er kann nicht darüber reden, aber er sieht so blass und traurig aus, und er ist überhaupt nicht er selbst. Ich denke fast, er würde sich besser fühlen, wenn er darüber reden könnte. Dadurch habe ich das Gefühl, ich müsste die Starke sein und dürfte nicht weinen.«

»Du musst tun, was dir natürlich vorkommt. Wenn du weinen willst, dann weine, verdammt noch mal, egal wer dir sagt, wie du dich fühlen und verhalten sollst. Und wenn du nicht weinst, wird niemand etwas Schlechtes von dir denken, oder dass dir das, was passiert ist, gleichgültig ist. Das hier ist deine Trauer, und nur du weißt, wie du damit umgehen sollst.«

Lily schenkte ihr ein dünnes Lächeln. »Du bist ja plötzlich so weise geworden. Du klingst schon genau wie Anna.«

»Ich bin mir nicht sicher, ob das ein Kompliment ist«, murmelte Kate mit einem eigenen kleinen Lächeln.

»Ich auch nicht«, pflichtete Lily ihr bei. Sie schaute auf die Uhr und schien sich zusammenzureißen. »Moment mal ... solltest du nicht bei der Arbeit sein?«

»Heute nicht«, antwortete Kate. Sie würde Lily noch von ihrem grandiosen Abgang erzählen, aber dies war nicht der richtige Zeitpunkt, um ihr weitere Sorgen zu bereiten.

»Oh, sicher bin ich etwas verwirrt. Ich war davon überzeugt, dass du von Mittwoch gesprochen hattest.«

»Kleine Planänderung.« Kate zwang sich zu einem strahlenden Lächeln. Sie musste das Thema wechseln, und zwar schnell. »Wie wäre es mit einer Tasse Tee?«

»Ich trinke schon den ganzen Tag Tee. Ich habe in diesen

letzten paar Tagen so viel Tee getrunken, dass ich innerlich darin ertrinken könnte. Alle machen mir ständig Tee. Ich nehme an, es ist eine sehr britische Verhaltensweise.«

»Ich habe eine ganze Woche lang kaum eine Tasse Tee bekommen, also genieße ich es im Moment ziemlich, Unmengen davon in mich hineinzukippen«, verkündete Kate.

Lily wedelte mit der Hand in Richtung Küchentür. »Tu dir keinen Zwang an, wenn du einen Tee willst. Aber zwing mich bitte nicht dazu, noch eine Tasse zu trinken.«

Kate ging in Lilys Küche und füllte den Wasserkocher. Während sie darauf wartete, dass das Wasser heiß wurde, fiel ihr Blick auf eine Pinnwand aus Kork. Daran war nichts Besonderes angeheftet, nur Prospekte, die sie aufbewahren wollten, Telefonnummern und wichtige Rechnungen, die beglichen werden mussten. Kate spürte plötzlich, wie ihr der Atem in der Kehle stockte. Rechnungen. Sie wusste nicht, woher es kam, aber sie wurde von einem langsam wachsenden Gefühl der Panik ergriffen. Sie hatte gerade ihren Job gekündigt, und zu Hause lag genau so ein Stapel Rechnungen. Wie sollte sie die jetzt bezahlen? Was hatte sie getan?

So darfst du nicht denken … reiß dich zusammen.

Sie atmete tief durch und versuchte, ihre Angst in den Griff zu kriegen. Sie konnte tippen, nicht wahr? Also konnte sie Arbeit bei einer Agentur finden. Aber welchen Sinn hatte es, ihren Job im Lager hinzuwerfen, wenn sie direkt danach in ein anderes Büro ging, das sie höchstwahrscheinlich genauso hassen würde? Aber so kurzfristig könnte sie die Schneiderei nicht zum Laufen bringen und damit Geld verdienen, oder? Das Haus musste weg, und zwar schnell – so einfach war das. Und was dann? Sollte sie nach Rom verschwinden? War das überhaupt möglich? Was war mit Lily und Anna und ihrer Mum?

Als der Wasserkocher sich mit einem Klicken ausschaltete, schwirrte ihr der Kopf. Es war alles so verwirrend. Das neue

Leben, das sie sich wünschte, war nicht ganz so einfach, wie sie anfangs gedacht hatte.

Als sie ins Wohnzimmer zurückkam, hielt Lily ihr ihr Handy hin. »Es hat in deiner Tasche geklingelt. Deidre von Mr Woofy ...« Sie warf ihrer Schwester einen fragenden Blick zu, als Kate das Handy entgegennahm.

»Hallo?« Kate ging mit dem Handy in die Küche und spürte Lilys Blicke in ihrem Rücken, als sie den Raum verließ. Sie schloss die Tür hinter sich und hörte Deidre zu.

»Ja, ich habe es ernst gemeint«, antwortete Kate auf die erste und offensichtlichste Frage. »Nein, ich werde meine Meinung nicht ändern«, fügte sie als Antwort auf die zweite Frage hinzu. »Es tut dir leid, das zu hören? Es tut mir leid, dass es dir leidtut, aber das ändert nichts an der Antwort. Aber danke, dass du mich angerufen und dich davon überzeugt hast, dass ich nicht den Verstand verloren habe.«

Kate beendete das Gespräch. Trotz ihrer Panik von eben wäre eine Rückkehr zu Mr Woofy so, als würde sie sich die Seele aus dem Leib reißen und sie in den nächsten Mülleimer stopfen. Sie brauchte Geld, ja, aber es musste eine Möglichkeit geben, etwas zu verdienen, die nicht bedeutete, dass sie sich langsam in den cremefarbenen Wänden des Lagerhausbüros von Mr Woofy in nichts auflöste, bis man sie genauso wenig von ihrer Umgebung unterscheiden konnte wie Deidre. Und so, wie sie sich in den letzten Jahren gefühlt hatte, wäre dieser Tag nicht mehr weit entfernt.

Sie schaltete das Handy stumm, kehrte ins Wohnzimmer zurück und stopfte es in ihre Handtasche. Dann schnappte sie sich ihren Tee und setzte sich zu Lily, die sie erwartungsvoll ansah.

»Ich bin vielleicht krank und habe den Kopf voll, aber deshalb bin ich noch lange nicht blöd«, sagte sie.

»Hm?«

»Was wollte Deidre?«

»Nichts Besonderes. Sie wollte mich nach einer überfälligen Rechnung fragen ... Du weißt ja, wie es dort zugeht – ich muss mich um alles kümmern. Ohne mich würde der Laden zusammenbrechen.«

Lily gab keine Antwort, sondern beäugte Kate nur scharf. Irgendwann schien sie zu beschließen, dass es am besten wäre, das Verhör abzubrechen.

»Vielleicht sollte ich mal nach Mum sehen, ob sie irgendetwas braucht.«

»Sollte es nicht eher umgekehrt sein?«, fragte Kate und spähte über den Rand ihres Bechers.

»Sie hat vorhin so blass ausgesehen, und du weißt, wie sehr sie unter ihren Kopfschmerzen leidet.«

»Du leidest auch.« Kate stellte ihren Becher auf einen Beistelltisch. »Wenn du dir wirklich Sorgen machst, sehe ich nach ihr.«

Lily nickte. Sie schien mit der Lösung zufrieden zu sein. Kate verkniff sich einen Seufzer und erhob sich vom Stuhl. Alle in dieser Familie waren vollauf imstande, für sich selbst zu sorgen. Aber sie hatten trotzdem das Gefühl, aufeinander aufpassen zu müssen. So war es immer gewesen, und dieses Pflichtgefühl brachte auch eine Portion Gewissensbisse mit sich. Sie mochte hier nicht so dringend gebraucht werden, wie sie gedacht hatte, aber es würde trotzdem hart werden, ihre Schwestern und ihre Mum zu verlassen – bis zu einem gewissen Grad galt das sogar für Matt –, wenn es so weit war.

――――

Sie hatte es schon kommen sehen. Kate hatte kaum ihre Haustür hinter sich geschlossen, als sie ein vertrautes Motorgeräusch hörte, und als sie aus dem Fenster schaute, sah sie Annas Wagen draußen vorfahren. Da sie keinen Sinn darin sah, auf das Klopfen ihrer Schwester zu warten, öffnete sie die Haustür und wartete an der Tür.

»Das ist ja eine wunderbare Überraschung, aber was führt dich zu dieser Tageszeit hierher?«, fragte Kate aufgeräumt, während Anna ihr Auto abschloss und auf sie zukam. »Es ist noch ein wenig früh, oder? Bist du schon fertig mit der Arbeit?«

»Ich bummle ein paar Überstunden ab«, sagte Anna.

»Um mich zu besuchen? Ich weiß, du hast mich letzte Woche vermisst, aber mir war gar nicht klar, dass es so schlimm war.«

Anna lächelte nicht über Kates Scherz. Nicht, dass er besonders witzig gewesen wäre, aber sie hatte doch irgendeine gutmütige Reaktion erwartet, und sei sie auch noch so dezent.

»Lily hat mich angerufen«, sagte Anna, während sie Kate durch den Flur in die Küche folgte, wo Kate Wasser aufsetzte. »Sie hat mir erzählt, dass du sie heute besucht hast, aber ich erinnere mich, dass du erwähntest, du würdest heute wieder zur Arbeit gehen. Ihr ging es genauso wie mir. Du hast uns definitiv erzählt, dass du heute wieder ins Büro gehen würdest, und ich bin mir ganz sicher, dass wir uns nicht beide irren können. Dann, sagt sie, hat Deidre dich angerufen. Und du hättest irgendeine vage Ausrede parat gehabt, die Lily dir keine Sekunde lang abgekauft hat. Außerdem hat Christian einen seltsamen Anruf von Matt bekommen.«

»Christian?« Kate runzelte die Stirn. »Warum sollte Matt Christian anrufen?«

»Sie sind immer noch im selben Fußballverein, vergiss das nicht, also ruft er ihn ständig an, wenn es um die Spieltermine geht. Doch das ist nicht der Punkt. Er sagt, du habest ihm erzählt, dass du nach Italien ziehen möchtest, weil du einen festen Freund dort hättest ... Aber das ist doch lächerlich, oder? Was ist los? Kate, sag mir bitte, dass du nichts Verrücktes getan hast.«

Kate lehnte sich an die Arbeitsfläche und starrte auf der Suche nach einer Antwort ins Leere. Typisch Matt, dass er bei der erstbesten Gelegenheit zur Tagesordnung überging und alles durcheinanderbrachte. Sie hatte gedacht, dass sie sich endlich geeinigt hätten und dass er ihre Lüge, Anna und Lily wüssten bereits von ihren Auswanderungsplänen, geschluckt hätte. Aber anscheinend war das nicht der Fall. Und was Lily betraf, nun ... Lily rief beim ersten Anzeichen von Schwierigkeiten immer sofort Anna an. Doch die Panik in Annas Stimme schürte auch in Kate Panik. Sie tat tatsächlich verrückte Dinge, und sogar sie selbst konnte erkennen, dass man die Sache nicht anders betrachten konnte. Doch es war, als hätte sie keine Kontrolle mehr – als würde das Leben sie führen und nicht andersherum. Aber wie konnte sie das Anna erklären? Anna, der pragmatischen, praktischen Schwester, die einen Lebensplan hatte und deren Tage mit der Genauigkeit eines Uhrwerks abliefen.

»Ich glaube, ich tue gerade vielleicht wirklich ein paar verrückte Dinge«, bestätigte sie und richtete den Blick wieder auf ihre Schwester.

»Sprich weiter ...«

»Ich habe meinen Job gekündigt.«

»Okay, das kommt nicht total unerwartet. Was wirst du stattdessen tun? Ich nehme an, du hast einen Plan ... stimmt's?«

»So weit habe ich noch nicht vorausgedacht, nicht wirklich. Ich weiß, dass ich mir eine Schneiderei aufbauen will, aber wie das im Einzelnen geht, habe ich noch nicht herausgefunden.«

Anna schwieg für einen Moment. »Aber du hast einen Plan B? Etwas, das dich über Wasser hält, bis das Geschäft Geld abwirft?«

»Es hat keinen Sinn, mir einen neuen Job zu suchen ... Jedenfalls keinen langfristigen.«

»Was soll das heißen? Hat das etwas mit dem zu tun, was Matt erzählt hat? Bitte, sag mir, dass das nichts mit dem zu tun hat, was Matt behauptet hat. Sag mir, dass er es falsch verstanden hat.«

»Nicht direkt falsch. Ich will nach Italien ziehen. Alessandro ... der Mann, mit dem ich in Rom ausgegangen bin ... Er hat mir gesagt, dass er mich liebt ...«

»Heiliger Bimbam, Kate! Und du glaubst ihm! Das sagt er wahrscheinlich jede Woche zu einem anderen Mädchen, aber ich wette, dass die meisten davon nicht so leichtgläubig sind, das zu schlucken! Er hat dir gesagt, er will, dass du nach Italien übersiedelst?«

»Nicht direkt, aber ...«

»Was zum Teufel denkst du dir dann dabei?«

»Ich liebe ihn ebenfalls!«, rief Kate. »Ich liebe ihn, und ich liebe Rom, und ich weiß, du verstehst das nicht und wirst es auch nicht gutheißen, aber das ist es, was ich will, und ich dachte, du würdest dich vielleicht darüber freuen, dass ich zum ersten Mal in meinem Leben etwas will, das nicht das Gleiche ist wie das, was Matt will! Du hast mir immer wieder eingetrichtert, ich müsse neu anfangen, mich selbst finden, und genau das tue ich gerade!«

»Ich habe von einem neuen Job und ein bisschen Renovieren der Wohnung gesprochen, nicht davon, dass du dich nach Italien verpissen sollst!«

»Ich bin Single und erwachsen, ich kann tun, was ich will!«

»Natürlich kannst du das ...« Annas Ton wurde sanfter. »Gott, natürlich kannst du tun, was du willst. Aber das, was man tun will, ist nicht immer das Beste für jemanden. Du siehst doch sicher selbst, wie verrückt das alles ist? Ich verstehe es – du machst im Moment eine merkwürdige Phase durch und hast den Boden unter den Füßen verloren, und jetzt suchst du nach Lösungen, aber mit einem Mann nach Rom wegzulaufen, den du gerade erst kennengelernt hast, wird dir diese Lösungen nicht bringen.«

»Du kennst Alessandro nicht. Wenn du es tätest, würdest

du anders denken. Er ist ganz und gar nicht so, wie du es ihm unterstellst.«

»Nun, ich werde ihn wahrscheinlich nicht in absehbarer Zeit kennenlernen, daher werde ich dein Wort darauf nehmen müssen.«

»Dann komm mit mir nach Rom, für einen Kurzurlaub. Ich stelle dich ihm und seiner Familie vor, und dann siehst du es selbst!«

»Würdest du dir bitte mal selbst zuhören? Hast du auch nur die leiseste Ahnung, wie das alles klingt?«

»Was gibt es an einem Urlaub auszusetzen? Wir könnten zusammen hinfliegen. Es wird dir dort großartig gefallen. Was hast du zu verlieren?«

»Zum einen kann ich mir bei der Arbeit nicht freinehmen. Dann ist da Christian. Was soll er tun, während ich mit dir in Italien herumsause?«

»Er kann auch mitkommen. Warum sollte er nicht mitkommen? Denk darüber nach, Anna – das ist die perfekte Gelegenheit. Du hast immer gesagt, du würdest gern einmal nach Rom fliegen.«

»Das war vor alledem. Soll ich dich etwa am Ende des Urlaubs dort mit diesem Mann zurücklassen? Ist das der Plan? Ich winke dir aus dem Flugzeug zu, während ich ohne dich abhebe? Weißt du überhaupt, was du da von mir verlangst?«

»Ich verlange gar nichts von dir, außer darauf zu vertrauen, dass ich meinen eigenen Weg finden kann.«

»Es hört sich so an, aber ich bin mir nicht sicher, dass mir das möglich ist, wenn du aus einer Laune heraus eine so schwerwiegende Entscheidung triffst.«

Kate kehrte ihrer Schwester den Rücken zu und machte sich am Tee zu schaffen. Anna hatte nicht darum gebeten, und Kate wollte keinen, aber es war eine gute Ausrede, um ihre Schwester nicht ansehen und ihr antworten zu müssen. Zumindest nicht, bis sie eine Antwort hatte, die Sinn ergab. Denn wenn sie die Sache von Annas Standpunkt aus betrachtete, konnte Kate ärgerlicherweise genau erkennen, warum Anna ausflippte. Dieses Gespräch hätte sie selbst wahrscheinlich auch mit Anna geführt, wären die Rollen anders verteilt gewesen.

Ein Klingeln kam aus der Handtasche, die Kate achtlos auf den Tisch gelegt hatte. Sie ging durch den Raum und holte ihr Telefon heraus. Alessandros Name leuchtete auf dem Bildschirm auf. Wahrscheinlich machte er gerade eine Pause auf der Arbeit und hatte beschlossen, sie anzurufen, da sie sich noch nicht bei ihm gemeldet hatte. Sie sah zu Anna hinüber, die sie genau beobachtete. Sie konnte diesen Anruf jetzt nicht entgegennehmen, aber Alessandro sollte auch nicht denken, dass sie ihn meiden wollte, kaum dass sie wieder zu Hause war.

»Willst du nicht rangehen?«, fragte Anna. »Vielleicht ruft ja deine aufregende Zukunft an.«

»Sehr witzig«, sagte Kate und lehnte den Anruf ab. Es schmerzte sie, das zu tun, und sie wünschte sich verzweifelt, seine Stimme zu hören, aber sie konnte jetzt nicht mit ihm reden. Bevor sie ihr Telefon jedoch wieder in ihre Tasche stecken konnte, schnappte Anna es ihr aus der Hand.

»Hier müssen Fotos drin sein«, erklärte sie. »Lass mal sehen, was es mit dem ganzen Theater auf sich hat.«

»Wenn du dich so aufführst, will ich nicht darüber reden«, entgegnete Kate und riss das Handy wieder an sich. »Und ich will dir bestimmt keine Fotos zeigen, nur damit du dich darüber lustig machen kannst.« Sie stopfte das Telefon wieder in ihre Tasche und schob die Tasche in einen Schrank.

»Und können wir das alles noch mal durchsprechen, oder hast du dich längst entschieden?«, fragte Anna, während sie den Teebecher entgegennahm, den Kate ihr reichte.

»Ganz ehrlich? Immer wenn ich denke, ich hätte mich entschieden, passiert etwas, das mich an mir selbst zweifeln lässt. Dein Besuch heute hat da nicht unbedingt geholfen.«

»Es ist keine schlechte Methode, die Dinge ruhig anzugehen. Das hier ist ein großer Sprung.«

»Ist mir bewusst. Ich habe seit meiner Rückkehr hierher praktisch an nichts anderes gedacht. Abgesehen von Lily natürlich.«

»Was für einen Eindruck hat sie heute auf dich gemacht?«, fragte Anna.

Kate zuckte die Achseln, aber sie war froh über den Themenwechsel, auch wenn es sich um etwas noch Schmerzhafteres handelte. »Es schien ihr einigermaßen gut zu gehen. Das ist es ja gerade, was mich beunruhigt. Wir wissen beide, wie verzweifelt sie sich Kinder wünscht und wie aufgeregt die beiden wegen dieses Babys waren. Es bedeutet ihr mehr als alles andere auf der Welt, und obwohl sie müde und deprimiert ist, wirkt sie nicht am Boden zerstört. Selbstverständlich will ich nicht, dass sie am Boden zerstört ist, aber das ist nicht die Reaktion, die ich erwartet habe. Tatsächlich finde ich sie etwas seltsam.«

»Ich hatte den gleichen Gedanken. Ich glaube, die Reaktion kommt verzögert. Wie ich Lily kenne, tritt sie auf jeden Fall noch ein, und wenn es so weit ist, wird es schrecklich sein.«

Kate nippte an ihrem Tee. »Ich hoffe, du irrst dich.«

»Das hoffe ich auch. Um unser aller willen.«

Kate zog die Augenbrauen hoch. Darauf gab es nichts zu erwidern, und sie hatte das Gefühl, dass Anna wieder einmal recht hatte. Sie hasste es, wenn Anna recht hatte, aber dieses Mal hatte es ganz andere Gründe als sonst.

ZWEIUNDZWANZIG

Sobald Anna gegangen war, versuchte sie, Alessandro zurückzurufen, aber es kam nur die Mailbox. Wahrscheinlich war er wieder im Dienst, und sie würde früh aufstehen müssen, um ihn direkt nach seiner Schicht zu erwischen, bevor er nach Hause und ins Bett ging. Sie wusste nicht, ob er seiner Mutter schon von ihrer Beziehung erzählt hatte, und sie war sich nicht sicher, wie Signora Conti darauf reagieren würde, also wollte sie ihn nicht zu einem Zeitpunkt anrufen, an dem es zu Hause vielleicht ungünstig wäre. Seine Mutter hatte ihn zwar gedrängt, eine Frau zu finden, aber Kate vermutete, dass sie ganz andere Kriterien hatte als die, die Kate erfüllen konnte – ihr schwebte sicherlich eine Italienerin vor, eine Katholikin, und keine frisch geschiedene Frau. Kate und Signora Conti hatten sich als Freundinnen bestens verstanden, aber wenn es um mehr ging ... Es war noch zu früh, um das beurteilen zu können, und Kate wollte nicht über eine weitere potenzielle Hürde nachgrübeln, die sie würde überwinden müssen, um mit Alessandro ihr Glück zu finden – davon hatte sie zu Hause schon genug.

Es wäre nicht nötig gewesen, sich den Wecker zu stellen,

damit sie am nächsten Morgen früh genug aufwachte, um Alessandro anzurufen – sie erwachte bei Sonnenaufgang nach einer unruhigen Nacht voller Träume von verlorenen Babys, Gerichtsvollziehern und geliebten Menschen, die ihr immer wieder entschlüpften, sobald sie die Hände nach ihnen ausstreckte. Auf dem Höhepunkt des letzten und schlimmsten Traums schreckte sie endlich aus dem Schlaf hoch. In diesem Traum hatte Alessandros Mutter sie in eine Gefängniszelle gesperrt und den Schlüssel zusammen mit einem Stück Gorgonzola hinuntergeschluckt und dann laut gelacht, während Alessandro dastand, einen Arm um Orazia gelegt, und in das Gelächter seiner Mutter einstimmte. Zusammen beobachteten sie, wie Kate sie anflehte, herausgelassen zu werden. Woher sie wusste, dass es Gorgonzola war, war Kate nicht ganz klar, aber wichtiger war ohnehin der Schlüssel. Und möglicherweise das Lachen. Sie öffnete die Augen mit einem Quieken und hyperventilierte fast, bis sie sich auf die vertraute Einrichtung ihres eigenen Schlafzimmers konzentrierte und mit einem erleichterten Seufzer zurück in die Kissen fiel.

Sobald sie sich einigermaßen gefangen hatte, griff sie nach ihrem Handy, das auf dem Nachttisch lag.

»Guten Morgen«, begrüßte er sie mit dieser Stimme, bei der sie vor Lust dahinschmolz, und sofort waren alle Sorgen und Ängste gebannt.

»Wie war deine Nacht?«, fragte sie. »Viel zu tun?«

»Ziemlich ruhig«, antwortete er. »Ich habe oft an dich gedacht.«

»Ich habe auch an dich gedacht«, entgegnete sie und versuchte, dabei die Bilder ihres letzten Traums abzuschütteln. »Ich vermisse dich wie verrückt.«

»Dann empfinden wir beide das Gleiche. Ist alles in Ordnung? Wie geht es deiner Schwester?«

»Lily? Sie hält sich tapfer. Ich meine, sie ist traurig, aber ihr Zustand ist nicht so schlimm, wie ich befürchtet hatte.«

»Und was ist mit Anna?«

»Hm. Anna sorgt sich um mich. Sie macht es mir im Moment sehr schwer.«

»Hast du ihr von mir erzählt?«

»Ja. Und auch von meinen Plänen, dauerhaft nach Rom zu ziehen.«

»Sie wird sich Sorgen um dich machen. Meine Schwestern würden sich auch um mich sorgen.«

»Und außerdem ... habe ich gestern meinen Job gekündigt.«

»Du hast keine Arbeit?«

»Im Moment nicht.«

Am anderen Ende der Leitung herrschte Schweigen. Dann: »Wie willst du nach Rom kommen, wenn du kein Geld hast?«

»Ich hätte ohnehin kündigen müssen. Es ist nur früher passiert als erwartet. Außerdem bedeutet es, dass ich tatsächlich alle Dinge hier etwas schneller erledigen muss, sodass ich früher als gehofft zurück sein werde. Was gut ist ...«

»Du musst dein Haus verkaufen? Hast du mit deinem Mann gesprochen?«

»Ex-Mann«, rief Kate ihm ins Gedächtnis, obwohl sie vermutete, dass es eine rein sprachliche Sache war. »Nicht mein Mann ... Inzwischen eigentlich gar nichts mehr. Aber er wird die Reparaturen im Haus vornehmen, die notwendig sind, um es für den Verkauf herzurichten, und er hat zugestimmt, das sofort in Angriff zu nehmen. Wenigstens kommt so etwas Geld zusammen, um mich auf den Weg zu bringen, auch wenn es möglicherweise nicht für mehr reicht als dafür, die Kaution für eine Wohnung zu hinterlegen und die Umzugskosten zu decken. Bei der Wohnungssuche werde ich vielleicht deine Hilfe brauchen, da ich hier festsitze. Ich meine, ich kann mir die Wohnungen natürlich online ansehen, obwohl es nicht dasselbe ist wie ein persönlicher Eindruck, aber womöglich könntest du das für mich erledigen – dich einfach davon überzeugen, dass die Wohnung so hübsch ist, wie sie auf den Fotos aussieht.«

Sie konnte an seiner Stimme erkennen, dass er am anderen Ende der Leitung lächelte – dieses leicht spöttische, sexy Lächeln, das sie bei jedem anderen vielleicht genervt oder verärgert hätte, das sie an ihm aber liebte. »Lucetta brennt darauf zu helfen. Sie sucht schon jetzt nach der perfekten Wohnung.«

»Also hast du ihr von meinen Plänen erzählt?«

»Ja. Sie ist überglücklich. Sie mag dich sehr.«

»Ich mag sie auch. Und es ist nett von ihr, nach einer Wohnung zu suchen.«

»Sie ist klug und wird den besten Preis für deine Miete rausholen.«

Kate konnte sich auch nicht vorstellen, dass Lucetta etwas anderes tun würde, als den besten Preis zu erzielen. Sie war eine beeindruckende Naturgewalt, und Kate würde ganz sicher nicht mit ihrem Durchsetzungsvermögen konfrontiert werden wollen. Obwohl Durchsetzungsvermögen vielleicht noch milde ausgedrückt war, so, wie wenn man sagen würde, dass Thor ziemlich gut mit einem Hammer umgehen konnte. »Dann ist da noch die Sache mit der Jobsuche oder zumindest mit dem Geschäft, das ich auf die Beine stellen muss. Was immer mir nach der Kautionszahlung für meine Wohnung übrig bleibt, wird nicht lange reichen, falls überhaupt etwas übrig bleibt.«

»Machst du dir Sorgen? Denkst du, es ist ein Fehler hierherzukommen?«

Jetzt lag aufrichtige Beunruhigung in seiner Stimme. Er dachte, sie würde ihre Meinung ändern und aufgeben. Dass ihr am Ende alles zu viel sein würde. Und wenn sie auf die vor ihr liegenden Aufgaben blickte, fühlte es sich oft auch für sie so an.

»Es wird schwer«, sagte sie. »Ich kann nicht so tun, als wäre das nicht der Fall ...« Sie wollte ihn fragen, ob er sie genug liebte, ob er sich ihrer Zukunft sicher sei, bevor sie für ihn dieses

Wagnis einging, aber wie konnte sie das tun? Er konnte behaupten, sich sicher zu sein, sicher, dass ihre Liebe ewig halten würde, aber woher sollte er das wissen? Matt hatte es nicht gewusst, obwohl sie es beide geglaubt hatten, als sie ihre Ehegelübde gesprochen hatten. Nichts war jemals sicher, und fast nichts war für die Ewigkeit. Diese Lektion hatte Kate schnell lernen müssen.

»Wir werden helfen«, beteuerte er. »Ich werde alle Leute fragen, die ich kenne.«

Und da war noch eine Frage, die förmlich darum bettelte, gestellt zu werden, eine Frage, von der sie sich nicht sicher war, ob sie überhaupt die Antwort darauf hören wollte.

»Hast du deiner Mutter von uns erzählt?«

Eine Pause trat ein. »Ich warte noch ab«, sagte er.

Sie fragte nicht weiter nach, und es hätte auch keinen Zweck gehabt. Er wartete ab, ob ihrer beider Traum Wirklichkeit wurde, und sie konnte ihm keinen Vorwurf daraus machen. Warum Staub aufwirbeln, wenn es nicht nötig war? Wenn sie Matt gegenüber nicht mit ihren Plänen herausgeplatzt wäre, hätte sie höchstwahrscheinlich das Gleiche getan. Sie hätte gern gefragt, wie seine Mutter seiner Meinung nach reagieren würde, aber sie hatte zu große Angst vor dem Thema und wollte das erste Gespräch, das sie seit ihrer Rückkehr nach Hause führten, nicht verderben. »Wo bist du gerade?«, fragte sie stattdessen. »Immer noch auf dem Polizeirevier?«

»Im Umkleideraum.«

»Allein?«, fragte sie weiter, da es ein recht persönliches Gespräch war und er offen geredet hatte.

»Ja, ich bin allein. Ich befinde mich im Toilettenblock.«

»Igitt! Du sitzt doch nicht etwa auf der Toilette?«

»Nein.« Er lachte warm. »Ich werde duschen, bevor ich nach Hause fahre.«

»Also ... bist du jetzt gerade nackt ...«

»Möchtest du, dass ich nackt bin?«, hakte er mit schelmischer Stimme nach.

Dieser köstliche Kitzel schoss durch sie hindurch, ihre Lenden kribbelten, und plötzlich wünschte sie sich verzweifelt, er wäre jetzt bei ihr. Sie stellte sich seinen perfekten, gebräunten Leib vor, seine schmale Taille, seinen knackigen Hintern, stellte sich ihr letztes Beisammensein vor, als sie ihn mit beiden Händen erkundet hatte, und konnte nur mit Mühe verhindern, dass sie bei den Bildern, die ihre Gedanken bestürmten, explodierte. »Ich wäre unglücklich, wenn ich wüsste, dass du in diesem Moment nackt bist«, antwortete sie.

»Warum?« Er klang verwirrt.

»Weil es eine Verschwendung wäre, wenn ich nicht dort bin, um jeden Zentimeter deiner nackten Haut zu küssen.«

»Vielleicht können wir so tun, als wärst du hier. Ich stelle mir vor, dass du nackt bist, und du kannst dir mich so vorstellen.«

»Nun ...«, entgegnete Kate verführerisch und legte sich aufs Bett, »es wird nicht dasselbe sein, aber ich werde mal sehen, was ich tun kann ...«

———

Kate wollte gar nicht daran denken, wie viel ihr frühmorgendlicher Anruf bei Alessandro gekostet hatte, aber sie waren lange am Telefon gewesen. Während sie versuchte, sich auf den Rest des Tages zu besinnen, wanderten ihre Gedanken zurück zu seiner Stimme, zu den Dingen, die sie gesagt und getan hatten ... Bei der Erinnerung daran errötete sie heftiger als bei jeder ihrer tatsächlichen Begegnungen mit ihm, aber sie war glücklich. Und trotz aller Bedenken, die sich in ihrem Kopf immer noch in den Vordergrund drängten, hatte sie ein gutes Gefühl. Wenn man liebte, war alles möglich, nicht wahr? Und sie war sich immer sicherer, dass das, was sie beide verband, wahre Liebe war.

Und dann kam der Anruf.

»Kate ...« Annas Stimme zitterte. »Ich bin bei Lily zu Hause. Kannst du sofort herkommen?«

DREIUNDZWANZIG

Kates Mum hatte die seltsame Angewohnheit, in den für sie stressigen Situationen die Hände zu ringen. Es sah so aus, als würde sie eine Pantomine des Händewaschens vorführen, natürlich ohne Wasser und Seife. Es war das eine Bild, das ihren Beinahe-Zusammenbruch in den Wochen nach dem Tod von Kates Vater ständig begleitet hatte, aber Kate hatte die Geste lange nicht mehr gesehen. Als sie nach Annas Anruf in Lilys Küche trat, spielten die Hände ihrer Mutter verrückt. Das war der erste Hinweis darauf, dass die Situation genauso schlimm war, wie Annas Stimme am Telefon es hatte vermuten lassen.

Dann blickte Kate sich im Raum um und registrierte die Verwüstung, die hier angerichtet worden war: zerbrochenes Geschirr, Glas, zerrissene Lebensmittelverpackungen, deren Inhalt über die Arbeitsflächen verteilt war, einige Trümmer, deren Herkunft und Originalzustand nicht mehr erkennbar waren. Und schließlich sah sie Lily selbst, den Kopf in den Armen, mit Essensresten im Haar und am Schlafanzug, zusammengekauert in einer Ecke sitzen und unkontrolliert schluchzen und zittern. Joel war da und tat sein Bestes, sie zu halten und zu trösten, aber er schien selbst kurz vor dem Zusammenbruch zu stehen.

»Ich war schon im Bett«, berichtete Kates Mum. »Dann habe ich diesen gewaltigen Krach gehört. Ich dachte, jemand würde hier einbrechen oder so. Ich bin die Treppe hinuntergeeilt und ...«

»Lily ist durchgedreht und hat alles kurz und klein geschlagen.« Anna beendete den Satz leise für ihre Mutter.

Sie hätte aber auch ruhig laut sprechen können, denn Lily selbst schien um sich herum nichts mehr wahrzunehmen. Und es brach Kate das Herz, das mit anzusehen, denn es schien, als wäre nur noch Trauer in Lilys Kopf – heftig und alles verschlingend und wahnsinnig schmerzhaft. Eine verzögerte Reaktion – sowohl sie als auch Anna hatten sie vorausgesehen, obwohl beide gehofft hatten, dass sie sich irrten. Dass sie recht behalten hatte, war fast mehr, als sie ertragen konnte.

»Lily ...«, sagte Kate sanft und beugte sich zu ihrer auf dem Boden hockenden Schwester hinunter. »Ich bin es ... willst du mit mir reden?«

Lily schaute auf, aber sie schien Kate überhaupt nicht wahrzunehmen. Kate drehte sich zu Anna um. »Hilf mir, sie aus diesem Chaos rauszubringen – sonst verletzt sie sich noch an irgendetwas.«

Anna eilte herbei, und gemeinsam führten sie ihre Schwester an je einem Arm ins Wohnzimmer, wo sie sie auf die Decke auf dem Sofa setzten. Sie zitterte und weinte immer noch, aber sie schien jetzt etwas mehr auf ihre Anwesenheit zu reagieren.

»Es ist in Ordnung«, sagte Kate. »Wir sind jetzt hier.« Es war eine sinnlose und idiotische Bemerkung, und Kate war sich ganz sicher, dass es Lily egal war, wer gerade in ihrer Wohnung war, aber es war alles, was sie zu bieten hatte.

Joel setzte sich neben Lily und versuchte, einen Arm um sie zu legen, aber sie schüttelte ihn mit einer heftigen Bewegung ab. Verwirrung trat in seine Züge, und er sprang wieder vom Sofa auf und warf einen Blick auf Kate und dann auf Anna. In seinen Augen lag ein Flehen um Hilfe. Dies war unbekanntes emotionales Terrain für ihn, da die kleine Glücksblase seines Lebens mit Lily plötzlich geplatzt war, und er sah verloren aus und schien kurz davorzustehen, selbst zusammenzubrechen. Dann kam ihre Mum aus der Küche herein, rang noch immer die Hände und machte ein hilfloses Gesicht. Es sah aus, als wären abgesehen von Kate und ihrer ältesten Schwester alle dem Zusammenbruch nahe. Anna nahm Kate beiseite.

»Ich muss wirklich zur Arbeit«, sagte sie leise. »Ich fühle mich schrecklich, dass ich dich darum bitte, aber ...«

»Klar. Ich muss nicht zur Arbeit zu gehen, du aber sehr wohl. Es ist in Ordnung. Du brauchst dich deshalb nicht mies zu fühlen. Natürlich bleibe ich bei ihr.«

»Ich werde so schnell machen, wie ich kann, und sofort zurückkommen.«

»Geh vorher nach Hause und trink eine Tasse Tee. Erschöpft und hungrig nützt du niemandem etwas, und du willst dich und Christian nicht auch noch stressen. Ich werde nirgendwo sonst gebraucht.«

»Außer in Italien«, antwortete Anna mit einem schwachen Lächeln. »Ich bin froh, dass du noch nicht dort bist – ich weiß nicht, was ich heute ohne dich gemacht hätte.«

»Du wärst schon klargekommen«, beschwichtigte Kate sie, aber der Schaden war angerichtet, und sofort erwachte wieder ihr schlechtes Gewissen. Anna wäre klargekommen, aber es wäre nicht fair gewesen, dass die Verantwortung für das Geschehene allein auf ihren Schultern lastete.

Anna küsste sie flüchtig auf die Wange, dann bückte sie sich, um nacheinander Lily, Joel und ihre Mum zu umarmen. »Ich werde bald zurück sein«, versprach sie, bevor sie aus dem Zimmer eilte. Kate drehte sich zu Joel um.

»Kannst du euren Arzt anrufen und um einen Hausbesuch bitten?«

»Das habe ich bereits getan«, schaltete ihre Mum sich ein. »Die Arzthelferin hat gesagt, wir müssten bis nach den morgendlichen OPs warten, dass sie dann aber jemanden herschicken würden.« Kate lächelte angespannt. Das war immerhin etwas. »Ich kann schon mal anfangen, die Küche wieder in Ordnung zu bringen«, fügte ihre Mum hinzu und verließ nach einem letzten unsicheren Blick auf Lily den Raum.

»Das ist großartig, danke, Mum«, rief Kate ihr nach. Dann drehte sie sich wieder zu ihrer Schwester um, die erneut den Kopf in den Armen vergraben hatte. Jetzt konnten sie nicht mehr viel anderes tun, als auf professionelle Hilfe zu warten, aber ihr wurde klar, dass Lily sie dringend brauchen würde, während sie sich von dem Geschehenen erholte, mehr als je zuvor, und auch Anna würde Unterstützung benötigen, wenn sie ihr eigenes Privatleben bei so viel Druck von außen auf Kurs halten wollte. Wie lange das so gehen würde, wusste keiner. Sie wollte gerade etwas Ähnliches zu Joel bemerken, aber als sie sich zu ihm umdrehte, war er schon quer durch den Raum zur Tür geeilt. Sie hörte, wie die Haustür zugeschlagen wurde. Ihre Mum kam ins Wohnzimmer zurück.

»Was war das?«

Kate zuckte schwach die Achseln. »Joel ist weggegangen. Ich nehme an, er brauchte etwas frische Luft.«

»Der arme Junge ist in einem so schrecklichen Zustand. Ich weiß nicht, wie viel er noch verkraften kann.«

Zwei Worte schossen Kate durch den Kopf, als sie das angespannte Gesicht ihrer Mutter betrachtete – Glashaus und Steine. Es war nicht weit hergeholt, sich vorzustellen, dass auch sie unter dem Schmerz ihrer Tochter litt, und was Stress anging, hatte sie schon einiges hinter sich im Leben. Kate würde nicht nur Lily genau im Auge behalten müssen, sondern obendrein auch noch Joel und ihre Mum. Sie hatte das Gefühl, dass es ein sehr langer Tag werden würde – und es versprach der erste von vielen zu sein.

»Wie wär's, wenn du weiter aufräumst? Ich werde Lily versorgen und dann nachkommen, um dir zu helfen.«

Ihre Mum nickte mit einem schwachen Lächeln und rang erneut die Hände, als sie den Raum verließ, und Kate setzte sich mit einem tiefen Seufzer neben Lily.

———

Kate hatte gedacht, die erste Woche nach ihrer Trennung von Matt sei schlimm gewesen, aber jene Erfahrung verblasste im Vergleich zu dem Schmerz, mit ansehen zu müssen, wie ihre süße, glückliche kleine Schwester sich in die leere Hülle der Frau verwandelte, die sie einmal gewesen war. Die ersten Tage waren die schlimmsten gewesen, und Lily wirkte jetzt, eine Woche später, kommunikativer, wenn Kate da war. Sie kam so häufig, wie sie es einrichten konnte, ohne den Trauerprozess, den Joel und Lily als Paar durchlaufen mussten, allzu sehr zu behindern. Ihre Mum hatte bleiben wollen, aber Anna, Kate und Lily hatten energisch erklärt, dass sie mit der Situation fertigwürden, und sie wieder in einen Zug zurück nach Schottland gesetzt, wo Hamish, ihr Mann, auf sie wartete. Es war eine gewisse Erleichterung gewesen. Sie liebten sie natürlich heiß und innig, aber allein durch ihre Anwesenheit im Haus, wo sie Mahlzeiten, sauberes Bettzeug und alle möglichen anderen alltäglichen Dinge brauchte – ganz zu schweigen von den Sorgen um ihren geistigen Zustand und um den von Lily –, war sie eine zusätzliche Belastung für das ohnehin schon strapazierte Familiengeflecht. So hart es war, es war besser, wenn sie nicht bei ihnen war, denn Lily musste Priorität haben. Joel ging es unterm Strich nicht viel besser als Lily, und er brauchte fast genauso viel Unterstützung wie sie. Wenn man die beiden sich selbst überlassen hätte, wären sie vielleicht in ein so tiefes Loch gefallen, dass sie nie wieder herausgefunden hätten. Kate wollte auf jeden Fall verhindern, dass es ihrer Schwester und Joel so erging wie Matt und ihr, vor allem, weil die beiden von Anfang an so perfekt füreinander gewesen waren (viel perfekter, als sie und Matt es je gewesen waren). Und wenn sie da sein musste, um die zwei zu unterstützen, damit sie zusammenblieben, dann würde sie das tun.

Am schwersten war es Kate gefallen, Alessandro beizubringen, dass ihre Pläne sich geändert hatten. Sein völliges Verständnis und dass er sich nicht beklagte, als sie ihm sagte, dass ihre Rückkehr nach Rom auf unbestimmte Zeit auf Eis gelegt sei, seine Sorge um ihr Wohlergehen, ohne seine eigene Enttäuschung auch nur zu erwähnen, verstärkten nur noch ihren Wunsch, wieder in seinen Armen zu liegen. Und doch hing die Tragödie ihrer Familie über ihr, und es war unmöglich zu sagen, ob und wann sie je fortgehen konnte.

Wenn sie Zeit hatte, entwarf sie Pläne für ihre Schneiderei, und obwohl sie weiterhin online nach Immobilien in Rom suchte, geschah das nur noch halbherzig. Welchen Sinn hatte es, wenn alles so unsicher war? Aber sie tat ihr Bestes, um mit den Dingen, die sie kurzfristig erledigen konnte, fortzufahren – das Verkaufsschild war vor dem Haus aufgestellt worden, und Matt kam wie vereinbart, um innen die kleinen Reparaturen auszuführen.

Es war ein strahlender Sonntagmorgen, als sie die Haustür öffnete. Wenn sie die Augen schloss und in der Sonne stand, konnte sie sich fast einbilden, sie wäre am Trevi-Brunnen, Alessandro an ihrer Seite. Matt begrüßte sie gut gelaunt und hatte einen Werkzeugkasten bei sich, der in den Händen eines Mannes, von dem Kate wusste, dass er eine ebenso große Affinität zum Heimwerken hatte wie sie zur Gentechnik, lächerlich deplatziert wirkte.

»Morgen! Melde mich zum Dienst!«

Kate sah ihn skeptisch an und ließ ihn herein. Es war lange

her, dass sie ihn das letzte Mal so fröhlich erlebt hatte. »Wunderbar. Möchtest du etwas trinken oder sonst irgendetwas haben, bevor du anfängst?«

»Ich werde einfach gleich loslegen. Tamara will heute Nachmittag einen Kinderwagen kaufen gehen, deshalb haben wir natürlich eine Deadline, um im Laden zu sein, bevor er schließt.«

»Muss das denn unbedingt heute passieren? Sie weiß doch, dass du hier einiges zu tun hast.«

Er schaute die Treppe hinauf und kratzte sich am Kopf. »Warum? Denkst du, dass diese Sache länger dauern wird als den Vormittag?«

»Nein«, antwortete Kate. »Aber ich meine, hat sie nicht noch eine Ewigkeit Zeit bis zu ihrem Termin?«

»Oh, klar ...« Matt zog die Nase hoch. »Ich nehme an, sie freut sich einfach. Und es wird uns wohl schneller ereilen, als wir denken.«

Es hörte sich nicht so an, als würde Matt Tamaras Begeisterung teilen, aber das war für Kate keine Überraschung. Vielleicht würde er dem Ganzen positiver gegenüberstehen, wenn der Geburtstermin kam. Er würde es müssen, denn er hatte keine große Wahl.

»Wie geht es Lily?«, fragte er. »Hält sie sich einigermaßen?«

»Es ist ihr schon besser gegangen. Tatsächlich muss ich dich vielleicht mit den Arbeiten hier allein lassen und zu ihr fahren, um zu schauen, ob mit ihr alles in Ordnung ist. Du wirst doch für eine Stunde allein zurechtkommen, oder?«

»Es ist ja nicht so, als wüsste ich nicht, wo alles ist.« Er schenkte ihr ein klägliches Lächeln und schaute sich den Flur an. »Weißt du, irgendwie vermisse ich dieses Haus. Wir haben uns schon ein schönes ausgesucht, nicht wahr?«

»Ich habe dir bereits gesagt, dass du mich sehr gern auszahlen kannst. Dir gefällt das Haus, und wir wissen, dass alles solide ist – für mich würde das nur vernünftig klingen.«

»Aber nicht für Tamara.«

Kate konnte es ihrer Nachfolgerin nicht wirklich verübeln, dass sie sich nur ungern in dem Haus einnisten wollte, das ihr Freund mit seiner Ex-Frau geteilt hatte, aber es war einen Versuch wert gewesen – wenn Matt das Haus übernahm, würde ihnen beiden das viel Zeit und Geld sparen. Sie zuckte die Achseln. »Trink etwas, bevor du anfängst, es spricht nichts dagegen.«

»Na schön. Das klingt gut.«

Er folgte ihr durch den Flur in die Küche, wo die Morgensonne durch die Rollläden schien und Streifen aus Licht an die Wände warf. Kate kümmerte sich schweigend um die Getränke. Wann immer sie sich umsah, tippte Matt etwas in sein Handy.

»Sie schreibt dir viel mehr, als ich es früher getan habe«, bemerkte Kate.

»Woher weißt du, dass es Tamara ist?«, fragte er und schaute auf.

»Wenn du nicht plötzlich zum Partylöwen geworden bist, dann muss sie es sein – du bist ja nicht gerade ein sehr geselliger Mensch.«

»Erwischt«, sagte er lächelnd.

»Tatsächlich erstaunt es mich ziemlich, dass du dich weit genug von deinem Sofa entfernt konntest, um überhaupt eine Frau zu treffen. Du hast mir übrigens nie erzählt, wie du sie kennengelernt hast ...«

»Oh ... einfach über den Freund eines Freundes – irgendeine Feier im Büro«, antwortete er vage.

Es war eine Spur zu vage. Wollte er Kate wirklich einreden, er könne sich nicht an die genauen Umstände erinnern, unter denen er die Mutter seines ungeborenen Kindes kennengelernt hatte? Kate hätte ihn bedrängen können, sich konkreter auszudrücken, und zweifellos wären in seiner Geschichte Löcher aufgetaucht, aber es lohnte die Mühe nicht mehr. Sie stellte einen Becher vor ihn hin.

»Ich nehme an, du trinkst deinen Tee immer noch mit Zucker?«

Er nickte.

»Gut«, sagte sie. Manchmal war es tröstlich, dass nicht alles in ihrem neuen Leben kaum wiederzuerkennen war.

———

Schließlich ließ sie Matt mit etwas Farbe gegen Feuchtigkeitsflecken zurück, die das ganze Haus verpestete, und fuhr zu Lily, um nach ihr zu sehen. Als sie ankam, stellte sie besorgt fest, dass Joel nicht da war, obwohl er es geschafft hatte, seinen Sonderurlaub um eine weitere Woche zu verlängern, damit er sich um Lily kümmern konnte. Lily hatte keine Ahnung, wo er steckte. Aber er wurde hier gebraucht, er musste Verantwortung übernehmen und den Herausforderungen ihrer Situation gewachsen sein, nur dann konnten er und Lily eine gemeinsame Zukunft haben. Wenn Kate sie schließlich verlassen würde – eine Hoffnung, an die sie sich trotz aller Hindernisse immer noch klammerte –, musste es jemanden geben, der Lily an den Tagen, an denen ihr Kummer sie übermannte, beruhigen konnte. Es fühlte sich an, als wären diese Tage mittlerweile seltener geworden, denn sie wurde immer etwas munterer, wenn Kate auftauchte, aber sie war immer noch weit entfernt von jeglicher Normalität.

Kate wusch etwas Wäsche für sie, wischte die Oberflächen in Küche und Bad ab und vergewisserte sich, dass der Kühlschrank gefüllt war, während Lily hinter ihr herschlurfte und sie für jede Arbeit, die sie erledigte, tadelte, weil sie darauf bestand, dass sie und Joel es alleine schafften, aber Kate merkte auch, dass sie dafür dankbar war. Sie tranken etwas zusammen und aßen schnell zu Mittag, wobei Kate über dies und jenes plauderte und Lily zufrieden damit schien, ihr zuzuhören. Irgendwann tauchte Joel wieder auf, begrüßte Kate kurz und ging dann nach oben.

»Ich vermute, er spielt auf der Xbox«, sagte Lily mit dumpfer Stimme.

»Aber es geht ihm gut?«, hakte Kate nach.

Lily schüttelte vage den Kopf.

»Habt ihr zwei denn über diese Sachen noch gar nicht gesprochen?«

»Doch«, behauptete Lily, aber Kate war nach wie vor nicht davon überzeugt, dass sie die Wahrheit sagte. Sie mochten es flüchtig erwähnt haben, und sie konnten das riesige Loch in ihrem Leben kaum ignorieren, aber sich dessen Vorhandensein einzugestehen und tatsächlich ein sinnvolles Gespräch darüber zu führen, waren zwei ganz unterschiedliche Dinge.

»Versprich mir, dass du es versuchen wirst«, bat Kate.

Lily starrte sie einen Moment lang leer an, aber dann nickte sie schwach. Kate hatte keine Ahnung, ob das ein verlässliches Ja bedeutete oder einfach ein leeres Versprechen war, um Kate zum Schweigen zu bringen, aber es sah so aus, als wäre es das Beste, was sie momentan bekommen würde.

———

Sobald sie davon überzeugt war, dass es Lily und Joel so gut ging, wie das unter den Umständen möglich war, kehrte Kate nach Hause zurück, um zu sehen, wie Matt vorankam. Als sie die Tür öffnete, kam sie nicht umhin zu bemerken, dass es im Haus unerwartet still war.

»Matt?«, rief sie und rechnete halb damit, dass er in den Pub verschwunden war und seine Aufgaben unerledigt gelassen hatte oder dass Tamara aufgetaucht war und von ihm verlangt hatte, alles stehen und liegen zu lassen, um sofort mit ihr auf die Suche nach einem Kinderwagen zu gehen. Aber dann erklang seine Stimme.

»Oben. In unserem Zimmer.«

In meinem Zimmer, fühlte sie sich versucht zu antworten, aber welchen Sinn hätte es gehabt, so schnippisch zu sein? Alte Gewohnheiten waren schwer zu ändern, vor allem für jemanden wie Matt.

Er saß auf dem Bett, Fotoalben vor sich ausgebreitet.

»Du kannst ein paar von den Fotos mitnehmen, wenn du willst«, sagte Kate, als er aufschaute. »Such dir die aus, die du behalten willst, dann mache ich ein Album für dich daraus.«

»Ich glaube nicht, dass Tamara das besonders gefallen würde.«

»Warum denn nicht? Hat sie keine Vergangenheit? Ist sie vor sechs Monaten fertig aus einem Ei geschlüpft?«

»Sei nicht albern.«

»Warum sollte sie dir dann deine Vergangenheit absprechen? Ob es ihr gefällt oder nicht, du hattest ein komplettes früheres Leben mit einer anderen Frau, und einen großen Teil davon hast du während deiner Teenagerjahre erlebt. Unsere Beziehung ist mit unserer Geschichte verwoben – deiner und meiner –, und wir können das nicht auslöschen, ohne all diese prägenden Jahre auszulöschen, die uns zu dem gemacht haben, was wir beide jetzt sind. Und warum sollten wir das auch tun? Es waren gute Zeiten, oder? Gute Erinnerungen?«

»Das waren sie.« Er seufzte. »Ich nehme an, es ist einfach schwer für sie, das zu verstehen. Sie hat das Gefühl, mit alldem nicht konkurrieren zu können.«

»Sie braucht mit nichts zu konkurrieren. Sie hat bereits gewonnen.«

»Du weißt, was ich meine.«

»Nicht wirklich.« Kate machte sich neben ihm einen Platz frei und griff nach einem Album. »Aber wenn das Leben für dich einfacher ist, wenn du ihre albernen Unsicherheiten begünstigst, dann mach es halt so.«

»Das ist hart.«

»Aber wahr, denke ich. Früher einmal hättest du das auch so gesehen. Ich meine mich zu erinnern, dass du mir gegenüber weniger entgegenkommend warst.«

Er starrte sie an. »Du hast dich verändert, Kate.«

»Ich hatte keine große Wahl.«

»Ich wünschte, du würdest es nicht tun.«

Jetzt war es an Kate, ihn anzustarren. »Was soll das denn heißen?«

Er schüttelte den Kopf. »Erinnerst du dich an das hier?«, fragte er und hielt eine Seite für sie aufgeschlagen.

»Oh Gott!« Kate lachte, und der seltsame Moment löste sich sofort in Luft auf. »Dieser grässliche Jogginganzug, den du so toll fandest. Wo war das noch gleich ... Ach ja, bei dem Erdkundeausflug in der zehnten Klasse zum Stausee! Das war doch der Tag, an dem du von dem Steg gefallen bist, oder?«

»Eine halbe Stunde nachdem diese Aufnahme gemacht worden ist, hat mein toller Jogginganzug nach Brackwasser gestunken.«

Kate lächelte. »Ich glaube nicht, dass der Stausee so schmutzig war.«

»Aber er war auch nicht gerade mit Persil gefüllt, oder?«

»Nein, wohl kaum«, lachte Kate. »Wenn es so gewesen wäre, hätte Mrs Arterton den miefenden Brendan Copperwhite garantiert dort hineingetunkt. Erinnerst du dich, dass es im Bus während der ganzen Rückfahrt zur Schule nach Suppe gestunken hat? Und Mrs Arterton musste immer wieder würgen. Jane Forester sollte die Reste ihres Abendessens aus dem Fenster werfen, damit eine Tüte da war für den Fall, dass sie sich übergeben musste, und dabei sind ihre Käsedreiecke auf der Windschutzscheibe des Autos dieses alten Mannes gelandet. Er ist uns zehn Minuten lang gefolgt und hat die Fäuste geschüttelt, bis wir von der Autobahn abgefahren sind.«

Matt brüllte vor Lachen, als er sich das Foto noch einmal ansah. Dann wurde es still. »Du hast sehr fit ausgesehen an dem Tag.«

»Danke«, antwortete Kate. »War das ein Kompliment?«

»Ich erinnere mich noch, dass mir das sofort aufgefallen ist, als du in diesem bauchfreien Top und den tief sitzenden Jeans aufgetaucht bist, und mir hat dieser Anblick ein kleines Hosenproblem beschert ... Ich kann nur sagen, ein Glück, dass die Jogginghose so weit war. Selbst Shawn meinte, dass du darin heiß aussiehst, und der war verdammt wählerisch, was Mädchen anging – er hat kaum je mehr als eine Fünf vergeben.«

»Was war ich denn an dem Tag auf Shawns Punkteskala?«

»Eine Sieben, glaube ich.«

»Wow ... Hättest du mir das doch bloß früher gesagt. Es hätte mein Leben ändern können, zu wissen, dass Shawn Hutson mich als eine Sieben eingestuft hat.«

»Dann wärst du vielleicht mit ihm ausgegangen statt mit mir.«

»Seine Zähne hatten so eine komische Farbe, daher bezweifle ich das.«

»Ich dachte, alle Mädchen wären scharf auf ihn gewesen.«

»Ich nicht.«

Matt verstummte erneut und richtete seine Aufmerksamkeit wieder auf das Fotoalbum. »Sieh mal«, sagte er einen Moment später. »Unsere Verlobungsfeier. Das war ein Mordsabend.«

»Das liegt daran, dass es im Gegensatz zu den meisten Verlobungspartys hier Minderjährige gab, die Alkohol tranken. Wir waren selbst erst siebzehn, und einige unserer Freunde waren noch jünger. Wenn ich mich recht erinnere, wurde viel gekotzt, und ich bin mir sicher, dass irgendjemand unter dem Mantelhaufen im Gästezimmer schwanger geworden ist.«

»Cassie Wareham«, bestätigte Matt. »Auch das war Shawns Werk.«

»Verdammte Scheiße«, sagte Kate. »Irgendein armes Kind hat jetzt seine komisch gefärbten Zähne geerbt.«

»So ein Pechvogel«, stimmte Matt ihr zu, und Kate kicherte. »Was ist bloß passiert?«, fragte er mit plötzlichem Ernst. »Das mit uns hätte eigentlich eine solide Sache sein müssen, nach allem, was wir hinter uns haben. Wie konnten wir diese lange gemeinsame Geschichte haben und uns trotzdem auseinanderleben?«

»Ich weiß es nicht.« Kate sah ihn offen an. »Sag du es mir.«

»Ich wünschte, ich hätte eine Ahnung. Aber wenn ich mich die hier so ansehe ...«

»Was?«

»Ich frage mich einfach, ob es ein Fehler war.«

»Das mit uns?«

»Nein ... das mit unserer Trennung. Ich frage mich, ob ich einen Fehler gemacht habe.«

»Tja ...« Kate schlug das Album zu, das sie auf dem Schoß liegen hatte. »Jetzt ist es zu spät.«

»Ist es das wirklich?«

»Wir sind geschieden – erinnerst du dich?«

»Manche Leute heiraten ein zweites Mal.«

»Und lassen ihre schwangere Freundin im Stich?«

»Das hat sie sich selbst eingebrockt ... Es ist alles so schnell gegangen.«

»Ich nehme an, mit der Bratenspritze ... Wach auf, Matt! Übernimm ausnahmsweise einmal in deinem Leben selbst die Verantwortung für einen Schlamassel, den du angerichtet hast.«

»Das versuche ich ja ... Kate ... Ich würde dich vermissen, wenn du nach Rom gehst. Mir war gar nicht klar, wie sehr ich dich vermissen würde, bis du mir erzählt hast, dass das tatsächlich passieren wird. Seitdem habe ich viel darüber nachgedacht, was ich getan habe, was es für mich bedeuten würde, dich nicht länger in meinem Leben zu haben, nicht gleich um die Ecke. Ich ... Es spielt keine Rolle.«

»Wenn du das sagen willst, was ich denke, was du sagen willst, dann solltest du jetzt besser still sein.«

»Ich muss es dir sagen. Geh nicht nach Italien. Es ist nicht das Richtige für dich.«

»Hier hält mich nichts, Matt. Warum sollte ich nicht gehen?«

»Ich bin hier.«

»Zusammen mit Tamara! Ich werde wohl kaum sonntags zum Mittagessen kommen oder Babysitten oder mit euch beiden ein Tennisspiel ansehen. Du hast jetzt ein neues Leben, und ich brauche das auch.«

»Ich liebe Tamara nicht!«, rief er.

Kate starrte ihn an. Das erzählte er ihr jetzt? Warum? Sie hatte das schreckliche Gefühl, zu wissen, warum er das tat, und wenn er es wagte, es auszusprechen, war sie sich nicht sicher, ob sie fähig sein würde, ihren Zorn zu zügeln. Sie stand auf und wich rückwärts vom Bett zurück. »Dafür ist es jetzt ein wenig spät, nicht wahr? Ich hoffe, du erzählst mir das alles nicht, während du sie im Dunkeln tappen lässt, denn das fände ich nicht fair.«

»Ich kann es ihr nicht sagen. Ich kann mit ihr über gar nichts reden ... Nicht so, wie ich mit dir reden kann.«

»Da hast du aber etwas anderes gesagt, als du mich verlassen hast. Damals wolltest du weder reden noch zuhören.«

»Aber ... ein Mann darf doch mal einen Fehler machen, oder?«

»Ja. Aber dann muss er auch Manns genug sein, mit den Konsequenzen zu leben. Für uns beide gibt es kein Zurück.«

»Aber warum nicht?« Matt sprang vom Bett auf und kam

mit langen Schritten auf sie zu. Er versuchte, sie in die Arme zu nehmen, doch sie duckte sich weg.

»Weil ich es nicht will!«

»Bist du so denn glücklicher?« In seinem Ton lag erneut eine gewisse Schärfe, eine Spur Härte. »Läufst du deshalb nach Italien davon?«

»Ich laufe vor nichts davon – ich laufe auf etwas zu. Das ist ein gewaltiger Unterschied.«

»Du läufst zu diesem Mann? Wie immer er heißen mag ...?«

Kate ignorierte die Stichelei. »Ja.« Es folgte ein Moment des Schweigens, in dem keiner den anderen ansehen konnte. Kate rang darum, ihren Zorn zu beherrschen. Es war nicht die Tatsache, dass er sie zurückhaben wollte oder dass er eingestanden hatte, Tamara nicht zu lieben – es war der Egoismus, der in ihr den Wunsch weckte, auf ihn einzuschlagen. Seine Freundin war schwanger, und er würde in Kürze Vater sein – die wichtigste und kostbarste Aufgabe der Welt. Auf der anderen Seite der Stadt trauerten Lily und Joel um den Verlust ihrer Hoffnungen und Träume für die Gründung einer Familie, während Matt fröhlich aus einer Laune heraus oder aus Eifersucht oder einfach nur aus Angst seine Familie verlassen würde, bevor es überhaupt richtig losging. Was immer auch sein Grund sein mochte, bei dem Gedanken kochte ihr Blut.

»Du solltest gehen«, sagte sie leise. »Tamara wartet wahrscheinlich auf dich.«

»Aber ...«

»Bevor du etwas noch Schlimmeres sagen kannst, als du es bereits getan hast.«

»Was ist mit den Sachen, die ich heute erledigen sollte?«

»Dafür werde ich einen Handwerker engagieren. Bitte ... geh einfach! Ich rufe dich an, wenn es irgendwelche Entwicklungen zum Thema Hausverkauf gibt. Davon abgesehen ist es nicht notwendig, dass wir noch mal miteinander reden.«

»Das kommt mir etwas hart vor.«

»Ach ja? Mir kommt es vollkommen angemessen vor, aber wenn ich dir gegenüber hart sein soll, kann ich das arrangieren.«

Er öffnete den Mund, um etwas zu sagen, schloss ihn dann aber wieder. Ohne ein weiteres Wort verließ er den Raum, und Kate lauschte auf seine Schritte auf der Treppe und auf das Rascheln und Scheppern, als er seine Habseligkeiten zusammensuchte. Dann hörte sie hinter ihm die Haustür zuschlagen.

VIERUNDZWANZIG

Kate wusste, dass Anna oder Christian schnurstracks zu Matts neuer Wohnung gefahren wären, um ihm die Hölle heißzumachen, und sie verspürte keinerlei Verlangen, das, was zwischen ihnen vorgefallen war, noch weiter in die Länge zu ziehen oder zu verkomplizieren. Lily hatte genug Sorgen mit ihrer eigenen Beziehung, die auf der Kippe stand, und sie kämpfte immer noch mit ihrer Trauer, deshalb entschied Kate sich dagegen, Anna oder Lily von Matts Geständnis zu erzählen. Und Alessandro konnte sie erst recht nicht einweihen. Andere Freunde standen mit ihnen beiden in Verbindung oder Matt sogar näher, und möglicherweise kannten einige von ihnen auch Tamara oder wussten jetzt schon zu viel über die ganze Angelegenheit, daher gab es niemanden aus ihrem engeren Kreis, dem sie sich anvertrauen konnte. Sie verspürte jedoch ein verzweifeltes Verlangen, es sich von der Seele zu reden, mit jemandem darüber zu sprechen und einer Situation, die keinen Sinn ergab, irgendwie doch noch einen abzuringen. Damit blieb nur Jamie übrig. Ein brandneuer und relativ unerprobter bester Freund, aber trotzdem eine großartige Wahl, wenn man jemandem sein

Herz ausschütten wollte – er hörte gern zu und war zu weit entfernt, um irgendwelche Schwierigkeiten zu machen.

Es war schon spät, als sie die Textnachricht abschickte, aber er war wahrscheinlich gerade von der Arbeit nach Hause gekommen.

Hey, hast du Zeit, zu reden?

Es dauerte eine halbe Stunde, bevor er antwortete.

Ich habe Maischips und Bier hier und bin für alles gerüstet. Wollen wir über Facetime reden? Dann kannst du mich in meiner ganzen Feierabendpracht sehen.

Kate lächelte vor sich hin, als sie die Nummer wählte. Feierabendpracht hätte bei ihr Ränder unter den Augen bedeutet und einen leeren, starren Blick, wahrscheinlich obendrein etwas Sabber am Mundwinkel, weil ihr den ganzen Tag der Mund offen gestanden hatte. Jamie würde wahrscheinlich wie ein goldhäutiger Adonis aussehen.

Ihr Herz vollführte einen kleinen Tanz, als sein Gesicht auf dem Bildschirm erschien. Die Prellungen, die er von seiner Begegnung mit Roberto davongetragen hatte, waren inzwischen verblasst, und er sah glücklich, gesund und extrem gut aus – genau wie bei ihrer ersten Begegnung mit ihm am Taxistand des Flughafens von Fiumicino.

»Na, aber hallo!«, begrüßte er sie. Kate grinste.

»Selber hallo. Du siehst wirklich gut aus.«

»Genau wie du.«

»Nein, das glaube ich kaum. Ich werde jetzt, da ich wieder zu Hause bin, schon wieder bleich.«

»Blass und interessant.«

»So was in der Art.«

»Hey, das mit deiner Schwester tut mir wirklich leid. Ich

wollte nicht anrufen oder mich einmischen oder so was, aber wenn dir nach Reden zumute ist, bin ich jetzt ganz Ohr.«

Kate lächelte. »Danke. Tatsächlich ist es ja Lily, die leidet, und sie ist diejenige, die die Hilfe braucht. Ich kann nur danebenstehen und zusehen und mich etwas nutzlos fühlen.«

»Ich bin mir sicher, dass das nicht stimmt, aber ich verstehe sehr wohl, was du meinst. Es ist dir vielleicht nicht bewusst, aber du hast wahrscheinlich ebenfalls starken Stress.«

»Mag sein«, pflichtete Kate ihm bei. »Obwohl nicht alles an Stress von Lily kommt.«

»Vermisst du Alessandro?«

»Wie verrückt.«

»Aber du willst deine Pläne trotzdem durchziehen und auf Dauer nach Rom zurückkehren?«

Kate seufzte. »Das ist es ja – ich weiß es nicht. Es fühlt sich im Moment so an, als würde ich immer zwei Schritte vorwärts- und drei rückwärtsgehen. Vielleicht soll es nicht sein.«

»Du kannst jetzt keinen Rückzieher machen! Was ist daraus geworden, dass du deinen Träumen folgen willst, dass du dich auf ein Wagnis einlassen willst und diesen ganzen anderen Quatsch, den du hinausposaunt hast, als wir uns das letzte Mal unterhalten haben?«

»Vielleicht war es genau das – Quatsch.«

»Hey ... ich kann nicht glauben, dass ich das hören muss. Reiß dich auf der Stelle zusammen.«

»Danke, Jamie.« Kate lächelte. »Siehst du, ich fühle mich schon gleich besser, nachdem ich mit dir gesprochen habe.«

»Aber du fühlst dich immer noch nicht mutig genug?«

Sie schüttelte den Kopf, und ihr traten Tränen in die Augen. Sie schniefte sie weg. Bisher war sie allen anderen zuliebe stark gewesen, aber ihr war nicht danach zumute, weiter stark zu sein – zumindest nicht jetzt. Manchmal hatte sie auch mal eine kleine Schwäche verdient, oder? Es war doch kein

Verbrechen, zu zeigen, dass man nicht alles total unter Kontrolle hatte ...

»Willst du Onkel Jamie mal alles erzählen?«, fragte er. Er hob eine grüne Flasche hoch. »Ich habe jede Menge Bier griffbereit.«

»Aber bitte nicht so wie in *Die unglaubliche Reise in einem verrückten Flugzeug*. Ich habe dich im Vorfeld gewarnt, wie es laufen könnte, wenn ich anfange, meine Probleme bei dir abzuladen.«

»Hast du«, lachte er, »aber ich denke, ich werde ein Weilchen durchhalten können. Geht es um deine Schwester? Fühlst du dich mies dabei, sie allein zu lassen?«

»Es geht zum Teil darum. Joel kommt nicht viel besser klar als sie, und ich mache mir Sorgen, dass der Verlust des Babys die beiden auseinanderbringen könnte. Du hast keine Ahnung, wie perfekt sie zusammenpassen und was für eine schreckliche Verschwendung das wäre, und ich muss zumindest versuchen, ihnen zu helfen, das durchzustehen, ohne einander zu zerstören. Und ich weiß, dass Lily auch Anna hat, aber ich habe trotzdem das Gefühl, sie im Stich zu lassen, wenn sie mich am dringendsten brauchen. Wir stehen uns in unserer Familie sehr nahe und haben einander immer durch alle Schwierigkeiten geholfen. Es wäre nicht richtig, wenn ich sie in dieser Zeit hängen ließe.«

»Dann zögere die Sache hinaus. Das bedeutet nicht, dass du deine Träume ganz aufgeben musst, und ich bin mir sicher, dass deine Familie das auch gar nicht wollen würde.«

»Aber was ist, wenn es ein riesiger Fehler ist?«

»Warum plötzlich so negativ? Ich dachte, du fühlst dich dem gewachsen. Als ich das letzte Mal mit dir gesprochen habe ...«

»Ich weiß nicht ... Etwas, das Matt gesagt hat, meine eigenen Zweifel, das Gefühl, mich vor meiner wahren Verantwortung zu drücken, vor Dingen davonzulaufen, denen ich mich im Moment nicht stellen kann. Und diese Dinge würden immer noch da sein, auch wenn ich in Rom lebe. Sie könnten eine andere Verpackung haben, aber sie werden noch da sein.«

»Was hat Matt denn gesagt? Oder kann ich das selbst erraten?«

»Das kannst du wahrscheinlich. Ich habe ihm von Alessandro erzählt. Es schien nicht sinnvoll zu sein, es vor ihm verborgen zu halten, und er hat jetzt ja Tamara. Er hat gesagt, ich würde weglaufen, denn ich würde hierher nach England gehören. Vielleicht hat er recht.«

»Das hat nichts mit Matt zu tun. Was kümmert es ihn, wo du hingehst? Er hat jedes Anrecht auf eine Meinung verwirkt, als er dich sitzen gelassen hat.«

»Wir haben eine gemeinsame Geschichte. Er passt nur auf mich auf.«

»So hört sich das für mich aber nicht an. Bist du dir sicher, dass er nicht einfach eifersüchtig ist?«

Kate hielt inne. »Ich weiß nicht. Er hat gesagt …«

Jamie verdrehte die Augen. »Er will dich zurückhaben, kann nicht aufhören, an dich zu denken, hat einen schrecklichen Fehler gemacht … und so weiter und so fort.«

Kate zog die Brauen hoch. »Woher hast du das gewusst?«

»Schätzchen, ich bin nicht von gestern, obwohl dieses jugendliche Gesicht etwas anderes sagt. Natürlich will er dich zurückhaben, denn jetzt sieht er, dass du viel mehr Spaß hast als er. Er will, was du hast oder wovon er denkt, dass er es nicht haben kann, und er wird niemals glücklich sein mit dem, was er hat, weil das Leben eines anderen Menschen immer besser aussehen wird als seins.«

»Ich glaube nicht, dass es das ist …«

»Denk darüber nach – er wollte dich erst, als jemand anders dich wollte. Jetzt, da Alessandro dich begehrenswert findet, tut er das auch. Aber wenn du wieder ihm gehören würdest, würde er dich genauso wenig zu schätzen wissen wie zuvor. Wie das kleine Kind, das keine Äpfel mag, bis seine besten Freunde ihm erzählen, dass Äpfel das Großartigste auf der Welt sind, und dann will es plötzlich Äpfel. Aber wenn es einen Apfel bekommt, ist das nicht das, was das Kind erwartet hat. Verstehst du?«

»Ich bin ein Apfel?«

»Du bist ein Apfel und noch dazu ein sehr süßer. Also, zum Teufel mit Matt. Er hatte seine Chance auf Äpfel, und er hat es vermasselt. Soll jemand anders den Apfel genießen.«

Kate lachte unbeschwert, aber dann runzelte sie die Stirn. »Sagen wir, du hättest recht. Ich weiß aber immer noch nicht, ob das die Antwort ist. Das bedeutet zwar nicht, dass ich ihn zurücknehmen muss – und glaub mir, das ist das Letzte, was ich vorhabe –, aber es bedeutet auch nicht, dass Rom die richtige Entscheidung ist.«

»Was ist mit Alessandro? Ich dachte, du wärst wahnsinnig in ihn verliebt?«

»Aber unterm Strich kenne ich ihn erst seit einer Woche.«

»Liebst du ihn?«

»Ich habe das Gefühl, dass ich es tue, aber es ist kompliziert, nicht wahr? Ich kenne ihn eigentlich gar nicht, wie also soll ich mir da sicher sein?«

»Vielleicht kennst du ihn gut genug. Es ist ja nicht so, als könntest du nicht nach Hause zurückkehren, wenn die Sache nicht funktioniert.«

»Das ist wahr, aber ich weiß nicht, ob ich emotional stabil genug bin, um mit den Konsequenzen klarzukommen, wenn es nicht funktioniert.«

Er schwieg für einen Moment, während er einen Schluck von seinem Bier nahm. »Ich glaube, das ist genau dein Problem. Nur du kannst das überwinden und nach vorne schauen, und nur du weißt, ob du stark genug bist, um es zu versuchen. Aber ich würde mich nicht zu lange damit aufhalten, denn nach dem, was ich von deinem heißen Cop gesehen habe, stehen die Ladys sicher schon Schlange, und die ist länger ist als die vor den Vatikanischen Museen.«

»Er würde sich doch nicht auf eine andere Frau einlassen, oder?«, fragte Kate plötzlich beunruhigt, als ihre Gedanken zu der temperamentvollen und jederzeit verfügbaren Orazia zurückkehrten, die nur allzu gern bereit wäre, ihren Platz einzunehmen, und die Kate am liebsten aus Alessandros Gedanken ausgelöscht hätte. War er der treulose Typ? Würde er in ihrer Abwesenheit so schnell sein Herz anderweitig verschenken? Er war attraktiv und charmant, und er war nur ein Mensch. Vielleicht hatte Jamie ihr unwissentlich die Antwort auf die Frage gegeben, ob sie nach Rom gehen sollte oder nicht, wenn es auch nicht die Antwort war, die er hatte geben wollen. »Ich meine, er würde doch warten, oder?«

»Niemand wartet ewig. Es mag hart sein, aber du musst eine Entscheidung treffen, sonst verlierst du ihn.«

———

Jamies Worte verfolgten Kate, bis die Lichter erloschen waren und sie im Bett lag und immer noch damit kämpfte, während sie einzuschlafen versuchte. Sie hatte mit Alessandro sprechen wollen, nur um seine Stimme zu hören und sich versichern zu lassen, dass er sie noch nicht abschreiben würde, aber er ging nicht an sein Handy. Wahrscheinlich war er im Dienst, aber das trug nicht dazu bei, ihre Ängste zu zerstreuen.

Die Dinge wurden nicht gerade leichter, als sie am nächsten Morgen gleich nach dem Aufwachen eine lange E-Mail von Lucetta vorfand. Es war keine Überraschung, von ihr zu hören, da sie versprochen hatte, eine Wohnung für Kate zu suchen und sie darüber auf dem Laufenden zu halten, was sie gefunden hatte. Sie schickte ihr die Details für eine spezielle Wohnung, die sie toll fand – in bester Lage, für eine vernünftige Miete und mit einem Vermieter, der einen guten Ruf genoss.

Außerdem hatte man von der Wohnung aus eine fantastische Aussicht, und vom Balkon rankte sich eine wunderschöne Clematis. Alles klang perfekt, und Kate war schon beim Anblick der Fotos ganz aufgeregt, auch wenn sie feststellen musste, dass die Miete nicht ganz so günstig war, wie Lucetta zu glauben schien. Kate versuchte, sich nicht an ihrem Kaffee zu verschlucken, als sie weiterlas, und wenn sie den Kaffee schon beim Anblick der Miete für die vorgeschlagene Wohnung fast ausgespuckt hätte, dann hätte sie bei dem, was danach kam, auf jeden Fall einen Schwall Kaffee quer durch ihr Wohnzimmer gespuckt, wenn sie nicht schon halb mit so etwas gerechnet hätte.

Alessandro hat mit Mamma gesprochen. Er hat ihr von eurer Liebe erzählt. Ich war mit Abelie in der Küche, und wir sind hineingelaufen, um zu sehen, was los war. Mamma hat gekreischt und geweint. Sie hat gesagt, sie hätte dich nicht in unser Haus eingeladen, wenn sie das gewusst hätte. Alessandro hat geantwortet, sie sehe das alles zu schwarz, aber Mamma hält es für eine riesige Katastrophe. Mamma denkt, dass du nicht zurückkommen wirst, wie du versprochen hast, und dass wieder eine Frau Alessandro das Herz brechen wird und dass er danach nie wieder versuchen wird, eine Ehefrau zu finden. Ich habe ihr erklärt, dass wir dabei sind, eine Wohnung für dich zu finden. Mamma meint, dass du, selbst wenn du wieder in Rom auftauchst, irgendwann nach England zurückkehren wollen wirst und dass du und Alessandro euch scheiden lassen werdet. Mamma sagt, das würde sie ins Grab bringen (wir haben nicht gewagt, ihr zu erzählen, dass du bereits geschieden bist). Alessandro sagt, ihr beide würdet noch nicht heiraten, deshalb brauche sie sich keine Sorgen zu machen, aber daraufhin hat sie nur noch bitterlicher geweint! Sie sagt, es habe keinen Sinn, dass du nach Italien kommst, um mit Alessandro zusammen zu sein, wenn ihr nicht heiraten wollt. Aber du wirst Alessandro heiraten, nicht wahr? Mamma wird nicht glücklich sein, bist du das tust. Ich gehe natürlich von zu Hause fort, aber die arme Abelie wird sich jeden Tag ihre Klagen anhören müssen, und sie hat mich angefleht, dich zu fragen, ob du es in Erwägung ziehen würdest, Alessandro sehr bald zu heiraten.

Ich habe Mamma gefragt, ob sie dich mag, und sie hat es bejaht und erwidert, du seist eine sehr freundliche und gute Frau, aber nicht für Alessandro. Er hat ihr noch einmal beteuert, dass er dich liebe, und sie hat gesagt, das sei noch schlimmer, weil er, wenn du nach England zurückkehren wolltest, mit dir gehen würde, und dann würde er dort leben, und ihr einziger Sohn könnte ebenso gut tot sein, wenn er in Manchester leben würde. Da sie sagt, dass sie wahrscheinlich ohnehin auf der Stelle sterben würde, habe ich ihr erklärt, es würde keine Rolle spielen, ob Alessandro für sie tot sei oder nicht, denn sie würde es nicht mehr mitbekommen. Das hat ihr nicht gefallen, und sie hat mich mit einem Besen aus der Küche gejagt. Das hat sie nicht mehr getan, seit ich fünfzehn war.

Es tut mir leid, dir schreiben zu müssen, liebe Kate, dass meine Mutter beschlossen hat, sich mächtig ins Zeug zu legen, um ein italienisches Mädchen für Alessandro zu finden, das er heiraten kann. Sie mag dich sehr, und ich möchte nicht, dass dich das kränkt, aber sie meint, du würdest nach England gehören, an die Seite eines Engländers. Wenn du Alessandro liebst, so wie ich weiß, dass er dich liebt, musst du bald zurückkommen, sonst wird Mamma in deiner Abwesenheit eine andere finden, die er genauso gern mag. Sie ist so verzweifelt, dass ich denke, sie würde sogar Orazia in Betracht ziehen, was Maria glücklich machen würde, obwohl der Rest von uns eher in Erwägung ziehen würde, aus dem Fenster zu springen. Aber wenn Mamma sagt, dass sie etwas tun werde, ist sie sehr entschlossen. Sie hat bereits mit Federigo Valvona über seine

Tochter gesprochen, doch ich mag sie nicht, weil sie einmal behauptet hat, meine Nase sei riesig. Ich bin zu Federigo gegangen und habe ihm erzählt, meine Mutter verliere im Alter den Verstand und Alessandro brauche sich nicht mit seiner Tochter zu treffen, weil er vergeben sei, aber das kann ich nicht jedes Mal machen, wenn Mamma versucht, ihn zu verkuppeln.

Ich hoffe, in England regnet es nicht so viel. In Rom ist es sonnig und heiß, und wir vermissen dich.

Lucetta

Kate musste davon ausgehen, dass Lucetta von sich selbst und Alessandro sprach, wenn sie sagte, sie würden sie vermissen, und möglicherweise traf das auch auf Abelie zu. Es hörte sich jedenfalls nicht so an, als würde Signora Conti sie vermissen. Wahrscheinlich wollte Lucetta eher ein Gespräch in Gang bringen als eine Drohung aussprechen, und Kate war sich sicher, dass sie es gut gemeint hatte, als sie die E-Mail schickte, um Kate über alles, was im Conti-Haushalt passierte, auf dem Laufenden zu halten, aber in Wirklichkeit hatte sie damit nur die Zweifel genährt, die Kate selbst schon ganz gut gefüttert hatte. Wenn seine Mutter nicht wirklich an seine Beziehung zu Kate glaubte und zu Alessandro mehr oder weniger gesagt hatte, dass sie Kate nicht in ihrer Familie haben wollte, auch wenn sie sie noch so sehr als Freundin schätzte (sie war ja nicht einmal das, sondern nur eine flüchtige Besucherin), was hatte es dann für einen Sinn, nach Rom zurückzukehren? Wenn die Matriarchin Kate nicht akzeptierte, würde Alessandro sich dann am Ende ihrem Willen unterordnen? Und all die schönen, passenden und bevorzugten Italienerinnen würden im Handumdrehen in Kates Fußstapfen treten, wie Jamie es behauptet hatte. Obwohl Lucetta darauf bestand, dass Orazia weder geeignet noch erwünscht sei, gingen Kate immer wieder

Bilder von Orazia durch den Kopf, die neben Alessandro am Familientisch saß und den Platz einnahm, den eigentlich Kate hätte bekommen sollen. Es schien, als ob diese verdammte Frau sich weigerte, sie in Ruhe zu lassen, denn Orazias Gesicht tauchte immer häufiger auf, je länger Kate von Alessandro getrennt war, was schon für sich genommen besorgniserregend war und Kate vermuten ließ, dass sie vielleicht bald mit der gleichen Hysterie wie ihre Gegnerin darauf reagieren würde, dass ihr Freund mit ihr Schluss gemacht hatte. Und obwohl sie keine Ahnung hatte, wie Federigo Valvonas Tochter aussah, konnte sie nicht darauf vertrauen, dass das Mädchen nicht hübsch genug war, um Alessandro in Kates Abwesenheit den Kopf zu verdrehen. Es war frustrierend, dass sie nicht in Rom sein konnte, um die Wogen zu glätten, aber hätte sie die Situation überhaupt verbessern können, selbst wenn sie dort gewesen wäre? Für den Moment musste sie darauf vertrauen, dass Alessandro und Lucetta auf ihrer Seite waren und ihre Mutter überzeugen würden.

Nach dem Frühstück versuchte sie noch einmal, Alessandro zu erreichen, aber auch diesmal ging er nicht an sein Handy, also konnte sie nichts weiter tun, als darüber nachzugrübeln, zu was für einem Schlamassel sich das alles entwickelte.

———

Kate munterte sich auf die einzige Art auf, die sie kannte – sie schneiderte ein Kleid. Und es schien eine gute Idee zu sein, damit auch noch jemand anderen aufzuheitern. Als sie nach dem Frühstück beschloss, dass sie eine Weile nicht mit Alessandro sprechen konnte, ohne ihn bei seiner Schicht zu stören, und dass es sinnlos war, deswegen Trübsal zu blasen, machte sie sich daran, ein Kleid für Lily zu nähen. Es war die Kopie ihres eigenen Kleides mit dem Rosenmuster, das Lily immer bewundert hatte. Dafür verwendete sie einen Stoff mit Vergiss-meinnichtmuster, den sie vor einigen Wochen zusammen mit Lily ausgesucht und gekauft hatte. Bisher war sie allerdings nicht dazu gekommen, ihn zu verarbeiten. Die Maße würde sie schätzen müssen, denn es sollte eine Überraschung für Lily werden. Wenn ihre Schwester es dann anprobiert hatte, konnte sie es immer noch ändern, bis es ihr perfekt passte. Das Kleid würde sie natürlich nicht einfach von ihrer Trauer befreien – Kate war nicht so dumm, zu denken, dass es das auch nur ansatzweise bewirken würde –, aber zumindest würde es ein Symbol sein, etwas, das Lily zeigte, dass Kate an sie dachte.

———

Es war früher Abend, als Kate das Kleid so weit fertiggestellt hatte, dass sie es Lily zeigen konnte, und in dieser Zeit hatte sie alle anderen Gedanken außer denen zum Anfertigen des Kleides aus ihrem Kopf verdrängt. Also war sie, als sie die Nähmaschine ausschaltete, gelassen und auf angenehme Weise befreit von ihren jüngsten Ängsten. Eine schnelle Nachricht an Lily bestätigte ihr, dass sie einem Besuch gewachsen war, und statt herumzusitzen und Trübsal zu blasen, stieg Kate ins Auto und fuhr zu ihr.

Joel öffnete die Tür. Er sah erschöpft aus und schien fast überwältigt von Erleichterung, Kate begrüßen zu können, aber zumindest war er anwesend, und das war schon ein Fortschritt, wenn man bedachte, dass er während ihrer letzten Besuche nie da gewesen war. Vielleicht hatten er und Lily endlich doch dieses Gespräch geführt, überlegte sie, während sie ihm durch den Flur folgte.

»Ihr zwei braucht mich nicht, oder?«, fragte er, als Kate sich über das Sofa beugte, um Lily auf die Wange zu küssen.

»Wir werden für ein Stündchen klarkommen«, antwortete Kate.

»In Ordnung. Ich lasse euch in Ruhe ... und gönne mir eine Stunde mit der Xbox.«

Kate lächelte, und er verschwand. »Wie fühlst du dich heute?«, fragte sie.

»Nutzlos«, entgegnete Lily.

»Und was ist mit Joel? Ist zwischen euch alles okay?«

»Er ist noch hier ...«

Lily wirkte etwas abgelenkt, aber durchaus gefasst. Kate nahm an, dass das an den Medikamenten lag, die sie einnahm. Sie hatte keine Antwort auf die kritische Einschätzung ihrer Schwester, was deren Situation betraf, daher setzte sie sich nur neben sie und zog das Kleid aus der Tüte. »Was meinst du dazu?«

»Es ist zauberhaft«, sagte Lily dumpf.

»Es ist so ähnlich gemustert wie das Rosenkleid, das dir so gut gefällt.«

»Oh, jetzt sehe ich es auch. Hast du das gerade gemacht?«

»Ja. Für dich. Erinnerst du dich an diesen Stoff? Wir haben ihn zusammen ausgesucht, aber du hast gesagt ...« Der Satz versiegte, als Kate sich an das Gespräch erinnerte. Lily hatte den Stoff ausgesucht, und Kate hatte gesagt, sie würde ihn verwenden, um ihr ein Kleid zu schneidern. Aber Lily hatte nicht gewollt, dass Kate das tat, bevor das Baby auf der Welt war, für den Fall, dass sich ihre Figur oder ihre Kleidergröße dadurch veränderte. »Nun ... Der Punkt ist, dass du den Stoff ausgesucht hast. Deshalb hoffe ich, dass das Kleid nicht allzu weit von dem entfernt ist, was du dir gewünscht hast.«

»Es ist wunderschön«, erwiderte Lily. »Vielen Dank.«

Kate breitete das Kleid auf der Decke aus, die Lily sich wie einen Schutzschild um die Schultern gelegt hatte. Lily griff nicht danach, sondern starrte es nur an.

»Willst du es nicht anprobieren?«, fragte Kate. »Dann kann ich schauen, ob es noch geändert werden muss.«

»Ich habe heute noch nicht geduscht – ich würde es wahrscheinlich nur schmutzig machen.«

»Den Schmutz kann man rauswaschen.«

Lily schüttelte den Kopf. »Später. Ich werde duschen, wenn du gegangen bist, und es dann anprobieren. Wenn es geändert werden muss, gebe ich dir Bescheid.«

Kate kaute auf ihrer Unterlippe. Sie hatte auf eine stärkere Reaktion gehofft – nicht, dass sie ewige Dankbarkeit erwartet hätte, aber sie hatte den Wunsch gehabt, Lily ein Stück weit aus ihrer Erstarrung herauszureißen. Ihre Schwester liebte Kleider, und vor allem liebte sie es, dass Kate sie für sie anfertigen konnte, sodass niemand anders das gleiche besaß. Kate war sicher gewesen, dass ihr Überraschungsgeschenk ihrer Schwester eine etwas stärkere Reaktion entlocken würde.

Lily zog sich ihre Decke bis zum Hals hoch und drehte sich auf die Seite. Dann schaute sie zu Kate auf. »Hast du schon einen neuen Job?«

»Nein. Ich habe nicht die Absicht, mir einen Job zu suchen ... Zumindest nicht jetzt. Ich werde mir Visitenkarten drucken lassen, ein bisschen Werbung machen, schauen, ob ich ein paar Aufträge für maßgeschneiderte Kleider bekommen kann. Ich dachte, ich sehe mich vielleicht auch mal nach einem Arbeitsraum um, falls die Miete billig genug ist.«

»Hat es denn Zweck, einen Arbeitsraum zu suchen, wenn du wegziehen willst?«

Kate blinzelte. Also hatte Anna Lily von ihren Plänen erzählt? Aber es war das erste Mal, dass Lily es erwähnte. Bedeutete das, dass es ihr gleichgültig war? Oder dass sie einfach so viel eigenen Schmerz und eigene Sorgen hatte, dass sie keinen Platz mehr in sich finden konnte?

»Was hat Anna dir erzählt?«

»Dass du in Rom leben willst.«

»Und das ist alles?«ˋ

»Und sie hat mir von deinem Freund dort erzählt.«

Kate öffnete den Mund zu einer Erwiderung, aber sie wurden von einem Klopfen an der Tür unterbrochen.

»Das wird Anna sein«, sagte Lily, obwohl sie nicht versuchte aufzustehen.

Kate erhob sich und ging zur Tür, um ihre andere Schwester hereinzulassen.

―――

»Ich glaube einfach nicht, dass es ein kluger Schritt ist, zumindest nicht ohne ein wenig Zeit, um darüber nachzudenken«, stellte Anna fest. Sie hatte es sich in dem Sessel Kate gegenüber gemütlich gemacht, während Lily in ihre Decke eingekuschelt war und das Gespräch verfolgte. Es hatte sich ziemlich schnell Kates Plänen zugewandt, zumal es das Thema war, über das sie bei Annas Ankunft gesprochen hatten. »Wozu die Eile?«, fuhr Anna fort. »Warte sechs Monate, und wenn du dann nach wie vor das starke Gefühl hast, Rom sei der Ort, an dem du leben willst, kannst du immer noch alles Notwendige veranlassen. Aber du bist frisch zurück von einem fantastischen Urlaub, bei dem du einen Burschen kennengelernt hast und wahrscheinlich auch heißen Sex hattest ...« Sie hob eine Hand, um Kates Protest im Keim zu ersticken. »Also ist es nur verständlich, dass du die Welt durch eine rosarote Brille siehst. Der Versuch, dort heimisch zu werden, wird in der Realität ganz anders aussehen.«

»Ich bin keine zwölf mehr«, sagte Kate, der es nicht gelang, den verärgerten Unterton aus ihrer Stimme herauszuhalten. »Ich weiß, dass die Realität nicht so aussehen wird. Ich weiß, dass es hart werden wird ... Was mich am meisten stört, ist nicht, dass ich dort hingehe und neu anfange, sondern dass ich alles hier zurücklasse ...« Sie sah Lily an, die ins Leere starrte. Dann kehrte ihr Blick zu Anna zurück, die schwach nickte. Schon unter normalen Umständen wäre es für jede von ihnen schwierig, die beiden anderen zu verlassen – sie waren sich in den Jahren, in denen ihre Mutter in Schottland gelebt hatte, so nahe gekommen, hatten sich aufeinander verlassen – und jetzt, da Lilys Not größer war denn je, war es noch schwieriger, ans Weggehen zu denken. Aber verdiente Kate nicht auch ein wenig Glück? War es egoistisch von ihr, darum zu bitten?

Einen Moment lang herrschte Schweigen, nur unterbrochen von den gedämpften Schritten auf dem Boden über ihnen, wo Joel herumlief.

»Wenn es dich glücklich macht, solltest du gehen«, sagte Lily plötzlich in die Stille hinein. Es war ihre erste Wortmeldung in der Debatte, seit Anna angekommen war.

»Ich sage nicht, dass sie nicht gehen sollte, aber erst nach einer angemessenen Zeit und gründlichem Abwägen«, stellte Anna fest.

»Wenn sie frei ist und es unbedingt tun möchte, dann sollte sie einfach gehen. Welchen Sinn hat das Abwarten?«

»Es wäre das Vernünftigste.«

»Welchen Sinn hat Vernunft? Morgen könnte alles beschissen aussehen – am besten, man schnappt sich etwas Glück, solange man kann.«

»Du solltest mir doch den Rücken stärken!«, quiekte Anna.

»Ich habe meine Meinung geändert. Kate sollte gehen, wenn sie es will.«

Kate schaute von einer zur anderen. Also hatten sie diese Angelegenheit trotz Lilys Problemen diskutiert. Und obwohl Anna gedacht hatte, sie hätte Lilys Unterstützung, schien es, dass Lily sich jetzt für die gegenteilige Ansicht entschieden hatte. Das kam selten vor – häufig hatte Anna bei ihnen beiden das letzte Wort –, aber sie hatte normalerweise besonders viel Einfluss auf Lily. Lily hatte immer zu ihr aufgeschaut, sie bewundert und sich gewünscht, genau wie ihre älteste Schwester zu sein, was Kate nicht ganz so stark getan hatte. Sie hatte sich oft gefragt, ob das mit Matts Einfluss auf ihre prägenden Jahre zu tun hatte, während Lily erst mit siebzehn ihre erste richtige Beziehung eingegangen war und infolgedessen viel mehr Zeit mit Anna verbracht hatte.

»Wenn du beschlossen hast fortzugehen, dann geh«, sagte Anna und wandte sich an Kate. »Aber meinen Segen gebe ich dir nicht.«

»Was soll das denn heißen? Du gibst mir deinen Segen nicht? Willst du nicht, dass ich glücklich bin?«

»Ich kann nicht, Kate. Wie kann ich etwas absegnen, von dem ich glaube, dass es verrückt ist und in einer Katastrophe enden wird? Wenn ich es täte, würde ich lügen und dir einen schlechten Dienst erweisen. Ich würde dir gegenüber als Schwester und als Freundin versagen. Bestimmt verstehst du doch, was ich meine? Würdest du das tun, wenn es andersherum wäre, wenn ich aus heiterem Himmel abhauen würde?«

»Es ist nicht aus heiterem Himmel. Ich bin nach Hause gekommen, regle hier alles und organisiere einige andere Dinge, bevor ich gehe ...«

»Du hast deinen Job hingeschmissen! Für mich ist das aus heiterem Himmel.«

»Du redest seit Jahren auf mich ein, dass ich diesen Job hinschmeißen soll!«

»Aber doch nicht so. Zuerst sucht man sich einen neuen – so machen das alle anderen.«

Kate stieß einen langen Seufzer aus. Es fühlte sich an, als würden sie sich bei dieser Diskussion im Kreis drehen, und langsam begriff sie, dass Anna ihren Standpunkt niemals begreifen würde, ganz gleich, wie oft sie darüber sprachen. Sie fragte sich, ob Alessandro bei sich zu Hause die gleichen Probleme hatte. Möglicherweise, wenn Lucettas E-Mail ein Maßstab dafür war. Die Vorstellung erfüllte sie nicht gerade mit Zuversicht, dass diese Zukunft, von der sie träumte und auf die sie hoffte, jemals mehr sein würde als Träume und Hoffnungen.

»Ich kann nicht einfach so weitermachen, als hätte sich nichts geändert. Alles hat sich geändert ... Ich habe mich deswegen verändert. Ich bin nicht mehr dieselbe Person wie vorher.«

»Aber du bist nach wie vor unsere Schwester. Wir sind immer noch ein eingeschworenes Team, oder?«

»Natürlich ...« Kate kaute auf ihrer Unterlippe und sah wieder zu Lily hinüber, die nach ihrem kurzen Augenblick der Klarheit das Gespräch nicht mehr verfolgte, sondern aus dem Fenster starrte. »Natürlich sind wir das. Wir werden immer aufeinander aufpassen, so wie wir es alle versprochen haben, als Mum fortgegangen ist. Aber ...«

Es war egoistisch fortzugehen. Anna würde es so sehen, auch wenn Lily es nicht tat. Wenn sie ging, würde Anna sich nicht nur um Lily sorgen müssen, sondern auch um Kate.

»Ich kann dir nicht vorschreiben, was du tun sollst, und ich verstehe, dass du dir wünschst, es möge etwas Großes geschehen, um Veränderungen in deinem Leben vorzunehmen.« Anna beugte sich vor und drückte sanft ihren Arm. »Ich glaube einfach nicht, dass das der richtige Weg ist.«

»Dann denkst du genau wie Matt«, antwortete Kate. »Ihr haltet mich beide für übergeschnappt.«

»Nicht übergeschnappt, nur überdrüssig und wild auf etwas Neues. Das verstehe ich. Ich sage nicht, dass du nicht gehen sollst, ich bitte dich nur, der Sache etwas mehr Zeit zu geben. Und nicht nur die Zeit, die du ohnehin brauchen wirst, um alles zu verkaufen, sondern etwas echte Zeit, um nachzudenken und dir sicher zu sein, dass es das Richtige für dich ist. Wenn du fest entschlossen bist, es zu tun, werden weitere sechs Monate sicher keinen Unterschied machen. Und wenn sich deine Gefühle durch die sechsmonatige Verzögerung ändern, dann war der Plan vielleicht doch nicht so gut, wie du gedacht hast.«

Kate sah sie an. Es bedeutete Anna sehr viel, das konnte sie erkennen. Und sechs Monate waren so lang nun auch wieder nicht, oder? Lang genug, dass Lily wieder gesund wurde, lang genug, um ihr Haus zu verkaufen und ein Geschäft aufzubauen, mit dem sie ein wenig Geld verdiente, und um Anna glücklich zu machen. Kate würde ihre Meinung nicht ändern, ganz gleich, was Anna dachte, aber sie hätte ihren Standpunkt untermauert, und Anna würde das einsehen und dem ganzen Unternehmen ihren Segen geben. Ob Alessandro sechs Monate auf sie warten konnte oder wollte, war ein anderes Thema, aber Kate nahm an, dass sie ihn besuchen konnte, nur um ihn daran zu erinnern, was ihm entging, falls er die Geduld verlor und mit ihr seine Gefühle für Kate. Und wenn sie ihn verlor ... Darüber wollte sie gar nicht nachgrübeln, aber vielleicht hatte Anna recht. Wenn sie ihn verlor, bedeutete das vielleicht, dass die Sache nicht hatte sein sollen. Aber wenn er sie liebte, würde er warten, nicht wahr? Wenn es ihnen bestimmt war, zusammen zu sein, dann konnte keine Wartezeit zu lang sein ...

FÜNFUNDZWANZIG

Als sie ihn am nächsten Morgen anrief, sprach Alessandro nicht von den Plänen seiner Mutter, und Kate erzählte nichts von Annas Missbilligung und ihrer Bitte, eine Weile zu warten, bevor sie Entscheidungen wegen des Umzugs traf. Es war wahrscheinlich ein schlechtes Zeichen, dass sie beide Geheimnisse voreinander hatten, aber was Kate betraf, fühlte sich das Thema zu schwierig an, um es anzuschneiden, und sie nahm an, dass es Alessandro genauso ging. Kate musste sich damit begnügen, seinen Liebesworten zu lauschen, wenn er darüber sprach, wie sehr er sich darauf freue, sie wiederzusehen. Und sie sicherte ihm zu, dass sie ihn so bald wie möglich übers Wochenende besuchen würde, selbst wenn sie im Moment noch nicht dauerhaft in Rom bleiben konnte. Er erzählte ihr von der Arbeit, von Lucettas Fortschritten bei der Organisation ihrer bevorstehenden Hochzeit und von einem neuen Freund, den Abelie mit nach Hause gebracht hatte und den er sehr genau unter die Lupe nahm, bevor er entschied, ob er ihn mochte oder nicht. Und er sprach auch darüber, wie er Pietro und seine Familie in der Trattoria besucht hatte, um festzustellen, dass sie sich mit

Pietros Coming-out abgefunden zu haben schienen und dass Pietro selbst wieder mit Luigi und Roberto im Restaurant arbeitete. Pietros Mutter hatte den Waffenstillstand eingefädelt und gedroht, sich von Roberto loszusagen, wenn er noch einmal gewalttätig wurde. Alessandros Meinung nach war die Tatsache, dass die Mutter das letzte Wort hatte, die vernünftigste Lösung ihrer Probleme.

Irgendwann kam Matt noch mal wieder, um im Haus die Arbeiten zu erledigen, die erledigt werden mussten, während Kate unterwegs war, und ließ ihr seine Schlüssel auf dem Tisch als Zeichen eines Schlussstrichs. Er gab endlich seinen Zugriff auf ihr Leben auf, und es schien, als wollte er ihr damit sagen, dass sie mit seinem Segen nach vorne schauen sollte. Sie wusste nicht, was diese Erleuchtung ausgelöst hatte, und sie brauchte es auch nicht zu wissen. Sie war einfach nur froh, dass er Vernunft angenommen hatte. Es war eine Schande, wenn das, was er über seine Beziehung mit Tamara erzählt hatte, der Wahrheit entsprach, aber damit würde er jetzt selbst fertigwerden müssen. Nachdem alles hübsch hergerichtet war, boten sie das Haus auf dem Markt an, und binnen einer Woche akzeptierte Kate ein Angebot für den geforderten Preis, und Matt war einverstanden. Es ging also zügig voran, aber Kate war besorgt, dass es ihr schwerfallen würde, mit diesem Tempo Schritt zu halten. Sie hatte noch keine neue Bleibe gefunden, hatte ihre Schneiderei noch nicht gegründet und in Gang gebracht, und sie hatte keinen vorübergehenden Job, der sie über Wasser hielt, und selbst ihre Pläne für ihren Umzug nach Italien lagen brach. Lily hatte ihr das Gästezimmer in ihrem Haus angeboten, aber es widerstrebte Kate, das Angebot anzunehmen, obwohl sie von dieser Geste gerührt war. Auf keinen Fall konnten die beiden jetzt den Stress eines Dauergastes in ihrem Haus brauchen, und sie selbst konnte es genauso wenig brauchen, in diese Atmosphäre aus Hoffnungslosigkeit und

Trauer hineingesogen zu werden, die immer noch wie eine erdrückende Decke über dem Haus lag. Kate hatte genug eigenen Stress, auch ohne noch den von Lily und Joel hinzuzufügen.

Die Sonne schien in ihr Schlafzimmer und beleuchtete die butterblumengelben Wände, die honigfarbenen Töne der Holzverkleidung, aber auch den Staub auf den Sockelleisten. Kate stieß einen Seufzer aus, notierte sich in Gedanken, dass sie sie später putzen musste, und begann, die Bücher, die sie ein Leben lang gehortet hatte, in Stapel zu sortieren. Einen für die, die sie auf jeden Fall mitnehmen würde, einen für die, die sie verschenken wollte, und einen für die, die zwischen den beiden Stapeln hin und her wandern würden, weil sie sich nicht entscheiden konnte. Es war eine Aufgabe, die sie als heilsam empfand, und sie lächelte über die Erinnerungen, die jedes Buch in ihr weckte, während sie durch die Seiten blätterte und dabei alte Lesezeichen, Briefe und handgeschriebene Notizen herausfielen. Da war auch ein altes Buch mit unsinnigen Reimen, das ihr Vater ihr auf einer Reise nach Chester gekauft hatte, als sie zehn Jahre alt gewesen war. Dann gab es einen Vampirroman – das erste Buch, das sie sich von ihrem ersten Gehalt aus einem Samstagsjob beim örtlichen Friseur gekauft hatte –, außerdem ein Buch über Raumgestaltung, das Anna ihr geschenkt hatte, als Kate damals mit Matt in dieses Haus gezogen war. Und schließlich die komplette Brontë-Sammlung, in Leder gebunden und mit Goldprägung, ein Präsent von Lily zu ihrem einundzwanzigsten Geburtstag. Kate wischte sich eine Träne aus dem Auge. Es war seltsam, dass Gegenstände, die für den Massenkonsum hergestellt worden waren, für die Person am Ende der Kette eine so persönliche Bedeutung haben konnten. Kate schätzte sie genauso sehr wie eine lebendige Erinnerung in ihrem Kopf.

Sie hatte sich gerade mit dem Buch über Raumgestaltung hingesetzt und überflog müßig die Seiten mit all den Tipps und

Techniken, die sie mit wechselndem Erfolg an den Ziegeln und dem Putz dieses Hauses ausprobiert hatte. Und dann hörte sie ein Klopfen an der Haustür. Es war weder Annas Klopfen, das immer nur ein einziger kräftiger Schlag war, noch war es Lilys flotter kleiner Rhythmus. Drei Schläge mit den Fingerknöcheln, dazwischen deutliche Pausen.

Kate legte das Buch beiseite, wischte sich ihre staubigen Hände an der alten Jeans ab, die sie trug, und warf einen schnellen Blick in den Spiegel, bevor sie nach unten ging, um die Tür zu öffnen. Ihr Haar war zu einem Pferdeschwanz zurückgebunden, und abgesehen von einer dünnen Schicht Grundierung hatte sie sich keine große Mühe mit ihrem Make-up gegeben. Sie trug ein weites Shirt mit aufgekrempelten Ärmeln über einem Trägertop. Hoffentlich waren es nicht die Käufer des Hauses, die vorhatten, irgendwann wiederzukommen, um die Wohnung auszumessen. Wenn sie unangekündigt aufkreuzen würden, wäre es schwierig, nicht verärgert zu sein, obwohl sie ihr ja eine riesige Last von den Schultern genommen hatten.

Mit einem Seufzer lief sie nach unten. Durch das kleine quadratische Milchglas konnte sie einen Schatten sehen, ein Profil, das ihr bekannt vorkam, und plötzlich klopfte ihr Herz wie ein Dampfhammer. Das konnte doch nicht sein ...

Kate riss die Tür weit auf, und ihre Hand flog zu ihrem Mund, als sie Alessandro lächelnd auf der Türschwelle stehen sah.

»Hallo, Kate«, begrüßte er sie.

»Was ... was machst du hier?«, stammelte sie.

Sein Gesicht wurde lang. »Hätte ich besser nicht kommen sollen?«

»Oh doch, Gott, ja!«, kreischte sie und warf sich ihm in die Arme. Er fing sie auf und drückte sie an sich. Es fühlte sich so gut an, so richtig, und plötzlich überkam sie eine unbändige Liebe. Bis zu diesem Moment hatte sie sich nicht gestattet, darüber nachzudenken, wie sehr sie ihn vermisste, denn wenn sie das getan hätte, wäre sie zusammengebrochen und hätte nicht mehr funktionieren können. Aber jetzt war er hier, und es war, als hätte jemand einen Stöpsel aus der Flasche gerissen, in der sie ihre Gefühle festgehalten hatte, und sie begann zu weinen. »Ich habe dich so sehr vermisst!«, flüsterte sie. »So, so sehr ... Ich habe jede Minute des Tages an dich gedacht.« Sie rieb sich die Augen und sah zu ihm auf. »Ich kann nicht glauben, dass du wirklich hier bist!«

»Aber ich bin hier.« Er lächelte. »Ich habe dich auch vermisst. Ich wollte dich sehen, und ich hatte die Erlaubnis, mir freizunehmen, um herzukommen.«

»Du bist meinetwegen bis nach England gereist?«

»Wofür sonst?«

Wieder füllten Kates Augen sich mit Tränen, obwohl sie Alessandro durch diese Tränen hindurch anstrahlte. »Noch nie hat jemand etwas so Romantisches für mich getan.«

»Dann hat dich noch nie jemand so geliebt, wie ich es tue.«

Sie löste sich von ihm, um ihn anzusehen, als könnte er sich in Rauch auflösen, wenn sie auch nur für eine Sekunde den Blick von ihm abwandte.

»Ich kann nicht glauben, dass du hier bist«, wiederholte sie.

Er hielt einen Blumenstrauß in die Höhe, der etwas zerdrückt aussah. Offensichtlich hatte sie selbst diesen Schaden angerichtet, weil sie es nicht hatte erwarten können, sich in seine Arme zu werfen. »Die hier sind für dich.«

Sie waren wunderschön, auch wenn die ein oder andere abgeknickt war – eine Fülle zarter rosafarbener und weißer Rosen, geschmückt mit winzigen Perlen, die wie Wassertröpfchen aussahen. Sie mussten ein Vermögen gekostet haben. Die einzigen Blumen, die ihr jemals jemand geschenkt hatte, waren entweder von Anna beziehungsweise Lily gekommen, wenn ihre Schwestern sie am Ende des Markttages an irgendeinem Stand billiger hatten erstehen können, oder von Matt, wenn er welche hastig aus dem Supermarkt oder von der Tankstelle besorgt hatte, weil er sie mit irgendetwas geärgert hatte und sich wieder bei ihr einschmeicheln wollte. Nicht, dass sie unglücklich über eins dieser Geschenke gewesen wäre, aber Alessandros Blumen waren etwas ganz anderes.

»Sie sind zauberhaft! Danke!«

Sie nahm ihm den Strauß ab und atmete den süßen Duft ein. Nie hätte sie gedacht, dass Rosen so göttlich riechen konnten. Sie mussten garantiert irgendwie künstlich aufbereitet worden sein, denn dieser Duft war berauschend. Vielleicht lag es aber auch nur daran, dass Alessandro vor ihrer Tür stand, bei dessen Anblick ihr schwindelig wurde, denn sie konnte nicht klar denken, und fast war sie davon überzeugt, wenn sie den Blick kurz abwandte, würde sie feststellen, dass er in Wirklichkeit gar nicht da war.

Grinsend schauten sie einander wortlos an, bis Alessandro den Bann brach und sprach.

»Vielleicht möchtest du, dass ich später zurückkomme?«

»Warum?«

Er zog eine Braue hoch, und dieses verspielte, spöttische Lächeln, das sie so sehr vermisst hatte, kam zum Vorschein. »Ich habe dich überrascht, und womöglich bist du nicht auf Gäste vorbereitet?«

Sie riss sich das Band aus ihrem Pferdeschwanz und wuschelte durch ihr Haar, bis es ihr über die Schultern fiel. An der Kleidung konnte sie im Moment nicht viel ändern, außer sie setzte ihn irgendwohin und ließ ihn warten, während sie ihr Bestes tat, um ihr Outfit zu verbessern. Aber noch während ihr dieser Gedanke durch den Kopf ging, zog er sie in seine Arme und drückte ihr einen leidenschaftlichen Kuss auf die Lippen, der die Welt um sie herum verblassen ließ. »Du bist wunderschön«, hauchte er. »Noch schöner für diese Augen, die dich so lange nicht mehr erblickt haben.«

Oh Gott ... sein Duft ... die Wärme seines Körpers an

ihrem ... das Gefühl seiner Hände an ihrer Taille ... diese samtige Stimme ... und dieser Akzent ... er war zu ihr gekommen, war nur ihretwegen Tausende von Meilen geflogen. Nichts anderes zählte mehr. »Du kommst besser herein«, antwortete sie in einem aufreizenden Flüsterton. »Wir haben jede Menge nachzuholen ...«

SECHSUNDZWANZIG

Die Sonne fiel in den Raum und schien Alessandros Haut regelrecht glühen zu lassen. Das war natürlich Quatsch, aber Kate war fasziniert von der Art, wie die Sonne seine gebräunten Arme küsste und ihn fast wie einen Gott aussehen ließ. Im Bett war er definitiv so göttlich gewesen, wie sie es in Erinnerung hatte, und als sie jetzt in seiner Umarmung lag, das Pochen seines stetig schlagenden Herzens in den Ohren, schwelgte sie in dem Genuss, zufrieden und schläfrig und doch lebendiger und beschwingter als je zuvor.

»Ich habe dich so sehr vermisst«, sagte sie in die Stille hinein.

»Ich habe dich auch vermisst.«

»Ich freue mich so sehr, dich zu sehen, obwohl ich wünschte, ich hätte gewusst, dass du kommen würdest.«

»Tut mir leid ... Ich hätte dich vorwarnen sollen. Aber ich wollte dich überraschen. Ich dachte, du würdest dich freuen und fändest es witzig.«

»Das ist es nicht«, antwortete Kate schnell. »Natürlich freue ich mich! Das, was wir gerade getan haben, sollte es dir verraten haben ... Aber ich hätte etwas zu essen dagehabt und das Haus geputzt und so weiter. Ich bin schon halb ausgezogen, also herrscht bei mir ein ziemliches Durcheinander.«

»Ich kann dir helfen, während ich hier bin«, sagte er. »Ich habe ein Hotelzimmer, du brauchst dir also keine Sorgen darum zu machen, wo ich schlafen werde.«

»Du brauchst heute Nacht nicht ins Hotel zurückzukehren ...«

»Ich sollte ins Hotel fahren. Es wird deiner Schwester sicher nicht gefallen, wenn ich hierbleibe.«

»Schwester?« Kate runzelte die Stirn. »Was hat das mit meinen Schwestern zu tun? Ich verstehe nicht ...«

»Ich meine Anna. Ich habe mit ihr gesprochen.«

Kate schoss hoch und starrte ihn an. »Du hast mit Anna gesprochen? Wann? Wie?«

Er richtete sich auf und nahm ihre Hand. »Sei nicht böse auf sie. Sie hat in der *questura* angerufen und mich gefunden. Sie wollte wissen, was für ein Mensch ich bin, ob ich gut für dich bin, ob ich ehrlich bin. Genau das würde ich für meine Schwestern auch tun ...«

»Das ist etwas vollkommen anderes!«, stieß Kate mit hoher Stimme hervor. »Sie hat kein Recht, ihre Nase da reinzustecken!« Sie machte Anstalten, aus dem Bett zu steigen, um ihr Telefon zu holen und Anna die Meinung zu geigen. Wie konnte sie es wagen, Alessandro anzurufen, um ihn auszuspionieren und zu überprüfen! Wie konnte sie es wagen, davon auszugehen, dass Kate so unfähig und fügsam war, dass sie sich auf jeden Fall einen Mann aussuchen würde, der ein kompletter Scharlatan war! Wie konnte sie es wagen, sich ohne Kates Wissen die Rolle der Beschützerin oder des Vormunds anzumaßen oder was immer sie sich da gedacht hatte! Kate war erwachsen und würde ihre eigenen Entscheidungen treffen. Sie würde sie vielleicht mit ihren Schwestern besprechen und sogar deren Meinung berücksichtigen, aber das gab ihnen nicht das Recht, sich einzumischen. »Ich denke, ich kann selbst entscheiden, ob du gut für mich bist! Bist du deshalb hergekommen? Hat sie dich gebeten, nach England zu fliegen, damit du ihr irgendetwas beweist?«

Er schüttelte den Kopf. »Sie hat mich nicht hergebeten, aber nachdem ich mit ihr gesprochen hatte, ist mir klar geworden, dass sie Angst um dich hat. Ich bin hergekommen, um es dir leichter zu machen. Wenn sie persönlich mit mir spricht, wird sie vielleicht entspannter reagieren.«

»Oh ...« Kates Ärger löste sich in Luft auf. Also war er nicht hergekommen, weil er es nicht ertragen konnte, von ihr getrennt zu sein – er war hier, weil er das Gefühl hatte, die Sache mit Anna klären zu müssen? Das war natürlich eine ehrenwerte Einstellung, aber irgendwie fühlte sie sich nach dieser Erkenntnis enttäuscht.

»Und ich wollte dich sehen.« Er lachte leise, als würde er ihre Gedanken lesen. »Natürlich wollte ich dich sehen.«

»Ich werde mit ihr sprechen müssen«, sagte Kate und ließ sich wieder in seine Arme sinken. »Sie hatte kein Recht, dich anzurufen ... Und mir gegenüber hat sie das nicht mal mit einem Wort erwähnt. Wenn du es mir nicht erzählt hättest, hätte ich es nie erfahren. Stell dir vor, die Sache hätte dich verschreckt und wir hätten uns deshalb getrennt.«

»Nichts könnte mich so verschrecken, dass ich mich von dir trennen würde.«

»Nicht einmal Anna? Dann musst du sehr mutig sein.«

Er grinste und küsste sie. »Nicht einmal Anna könnte mich von dir fernhalten. Aber ich möchte, dass deine Schwestern mit mir einverstanden sind. Ich weiß, dass du sie sehr liebst, und ich werde alles tun, was ich kann, um dich glücklich zu machen.«

»Das ist sehr süß von dir. Ich werde ihr trotzdem eine heftige Strafpredigt halten, und dann kannst du deinen Charme spielen lassen, um sie für dich einzunehmen. Aber nicht mit zu viel Charme. Ich will nicht, dass du sie auf die gleiche Art für dich einnimmst, wie du es bei mir getan hast.«

Er lachte. »Ich werde vorsichtig sein. Bitte, sei ihr nicht böse.«

»Böse? Du hast keine Ahnung, was böse bedeutet, bevor du mich mit Anna in Aktion gesehen hast. Sie scheint ein Händchen dafür zu haben, meine bösen Seiten zum Vorschein zu bringen.«

»Bist du mir böse?«

»Warum sollte ich dir böse sein?«

»Wegen meiner Überraschung.«

»Ich habe nichts gegen deine Überraschung ... Es ist eine sehr schöne Überraschung ...« Kate kicherte, als er die Lippen auf ihren Nacken drückte. »Das kitzelt.«

»Kitzelt?« Er runzelte die Stirn.

»Bringt mich zum Lachen.«

»Oh ...« Er zog sie zu sich herum. »Ich will dich nicht zum Lachen bringen.«

»Was willst du denn dann?«, fragte sie, außerstande, den Blick von seinen dunklen Augen loszureißen. »Denn wenn du mich noch länger so ansiehst, wird mir sowieso nicht mehr zum Lachen zumute sein ... Ich werde total rallig sein.«

»Rallig?« Er betrachtete sie mit einer hochgezogenen Augenbraue.

Kate lachte. Sie würde daran denken müssen, dass er nicht alle englischen Begriffe kannte. Oder sie würde Italienisch lernen müssen. Gott, wie sehr sie in der Schule den Unterricht in modernen Sprachen gehasst hatte – sie war so schlecht in Französisch und Deutsch gewesen. Vielleicht wären Italienischstunden mit Alessandro gar nicht so übel. Allerdings konnte sie sich vorstellen, dass fast jeder Versuch in einer Szene wie aus einem der *Ist ja irre*-Filme enden würde. »Rallig bedeutet, dass man Liebe machen will.«

»Du willst Liebe machen?« Er grinste. »Das könnten wir jetzt tun, wenn es dich erfreuen würde.«

»Oh, es würde mich erfreuen«, antwortete Kate mit einem

verführerischen Lächeln, und alle Gedanken an Anna und ihre heimlichen Machenschaften waren vergessen. »Du hast ja keine Ahnung, wie sehr.«

———

Obwohl sich die Kartons in den Ecken stapelten und ihre Küchenutensilien und Töpfe in Unordnung waren, unternahm Kate einen tapferen Versuch für das Sonntagsessen. Es war wahrscheinlich das wichtigste Sonntagsessen, das sie je gekocht hatte, und sie wollte Alessandro unbedingt beeindrucken. Der deftige Yorkshire Pudding und Roastbeef waren Welten entfernt von dem zarten Fleisch und den Oliven, die Signora Conti aufgetischt hatte, aber er hatte gesagt, er wolle einen traditionellen britischen Braten kosten, und wenn Kate ganz ehrlich war, kam sie da auch schon an die Grenze ihrer kulinarischen Fähigkeiten. Er hatte frühzeitig aus seinem Hotel herkommen wollen, um zu helfen, aber sie hatte es ihm untersagt, denn sie wusste, dass Anna der Versuchung nicht würde widerstehen können, auch zum Helfen zu kommen. Und der Stress, den das Treffen der beiden beim Mittagessen mit sich brachte, reichte ihr schon aus, ohne dass sie die zwei schon bei der Arbeit in der Küche dabeihaben musste, wo sie das Gespräch nicht richtig im Auge behalten konnte. Noch schlimmer war die Aussicht darauf, dass sie beide versuchen würden, ihr beim Kochen zu helfen, und dass sie sich dabei vielleicht in die Quere kommen und unterschiedlicher Meinung sein würden, was die Kochmethoden betraf, oder sie würden sie einfach so stressen, dass sie das ganze Essen ruinierte. Dass sie diesen Punkt hier überhaupt erreicht hatten, war ein kleines Wunder – Anna und Christian, Lily und Joel und Alessandro und sie würden endlich zusammen an einem Tisch sitzen und zum ersten Mal gemeinsam essen. Es war ungemein aufregend und gleichzeitig beängstigend, obwohl die Tatsache, dass Lily sich in der Lage fühlte, ihr Sofa zu verlassen und zum Essen zu kommen, ermutigend und vielleicht das aufregendste Ergebnis des Tages war. Es bedeutete Kate viel, dass sie bereit war, diese Anstrengung auf sich zu nehmen, und vielleicht war sie jetzt auf dem Wege der Besserung. Vielleicht noch nicht vollständig, aber es war doch ein guter Anfang. Sie hoffte, dass Joel es genauso ermutigend finden würde und dass die beiden ihre strapazierte Beziehung wieder in Ordnung bringen konnten.

Es hatte eines strengen Telefonats mit Anna bedurft, in dem sie beide Dinge gesagt hatten, die sie sofort bereuten, um endlich einen Waffenstillstand zu schließen. Anna war genauso schockiert darüber, dass Alessandro das Bedürfnis gehabt hatte, nach England zu kommen, um sie zu beruhigen, wie Kate, als er vor ihrer Haustür gestanden hatte. Aber Anna entschuldigte sich nicht, sondern blieb bei ihrer Behauptung, dass das, was er getan habe, keineswegs edelmütig sei, sondern nur die elementarste Höflichkeit, die er ihnen allen schulde. Das brachte Kates Blut zum Kochen, und sie musste sich immer wieder in Erinnerung rufen, was Alessandro gesagt hatte – dass sie einer Schwester nicht böse sein solle, die sich nur Sorgen um sie mache. Eine Stunde später hatte Lily angerufen, die von Alessandros Ankunft gehört hatte, und hatte vorgeschlagen, dass sie alle zusammen essen sollten, um einander kennenzulernen. Das hatte Kate ebenfalls überrascht, aber sie war froh gewesen zu hören, dass Lily sich einem solchen Treffen gewachsen fühlte und dass sie Alessandro näher kennenlernen wollte. Lily hatte mit Anna telefoniert – Kate war immer noch ziemlich sauer gewesen, weil Anna Alessandro angerufen hatte –, und sie hatten sich auf einen Termin geeinigt. Kate hatte das Gefühl gehabt, dass Anna es Alessandro vielleicht viel schwerer machen würde als Lily, aber sie war sich sicher gewesen, dass er sie am Ende für sich einnehmen konnte. Und wenn nicht … nun, Kate war eine erwachsene Frau, und es ging niemanden sonst etwas an, was sie mit ihrem Leben anstellte. Sie wollte

Annas Segen, aber mit jeder Auseinandersetzung wuchs ihr Widerstand, und wenn sie ohne diesen Segen zurechtkommen musste, dann war sie sich jetzt sicher, dass es ihr gelingen würde.

Das Mittagessen sollte um eins anfangen, und genau wie Kate prophezeit hatte, tauchten Anna und Christian gegen Mittag auf, Erstere bewaffnet mit Töpfen, eigenen Speisen und einer Küchenschürze, während Letzterer zum Fernsehen oder Zeitunglesen ins Wohnzimmer verbannt wurde – alles, um ihnen nicht im Weg zu sein, bis das Essen fertig war. Es war eine verhaltene Umarmung, die Anna Kate anbot. Sie schien sich nicht sicher zu sein, ob sie bei ihr noch in Ungnade war oder nicht, und Kate ihrerseits war sich nicht sicher, ob sie darauf vertrauen konnte, dass Anna Alessandro gegenüber höflich und tolerant sein würde.

Kate lächelte. »Ich wusste, du würdest nicht widerstehen können, mir zu helfen. Ich komme durchaus klar, weißt du.«

»Das weiß ich«, bestätigte Anna, während sie die Tüten mit Biokarotten, Pastinaken und Kohl, die sie allesamt im örtlichen Hofladen eingekauft hatte, auspackte und zum Waschen neben die Spüle legte. »Aber du erwartest eine Menge Gäste, und ich dachte, dass ich dir nicht nur helfen könnte, sondern dass es auch eine gute Idee wäre, frühzeitig hier aufzutauchen, damit wir uns gegenseitig auf den neusten Stand bringen können.«

»Auf den neusten Stand?« Kate nahm das sehr teuer aussehende Glas mit Meerrettichsoße entgegen, das Anna aus den Tiefen ihrer Einkaufstüte gekramt hatte. »Meinst du in dem Sinne, dass du mich warnst, nicht versprechen zu können, dass du Alessandro mögen wirst, oder dass mit diesem Essen plötzlich alles in Butter ist?«

»Rede nicht so.« Anna runzelte die Stirn und stemmte die Hände in die Hüften. »Siehst du nicht, dass ich mir Mühe gebe?«

»Und wie!«, murmelte Kate.

»Es fällt mir schwer, diese Sache zu verstehen, das ist alles. Aber ich werde mein Bestes geben, um ihn zu mögen. Schließlich will ich davon überzeugt sein, dass der Mann, mit dem du nach Italien verschwindest, der richtige für dich ist. Warum wehrst du dich dagegen? Ich werde glücklicher sein, wenn ich weiß, dass es dir gut geht, und ich war der Meinung, das sei offensichtlich.«

»Ich verschwinde ja nicht nur *mit ihm* nach Italien. Ich wollte ohnehin nach Italien. Es hat sich nur so ergeben, dass wir ein Paar sein werden, wenn ich dort bin. Mein Leben wird sich nicht ausschließlich um ihn drehen.«

»Das habe ich auch nicht behauptet. Aber wenn etwas schiefgeht, wird deine Unterstützung weiter entfernt sein.«

»Es wird nicht schiefgehen«, konterte Kate, obwohl sie wünschte, dass sie die Überzeugung in ihrer Stimme auch wirklich in ihrem Herzen spürte.

»Du kannst es nicht sicher wissen«, wandte Anna ein, die Kates Ängste für sie aussprach. »Sieh dir nur an, was mit Matt passiert ist.«

»Ich habe versucht, genau das nicht zu tun.«

Anna holte ein Sieb aus einem Schrank und machte sich daran, die Blätter von dem Kohl zu zupfen, um sie zu waschen. »Ich muss sagen, ich bin ziemlich beeindruckt, dass Alessandro nach England gekommen ist, nur um deine Familie kennenzulernen.«

»Nun, ich habe seine Familie kennengelernt, also ergibt das wohl Sinn«, antwortete Kate und entschied sich dafür, ihr den wahren Grund seines Besuchs nicht ins Gedächtnis zu rufen, nämlich dass er fast ausschließlich Annas Werk war. Es hätte nichts genützt, diesen Streitpunkt wieder zur Sprache zu bringen, und Kate sah, dass Anna sich wirklich Mühe gab, den Dingen einen positiven Dreh zu geben, auch wenn sie damit nur sich selbst überzeugen wollte und niemanden sonst. »Ich wünschte, du würdest aufhören, dir so viele Sorgen zu machen. Ist meine Menschenkenntnis denn wirklich so miserabel?«

Anna hielt inne und sah sie an. »Nein. Aber manche Leute sind wirklich gut darin, jemandem Sand in die Augen zu streuen. Man liest ständig solche Sachen – einsame Frauen, die von charmanten Gaunern übers Ohr gehauen werden.«

»Entzückend«, schnaubte Kate. »Das denkst du also von mir, ja? Eine traurige, einsame, verzweifelte Geschiedene, die sich dem erstbesten Mann an den Hals wirft, der sich für sie interessiert?«

»Natürlich nicht!« Anna wandte sich wieder dem Kohl zu und riss ihn in Fetzen. »Ich sage nur, dass ich ein gewisses Recht darauf habe, argwöhnisch zu sein. Wenn er sich als Mistkerl entpuppen würde, wärst du mir dankbar, und ich würde es mir nie verzeihen, wenn ich mich nicht eingemischt hätte.«

»Du denkst also, du könntest das besser beurteilen als ich? Warum könntest du einen Hochstapler erkennen, aber ich nicht?«

»Weil bei dir Gefühle im Spiel sind und bei mir nicht. Es heißt, Liebe mache blind, und ich glaube, dass das ziemlich zutreffend sein kann.«

»Außerdem ...« Kate rümpfte die Nase, als sie einen Topf mit Wasser füllte, »... redest du über reiche alte Jungfern, die von Männern umworben werden, die britische Pässe oder Geld wollen. Da Alessandro weder das eine noch das andere braucht, wüsste ich nicht, wie um alles in der Welt er eine Gefahr darstellen könnte.«

»Ich habe keine Ahnung, welche anderen Gründe im Spiel sein könnten. Manchen Männern macht es einfach Spaß, Frauen zu verarschen.«

»Anna, er ist Polizist. Was willst du denn noch als Beweis für seine Integrität?«

»Das heißt gar nichts. Er tut vielleicht nichts, womit er

gegen das Gesetz verstößt, aber er könnte trotzdem emotional gestört sein. Tatsächlich ...«

»Was immer du mir gerade für eine Horrorgeschichte auftischen willst, behalt sie einfach für dich!«

»Na schön ... Kein Grund, gleich zickig zu werden.«

»Ich bin nicht zickig! Es ist nur so, dass wir uns im Kreis zu drehen scheinen. Bitte, kannst du dir diese Ideen mal aus dem Kopf schlagen und ihm einen Vertrauensvorschuss geben? Versuch es einfach, für mich?«

Anna schwieg für einen Moment. Sie riss die letzten Blätter von dem Kohlkopf und warf den Strunk in den Müll. »Nur weil ich weiß, dass es dir viel bedeutet«, sagte sie schließlich.

Kate nahm sie in die Arme. »Danke. Es bedeutet mir wirklich viel, und wenn du ihm eine Chance gibst, weiß ich, dass du ihn lieben wirst.«

»Ich kann nichts versprechen, aber ich werde es versuchen. Aber wenn mir etwas auffällt, was mir gegen den Strich geht, werde ich mich nicht zurückhalten.«

Kate lächelte. »Ich weiß, dass du nicht in der Lage sein wirst, dich zurückzuhalten. Aber ehrlich, ich glaube nicht, dass das passieren wird.«

Anna schnupperte. »Musst du mal nach deinem Fleisch sehen?«

»Es ist in Ordnung. Ich habe gerade nachgeschaut, bevor du gekommen bist.«

»Was ist das für ein Braten?«

Kate zuckte die Achseln. »Keine Ahnung ... Es ist einfach Rind. Ich habe nicht wirklich hingesehen.«

»Woher weißt du dann, wie du ihn richtig garst?«

»Ich habe die Anweisungen auf dem Etikett gelesen.«

Anna runzelte die Stirn. »Niemand richtet sich nach diesen Anweisungen, um Fleisch zuzubereiten.«

»Welchen Zweck haben sie dann?«

»Sie sind für Leute gedacht, die nicht kochen können.«

»Also für mich. Was für ein Glück, dass ich Anweisungen hatte, denen ich folgen konnte, sonst würden wir gleich rohes Fleisch essen.«

Anna verdrehte die Augen. »Nur gut, dass ich jetzt hier bin.«

»Ich habe schon Sonntagsmahlzeiten zubereitet – schon oft.«

»Ja, aber du hattest noch nie einen Italiener zum Essen da – die verstehen etwas vom Kochen.«

»Und du meinst, ich tue das nicht?«

»Offensichtlich nicht, wenn man bedenkt, wie du die Sache mit dem Braten angegangen bist ...«

Kate öffnete den Mund zu einer Antwort, aber dann grinste sie.

»Was?«, fragte Anna.

»Ach, nichts«, antwortete Kate, aber ihr Grinsen wurde breiter. Anna würde es niemals zugeben, aber Kate hatte das Gefühl, dass sie sich jetzt schon für Alessandro erwärmte. Warum sonst sollte es ihr so wichtig sein, dass er ihrer beider Kochkünste zu schätzen wusste.

»Wo ist dein Schälmesser?«, fragte Anna schroff.

Jep, der Erfolg dieses Nachmittags war ihr definitiv wichtiger, als sie zu erkennen gab. Zumindest hoffte Kate das, denn es würde ihr das Leben erheblich leichter machen.

———

Kate hatte noch nie erlebt, dass Alessandro sich vor etwas fürchtete, nicht einmal, als er vor dem Kolosseum einen bekannten Straftäter verfolgt hatte, aber jetzt wirkte er beinahe verängstigt, wie er da am Esstisch saß, umringt von ihren Schwestern und deren Partnern, die ihn alle mit neugierigen Augen beobachteten. Mitten auf dem Tisch prangte ein riesiges Stück Roastbeef, das an den Rändern ein wenig verkohlt war, aber Kate überlegte, dass es unter den Umständen viel schlimmer hätte sein können. Es war ja nicht so, dass es ihr in der Küche an Ablenkungen gefehlt hätte, und Annas wohlgemeinte Hilfe war am Ende eher hinderlich gewesen, weil sie entweder versucht hatte, Kates Küche zu übernehmen, oder ihr die Ohren vollgequatscht hatte. Der Braten wurde von ihren besten Servierschalen flankiert – die normalerweise für Weihnachten reserviert waren und deshalb jetzt besonders festlich aussahen –, und die einzelnen Schüsseln enthielten so viele Gemüsesorten, wie ihr als Beilage zum Fleisch nur eingefallen waren. Abgerundet wurde die Ansammlung durch einen dampfenden Haufen goldener Bratkartoffeln und eine Platte mit Yorkshire Pudding in Form kleiner Pasteten neben einer mit Stechpalmen und Efeu verzierten Sauciere.

»Es riecht köstlich«, sagte Alessandro. Sein Lächeln war ein wenig starr, als hätte jemand es auf seinem Gesicht festgetackert. Kate versuchte, ihm ein beruhigendes eigenes Lächeln zu schenken, aber tatsächlich fühlte es sich ebenfalls etwas starr an, wenn sie ehrlich war.

»Danke«, sagte sie. »Das Essen wird der Küche deiner Mutter nicht das Wasser reichen können, aber ich hoffe, es schmeckt dir.«

»Ich bin mir sicher, dass es wunderbar sein wird«, entgegnete er. »Wie nennt man es?«

»Roastbeef mit allem Drum und Dran. Das Drum und Dran bedeutet nur, dass es mit Gemüse und Kartoffeln serviert wird.«

Er nickte. »Ah. So etwas esse ich zu Hause nicht.«

»Wir essen es jeden Sonntag ... nun, jedenfalls an den meisten Sonntagen.«

»*Du* nicht«, widersprach Anna und musterte Kate mit hochgezogenen Brauen.

»Manchmal tue ich das sehr wohl«, verteidigte sie sich.

»Es muss viel Arbeit machen, so etwas vorzubereiten«, warf Alessandro ein.

Kate sah ihn an. Zwischen ihnen waren die Gespräche noch nie so steif gewesen, und sie fragte sich vage, ob jemand eine Pappfigur anstelle des echten Alessandro geschickt hatte. Sie hoffte, die Situation würde sich noch ein wenig verbessern, denn dieser langweilige neue Alessandro gefiel ihr nicht; sie wollte den neckenden, witzigen Alessandro zurückhaben, und sie wollte, dass Anna und Lily ebenfalls diese Version kennenlernten.

»Also, Alessandro.« Anna wandte sich zu ihm um. »Kate sagt, du bist Polizist.«

»Ja.«

»Gefällt dir der Job?«

»Ja.«

»Und gibt es in Rom viele Verbrecher?«, hakte sie weiter nach und sah Kate dabei vielsagend an.

Er zuckte die Achseln. »Es ist eine Großstadt. In jeder Großstadt gibt es Verbrecher. Aber ich bin stolz darauf, dass wir Rom so sicher machen, wie es nur geht.«

»Christian«, sagte Kate und mischte sich in das Gespräch ein. »Hättest du etwas dagegen, den Braten für mich zu schneiden?« Sie warf Anna ihren eigenen vielsagenden Blick zu. Noch so eine Bemerkung, und sie würde ihre Schwester in die Küche zerren und ihr eine ordentliche Ohrfeige verpassen müssen.

»Kein Problem«, antwortete Christian gut gelaunt. Er schien die einzige Person im Raum zu sein, die von der seltsamen Atmosphäre unberührt blieb, und er pfiff leise, als er anfing, das Fleisch auf eine Weise zu zerhacken, wie Kate es noch nie zuvor gesehen hatte, abgesehen von einem Horrorfilm, den sie einmal angeschaut hatte und in dem etwas Ähnliches mit einem der Opfer gemacht wurde. Aber es war einfacher, ihn weitermachen zu lassen, und er schien durchaus glücklich zu sein mit seiner kleinen Aufgabe. Es war klar, dass Anna ihm zu Hause niemals einen so wichtigen Job anvertraute wie das Aufschneiden eines Bratens.

»Ich glaube, dass Polizeiarbeit ein sehr schwerer Job sein muss«, bemerkte Joel, und Lily nickte zustimmend. »Jeder, der diese Arbeit tut, genießt meinen Respekt.«

»Genauso denke ich ebenfalls«, sagte Kate, unsagbar dankbar dafür, dass ihre jüngere Schwester da war, um sie ein wenig zu unterstützen.

»Vor allem wegen der ganzen Mafiosi, die in Italien unterwegs sind«, fügte Joel hinzu, und Kate verschluckte sich fast an ihrem Wein.

»Ich bin mir ziemlich sicher, dass nicht an jeder Straßenecke Mafiabosse stehen«, bemerkte sie und sah schnell zu Alessandro hinüber, in der Hoffnung, dass er nicht gekränkt war. Plötzlich schien dieses Mittagessen doch keine so gute Idee gewesen zu sein. Zumindest hätte sie nicht nur Anna, sondern auch alle anderen darauf vorbereiten sollen, welche Themen sie meiden sollten. Als Nächstes würden sie Alessandro noch fragen, wie viele Cornettos er am Tag so aß.

Zu ihrer Erleichterung lächelte Alessandro geduldig. »Die meisten Sachen, mit denen ich zu tun habe, sind ganz einfach. Touristen, die sich verirrt haben, gestohlene Portemonnaies und so etwas.« Er sah Kate an, und zum ersten Mal an diesem Nachmittag erkannte sie etwas von dem alten Alessandro in seinen Augen.

»Und so habt ihr euch kennengelernt, nicht wahr?«, fragte Lily. »Wegen Kates gestohlenem Portemonnaie?«

Alessandro sah Kate Hilfe suchend an. Er ahnte wohl, dass sie ihren Schwestern nichts von ihrem wirklichen ersten Treffen erzählt hatte, als sie betrunken und lächerlich verletzlich auf der Spanischen Treppe gelegen hatte und er sie auflesen und in ihr Hotel hatte zurückschicken müssen.

»So haben wir uns kennengelernt«, antwortete Kate für ihn.

»Ich finde das romantisch«, sagte Lily und drehte sich zu Joel um. »Nicht wahr?«

»Ja, kann sein«, bestätigte Joel und sah aus, als würde er etwas Romantisches nicht mal dann erkennen, wenn es ihm in die Eier trat.

»Wahrscheinlich kommen jede Menge Frauen zu dir und melden irgendwelche gestohlenen Dinge«, warf Anna ein.

Kate runzelte die Stirn. Anna hatte versprochen, sich zu benehmen, und das hier war nicht Kates Vorstellung von gutem Benehmen.

»Einige«, stimmte Alessandro ihr zu. »Ich tue, was ich kann, um es besser zu machen, damit es ihnen die Reise nach Rom nicht verdirbt.«

»Ich wette, dass du das tust«, sagte Anna.

Kate ließ ihr Bein vorschnellen, und ihr Fuß traf ein Schienbein unter dem Tisch.

»Au!«, rief Christian und ließ fast das Tranchiermesser fallen. Er starrte Kate an. »Was ...?«

»Oh Gott! Es tut mir so leid«, murmelte Kate. »Ich wollte die Beine übereinanderschlagen und muss dich dabei versehentlich getreten haben.« Sie schaute zu Anna hinüber und konnte ein schwaches Lächeln auf ihrem Gesicht sehen. Kate funkelte sie an. Machte sie das mit Absicht? Fand sie das etwa witzig?

»Reicht mir mal eure Teller«, schlug Christian vor und griff erneut nach den Tranchierutensilien.

Einer nach dem anderen hielt ihm den Teller hin, damit er ein Stück Fleisch darauflegen konnte.

»Bei allen anderen Sachen könnt ihr euch selbst bedienen«, forderte Kate ihre Gäste auf. Es herrschte ein reges Treiben, und Kate freute sich, als sie sah, wie Lily sich einen kleinen Berg Bratkartoffeln nahm. Ihre kleine Schwester hatte während der vergangenen Wochen so stark abgenommen, dass Kate fast schon überzeugt gewesen war, sie würde bald im Krankenhaus landen. Kate sah, dass Anna das ebenfalls registrierte und aner-kennend lächelte.

»Du magst zwar immer das Fleisch anbrennen lassen, auch wenn du die Anweisungen für die Zubereitung liest«, sagte Anna zu Kate, »aber Bratkartoffeln machen, das kannst du.«

»Was soll das heißen, ich lasse das Fleisch immer anbren-nen? Du Frechdachs! Ich lasse das Fleisch immer anbrennen, weil du immer darauf bestehst, mir zu helfen, und mir statt-dessen im Weg herumstehst!«

»Du würdest das Fleisch trotzdem anbrennen lassen. Matt hat gesagt, du hättest es jedes Mal getan ...« Anna brach ab. »Oh, tut mir leid«, murmelte sie und schaute zwischen Kate und Alessandro hin und her.

Kate schüttelte den Kopf. »Könntest du mir mal die Erbsen reichen?«

Wenigstens hatte Anna diesmal den Anstand, verlegen dreinzuschauen. Wahrscheinlich hatte sie diese Bemerkung gar nicht als Stichelei gemeint, im Gegensatz zu den anderen, mit denen sie versucht hatte, Kate zu provozieren, aber trotzdem hatte diese Bemerkung Kate auf eine Weise verletzt, wie die anderen das nicht getan hatten. Alessandro brauchte nicht daran erinnert zu werden, dass Kate ein Leben vor ihm gehabt hatte, mit einem Mann, der fest in ihrer Familie verwurzelt war, wie er das niemals sein konnte. Kate brauchte auch nicht daran erinnert zu werden. Vielleicht hatte er die Bemerkung gar nicht mitbekommen, aber es ließ sich schwer erkennen, was ihm durch den Kopf ging, während er sich darauf konzentrierte, etwas von Annas biologisch angebautem Frühlingskohl auf seinen Teller zu löffeln.

»Möchtest du auch von den Möhren, Alessandro?«, fragte Anna ihn mit untypischer Schüchternheit. Er schaute auf.

»Ja bitte.«

Sie beugte sich über den Tisch und reichte ihm mit einem kleinen Lächeln die Schüssel. »Sie sind sehr gut«, fügte sie hinzu. »Ich kaufe sie im heimischen Hofladen, und der Bauer baut sie ohne jegliche Chemikalien an.«

»Du solltest auch die Pastinaken probieren«, riet ihm Lily. »Annas in Honig geröstete Pastinaken sind umwerfend.«

»Die hast du zubereitet?«, fragte Alessandro Anna.

»Heute habe ich nur geholfen. Den größten Teil der Arbeit hat Kate erledigt.«

»Du hast mir sehr geholfen«, widersprach Kate. »Und nicht nur beim Kochen.«

Anna lächelte. Anscheinend entwickelten sich die Dinge doch in die richtige Richtung.

»Ich bin halb verhungert«, meldete Lily sich zu Wort. »Ich habe heute meinen ganzen Hunger für dieses Essen aufgespart.«

»Nun, es ist reichlich da«, antwortete Kate. »Und ich will nichts von alledem einfrieren müssen, da ich die Tiefkühltruhe ausleeren muss, also solltet ihr besser alles aufessen.«

»Ich denke, dabei können wir behilflich sein«, verkündete Christian und löffelte sich einen Haufen Kartoffeln auf seinen Teller. Als Nächstes knöpfte er sich den Yorkshire Pudding vor, und nachdem er sich auch davon einen genommen hatte, reichte er die Platte an Alessandro weiter, der sich ebenfalls einen nahm.

»Was ist das?«, fragte er.

»Ein Yorkie«, sagte Christian. »Der beste Teil des Essens.«

»Yorkshire Pudding«, erläuterte Kate, als sie die kleine Falte der Verwirrung zwischen Alessandros Brauen sah.

»Oh, davon habe ich gehört, aber ich habe noch nie einen gegessen«, antwortete er.

»Eigentlich ist da nichts Besonderes dran«, sagte Kate. »Ich weiß nicht, warum alle dieses Gericht so toll finden, aber sie tun es. Ein Sonntagsessen ist kein richtiges Sonntagsessen ohne Yorkshire Pudding.«

»Oder zwei oder drei«, warf Joel ein, und Christian grinste ihn an.

»Mindestens«, pflichtete er ihm bei. »Gefüllt mit Bratensoße, damit er schön matschig wird.«

»Nein, Kumpel«, protestierte Joel entsetzt. »Bratensoße? Man muss sie getrennt halten, damit sie knusprig bleiben – das ist die richtige Art, Yorkshire Pudding zu essen!«

Alessandro wirkte etwas ratlos, während die Debatte zwischen den beiden Männern weiterging, und Lily kicherte.

»Man sollte kaum glauben, dass sie so leidenschaftliche Ansichten über etwas entwickeln, was im Grunde nur ein Eierkuchen ist«, warf sie ein.

Kate drehte sich zu ihr um. Es war das erste Mal seit ihrer Rückkehr aus Rom, dass sie Lily hatte lachen hören, und es war ein Laut, bei dem ihr das Herz aufging. Selbst wenn aus diesem Sonntagsessen sonst nichts Gutes resultierte, würde allein dieses eine Lachen alle Mühe lohnen.

»Anscheinend ist Eierkuchen ein sehr ernstes Thema«, stellte Kate fest. Sie sah zu Anna hinüber, die Lily ebenfalls anlächelte.

»Ich persönlich kann auf Yorkshire Pudding gut verzichten«, fuhr Lily fort. »Aber deine Kartoffeln ... bist du so lieb und reichst mir die Soße?«

Kate, deren Blick immer noch auf Lily gerichtet war, streckte ihre Hand nach der Sauciere aus. Gleichzeitig sprang Alessandro auf und griff ebenfalls danach, sodass Kate statt der Sauciere seinen Arm erwischte, wodurch die Sauciere, die er gerade hilfsbereit angehoben hatte, in hohem Bogen durch die Luft flog und die ganze Soße über den Tisch und sie beide spritzte. Es wurde still im Raum, während alle auf das Schlachtfeld starrten.

»Oh, es tut mir so leid!«, rief Kate. »Ist alles in Ordnung mit dir? Du hast dich doch nicht verbrannt, oder?«

Alessandro schüttelte den Kopf. »Es tut mir leid. Es war

meine Schuld. Ich habe versucht, für dich danach zu greifen. Ich habe euer Essen ruiniert.«

Lily stand auf. Sie griff nach der Schüssel mit Bratkartoffeln, die jetzt in Soße getränkt waren, und löffelte sich eine weitere Portion auf ihren Teller. »Das spart mir die Mühe«, sagte sie.

Alle sahen einander an.

»Obwohl«, fügte Lily hinzu und schaute zu Joel und Christian hinüber, »die Frage, ob Bratensoße auf Yorkshire Pudding funktioniert oder nicht, ist jetzt ein bisschen müßig, stimmt's? Ihr kriegt Soße, ob ihr welche wollt oder nicht.«

Kate starrte Alessandro an. Sein zuvor makellos weißer Hemdsärmel war voller Soße, und auch am Oberkörper hatte er eine ganze Menge abbekommen. Er hatte sogar Soße im Haar. Sie nahm an, dass es ihr selbst nicht viel besser ergangen war, obwohl alle anderen von der Soße verschont geblieben waren. Nur sie, Alessandro und verschiedene Speisen waren davon betroffen.

»Ich hole dir einen Lappen, damit du die Soße abwischen kannst«, sagte sie und machte Anstalten, den Tisch zu verlassen.

Alessandro leckte sich die Hand ab. »Sie schmeckt gut«, sagte er, und das Lächeln, das Kate so oft gesehen hatte, umspielte jetzt seine Lippen. »Vielleicht esse ich sie einfach, und dann wird kein Lappen nötig sein.« Er leckte noch etwas mehr von seinem Hemdsärmel ab.

Kate riss die Augen auf. Aber dann hörte sie schallendes Lachen von Anna, gefolgt von einem Kichern von Lily und Gelächter von den Männern.

»Ein Mann ganz nach meinem Herzen«, kommentierte Joel. »Warum gutes Essen an einen Putzlappen verschwenden?«

»Genau«, versetzte Alessandro. Danach drehte er sich mit

einem schelmischen Lächeln zu Kate um, und sie entspannte sich.

»Dann sollte ich wohl wenigstens mich selbst säubern.«

»Keine Sorge, ich bin mir sicher, das Alessandro die Soße auch von dir ablecken wird«, sagte Lily, und am Tisch brach erneut Erheiterung aus. Auch Kate konnte sich ein Lachen nicht verkneifen. Trotz dieser Soßenüberflutung würde der heutige Tag vielleicht doch keine solche Katastrophe werden.

SIEBENUNDZWANZIG

Es hatte etwas Poetisches, dass Alessandro an einem Sonnentag gekommen war und Kate sich von ihm an einem Regentag wieder verabschieden musste. Sie standen am Eingang der Abflughalle des Flughafens Manchester, und Kate zögerte den Abschied hinaus. Jede Sekunde, die sie ihn davon abhalten konnte, weiterzugehen, war kostbar, auch wenn sie wusste, dass sie ihn am Ende gehen lassen musste, wenn sie die Zeit bis zur letzten Sekunde ausgeschöpft hatten. Sie versuchte, sich mit dem Gedanken zu trösten, dass sie ihn nur für kurze Zeit gehen lassen würde und ihn wiedersehen konnte, sobald es ihr gelang, zu Hause alles zu organisieren, was ohne ihn als Ablenkung erheblich schneller der Fall sein würde. Doch das war nur ein schwacher Trost, denn schon bevor er den Teil des Flughafens erreicht hatte, in den sie ihm nicht folgen konnte, spürte sie, wie sich die Leere, die er hinterlassen würde, vor ihr auftat. Niemand hatte je solche Gefühle in ihr geweckt, und die Wucht dieser Empfindung überwältigte sie fast. Sie hätte nicht gedacht, dass sie sich so schnell so heftig verlieben könnte, aber es war passiert, und jetzt konnte sie sich ein Leben ohne ihn kaum noch vorstellen.

Er schaute auf die Abflugtafel. »Mein Flug«, sagte er und nickte in Richtung des Monitors. »Es tut mir leid.«

»Was tut dir leid?«

»Dass ich dich jetzt verlassen muss.«

Kate versuchte zu lächeln, versuchte, sich den Kloß nicht anmerken zu lassen, der ihr die Kehle zuschnürte. »Dass du überhaupt gekommen bist, ist ein wunderschöner, unerwarteter Bonus. Dir braucht nichts leidzutun. Es war so schön, dich wiederzusehen, und ich glaube, du hast vielleicht auch bei meiner Familie Wunder gewirkt. Insgeheim sind sie jetzt wohl alle große Alessandro-Fans, obwohl vor allem Anna das niemals aussprechen würde, denn dann müsste sie zugeben, dass sie sich geirrt hat.«

»Gut. Es freut mich, dass sie glücklich sind.«

»Das denke ich. Es wird alles einfacher machen, wenn ich nach Italien komme.«

»Ich hoffe, dass das jetzt bald passieren wird.«

»Das wird es ... Ich arbeite daran, so gut ich kann.«

Er schaute sie lächelnd an und strich ihr eine verirrte Haarsträhne aus dem Gesicht. »*Ti amo troppo.*«

»*Ti amo troppo*«, antwortete Kate.

Er nickte. »Du lernst schnell.«

»Wenn es um die Liebe geht, ja.«

Er beugte sich vor, um sie zu küssen. »Ich werde nur ein halber Mann sein, bis ich dich wiedersehe.«

Ihre Antwort wurde von den Tränen erstickt, die ihr jetzt den Atem raubten.

»Weine nicht«, sagte er. »Du wirst bald wieder bei mir sein.«

Sie nickte. »Bald«, flüsterte sie.

Er gab ihr einen letzten Kuss, dann war er fort.

———

Das Haus hatte sich noch nie so riesig und so leer angefühlt, und jetzt kam es ihr noch weniger wie ein Zuhause vor. Die alten Zimmer, die sie einst geliebt hatte, kamen ihr nun wie Gefängniszellen vor, Hindernisse für ihr neues Leben und ihr Wiedersehen mit Alessandro. Der Wetterumschwung half auch nicht, und der graue Nieselregen, der an allen Fenstern hinabströmte, spiegelte ihre Stimmung wider. Sie versuchte, ihre Melancholie auf die beste Art und Weise abzuschütteln, die sie kannte, indem sie die Teile für ein neues Kleid zuschnitt. Nähen, irgendetwas zu schaffen, gab ihr immer ein Gefühl von Frieden und Ruhe, aber heute fiel es ihr schwer, sich auf irgendetwas zu konzentrieren. Sie besaß einen hübschen Stoff mit pastellfarbenen Meeresmotiven, den sie vor ein paar Monaten im Schlussverkauf eines Kurzwarenladens erstanden hatte. Sie holte ihn nun aus der Kiste, in die sie ihn gepackt hatte. Eigentlich hatte sie ihn in den Wohltätigkeitsladen bringen wollen, weil sie gedacht hatte, dass sie vielleicht doch keine Zeit haben würde, etwas daraus zu nähen.

Das erste Teil, das sie zuschnitt, geriet zu klein, und als sie es erneut probieren wollte, schnitt sie in die Nahtzugabe hinein. Als sie schließlich die Teile vernünftig zugeschnitten hatte, reichte es ihr, und sie hatte keine Geduld mehr, mit dem Nähen anzufangen. Es war ein Glück, dass überhaupt noch Stoff zum Nähen übrig war. Jetzt war kein Spielraum mehr da für Fehler, aber weil ihr Kopf offenbar ganz woanders war, gab es reichlich Gelegenheiten, alles zu ruinieren. Mit einem Seufzen packte sie es weg und holte sich ihren Regenschirm.

———

»Kate ...?« Lily zog die Tür weiter auf, als sie sah, wer davorstand. Kate bemerkte anerkennend, dass sie angezogen war und ordentlich aussah, obwohl sie zu Hause war und Joel inzwischen wieder arbeitete. Vor kaum einer Woche hatte sie noch den ganzen Tag ihren Schlafanzug anbehalten und war wahrscheinlich in selbigem abends wieder ins Bett gegangen.

»Hast du Zeit für eine unglückliche Heulsuse?«

Lily lächelte. »Immer. Ich habe allerdings nicht viel im Haus, was Snacks angeht, also hoffe ich, dass du keinen Hunger hast.«

»Oh ... Nun, wenn du etwas brauchst, kann ich für dich einkaufen gehen ...«

Lily schüttelte den Kopf. »Ich brauche einen Vorwand, um selbst einkaufen zu gehen. Joel tut sein Bestes, aber er kommt mit allen möglichen Dingen nach Hause, die nicht zusammenpassen, deshalb werde ich das früher oder später wieder übernehmen müssen, und wenn du und Anna und Joel weiter für mich einkauft, werde ich nie wieder das Haus verlassen. Danke, aber sobald auch der letzte Krümel verputzt ist, werde ich mich für den Supermarkt wappnen.«

»Wir könnten zusammen hingehen?«, schlug Kate vor.

»Lieber nicht.«

Kate fasste sie sanft am Arm und führte sie durch den Flur. »Du bist schon angezogen. Ich habe noch meinen Mantel an, und wenn ich dich allein lasse und dir Zeit zum Nachdenken gebe, wirst du es nicht tun. Zieh deine Schuhe an, dann können wir sofort aufbrechen, damit keine von uns noch einen Rückzieher machen kann. Ich fühle mich hundeelend und es würde mich sehr aufmuntern, eine halbe Stunde lang in der Frischwarenabteilung Kürbisse zu streicheln.«

Lily schien widersprechen zu wollen, stieß aber dann einen Seufzer aus. »Ich nehme an, früher oder später muss ich es tun.«

»Genau. Und du solltest das Beste aus meiner Anwesenheit machen, solange ich noch hier bin.«

———

»Wie wäre es mit einer Tüte leckerer Nüsse?«, fragte Kate und hielt einen Beutel Cashewkerne hoch, während Lily sich auf den Einkaufswagen stützte und ins Leere starrte. Sie hätte von der blechernen Musik, die aus den Lautsprechern drang, gebannt sein können, aber für Kate war offensichtlich, dass sie in Gedanken weit entfernt vom Supermarkt war.

»Hm?«

»Nüsse!«, wiederholte Kate und schüttelte die Tüte.

»Nein ... ich denke nicht.«

Kate legte die Tüte Nüsse zurück ins Regal. »Tatsächlich war es nur ein Scherz«, sagte sie. »Aber ich sehe, dass meine Scherze heute an dich verschwendet sind.«

Sie fragte sich langsam, ob dieser Einkaufsbummel ein schwerer Fehler gewesen war – vielleicht war Lily doch noch nicht bereit dafür. Im Geschäft herrschte kein Hochbetrieb, aber es waren überall Mütter mit Kindern unterwegs. Da war gerade eine direkt vor dem Regal, und sie spielte Kuckuck mit einem Baby in einem Autositz, der im Einkaufswagen befestigt war, während ihre Begleiterin – vielleicht die Großmutter – Orangen aussuchte. Nicht direkt das, was Lily sehen musste. »Willst du nach Hause?«

»Nein ... Natürlich nicht. Entschuldige ... Ich muss im Moment wirklich eine langweilige Gesellschaft sein.«

»Nicht mehr als ich, wenn ich die ganze Zeit darüber rede, wie sehr ich Alessandro vermisse. Aber wenn du dich dem hier noch nicht gewachsen fühlst, kann ich dich nach Hause bringen und noch mal herkommen, um den Rest für dich einzukaufen.«

Lily bedachte sie mit einem melancholischen Lächeln. »Und was dann? Heute ist das in Ordnung, aber du wirst nicht immer hier sein, und was werde ich dann tun?«

»Ich brauche noch nicht fortzugehen ... Ich kann warten, bis ...«

»Nein, kannst du nicht, und ich würde auch nicht wollen, dass du das tust. Ich muss mir selbst helfen, bevor irgendjemand anders mir helfen kann, das weiß ich. Ich muss bald wieder zur Arbeit gehen und am Leben teilnehmen, und ich muss mich all den ständigen Erinnerungen an das stellen, was ich verloren habe. Die Welt ist voller Kinder und Mütter, und vor dieser Tatsache kann ich mich nicht ewig verstecken.«

»Ich weiß, aber niemand sagt, dass du es überstürzen musst.«

»Ich sage, dass ich es überstürzen muss. So wie die Dinge sind, bin ich eine Last für alle.«

Kate streichelte ihren Arm. »Nein, bist du nicht, und du würdest im umgekehrten Fall auch für alle anderen da sein. Wir alle wollen dir helfen, das durchzustehen.«

Lily holte tief Luft und zwang sich zu einem Lächeln. »Und diesen italienischen Prachtkerl in Rom auf dich warten lassen? Nicht mit mir!«

»Ich glaube, wir sind jetzt an einem Punkt angelangt, an dem wir uns gegenseitig mehr vertrauen. Er weiß, dass ich ganz bestimmt zurückkommen werde, auch wenn es ein wenig länger dauert.«

»Vielleicht weiß er das, aber das heißt nicht, dass du warten musst, wenn es keinen Grund dafür gibt.«

»Du bist ein Grund. Du bist meine Schwester, der wichtigste Grund ...«

»Und ich habe ein gutes Netzwerk, das mich unterstützt, auch wenn du fort bist, daher brauchst du dir keine Sorgen zu machen.«

»Du und Joel ...« Kate wagte nicht zu fragen, aber es war etwas, das Lily nicht erwähnt hatte, und Kate wollte es unbedingt wissen. Wenn sie fast wieder wie früher waren oder zumindest wieder miteinander kommunizierten, war sich Kate sicher, dass sie es gemeinsam schaffen würden, und das würde sie mehr als alles andere beruhigen. Wenn sie wüsste, dass die beiden klarkommen würden, konnte sie glücklich und ohne Schuldgefühle nach Rom gehen.

»Es ist schwer, aber ich denke, wir werden es schaffen.«

»Aber er unterstützt dich nicht ...«

»Ich brauche seine Unterstützung nicht. Beziehungsweise, wenn ich seine brauche, braucht er meine auch, und die hat er während der letzten Wochen wohl kaum bekommen.«

»Aber Anna und ich wollen euch beide unterstützen.«

»Und das tut ihr auch. Selbst von Rom aus könntest du das tun. Wir haben jetzt so Dinger, die man Telefone nennt, weißt du, und die sind so was von raffiniert. Außerdem ist Rom nur ein paar Stunden entfernt, und was hindert mich, hinzufliegen, um dich zu besuchen?«

Kate schenkte ihr ein kleines Lächeln. »Stimmt.«

»Also werde ich jede Menge Vorwände haben, nach Italien zu fliegen, und das habe ich mir schon immer gewünscht.«

»Das will ich dir auch geraten haben – sobald ich mich dort eingerichtet habe.«

»Vielleicht nehme ich ein paar Äpfel mit«, überlegte Lily laut. »Ich habe seit Ewigkeiten keine mehr gegessen. Joel betrachtet Obst nicht als richtiges Lebensmittel.«

»Aber ist es tatsächlich in Ordnung für dich, wenn ich fortgehe?«, fragte Kate, während sie den Einkaufswagen in Richtung Obsttheke schob.

»Natürlich.«

»Und du magst Alessandro wirklich?«

»Er ist wunderbar. Ich finde ihn absolut perfekt. Ein bisschen zu perfekt, um genau zu sein. Ich frage mich, ob er irgendwo ein dunkles Geheimnis zu verbergen hat.«

»Wirklich?«

»Nein, Dummerchen! Du wirst glücklich sein. Ich bin traurig darüber, dass du nicht mit ihm in England leben kannst, aber ich glaube, dass er der Richtige für dich ist. Und so, wie er dich ansieht, zweifle ich nicht daran, dass er dich anbetet.«

»Aber du weißt, dass es meine Entscheidung ist, nach Rom zu ziehen? Alessandro ... nun, er wäre vielleicht nach England gekommen, wenn ich ihn darum gebeten hätte, aber das werde ich nicht tun.«

»Ich weiß. Es ist ein Neuanfang für dich, und es ist ein guter Neuanfang. Anna denkt das Gleiche.«

»Ach wirklich?«, fragte Kate mit einem verwunderten Lächeln.

»Ja, aber du weißt, dass sie dir das nie sagen würde, denn dann müsste sie zugeben, dass sie sich in ihm getäuscht hat, bevor sie ihn kennengelernt hat.«

»Wir dürfen wohl keine Wunder erwarten«, bemerkte Kate und richtete ihre Aufmerksamkeit auf einen Beutel mit Granny Smiths.

»Keine riesigen, aber manchmal geschehen winzige Wunder, und wenn du nicht nach Rom gehst und dir dein Wunder schnappst, werde ich darüber sehr verärgert sein.«

***

Kate schaltete den Laptop aus, presste die Augen fest zusammen und massierte sich die Schläfen. Ganz gleich, wie viele Male sie das alles durchrechnete, der Umzug nach Rom würde härter werden, als sie sich vorgestellt hatte. Die Kaution für die Wohnung, die sie sich ausgesucht hatte, war riesig, ebenso wie die Kosten für den Umzug der wenigen Habseligkeiten, die sie mitnehmen wollte, aber das war immer noch billiger, als alles neu zu kaufen, wenn sie in Italien war. Dann war da der Flug, das Geld, von dem sie leben musste, bis sie dort welches verdiente, die Kosten für verschiedene amtliche Genehmigungen und den Verkauf ihres Hauses – und sie musste den Gewinn aus dem Hausverkauf auch noch mit Matt teilen ... Die Liste schien endlos und erschreckend zu sein, jetzt, da sie das Ganze vor sich sah und es nicht mehr nur ein ferner Traum war. Der Umzugstermin stand fest, und die Pläne waren gefasst, aber Kate war sich nicht ganz sicher, ob sie überhaupt

Chancen auf Erfolg hatte. Sie hatte mit Alessandro und Lucetta über das alles gesprochen, und beide hatten ihr versichert, dass Hilfe da sein werde, wann immer sie welche brauche. Aber sie hatte nicht die Absicht, in einem fremden Land anzukommen, wo sie sich ein neues Leben aufbauen wollte, nur um sich sofort auf Almosen zu stützen. Das hier war ihr Abenteuer, und sie würde ganz allein Erfolg haben oder scheitern.

Ihre Gedanken wurden von einem Klopfen an der Haustür unterbrochen. Stirnrunzelnd schaute Kate auf die Uhr. Es war inzwischen nach zehn Uhr am Abend, ein wenig spät für einen unangekündigten Besuch. Sie fragte sich gerade, ob sie es ignorieren sollte, weil sie dachte, dass es Ärger bedeuten konnte, als ihr Handy mit einem Klingeln eine Nachricht anzeigte.

Ich stehe vor deinem Haus.

Es war Anna. Warum zu so später Stunde und warum der Überraschungsbesuch? Kate hüllte sich fester in ihren Bademantel, eilte zur Haustür, zog die Sicherheitskette ab und öffnete die Tür.

»Ist alles in Ordnung?«, fragte sie ihre Schwester, die auf der Schwelle stand.

»Ja. Ich weiß, es ist schon spät, tut mir leid. Und ich weiß, dass du mich nicht erwartet hast, aber man hat mich gebeten, für einige Tage in London zu arbeiten, und ich wollte dich noch sehen, bevor ich aufbreche.«

»Nicht, dass ich mich nicht über deinen Besuch freuen würde, aber hätte das nicht warten können, bis du zurück bist? Ich werde in den nächsten paar Wochen nirgendwo hingehen.«

»Ich weiß. Aber ich musste mit dir reden, solange es mir noch im Kopf herumgeht.«

Kate trat beiseite, um sie hereinzulassen, dann verriegelte sie die Haustür wieder.

»Ich werde nicht lange bleiben«, fügte Anna hinzu.

Kate lächelte. »Es ist mir egal, wie lange du bleibst. Aber ich nehme an, dass du morgen früh rausmusst, wenn du nach London willst.«

»Ziemlich früh, ja. Ich will nicht um den heißen Brei herumreden ... Es geht um unser Erbe.«

Kate blinzelte. »Dads Geld? Wieso denkst du nach all den Jahren gerade jetzt daran?«

»Ich habe einfach nachgedacht. Und Lily hat gesagt, du würdest dir Sorgen wegen des Geldes machen. Ich weiß, du hast deins in dieses Haus gesteckt, als du es zusammen mit Matt gekauft hast, und ich nehme an, dass er nicht in der Lage ist, dich jemals auszuzahlen, daher hast du dieses Geld für immer verloren.«

»Juristisch habe ich keine Möglichkeit, es zurückzubekommen, selbst wenn ich es versuchen würde – was ich nicht vorhabe. Es ist nicht fair, Matt nach all dieser Zeit um eine solche Summe zu bitten, vor allem, da er bald Vater wird.«

»Ich weiß, dass du es niemals zurückverlangen würdest. Das ist eine deiner bewundernswerteren und doch auch frustrierenden Eigenschaften.« Anna folgte Kate, als diese ins Wohnzimmer zurückkehrte.

»Gibt es denn ein Problem mit deinem Geld?«, fragte Kate. »Ich dachte, du hättest es in irgendein supertolles Sparkonto eingezahlt. Es muss etwas Entscheidendes sein, wenn es dich zu dieser späten Stunde hierhergeführt hat, aber wenn du auf einen Rat in Sachen Finanzen gehofft hast, hast du dich definitiv in der Adresse geirrt. Was sagt Christian dazu? Hast du mit ihm darüber geredet?«

»Mehr oder weniger. Aber er stimmt mir zu, dass es Geld ist, das ich bekommen habe, bevor ich ihn kennengelernt habe, und dass es deshalb eigentlich nicht seine Angelegenheit ist.«

Kate sah sie fragend an und bedeutete Anna, sich auf den Platz auf dem Sofa zu setzen, von dem sie gerade den Laptop weggenommen hatte. »Nicht seine Angelegenheit? Es kümmert ihn nicht, wenn es da ein Problem gibt?«

»Es ist nicht seine Angelegenheit, was ich damit mache. Es gibt kein Problem ... Kate, ich will, dass du es nimmst.«

Kate starrte sie an. »Was?«

»Du brauchst etwas Startkapital, und ich habe Geld, das nur herumliegt.«

»Aber ...«

»Ich weiß, dass du protestieren wirst, aber ich weiß auch, dass Dad immer für alle gesorgt hat, so gut er konnte. Er hat Mum umgangen und etwas von seinem Vermögen direkt an uns vererbt, weil er wusste, dass wir eines Tages Hilfe brauchen würden und dass Mum nicht in der Lage sein würde, sie uns zu geben. Wir lieben sie alle sehr, aber wir wissen auch, dass sie eine totale Niete ist, wenn es darum geht, mit dem realen Leben fertigzuwerden. Du brauchst jetzt Hilfe, und Mum kann sie dir nicht geben, genau wie Dad vorausgesagt hat, und ich glaube, er wäre froh darüber gewesen, dass Lily oder ich einspringen können.«

»Es ist aber dein Geld. Du brauchst es!«

»Im Moment nicht, nein. Vielleicht eines Tages, aber es geht uns gut, Christian und mir. Wir haben beide anständige Jobs, und wir haben gemeinsam etwas gespart. Betrachte es als Darlehen, wenn der Gedanke dir wirklich zu schaffen macht, aber du weißt, es wäre vernünftig, es anzunehmen.«

Kate schüttelte den Kopf. »Ich kann unmöglich ...«

Anna faltete die Hände auf dem Schoß und sah Kate mit einem offenen Blick an.

»Ich dachte mir, dass du das sagen würdest. Womit wirst du dein Geld verdienen, wenn du in Rom bist?«

»Ich werde arbeiten.«

»Sofort? Hast du schon einen Job ... einen, mit dem du genug verdienst für diese Wohnung, die du mieten willst?«

»Nein.«

»Dann wird dieses Geld also vom Himmel fallen?«

»Es wird schwierig, aber ...«

»Warum willst du es dir schwer machen? Du verdienst ein wenig Glück. Du hast den Mann, warum solltest du nicht auch den Rest haben?«

Kate dachte einen Moment lang nach. Dann lächelte sie langsam. »Gibst du tatsächlich zu, dass du Alessandro magst?«

»Er ist in Ordnung«, gestand Anna. »Ich muss sagen, dass es großartig von ihm war, nach England zu kommen, um alle zu beruhigen, und es zeigt, dass du ihm eine Menge bedeuten musst. Lily himmelt ihn jetzt regelrecht an, nachdem sie ihn kennengelernt hat. Und Christian mag ihn auch ...«

»Aber magst du ihn? Ich weiß bereits, dass alle anderen es tun – du bist die, die ich überzeugen will.«

»Wenn du schon nach Italien davonläufst, dann gibt es wohl schlechtere Männer, mit denen du das tun könntest.«

Näher würde Kate einem Eingeständnis ihrer Schwester, dass sie Alessandro mochte, nicht kommen. Sie sprang vom Sofa auf und umarmte Anna. »Danke!«

»Ich habe nichts getan.«

»Du hast mir den Abschied erleichtert. Ich hätte es gehasst, in dem Wissen abzureisen, dass du nicht damit einverstanden bist.«

»Oh, ich halte dich immer noch für verrückt. Aber zumindest kann ich verstehen, warum du so versessen darauf bist, es zu tun.«

»Es geht nicht nur um Alessandro. Du kannst dir nicht vorstellen, wie wunderbar Rom ist, bevor du es nicht besucht hast, und ich kann es kaum erwarten, mir dort mein neues Leben aufzubauen. Selbst ohne ihn würde ich hinwollen.«

»Aber es hilft wahrscheinlich, ihn dort zu haben ...«

Kate lächelte. »Natürlich. Es ist ein sehr großer Bonus.«

»Mit einem Themenwechsel wirst du mich aber nicht von

der Spur abbringen. Du brauchst Geld, und ich weiß, dass du keins hast.«

»Ich brauche es wirklich, aber deins werde ich nicht annehmen.«

»Betrachte es als ein Darlehen, um mich glücklich zu machen. Wenn ich weiß, dass du finanziell abgesichert bist, mache ich mir nicht so viele Sorgen um dich. Jetzt muss ich keine Angst mehr wegen des Mannes haben, sondern mache mir Sorgen darüber, ob du dich ernähren kannst, wenn du mich nicht helfen lässt.«

»Alessandros Familie wird mich ernähren – sie lieben es, Leute zu füttern!«

Anna runzelte die Stirn. »Du weißt, was ich meine. Ich rede von deinem allgemeinen Wohlergehen. Ich denke nicht, dass ein paar Verabredungen zum Mittagessen reichen werden.«

»Ich nehme es nicht an.«

»Argh! Du kannst einen derart auf die Palme bringen!«

»Das haben wir doch schon vor langer Zeit festgestellt.«

Anna antwortete nicht, sondern funkelte sie so streng an, dass Kate nicht anders konnte, als in Gelächter auszubrechen. »Wenn du Christian so ansiehst, wird er in ständiger Angst leben müssen!«

Kate konnte erkennen, dass ihre Schwester wacker versuchte, sich das Lachen zu verkneifen, aber schließlich musste auch sie kichern. »Was soll ich nur mit dir anstellen?«

»Ich habe keine Ahnung.«

»Ich auch nicht.«

»Aber du wirst mich vermissen, wenn ich weg bin.«

»Das werde ich – mehr, als du ahnst.« Sie hielt inne, und ihre Stimme klang ernst, als sie weitersprach. »Bitte, nimm zumindest einen Teil des Geldes. Nicht die ganze Summe, aber eine Kleinigkeit für den Notfall. Ich weiß, dass du es brauchst, und ich kann den Gedanken nicht ertragen, dass ich auf etwas sitze, was für dich dort draußen einen riesigen Unterschied machen könnte. Und wenn du mir nicht erlauben willst, es dir zu schenken, dann lass es mich dir wenigstens leihen.«

Kate kaute für einen Moment auf ihrer Unterlippe, während sie ihre Schwester musterte. Es war Anna anzusehen, dass es ihr viel bedeutete, und Kate konnte den Gedanken nicht ignorieren, dass dies das Zeichen dafür war, dass Anna ihre Beziehung mit Alessandro endlich absegnete. »Du wirst nicht lockerlassen, hm?«

»Nein. Also, wenn du mich zum Schweigen bringen willst, solltest du dich jetzt mit mir zusammensetzen und überlegen, wie viel du brauchst, um deinen verrückten Traum zu verwirklichen.«

ACHTUNDZWANZIG

Der Sommer war dem Herbst gewichen, aber der Wechsel der Jahreszeit verstärkte nur noch die drückende Hitze, als Kate aus dem Flugzeug stieg und über das Rollfeld des Flughafens Fiumicino eilte. Natürlich musste sie erst zur Gepäckausgabe und durch die Passkontrolle und sich dann noch zwischen all den anderen Reisenden hindurchschieben, und sie glaubte schon den Verstand zu verlieren, so ungeduldig war sie. Aber sie musste einen klaren Kopf behalten, denn der Lohn, der auf sie wartete, war tausend frustrierende Reisen und tausend überfüllte Flughäfen wert. Direkt hinter dem Terminal lag ein neues Leben, schillernd und wunderbar, und sie konnte es kaum erwarten, es in Angriff zu nehmen. Während der Wochen vor ihrem Flug hatte sie sich immer wieder Podcasts zum Erlernen der italienischen Sprache angehört, um die langen Abende in Annas Gästezimmer zu überbrücken. Sie hatte bei ihrer Schwester gewohnt, um Geld zu sparen, nachdem ihr Haus verkauft worden war, und sie hatte Anna und Christian nicht zu sehr zur Last fallen wollen. Die Tage hatte sie mit einem Zeitarbeitsjob in einer Arztpraxis verbracht und nebenbei ein paar Näharbeiten erledigt. Tatsächlich hatte ihr die Abwechslung in der Praxis Spaß gemacht, da sie wusste, dass es nicht für immer war und dass jedes bisschen Geld, das sie verdiente, etwas zu dem Traum beitrug, den sie gerade verwirklichte. Sie hatte sich über das italienische Immobilienrecht, die Einwanderungsbestimmungen und die Regeln für Beschäftigung und Selbstständigkeit informiert und war sogar bei ihrer örtlichen Bank gewesen, um sich über die Gründung von Kleinunternehmen in anderen Ländern zu informieren (obwohl die Beraterin von der Art ihres Anliegens etwas verwirrt und eindeutig überfordert gewesen war). Anna hatte sich trotz ihres Segens und ihrer finanziellen Unterstützung nach Kräften bemüht, Kate davon zu überzeugen, die Dinge zu Hause so lange wie möglich hinauszuzögern. Kate wusste, dass sie das nur tat, weil der Abschied für sie alle so schwer werden würde, und diese Vermutung hatte sich als wahr erwiesen. Bei ihrem Abflug waren Tränen geflossen, obwohl sie einander alle versichert hatten, dass sie nur wenige Stunden entfernt sein würde und dass sie einander bald besuchen wollten. Aber es würde niemals den perfekten Zeitpunkt geben, und Kate hatte Angst gehabt, dass sie nie gehen würde, wenn sie zu lange wartete.

In der Ankunftshalle scannte Kate die Menschenmassen, ihr Herz klopfte in ihrer Brust, und ihr wurde fast schwindelig vor Aufregung. Alessandro hatte sich vielmals entschuldigt, dass er Dienst tun musste und sie nicht am Flughafen abholen konnte, aber das war in Ordnung. Sie würde ihn später sehen, und obwohl es nicht ganz dasselbe war, dass Lucetta sie abholte, war sie genauso aufgeregt, sie zu sehen, weil dieser Tag so bedeutsam war. Sie hatten geplant, zuerst mit Signora Conti und Abelie bei ihnen zu Hause zu Mittag zu essen, dann wollte Lucetta Kate zu ihrem neuen Vermieter bringen, damit sie die Schlüssel für ihre Wohnung bekam. *Ihre Wohnung.* Es kam ihr unmöglich vor, dass dies ihr Leben war, von dem sie sprach. Sie bezog eine Wohnung in Rom. Diese unglaubliche, lebendige Stadt würde von jetzt an ihr Zuhause sein.

Eine Hand erschien über den Köpfen der anderen, die darauf warteten, Freunde, Verwandte oder einfach nur Umsteiger zu begrüßen, und winkte hektisch. »Kate!«, rief jemand, und Kate entdeckte die breit lächelnde Lucetta in der Menge. Sie sah wie immer glamourös und lässig elegant aus in einem weißen Leinenkleid, das buchstäblich niemand sonst hätte tragen können. Ihre olivfarbene Haut leuchtete, und ihr langes, dunkles Haar fiel ihr in prachtvollen Wellen über die Schultern. Ihr zukünftiger Mann war ein echter Glückspilz.

Auch Kate brach in ein Grinsen aus – ein Grinsen, das so breit war, dass es ihr aus dem Gesicht zu springen drohte. Sie rannte los, schlängelte sich durch die Menge und zerrte ihren Koffer hinter sich her. Einen Moment später fielen sich die beiden Frauen in die Arme, als wären sie schon ewig befreundet.

»Willkommen zurück in Roma!«, rief Lucetta.

»Ich kann kaum glauben, dass ich es wirklich zurückgeschafft habe!«, sagte Kate. »Ich bin mir sicher, wenn du mich jetzt kneifst, werde ich in meinem Haus in Manchester aufwachen.«

Lucetta lachte. »Dann werde ich dich lieber nicht kneifen.« Sie schaute auf den einzigen Koffer hinab, den Kate bei sich hatte. »Hast du noch mehr Gepäck?«

»Nein, nur das hier.«

Lucetta runzelte die Stirn.

»Der Rest befindet sich in den Händen der Umzugsfirma.« Kate lächelte, denn sie konnte Lucettas nächste Frage erraten. »Ich hatte nicht vor, nur mit einem einzigen Koffer ein neues Leben anzufangen, obwohl ich gar nicht so viel mehr habe, wenn ich ehrlich bin. Ich habe versucht, viele meiner Sachen loszuwerden, damit ich nicht zu viel hierher verfrachten muss – um die Kosten niedrig zu halten.«

Lucetta nickte wissend. »Du kannst dir hier alles kaufen, was du brauchst. Ich werde dir die besten Läden zeigen.«

»Vielen Dank!« Kate hakte Lucetta unter. Es war seltsam, aber noch vor ein paar Monaten hätte sie sich nicht träumen lassen, dass sie sich mit Alessandros Schwester so gut verstehen würde. Sie hatte sie als unnahbar und eher furchteinflößend empfunden, aber jetzt sah sie eine andere Seite an ihr. Kate vermutete, dass sie einfach auf Alessandro aufgepasst hatte, wie Anna es bei Kate getan hatte, und sie konnte ihr keinen Vorwurf daraus machen. Das machte sie zu einem guten Menschen, und ihr Verhalten seither bestätigte das. »Wie läuft es zu Hause?«, fragte sie, als sie losgingen.

»Gut«, antwortete Lucetta. »Mamma erwartet dich nachher und wird ein Abendessen kochen, um dich wieder in Rom willkommen zu heißen.«

Kate lächelte. Signora Conti war immer noch nicht davon überzeugt, dass Kate die richtige Frau für Alessandro war, trotz ihres Umzugs in seine Stadt und Alessandros fortgesetzter Versuche, sie zu überzeugen. Doch es war nichts Persönliches, und ihr Angebot, für Kate zu kochen, zeigte, dass sie sich zumindest Mühe gab. Es würde eine Zeit dauern, aber mit vereinten Kräften würden sie sie überzeugen.

»Alessandro hat ihr in dieser Woche so viele Blumen geschenkt, dass sie nicht mehr weiß, wo sie hintun soll«, fuhr Lucetta fort. »Er versucht, sie glücklich zu machen, damit sie nett zu dir ist, aber sie wird so oder so nett zu dir sein, denn so ist Mamma eben.«

»Ich kann mir das gut vorstellen. Er tut so, als wäre er ein hartgesottener Polizist, aber in Wirklichkeit ist er einfach ein Softie.«

»Softie?«, wiederholte Lucetta. Kate lachte.

»Nicht so hartgesotten, wie er zu sein vorgibt.«

»Ah!« Lucetta kicherte mit. »Ich werde deine witzigen englischen Wörter schon noch lernen.«

»Ich sollte lieber witzige italienische Wörter lernen, statt dir meine beizubringen. Das wäre viel nützlicher. Meine Versuche, allein Italienisch zu pauken, laufen nicht besonders gut, aber ich hatte schon in der Schule kein großes Talent dafür, Fremdsprachen zu lernen. Mein Französischlehrer ist an mir verzweifelt – er hat gesagt, ich sei nicht lernfähig.«

»Wenn du hier lebst, wird das anders sein. Du wirst die Sprache ständig hören und sie schon bald besser können.«

»Ich hoffe es, denn wenn nicht, könnte es schwierig werden. Nicht zuletzt, weil ich dann nicht mit deiner Mutter reden könnte.«

»Wir werden dir helfen«, beteuerte Lucetta und drückte sanft Kates Arm. »Hier ...«, fügte sie hinzu und blieb vor den gläsernen Ausgangstüren der Ankunftshalle stehen. »Ich werde den Wagen holen, und du wirst hier warten.«

»Wo genau soll ich warten?«, fragte Kate und betrachtete blinzelnd die Reihe blendend weißer Taxen, als sie hinaus in die Sonne traten.

Aber Lucetta antwortete nicht, sondern grinste Kate nur an.

»Was ist?«, fragte Kate. »Was habe ich falsch gemacht?«

Im nächsten Moment wurden Kates Augen von einem Paar großer Hände verdeckt. Instinktiv wirbelte sie herum und riss schon die Fäuste hoch, davon überzeugt, dass jemand sie überfallen wollte.

»Kate!«, kreischte Lucetta. »Sieh hin!«

Kate hielt inne, die Fäuste in der Luft. Nicht, dass es ein besonders großartiger Schlag geworden wäre, wenn sie ihrem Angreifer ins Gesicht geboxt hätte, aber sie war froh, dass sie es nicht getan hatte. Alessandro stand breit grinsend vor ihr. »Oh«, hauchte sie, und dann warf sie sich in seine Arme.

Als sie sich lange genug geküsst hatten, schaute Kate sich um und stellte fest, dass Lucetta sehr bewusst auf ein nahes Schild starrte, das Besuchern Parkanweisungen gab.

»Du bist eine Wildkatze«, sagte Alessandro mit seinem leicht spöttischen Lächeln. »Ich hatte gerade Angst um mein Leben.«

»Das bezweifle ich.« Kate lachte verlegen. »Ich dachte, ich würde gekidnappt. Dich habe ich hier nicht erwartet.«

Lucetta lächelte. »Wir waren unehrlich zu dir.«

Kate öffnete den Mund zu einer Antwort, aber Alessandro kam ihr zuvor. »Ich müsste eigentlich arbeiten, doch einer meiner Kollegen ist eingesprungen, als ich ihm erzählt habe, warum ich heute hier sein wollte. Aber davon habe ich erst heute Morgen erfahren, und ich dachte, es wäre eine schöne Überraschung für dich.«

»Und ob! Du machst es dir zur Gewohnheit, mich zu überraschen. Manchmal musst du mich aber vorwarnen, wenn du auftauchen willst, weißt du.«

Alessandro zog sie an sich und küsste sie abermals. »Keine Überraschungen mehr.«

»Nicht gar keine mehr«, versetzte Kate und schaute lächelnd zu ihm auf. »Manchmal sind Überraschungen okay.«

Er beugte sich vor, um sie noch einmal zu küssen, aber mitten im Kuss zuckte er scharf zurück. Als sie sich beide umschauten, sahen sie Lucetta grinsen. Alessandro rieb sich den Schädel, wo seine Schwester ihm gerade eine Kopfnuss verpasst hatte.

»Lucetta!«, rief er, und sie stieß ein heiseres Kichern aus.

»Ihr könnt euch später küssen«, verkündete sie und drohte ihnen beiden spielerisch mit dem Zeigefinger. »Die ganze Nacht lang. Jetzt müssen wir zu meinem Wagen gehen.«

Kate lächelte, als Alessandro mit einer Hand nach ihrem Koffer griff und mit der anderen nach ihrer Hand. Ein Gefühl großer Wärme und Zufriedenheit breitete sich in ihr aus. Es hieß, zu Hause sei dort, wo das Herz ist, und sie hatte diesen Satz nie besser verstanden als jetzt gerade. Kates Herz war in Rom, und als sie hinter Lucetta hergingen, die Sonne im Rücken, ihre Hand fest in Alessandros Hand, hatte sie das starke Gefühl, dass es für immer dort bleiben würde.

MEHR VON BOOKOUTURE
DEUTSCHLAND

Für mehr Infos rund um Bookouture Deutschland und unsere
Bücher melde dich für unseren Newsletter an:

deutschland.bookouture.com/subscribe/

Oder folge uns auf Social Media:

 facebook.com/bookouturedeutschland

 twitter.com/bookouturede

 instagram.com/bookouturedeutschland

EIN BRIEF VON TILLY

Ich hoffe, euch hat es genauso viel Spaß gemacht, *Alle Herzen führen nach Rom* zu lesen, wie ich beim Schreiben hatte. Denn es war für mich diesmal etwas ganz anderes als sonst. Normalerweise erzähle ich Geschichten, die irgendwo in England spielen – also war es ein Abenteuer und eine schöne Gelegenheit, mich in einer anderen Kultur zu verlieren. Ich hoffe, es hat euch gefallen, euch mit Kate und ihren neuen Freund:innen in Rom zu verirren.

Wenn ihr euch mit mir in den sozialen Medien austauschen möchtet, findet ihr mich auf Twitter @TillyTenWriter oder auf Facebook, aber wenn ihr darauf keine Lust habt, könnt ihr euch auch in meine Mailingliste eintragen und erfahrt so alle Neuigkeiten zu meinen Büchern. Ich verspreche auch, dass ich euch nie mit etwas anderem als meinen Büchern belästigen werde:

deutschland.bookouture.com/subscribe/

Wenn euch das Buch gefallen hat, könnt ihr mir am besten eure Wertschätzung zeigen, indem ihr mit euren Freund:innen darüber sprecht. Oder es gleich der ganzen Welt mitteilt mit ein paar Worten oder einer Rezension auf einer Social-Media-Seite eurer Wahl. Das würde mich mindestens eine Woche lang zum Lächeln bringen. Zu hören, dass jemandem meine Geschichte gefallen hat, ist für mich der Hauptgrund, überhaupt zu schreiben.

Also, danke, dass ihr mein kleines Buch gelesen habt, und ich hoffe, wir sehen uns bald wieder in Rom!

Alles Liebe,

Tilly x

facebook.com/TillyTennant
twitter.com/TillyTenWriter

DANKSAGUNG

Die Liste der Menschen, die mich auf meiner bisherigen schriftstellerischen Reise unterstützt und mich ermutigt haben, ist schier endlos, und es würde ein ganzes Buch füllen, sie alle aufzuzählen. Ich bin ihnen allen sehr dankbar; euer Engagement für mich und meine Bücher, ob klein oder groß, ist für mich von unschätzbarem Wert gewesen und bedeutet mir mehr, als ich je mit Worten sagen könnte.

Aber einige von euch muss ich hier unbedingt nennen. Natürlich meine Familie, die Menschen, die mein Gejammer und meine Selbstzweifel jeden Tag ertragen. Meine Kolleg:innen am Royal Stoke University Hospital, die mich viel länger ein Doppelleben führen lassen, als es akzeptabel ist, und denen ich so viele Ideen für zukünftige Bücher verdanke! Die Dozent:innen der Fakultät für Englisch und Kreatives Schreiben der Staffordshire University, die in mir ein Talent sahen, das zu fördern sich lohnte, und die mich immer noch unterstützen, auch wenn sie schon lange nicht mehr dafür bezahlt werden. Sie sind nicht nur meine Tutor:innen, sondern inzwischen auch zu meinen Freund:innen geworden. Dem Team von Bookouture danke ich für seine kontinuierliche Unterstützung, seine Geduld und sein erstaunliches verlegerisches Gespür, insbesondere Kim Nash, Lydia Vassar-Smith und Natasha Hodgson. Ihr Vertrauen in mich und ihre Ermutigungen bedeuten mir sehr viel.

Speziell für dieses Buch muss ich vor allem meiner guten Freundin Louise Coquio und ihrem Vater danken, die meinetwegen viele Debatten über italienische Mittagsmenüs geführt haben, damit Signora Conti das perfekte italienische Mittagessen für Kates Besuch zubereiten konnte. Außerdem möchte ich Simona Elena Schuler für ihre Hilfe bei einigen italienischen Redewendungen danken, die ich mit meinen schlechten Sprachkenntnissen nicht allein hinbekommen hätte.

Meine Freundin Kath Hickton wird immer genannt, und das zu Recht, denn sie erträgt mich seit der Grundschulzeit. Ich muss auch Mel Sherratt und Holly Martin danken, beides Autorenkolleginnen und wunderbare Freundinnen, die mich über die Jahre hinweg unglaublich unterstützt haben und an deren Schultern ich mich in dunklen Momenten ausweinen konnte. Danke an Liz Tipping, Emma Davies, Jack Croxall, Dan Thompson und Jaimie Admans: Sie sind nicht nur selbst brillante Autorinnen und Autoren, sondern auch eine große Hilfe für andere. Meine Bookouture-Kolleg:innen sind natürlich auch unglaublich, unermüdlich und großzügig in ihrer Unterstützung für andere Autor:innen, und ich muss all den brillanten und engagierten Buchblogger:innen und Rezensent:innen, den Leser:innen und allen anderen danken, die sich für meine Arbeit eingesetzt, sie rezensiert, darüber gesprochen oder mir einfach gesagt haben, dass sie sie mögen. All das ist unbezahlbar, und ihr seid alle ganz besondere Menschen. Einige von euch kann ich jetzt sogar mit Stolz als Freund:innen bezeichnen.

Bleibt noch meine Agentin Peta Nightingale von der LAW Literaturagentur. Sie weiß, dass ich sie verehre, aber ich sage es hier, damit es jeder erfährt. Sie ist immer für mich da, sei es zum Feiern, zum Trösten oder einfach nur, um mir zu sagen, dass ich mich aufraffen, den Staub abschütteln und neu anfangen soll. Ohne sie gäbe es dieses Buch nicht.